O agente secreto

FUNDAÇÃO EDITORA DA UNESP

Presidente do Conselho Curador
Mário Sérgio Vasconcelos

Diretor-Presidente
Jézio Hernani Bomfim Gutierre

Superintendente Administrativo e Financeiro
William de Souza Agostinho

Conselho Editorial Acadêmico
Danilo Rothberg
Luis Fernando Ayerbe
Marcelo Takeshi Yamashita
Maria Cristina Pereira Lima
Milton Terumitsu Sogabe
Newton La Scala Júnior
Pedro Angelo Pagni
Renata Junqueira de Souza
Sandra Aparecida Ferreira
Valéria dos Santos Guimarães

Editores-Adjuntos
Anderson Nobara
Leandro Rodrigues

A coleção CLÁSSICOS DA LITERATURA UNESP constitui uma porta de entrada para o cânon da literatura universal. Não se pretende disponibilizar edições críticas, mas simplesmente volumes que permitam a leitura prazerosa de clássicos. Nesse espírito, cada volume se abre com um breve texto de apresentação, cujo objetivo é apenas fornecer alguns elementos preliminares sobre o autor e sua obra. A seleção de títulos, por sua vez, é conscientemente multifacetada e não sistemática, permitindo, afinal, o livre passeio do leitor.

JOSEPH CONRAD
O agente secreto
Um conto simples

TRADUÇÃO E NOTAS FERNANDO SANTOS

© 2021 EDITORA UNESP

Título original: *The Secret Agent*

Direitos de publicação reservados à:
Fundação Editora da Unesp (FEU)
Praça da Sé, 108
01001-900 – São Paulo – SP
Tel.: (0xx11) 3242-7171
Fax: (0xx11) 3242-7172
www.editoraunesp.com.br
www.livrariaunesp.com.br
atendimento.editora@unesp.br

Dados Internacionais de Catalogação na Publicação (CIP)
de acordo com ISBD
Elaborado por Vagner Rodolfo da Silva – CRB-8/9410

C754a   Conrad, Joseph

            O agente secreto / Joseph Conrad; traduzido por Fernando Santos. – São Paulo: Editora Unesp, 2021.

            Tradução de: *The Secret Agent*
            ISBN: 978-65-5711-084-3

            1. Literatura inglesa. 2. Romance. I. Santos, Fernando. II. Título.

2021-3092   CDD 823
                                                       CDU 821.111-31

Editora afiliada:

SUMÁRIO

Apresentação
7

O agente secreto

Capítulo I
15

Capítulo II
23

Capítulo III
49

Capítulo IV
67

Capítulo V
85

Capítulo VI
107

Capítulo VII
135

Capítulo VIII
151

Capítulo IX
177

Capítulo X
205

Capítulo XI
219

Capítulo XII
251

Capítulo XIII
283

APRESENTAÇÃO

EM FINS DO SÉCULO XIX, Józef Teodor Konrad Nałęcz Korzeniowski era um rapaz cheio de vitalidade, e talvez por isso mesmo tivesse consciência de ser alvo fácil para os recrutadores do serviço militar da Rússia czarista – nascera em 1857 em Berdyczew, cidade da província ucraniana de Zhytomyr, então parte do Império Russo. Por isso, tratou de apelar ao tio, responsável por sua educação, para que lhe alinhavasse outro futuro. Enquanto aquele almejava uma carreira universitária para o sobrinho, Józef queria viver no mar. Aos 17 anos começou sua carreira de marinheiro, a princípio na França, depois ocupando um posto de aprendiz em um navio britânico. É provável que ele próprio não imaginasse quão determinante seria tal escolha para que se tornasse o escritor que se tornou: primeiro porque foi vivendo sobre águas que chegou à fluência no inglês, idioma em que consagraria sua obra; segundo, porque o que vivenciou em alto-mar forneceria matéria-prima para os enredos com os quais fascinou, e ainda fascina, gerações de leitores.

Egresso de uma família marcadamente erudita, o futuro Joseph Conrad, alcunha com a qual assinaria sua produção em língua inglesa, foi desde cedo influenciado por valores artísticos, humanistas e libertários. Seu pai era escritor e tradutor, além de feroz resistente à ocupação russa. Esse engajamento político

8   JOSEPH CONRAD

levou a família à derrocada e a um exílio de trabalhos forçados. Tal danação se revelaria insuportável para a mãe, que, em pouco tempo, sucumbiu a uma tuberculose fatal. Alguns anos depois, o pai acabaria por deixá-lo, então com 11 anos, totalmente órfão – circunstância que o põe, então, sob os cuidados do já citado tio, Tadeusz Bobrowski, importante proprietário de terras na Ucrânia.

É a partir de 1894, já como cidadão britânico, que Conrad se estabelece em terra firme para dedicar-se ao ofício de escritor. Estreia já no ano seguinte lançando com alguma repercussão *Almayer's Folly*, cuja trama, no entanto, algo pueril – um comerciante pobretão à caça de um tesouro – ainda sinaliza uma certa distância das temáticas com as quais sua obra ficaria mais associada. Sua voz narrativa vai sendo maturada de forma gradual, refletida em muitos contos publicados em prestigiosos periódicos literários da época, como *Cosmopolis, Cornhill, The Pall Magazine* e *Harper's Magazine*. Em 1902, lança aquele que seria um de seus livros mais célebres, *O coração das trevas* – neste, sim, já exibindo típica "alma conradiana", ao exorcizar, na narrativa do choque de realidade de um europeu em meio a congoleses, muitos aspectos de opressão colonialista que certamente lhe gritavam na alma. Elementos como solidão, inconformismo, desesperança e redenção já transparecem ali, depois reafirmados e estendidos em outros de seus trabalhos notórios, como *Lord Jim* (1900), *Nostromo* (1904) e *Vitória* (1915).

Ao ser lançado, em 1907, *O agente secreto* deixou atônitos os críticos: era difícil a assimilação da obra dentro do universo criativo no qual Joseph Conrad se inscrevia – ou parecia se inscrever. Como o título já anuncia, temos uma narrativa de espionagem e, no caso, com uma ambientação bem urbana – a Londres do início do século XX –, dissonante, portanto, de cenários selvagens e hostis, como o do próprio *Coração das trevas*, ou mesmo de paisagens marinhas, como a de *A linha de sombra* (1917). Num primeiro momento, análises precipitadas chegaram a classificar *O agente* secreto como literatura rasa, comercial, talvez pela facilidade com que o leitor é cativado desde o princípio da leitura.

É oportuno assinalar que, na aurora deste milênio, *O agente secreto* foi objeto de uma instigante onda de redescoberta por parte da crítica e mesmo de leitores, que viam na cruzada do anti-herói Adolf Verloc indícios proféticos, especialmente após o fatídico 11 de Setembro. O velho princípio de que os fins justificariam os meios, personagens bélicos de determinação *kamikaze*, o projeto de fazer virar pó um grande símbolo do poder reinante – no caso, o Observatório Real de Greenwich. Visionário ou não, *O agente secreto* é uma obra-chave na bibliografia de Joseph Conrad, representativa da complexidade de um dos grandes mestres do romance inglês moderno.

JOSEPH CONRAD
(BERDYCZEW, UCRÂNIA, 1857 – BISHOPBOURNE, REINO UNIDO, 1924)

RETRATO DE JOSEPH CONRAD POR ALVIN LANGDON COBURN, 1916

JOSEPH CONRAD

O agente secreto

Para H. G. Wells
O cronista do amor do sr. Lewisham,
o biógrafo de Kipps e
o historiador dos tempos futuros

Ofereço com afeto este conto simples do século XIX

CAPÍTULO I

AO SAIR PELA MANHÃ, O sr. Verloc deixou sua loja, formalmente, sob a responsabilidade do seu cunhado. Podia fazê-lo, pois havia muito pouco movimento a qualquer hora do dia, e praticamente nenhum antes do anoitecer. O sr. Verloc se interessava pouco pelo seu negócio. Além do mais, sua esposa era responsável por seu cunhado.

A loja era pequena, assim como a casa. Era uma dessas casas de tijolos encardidos que existiam em grande quantidade antes que a era da reconstrução tomasse conta de Londres. A loja tinha o formato de uma caixa quadrada, com a frente ocupada por vidraças pequenas. Durante o dia, a porta permanecia fechada; ao anoitecer, ela ficava entreaberta, de maneira discreta, mas suspeita.

Na vitrine havia fotografias de jovens seminuas dançando; pacotes indefinidos embalados como medicamentos; envelopes de papel amarelo muito fino fechados que traziam o número 26 escrito em grossos algarismos pretos; alguns números de antigas revistas em quadrinhos francesas pendurados num barbante como se estivessem secando; uma tigela de porcelana azul desbotada, um porta-joias de madeira escura, frascos de tinta permanente e carimbos de borracha; alguns livros, cujos títulos sugeriam obscenidades; alguns exemplares aparentemente velhos de jornais desconhecidos e mal impressos, com títulos chamativos como *A Tocha*, *O Gongo*. E os dois bicos de gás do lado de dentro das vidraças sempre estavam no mínimo, seja por economia ou por causa dos clientes.

Esses clientes ou eram homens muito jovens, que ficavam zanzando diante da vitrine por algum tempo antes de se esgueirar subitamente para dentro; ou homens de mais idade, mas que geralmente pareciam desprovidos de recursos. Alguns destes últimos traziam a gola do sobretudo erguida até a altura do bigode, e marcas de lama na extremidade das peças de roupa que usavam por baixo, as quais aparentavam estar muito gastas e não ter muito valor. E, de modo geral, as pernas que as preenchiam também não pareciam valer grande coisa. Com as mãos enterradas nos bolsos laterais do casaco, eles andavam de lado se esquivando, um ombro de cada vez, como se tivessem medo de tocar a campainha.

Pendurada na porta por meio de uma tira de aço curva, era difícil evitar a campainha. Ela estava inapelavelmente quebrada; mas quase toda noite, diante da menor provocação, ressoava atrás do cliente com uma rispidez descarada.

A campainha tocava; e, diante desse aviso, através da porta de vidro empoeirada que ficava atrás do balcão de atendimento pintado, o sr. Verloc irrompia apressado do salão localizado no fundo. Seus olhos eram naturalmente pesados; parecia que ele tinha passado o dia inteiro deitado, todo vestido, numa cama desarrumada. Outro homem teria considerado tal aparência uma clara desvantagem. Numa transação comercial no ramo do varejo, muito depende da aparência atraente e agradável do vendedor. Mas o sr. Verloc conhecia o seu negócio, e ficava imperturbável diante de qualquer objeção estética a respeito da sua aparência. Com um descaramento inabalável e tranquilo, que parecia esconder o perigo de uma ameaça abominável, ele passava a vender em cima do balcão algum objeto que parecia, de maneira evidente e escandalosa, não valer a quantia transferida na transação: por exemplo, uma caixinha de papelão que aparentemente não tinha nada dentro, ou um daqueles envelopes amarelos finos cuidadosamente fechados, ou um livro manchado com capa de papel

O AGENTE SECRETO 17

e um título animador. De vez em quando acontecia de uma das jovens dançarinas amarelas e desbotadas ser vendida a um amador, como se ela estivesse viva e jovem.

Às vezes era a sra. Verloc que aparecia para atender ao chamado da campainha quebrada. Winnie Verloc era uma jovem de bustos fartos, presos num corpete apertado, e quadris largos. Seu cabelo era impecavelmente arrumado. Inabalável como o marido, ela mantinha um ar de impenetrável indiferença atrás da trincheira do balcão. Então o cliente comparativamente mais jovem ficava subitamente desconcertado por ter de lidar com uma mulher, e, enraivecido, pedia um frasco de tinta permanente – preço no varejo 6 *pence* (preço na loja de Verloc, 1 *shilling* e 6 *pence*) –, que, uma vez do lado de fora da loja, ele jogava sorrateiramente na sarjeta.

Os visitantes noturnos – os homens com colarinhos virados para cima e chapéus moles enterrados na cabeça – acenavam com a cabeça para a sra. Verloc demonstrando intimidade, e, com um resmungo à guisa de cumprimento, erguiam a aba na extremidade do balcão para passar ao salão de trás, que dava acesso a um corredor e a um lance íngreme de escadas. A porta da loja era o único meio de acesso à casa na qual o sr. Verloc conduzia seu negócio de vendedor de mercadorias suspeitas, exercitava sua vocação de protetor da sociedade e cultivava suas virtudes domésticas. Estas últimas eram dignas de nota. Ele estava plenamente adaptado à vida doméstica. Não havia nada que o levasse a se distanciar muito de casa: nem as suas necessidades espirituais, nem as mentais, nem as físicas. Ele encontrava em casa o bem-estar do corpo e a paz da consciência, junto com as atenções típicas de esposa e o respeitoso olhar materno da mãe da sra. Verloc.

A mãe de Winnie era uma mulher corpulenta e ofegante, com um grande rosto moreno, e usava uma peruca preta por baixo da touca branca. Suas pernas inchadas lhe tolhiam os movimentos. Ela se considerava de ascendência francesa, o que talvez fosse verdade; e, depois de passar vários anos casada com um taverneiro licenciado dos mais comuns, ela garantia seu sustento de viúva alugando quartos mobiliados para cavalheiros perto da Vauxhall

Bridge Road, numa praça que outrora tivera um certo esplendor e que ainda fazia parte do distrito de Belgravia. Esse fato topográfico trazia uma certa vantagem na hora de anunciar os quartos; mas os clientes da respeitável viúva não eram exatamente do tipo elegante. Por serem de tal estirpe, sua filha Winnie ajudava a cuidar deles. Traços da ascendência francesa de que a viúva se orgulhava também eram visíveis em Winnie, na maneira extremamente meticulosa e artística de arrumar o cabelo escuro e brilhante. Winnie também possuía outros atrativos: a juventude, as formas arredondadas, a pele clara, a provocação do recato impenetrável que nunca chegava ao ponto de impedir a conversa, conduzida com entusiasmo por parte do locatário e, da parte dela, com igual amabilidade. O sr. Verloc certamente era suscetível a esses encantos. Ele era um patrão intermitente, indo e vindo sem nenhum motivo muito aparente. Geralmente chegava a Londres vindo do continente (como a gripe), só que o fazia sem ser anunciado pela imprensa; e suas visitas começavam com grande rigidez. Ele tomava o café da manhã na cama, onde se deixava ficar com um ar de discreta alegria até o meio-dia, todos os dias, e às vezes até mais tarde. Mas, quando saía, parecia ter muita dificuldade em encontrar o caminho de volta para a sua casa temporária na praça de Belgravia. Ele saía tarde e voltava cedo para casa – às três ou quatro da manhã; e quando despertava às dez se dirigia a Winnie, que entrava com a bandeja do café da manhã, com uma cortesia jocosa e acentuada, no tom rouco e combalido de alguém que tinha estado a falar com veemência durante horas a fio. Seus olhos salientes e com pálpebras grossas rolavam de lado de maneira amorosa e lânguida, as roupas de cama eram erguidas até o queixo e o seu bigode negro e lustroso cobria seus lábios grossos capazes de fazer muitos gracejos doces como o mel.

Na opinião da mãe de Winnie, o sr. Verloc era um cavalheiro muito gentil. Da experiência de vida acumulada em diversas "casas de negócios", a boa mulher tinha levado para a aposentadoria um ideal de cavalheirismo baseado no exibido pelos gerentes dos bares privados. O sr. Verloc se aproximava daquele ideal; na verdade, ele o atingia.

"É claro que cuidaremos dos seus móveis, mãe", fora o comentário de Winnie.

Era preciso abrir mão da hospedaria. Parece que não valia a pena continuar com ela, pois traria muitos dissabores ao sr. Verloc. Não teria sido conveniente para o outro negócio dele. Qual negócio era esse ele não disse; porém, após ter encontrado Winnie, fez um esforço para se levantar antes do meio-dia, e, ao descer a escada para o porão, mostrou-se amável com a mãe de Winnie na sala do café da manhã, no térreo, onde ela levava a sua existência imóvel. Acariciou o gato, atiçou o fogo e mandou lhe servirem o almoço ali. Deixou o aconchego levemente sufocante do lugar com visível hesitação, porém, mesmo assim, ficou fora até altas horas. Ele nunca se ofereceu para levar Winnie ao teatro, como um cavalheiro tão gentil deveria ter feito. Suas noites eram cheias. Seu trabalho era, de certo modo, político, disse uma vez a Winnie. Ela deveria ser muito gentil com seus amigos políticos, advertiu-a.

E com seu olhar franco e imperturbável, ela respondeu que agiria assim, naturalmente.

A mãe de Winnie não conseguiu descobrir o que mais ele contou à filha a respeito da sua ocupação. O casal levou-a junto com a mobília. A aparência miserável da loja surpreendeu-a. A mudança da praça em Belgravia para a rua estreita no Soho teve um efeito prejudicial em suas pernas, deixando-as enormes. Por outro lado, ela se livrou totalmente das preocupações materiais. A índole extremamente boa do genro incutiu nela uma sensação de absoluta segurança. O futuro da filha certamente estava garantido, e mesmo em relação ao filho Stevie ela não precisava ficar ansiosa. Ela não conseguira esconder de si mesma que ele era um enorme estorvo, o coitado do Stevie. Contudo, diante do apego de Winnie pelo frágil irmão, e da atitude generosa do sr. Verloc, ela pressentiu que o pobre garoto estaria bem seguro neste mundo cruel. E, lá no fundo do coração, ela talvez não achasse ruim que os Verloc não tivessem filhos. Como essa circunstância parecesse completamente indiferente ao sr. Verloc, e como Winnie encontrasse no irmão um objeto de afeição quase materna, talvez isso fizesse bem ao pobre Stevie.

Pois não era fácil lidar com ele. Ele era delicado, e dono de uma beleza frágil também, exceto pelo lábio inferior caído. Graças ao nosso excelente sistema de educação compulsória, ele tinha aprendido a ler e escrever, apesar do aspecto desfavorável do lábio inferior. Contudo, não se saiu muito bem como menino de recado. Ele se esquecia das mensagens; afastava-se facilmente do caminho reto do dever, deixando-se atrair pelos gatos e cães vadios, que ele seguia por vielas estreitas até pátios malcheirosos; pelas cenas ridículas das ruas, que ele contemplava de boca aberta, prejudicando os interesses do seu empregador; ou pelo sofrimento dos cavalos caídos, cujo *páthos* e violência o levavam às vezes a se retrair, comovido, dentro da multidão, que não gostava de ser incomodada por manifestações de angústia enquanto desfrutava calmamente o espetáculo público. Ao ser retirado por um policial sério e protetor, muitas vezes era visível que ele tinha esquecido o endereço de casa, ao menos por um certo tempo. Uma pergunta mais ríspida o fazia gaguejar a ponto de sufocar. Quando se assustava com alguma coisa desconcertante, ele envesgava os olhos de um jeito pavoroso. No entanto, nunca teve nenhum ataque (o que era animador); e diante dos acessos de raiva do pai, ele sempre encontrou proteção, quando criança, atrás da saia curta da irmã Winnie. Por outro lado, talvez se desconfiasse que ele escondia dentro de si uma mina de maldades irresponsáveis. Quando completou catorze anos de idade, um amigo de seu finado pai, representante de uma empresa estrangeira de leite condensado, lhe deu uma oportunidade para trabalhar como office boy. Numa tarde nublada, descobriram que, na ausência do chefe, ele estava soltando fogos de artifício na escada. Ele disparou, numa sequência rápida, uma série de rojões violentos, girândolas ameaçadoras, busca-pés que explodiam ruidosamente – e a coisa poderia ter ficado muito séria. Um pânico terrível se espalhou pelo prédio todo. Escriturários de olhos esbugalhados corriam em pânico pelos corredores cheios de fumaça, chapéus de seda e comerciantes idosos rolavam escada abaixo, um para cada lado. Stevie não parecia se alegrar com o que tinha feito. Seus motivos para essa façanha original eram difíceis de descobrir.

O AGENTE SECRETO

Foi só mais tarde que Winnie obteve dele uma confissão vaga e confusa. Parece que outros dois office boys do prédio tinham-no sensibilizado com histórias de injustiça e opressão até fazer que a sua compaixão atingisse aquele desvario extremo. Mas o amigo do seu pai, naturalmente, demitiu-o sumariamente, para impedir que ele lhe arruinasse o negócio. Depois daquele feito altruísta, Stevie foi mandado para a cozinha do porão para ajudar a lavar pratos e para passar graxa preta nas botas dos cavalheiros que patrocinavam a mansão de Belgravia. Esse trabalho, evidentemente, não tinha futuro. Os cavalheiros lhe davam uma gorjeta de 1 *shilling* de vez em quando. O sr. Verloc revelou-se o mais generoso dos inquilinos. De modo geral, porém, aquilo tudo não significava muito, nem como renda, nem como perspectiva; de modo que, quando Winnie anunciou que estava noiva do sr. Verloc, sua mãe não pôde deixar de pensar, enquanto suspirava e voltava o olhar para a pia de louça ao lado da cozinha, o que seria agora do pobre Stephen.

Aparentemente, o sr. Verloc estava disposto a levá-lo junto com a mãe da sua esposa e a mobília, que era a única riqueza visível da família. Ele acolheu tudo assim como veio em seu bondoso e generoso coração. Os móveis foram distribuídos da melhor maneira possível por toda a casa, mas a mãe da sra. Verloc ficou confinada a dois quartos de fundo no primeiro andar. O desafortunado Stevie dormia em um deles. Foi nessa época que pelos esparsos e macios passaram a cobrir, como uma névoa dourada, o contorno acentuado da sua pequena mandíbula inferior. Ele ajudava a irmã nas tarefas domésticas com um amor e uma docilidade incondicionais. O sr. Verloc pensava que seria bom que ele tivesse uma ocupação. Ele passava o tempo livre desenhando círculos com o compasso e o lápis numa folha de papel, e se dedicava bastante a esse passatempo, com os cotovelos separados e debruçado sobre a mesa. Através da porta aberta do salão que ficava atrás da loja, Winnie, sua irmã, olhava de vez em quando para ele com um cuidado maternal.

CAPÍTULO II

Essa era a casa, a família e o negócio que o sr. Verloc deixou atrás de si quando tomou o rumo oeste às dez e meia da manhã. Era extraordinariamente cedo para ele. Todo o seu corpo exalava o encanto de um frescor que lembrava o orvalho. Ele trazia o sobretudo azul desabotoado; as botas brilhavam; o rosto, recém-escanhoado, tinha uma espécie de brilho, e até mesmo os olhos de pálpebras pesadas, revigorados por uma noite de sono tranquilo, lançavam olhares relativamente vigilantes. Através das grades do parque esses olhares observaram homens e mulheres caminhando pela Row, casais passando por ele com elegância, outros avançando tranquilamente numa calçada, grupos errantes de três ou quatro pessoas, cavaleiros solitários com ar reservado e mulheres solitárias seguidas de longe por um cavalariço com um laço no chapéu e um cinto de couro por cima do casaco apertado. Carruagens passavam depressa, a maioria puxada por dois cavalos, e aqui e ali uma caleche cujo interior era forrado com a pele de um animal selvagem, e um rosto e um chapéu de mulher emergindo acima da capota dobrada. E um sol tipicamente londrino – contra o qual não se podia dizer nada, a não ser que parecia injetado de sangue – exaltava tudo isso com seu olhar fixo. Ele estava suspenso a uma altura razoável, acima do Hyde Park Corner, com um ar vigilante pontual e afável. O próprio passeio debaixo dos pés do sr. Verloc tinha uma cor de ouro velho àquela luz difusa em que nem muro, nem árvore, nem animal, nem homem faz sombra. O sr. Verloc seguia para oeste cruzando uma cidade sem sombras, num ambiente de ouro velho em pó. Havia lampejos rubros e acobreados nos telhados das casas, nas quinas dos muros, nas janelas das carruagens, no próprio pelo dos cavalos e nas costas largas do sobretudo do sr. Verloc, onde produziam um efeito sombrio de ferrugem. Mas o sr. Verloc não tinha a menor ideia de que estava enferrujando. Ele examinava através das grades do parque os sinais de riqueza da cidade com um olhar de aprovação. Era preciso proteger todas essas pessoas. A proteção é a primeira necessidade da riqueza e do luxo. Elas tinham de ser protegidas; e seus cavalos, suas carruagens, suas casas e seus empregados tinham de ser protegidos. E a fonte da sua riqueza tinha de ser protegida no centro da cidade e no centro do país; toda a ordem social favorável ao seu ócio saudável tinha de ser protegida contra a inveja patética do trabalho insalubre. Ela tinha de ser protegida – e o sr. Verloc teria esfregado as mãos de satisfação se não fosse intrinsecamente avesso a qualquer esforço supérfluo. Seu ócio não era saudável, mas lhe servia muito bem. Ele se dedicava a ele, de certo modo, com uma espécie de fanatismo inerte, ou melhor, talvez com uma inércia fanática. Nascido de pais diligentes para enfrentar uma vida de trabalho duro, ele tinha adotado a indolência com um impulso tão profundo como inexplicável, e tão imperioso como o impulso que leva um homem a preferir uma determinada mulher no meio de milhares de outras. Ele era preguiçoso demais até para ser um simples demagogo, um orador operário, um líder trabalhista. Dava muito trabalho. Ele pedia uma forma mais perfeita de tranquilidade; ou pode ter acontecido de ser vítima de uma desconfiança filosófica na eficácia de qualquer esforço humano. Essa forma de indolência exige, sugere uma certa porção de inteligência. O sr. Verloc não era desprovido de inteligência – e diante da ideia de uma ordem social ameaçada ele talvez tivesse dado uma piscadela para si mesmo em sinal de ceticismo, se isso não

O AGENTE SECRETO

lhe exigisse esforço. Seus olhos grandes e saltados não eram feitos para piscar. Eram mais do tipo que se fecha solenemente no sono, com um efeito impressionante.

Retraído e pesado à maneira de um porco gordo, e sem esfregar as mãos de satisfação nem piscar ceticamente diante dos seus pensamentos, o sr. Verloc prosseguiu seu caminho. Ele pisava forte na calçada com suas botas brilhantes, e a sua roupa parecia-se, no geral, com a de um mecânico próspero que era dono do próprio negócio. Ele poderia ter sido qualquer coisa, de fabricante de molduras de quadro a serralheiro ou empregador de mão de obra em pequena escala. Mas também tinha uma aparência que nenhum mecânico poderia ter adquirido no exercício do seu trabalho manual, por mais fraudulento que ele tivesse sido: a aparência típica dos homens que vivem dos vícios, da insensatez e dos temores mais abjetos da humanidade. O ar de niilismo moral típico dos donos dos antros de jogatina e das casas de tolerância; dos detetives particulares e investigadores; dos vendedores de bebidas e, devo dizer, dos vendedores de cintas elétricas revigorantes e dos inventores de remédios vendidos sem receita. Quanto a estes, porém, não tenho certeza, pois não aprofundei tanto assim minhas investigações. Até onde sei, o semblante destes últimos pode ser absolutamente diabólico. Não me surpreenderia. O que quero assegurar é que o semblante do sr. Verloc não era, de modo algum, diabólico.

Antes de chegar a Knightsbridge, o sr. Verloc virou à esquerda para escapar da movimentada rua principal, barulhenta em razão do tráfego de ônibus balouçantes e furgões puxados a cavalo, e pegar o fluxo veloz e quase silencioso dos cabriolés. Debaixo do chapéu, que ele usava com uma cobertura na parte de trás, seu cabelo tinha sido cuidadosamente penteado até adquirir uma respeitosa maciez, pois o assunto que ele tinha de tratar era numa embaixada. E o sr. Verloc, sólido como uma rocha – um tipo maleável de rocha –, marchava agora por uma rua que poderia ser descrita, com toda a propriedade, como particular. Sua amplitude, seus espaços vazios e sua extensão tinham a majestade da natureza inorgânica, da matéria que nunca morre. A única coisa que lembrava a mortalidade era o fiacre de um médico parado perto do meio-fio em augusta solidão. As aldravas elegantes das portas brilhavam até onde a vista podia alcançar, as janelas imaculadas reluziam com um brilho opaco acentuado. E o silêncio imperava. Mas uma carroça de leite matraqueou ruidosamente ao longe; um entregador de açougue, dirigindo com a nobre temeridade de um cocheiro de biga nos Jogos Olímpicos, irrompeu violentamente na esquina sentado bem no alto de um par de rodas vermelhas. Um gato com cara de culpado que saiu de baixo das pedras correu durante um certo tempo na frente do sr. Verloc, depois mergulhou em outro porão; e um policial gordo, que parecia estranho a qualquer emoção, como se também fizesse parte da natureza inorgânica, surgindo aparentemente de dentro de um poste de luz, não deu a menor atenção ao sr. Verloc. Ao virar à esquerda, o sr. Verloc seguiu seu caminho por uma rua estreita ladeada por um muro amarelo que, por algum motivo incompreensível, trazia Praça Chesham, n.1 escrito nele com letras pretas. A praça Chesham estava a pelo menos sessenta jardas de distância, e o sr. Verloc, suficientemente cosmopolita para não ser ludibriado pelos mistérios topográficos de Londres, seguiu em frente calmamente, sem demonstrar surpresa nem indignação. Finalmente, com uma persistência profissional, ele chegou à praça e cruzou-a na diagonal até o número 10. O número pertencia a um imponente portão de carruagem em um muro alto e imaculado entre duas casas, uma das quais trazia, de maneira suficientemente racional, o número 9, e a outra tinha o número 37; mas o fato de que esta última fazia parte da rua Porthill, uma rua muito conhecida no bairro, era anunciado por uma inscrição colocada acima das janelas do térreo por uma autoridade qualquer, extremamente eficiente, que estava encarregada de manter um registro das casas isoladas de Londres. Por que não se pede ao Parlamento uma autorização (um breve decreto bastaria) obrigando esses edifícios a voltar aonde pertencem é um dos mistérios da administração municipal. O sr. Verloc não incomodou sua cabeça com aquele assunto; sua missão na vida era proteger a estrutura social, não aperfeiçoá-la nem criticá-la.

O AGENTE SECRETO

Era tão cedo que o porteiro da Embaixada saiu às pressas do seu posto ainda brigando com a manga esquerda do casaco do uniforme. Seu colete era vermelho e ele usava culotes, mas parecia estar agitado. Percebendo a investida a seu flanco, o sr. Verloc rechaçou-a estendendo simplesmente um envelope identificado com as armas da Embaixada e seguiu em frente. Ele apresentou o mesmo amuleto para o criado de libré que abriu a porta e recuou para deixá-lo entrar no saguão.

Uma chama clara crepitava numa lareira alta. Um homem idoso, de pé com as costas voltadas para a lareira, usando traje de noite e uma corrente ao redor do pescoço, levantou o olhar do jornal que mantinha aberto com ambas as mãos diante do rosto tranquilo e circunspecto. Não se moveu; mas outro criado, que usava calças marrons e um casaco de fraque debruado com fios amarelos finos, aproximou-se do sr. Verloc, ouviu-o murmurar o seu nome e, girando nos calcanhares em silêncio, pôs-se a caminhar, sem olhar uma única vez para trás. O sr. Verloc, conduzido assim por um corredor no térreo que ficava à esquerda da grande escadaria atapetada, foi subitamente orientado a entrar numa sala bem pequena mobiliada com uma sólida escrivaninha e algumas cadeiras. O criado fechou a porta, deixando o sr. Verloc sozinho. Ele não se sentou. Com o chapéu e a bengala em uma das mãos, olhou ao redor, passando a outra mão rechonchuda na cabeça luzidia descoberta.

Outra porta se abriu silenciosamente, e o sr. Verloc, fixando o olhar naquela direção, avistou inicialmente apenas roupas pretas, o cocuruto careca de uma cabeça e suíças cinza-escuras curvadas para baixo, ladeando um par de mãos enrugadas. A pessoa que entrou estava segurando uma pilha de papéis diante dos olhos e caminhou até a mesa com um andar meio afeminado, enquanto virava os papéis. O conselheiro privado Wurmt, *Chancelier d'Ambassade*, era meio míope. Tendo depositado os papéis na mesa, o ilustre funcionário exibiu um rosto de aparência pálida e melancólica feiura, rodeado de longos e delicados pelos cinza-escuros, contidos com dificuldade por sobrancelhas cheias e cerradas. Ele pôs um *pince-nez* de aros pretos no nariz curvo e disforme, e pareceu assustado com a presença do sr. Verloc. Debaixo das enormes sobrancelhas, seus olhos defeituosos piscaram pateticamente através dos óculos.

Ele não fez menção de cumprimentá-lo, no que foi acompanhado pelo sr. Verloc, que certamente conhecia o seu lugar; mas uma alteração sutil no contorno dos ombros e das costas sugeriu uma leve flexão da coluna vertebral do sr. Verloc por baixo da vasta superfície do seu sobretudo. O efeito foi uma discreta deferência.

"Tenho aqui alguns dos seus relatórios", disse o burocrata com voz surpreendentemente baixa e cansada, enquanto pressionava fortemente os papéis com a ponta do dedo indicador. Fez uma pausa; e o sr. Verloc, que tinha identificado sua própria caligrafia muito bem, esperou silenciosamente, quase sem respirar. "Não estamos muito satisfeitos com a atitude da polícia local", prosseguiu o outro, aparentando um enorme cansaço mental.

Embora não se movessem, os ombros do sr. Verloc pareceram se encolher. E pela primeira vez desde que saíra de casa naquela manhã, seus lábios se abriram.

"Todo país tem sua polícia", ele disse filosoficamente. Porém, como o funcionário da Embaixada continuasse a piscar para ele sem parar, sentiu-se forçado a acrescentar: "Permita-me observar que não tenho como influenciar a polícia local".

"O desejável", disse o homem dos papéis, "é que ocorra algo decisivo que desperte a atenção deles. Isso é da sua alçada, não é?"

O sr. Verloc respondeu apenas com um suspiro, que lhe escapou involuntariamente, pois ele procurou imediatamente dar ao rosto um ar de animação. O funcionário piscou de maneira indefinida, como se a luz embaçada da sala o incomodasse. Ele repetiu, distraído.

"A atenção da polícia – e o rigor dos magistrados. A leniência geral do processo judicial aqui e a ausência absoluta de medidas repressivas são um escândalo para a Europa. O que se deseja por ora é acentuar o mal-estar – a fermentação que certamente existe..."

"Certamente, certamente", interrompeu o sr. Verloc, em um profundo baixo respeitoso, denotando qualidade oratória, tão diferente do tom que ele empregara antes que o seu interlocutor

O AGENTE SECRETO

ficou extremamente surpreso. "Ele existe num nível perigoso. Meus relatórios dos últimos doze meses deixam isso muito claro."

"Os li os seus relatórios dos últimos doze meses", começou o conselheiro de Estado Wurmt com seu tom suave e controlado. "Não consegui descobrir sequer por que você os escreveu."

Um silêncio pesado imperou durante um certo tempo. O sr. Verloc parecia ter engolido a língua, e o outro olhava fixamente os papéis sobre a mesa. Por fim, ele os afastou um pouquinho.

"Supõe-se que o estado de coisas que você expõe ali exista como a condição inicial do seu trabalho. Não precisamos de documentos escritos no momento, e sim de trazer à luz um fato indiscutível e significativo... quase que eu ia dizendo um fato alarmante."

"Não preciso dizer que todos os meus esforços serão voltados para esse objetivo", disse o sr. Verloc, modulando de maneira convincente o tom áspero e coloquial da sua voz. Mas a percepção de que estava sendo cuidadosamente ignorado por trás do brilho cego daquelas lentes do outro lado da mesa deixou-o desorientado. Calou-se bruscamente, com um gesto de total devoção. O membro hábil e dedicado, embora obscuro, da Embaixada parecia estar impressionado com uma ideia que acabara de lhe ocorrer.

"Você tem um corpo avantajado", disse.

Essa observação, sem dúvida de caráter psicológico, e proferida com a hesitação despretensiosa de um funcionário mais familiarizado com a tinta e o papel do que com as exigências da vida prática, magoou o sr. Verloc como se fosse um comentário pessoal indelicado. Ele deu um passo para trás.

"Ei! O que o senhor acabou de dizer?", exclamou, profundamente indignado.

O *chancelier d'ambassade*, responsável pela condução do encontro, aparentemente concluiu que era demais para ele.

"Penso", disse ele, "que é melhor você conversar com o sr. Vladimir. Sim, decididamente, penso que você deve conversar com o sr. Vladimir. Tenha a bondade de esperar aqui", acrescentou, e saiu com seu andar afeminado.

O sr. Verloc passou imediatamente a mão no cabelo. Algumas gotas de suor tinham brotado em sua testa. Ele deixou o ar escapar pelos lábios apertados, como se estivesse assoprando uma colher de sopa quente. Mas, quando o criado trajando marrom apareceu silenciosamente na porta, o sr. Verloc não tinha se afastado nem uma polegada do lugar que ocupara durante a conversa. Ele permanecera imóvel, como se se sentisse rodeado de armadilhas.

Ele percorreu um corredor iluminado por um único bico de gás, depois subiu um lance de escadas em caracol e atravessou um corredor envidraçado e agradável no primeiro andar. O criado de libré abriu rapidamente uma porta e permaneceu de lado. Os pés do sr. Verloc perceberam que o tapete era espesso. Era uma sala grande com três janelas; e um jovem de rosto grande e escanhoado, sentado numa poltrona espaçosa diante de uma enorme escrivaninha de mogno, disse em francês para o *chancelier d'ambassade*, que estava saindo com os papéis na mão:

"Você tem toda a razão, *mon cher*. Como é gordo esse animal!"

O sr. Vladimir, primeiro secretário, granjeara uma reputação de salão como um homem agradável e divertido. Era uma espécie de queridinho da sociedade. Sua estratégia consistia em descobrir relações engraçadas entre ideias incompatíveis; e quando falava dessa maneira ele se sentava bem na parte da frente da cadeira, com a mão esquerda levantada, como se apresentasse as explicações engraçadas entre o polegar e o indicador, enquanto o rosto redondo e escanhoado mostrava uma expressão de alegre perplexidade.

Mas não havia nenhum sinal de alegria ou perplexidade no modo como ele olhou para o sr. Verloc. Recostado bem na parte de trás da poltrona funda, com os cotovelos bem afastados e uma das pernas por cima do joelho encorpado, ele tinha, com o semblante liso e rosado, o ar de um afortunado bebê sobrenatural que não tolera bobagem de ninguém.

"Você fala francês, não?", disse ele.

O sr. Verloc disse que sim, com a voz rouca. Todo o seu corpanzil estava inclinado para a frente. Ele estava de pé em cima do tapete no meio da sala, apertando o chapéu e a bengala com uma das mãos, enquanto a outra pendia sem vida ao seu lado. Ele murmurou discretamente, lá no fundo da garganta, algo acerca

O AGENTE SECRETO   31

de ter prestado serviço militar na artilharia francesa. Imediatamente, com arrogante perversidade, o sr. Vladimir trocou de idioma e passou a falar inglês nativo, sem o menor sinal de sotaque estrangeiro.

"Ah! Sim. Naturalmente. Vejamos. Quanto tempo você pegou por ter obtido o projeto do bloco de culatra aperfeiçoado do canhão de campanha deles?"

"Cinco anos de rigoroso confinamento numa fortaleza", o sr. Verloc respondeu inesperadamente, mas sem demonstrar qualquer emoção.

"Você se deu bem", foi o comentário do sr. Vladimir. "E, de todo modo, bem feito, quem mandou você deixar que o pegassem? O que fez você ser preso por aquele tipo de coisa, hein?"

Ouviu-se a voz áspera e coloquial do sr. Verloc fazer referência à juventude, à paixão fatal por uma reles...

"Ahá! *Cherchez la femme*", o sr. Vladimir dignou-se a interromper, irredutível, mas sem amabilidade; pelo contrário, havia um toque sombrio em sua condescendência. "Há quanto tempo você trabalha para esta Embaixada?", perguntou.

"Desde o tempo do finado barão Stott-Wartenheim", respondeu o sr. Verloc, falando mais baixo e projetando tristemente os lábios, em sinal de pesar pelo diplomata falecido. O primeiro secretário observou calmamente esse jogo fisionômico.

"Ah! Desde o tempo... Bem! O que tem a dizer em sua defesa?", perguntou rispidamente.

O sr. Verloc respondeu, meio surpreso, que não sabia que tinha algo especial a dizer. Ele tinha sido intimado por meio de uma carta... E, apressado, mergulhou a mão no bolso lateral do sobretudo; mas, diante da atenção cínica do sr. Vladimir, achou melhor deixá-la ali.

"Bah!", disse este último. "O que significa esse mau estado em que você se encontra? Você não tem nem o físico adequado para a profissão. Você... um membro do proletariado morto de fome... jamais! Você... um socialista ou anarquista desesperado... qual dos dois?"

"Anarquista", disse o sr. Verloc num fio de voz.

"Bobagem!", prosseguiu o sr. Vladimir, sem levantar a voz. "Você surpreendeu até o velho Wurmt. Você não seria capaz de enganar um idiota. A propósito, eles todos são idiotas, mas você me parece simplesmente absurdo. Então você iniciou seu relacionamento conosco roubando os projetos das armas francesas. E se deixou apanhar. Nosso governo deve ter achado isso extremamente embaraçoso. Você não parece ser muito inteligente."

Com a voz rouca, o sr. Verloc tentou se justificar.

"Como tive a oportunidade de mencionar antes, uma paixão fatal por uma reles..."

O sr. Vladimir ergueu a mão branca e rechonchuda. "Ah, sim. A fatídica ligação... da sua juventude. Ela pegou o dinheiro e depois o entregou à polícia, não é?"

A transformação dolorosa na fisionomia do sr. Verloc e o abatimento instantâneo de todo o seu corpo comprovaram que, infelizmente, era isso que tinha acontecido. A mão do sr. Vladimir pressionou o tornozelo que repousava em cima do joelho. A meia era de seda azul-marinho.

"Veja bem, você não demonstrou muita inteligência. Talvez seja suscetível demais."

O sr. Verloc sugeriu, com um murmúrio gutural e velado, que ele não era mais jovem.

"Oh! Essa é uma fraqueza que a idade não cura", observou o sr. Vladimir com sinistra familiaridade. "Mas não! Você é gordo demais para isso. Você não poderia ter ficado com essa aparência se tivesse um pingo de suscetibilidade. Vou lhe dizer qual é o problema: para mim você é um sujeito preguiçoso. Há quanto tempo você recebe dinheiro desta Embaixada?"

"Onze anos", foi a resposta, depois de um momento de hesitação. "Fui encarregado de diversas missões em Londres enquanto Sua Excelência o barão Stott-Wartenheim ainda era embaixador em Paris. Então, seguindo as instruções de Sua Excelência, instalei-me em Londres. Sou inglês."

"Você é inglês! Será que é mesmo? Hein?"

"Um súdito inglês nato", o sr. Verloc respondeu, impassível. "Mas, como meu pai era francês, eu..."

"Não precisa explicar", interrompeu o outro. "Suponho que você poderia ter sido, legalmente, um marechal francês e um membro do Parlamento inglês... e então, de fato, você poderia ter alguma utilidade para a nossa Embaixada."

O voo da imaginação provocou algo que lembrou um leve sorriso no rosto do sr. Verloc. O sr. Vladimir manteve uma imperturbável seriedade.

"Mas, como eu disse, você é um sujeito preguiçoso; não aproveita as oportunidades. No tempo do barão Stott-Wartenheim esta Embaixada era dirigida por um punhado de imbecis, que fizeram que sujeitos como você criassem uma falsa ideia da natureza dos recursos do serviço secreto. Meu trabalho é corrigir esse mal-entendido dizendo a você o que o serviço secreto não é. Não é uma instituição filantrópica. Eu mandei chamá-lo aqui para dizer-lhe isso."

Ao perceber a forçada expressão de espanto no rosto do sr. Verloc, o sr. Vladimir sorriu sarcasticamente.

"Vejo que você me compreende perfeitamente. Suponho que seja suficientemente inteligente para fazer o seu trabalho. O que queremos agora é ação... ação."

Enquanto repetia a última palavra, o sr. Vladimir pousou o longo indicador branco na beirada da escrivaninha. A voz do sr. Verloc perdeu qualquer traço de rouquidão. A nuca do pescoço maciço ficou vermelha acima da gola de veludo do sobretudo. Seus lábios tremeram antes de se abrirem por completo.

"Se o senhor tiver a bondade de consultar meu relatório", trovejou ele com a sua poderosa e clara voz grave de orador, "verá que eu fiz uma advertência há apenas três meses, por ocasião da visita do grão-duque Romuald a Paris, que foi telegrafada daqui para a polícia francesa, e..."

"Tsk, tsk!", interrompeu o sr. Vladimir, carrancudo. "A sua advertência não teve nenhuma utilidade para a polícia francesa. Pare de berrar desse jeito. Que diabos está pensando?"

Com um tom de voz humilde, mas altivo, o sr. Verloc se desculpou por ter perdido a cabeça. Segundo ele, sua voz – célebre durante anos nos comícios ao ar livre e nas assembleias de trabalhadores em grandes salões – contribuíra para consolidar sua reputação de camarada sincero e confiável. Portanto, ela fazia parte da sua função, tinha inspirado confiança em seus princípios. "Os líderes sempre me escolheram para falar nos momentos decisivos", declarou o sr. Verloc, com evidente satisfação. Ele conseguia se fazer ouvir acima de qualquer alarido, acrescentou. E, subitamente, passou a fazer uma demonstração.

"Permita-me", disse ele. Com a cabeça reclinada, sem olhar para cima, ele atravessou rapidamente a sala com seu andar pesado até uma das janelas francesas. Como se desse vazão a um impulso incontrolável, ele abriu-a um pouco. Surpreso, o sr. Vladimir saltou célere das profundezas da poltrona e olhou por cima dos ombros do sr. Verloc; lá embaixo, do outro lado do pátio da Embaixada, bem depois do portão aberto, viam-se as costas largas de um policial, que olhava distraído o deslumbrante carrinho de bebê de um recém-nascido rico sendo empurrado com grande pompa através da praça.

"Guarda!", disse o sr. Verloc, com o mesmo esforço que faria se estivesse sussurrando; e o sr. Vladimir deu uma gargalhada ao ver o policial girar como se tivesse sido espetado por um instrumento pontiagudo. O sr. Verloc fechou a janela silenciosamente e voltou para o centro da sala.

"Com uma voz dessas", disse ele, adotando o tom coloquial rouco, "era natural que confiassem em mim. Ademais, eu também sabia o que dizer."

Ajeitando a gravata, o sr. Vladimir observou o sr. Verloc pelo espelho que ficava acima da cornija da lareira.

"Suponho que você conheça de cor o jargão revolucionário", disse ele com desdém. "*Vox et...* Você nunca estudou latim, estudou?"

"Não", murmurou o sr. Verloc. "O senhor não esperava que eu soubesse latim. Eu sou gente do povo. Quem sabe latim? Apenas algumas centenas de imbecis que não são capazes de cuidar de si mesmos."

Durante cerca de trinta segundos ou mais, o sr. Vladimir examinou no espelho o perfil corpulento, a massa grosseira do homem atrás de si. Ao mesmo tempo, ele tinha a vantagem

O AGENTE SECRETO

de ver o próprio rosto, escanhoado e redondo, rosado em volta do queixo, e com os lábios finos e delicados concebidos justamente para proferir os ditos espirituosos delicados que o tinham tornado um favorito na alta sociedade. Depois ele se voltou e avançou sala adentro com tamanha determinação que até as extremidades do nó estranhamente antiquado da sua gravata pareceram se eriçar em terríveis ameaças. O movimento foi tão rápido e impetuoso que o sr. Verloc, dando uma olhadela de lado, tremeu por dentro.

"Ahá! Você tem a ousadia de ser insolente", começou o sr. Vladimir, com uma entonação surpreendentemente gutural, não apenas completamente não inglesa como absolutamente não europeia, e espantosa até mesmo para o sr. Verloc, que conhecia os cortiços cosmopolitas. "Você tem a ousadia! Bem, vou falar em bom inglês com você. Voz não basta. Sua voz não nos serve de nada. Não queremos uma voz. Queremos fatos, fatos surpreendentes, que diabo", acrescentou, com uma espécie de feroz discrição, bem na cara do sr. Verloc.

"Não tente vir para cima de mim com seus modos do Norte", defendeu-se o sr. Verloc com a voz rouca, olhando para o tapete. Diante disso, o seu interlocutor, com um sorriso zombeteiro por cima do nó eriçado da gravata, passou a falar em francês.

"Você se toma por um *agent provocateur*. O trabalho típico de um *agent provocateur* é provocar. Até onde eu posso concluir da sua folha de serviços mantida aqui, nos últimos três anos você não fez nada para merecer o dinheiro que lhe damos."

"Nada!", exclamou Verloc, sem se mover nem erguer os olhos, mas transparecendo uma genuína emoção no tom de voz. "Várias vezes eu evitei o que poderia ter sido..."

"Existe um ditado neste país que diz que a prevenção é melhor do que a cura", interrompeu o sr. Vladimir, jogando-se na poltrona. "Em linhas gerais, é um ditado estúpido. Nunca dá para prevenir tudo. Mas é algo típico daqui; neste país, as pessoas têm aversão ao poder de decidir. Não seja inglês demais. E, neste caso específico, não seja ridículo. O mal já está feito. Não precisamos de prevenção, precisamos de cura."

Ele fez uma pausa, voltou-se para a escrivaninha e, virando alguns documentos que ali estavam, falou com um tom de voz pragmático, sem olhar para o sr. Verloc.

"Você está sabendo, naturalmente, da Conferência Internacional que está ocorrendo em Milão."

O sr. Verloc fez notar, com voz rouca, que tinha o hábito de ler os jornais. Para uma segunda pergunta, a sua resposta foi que, naturalmente, ele compreendia o que lia. Diante disso, o sr. Vladimir, sorrindo ligeiramente para os documentos que continuava a esmiuçar um depois do outro, murmurou: "Desde que não esteja escrito em latim, eu suponho".

"Ou chinês", acrescentou o sr. Verloc, impassível.

"Hmm. Alguns desabafos dos seus amigos revolucionários estão escritos numa *algaravia* tão incompreensível como o chinês..." O sr. Vladimir deixou cair com desprezo uma folha cinza de material impresso. "O que são todos esses folhetos intitulados F. P., com um martelo, uma caneta e uma tocha cruzados? O que esse F. P. significa?" O sr. Verloc se aproximou da imponente escrivaninha.

"O Futuro do Proletariado. É uma associação", explicou, ficando de pé ostensivamente ao lado da poltrona, "em princípio não anarquista, mas aberta a todas as nuances de pontos de vista revolucionários."

"Você faz parte dela?"

"Sou um dos vice-presidentes", o sr. Verloc soltou o ar com dificuldade; e o primeiro secretário da Embaixada ergueu a cabeça e olhou na sua direção.

"Então deveria estar envergonhado", disse de maneira incisiva. "A sua associação não é capaz de fazer mais nada senão imprimir essa bobagem profética com tipos mal acabados num papel imundo, hein? Por que você não faz alguma coisa? Olhe aqui. Estou com esta matéria agora nas mãos, e eu lhe digo, com toda a franqueza, que você vai ter de fazer jus à sua paga. Os bons e velhos tempos de Stott-Wartenheim chegaram ao fim. Não trabalhou, não recebe."

As pernas firmes do sr. Verloc foram tomadas por uma estranha fraqueza. Ele recuou um passo e assoou ruidosamente o nariz.

O AGENTE SECRETO

Na verdade, ele estava surpreso e alarmado. Os raios de sol desbotados que a custo venciam o nevoeiro londrino espalhavam um brilho tépido no escritório particular do primeiro secretário; e, no silêncio, o sr.Verloc ouviu, diante de um vidro da janela, o zumbido fraco de uma mosca – a sua primeira mosca do ano – anunciando, melhor que um monte de andorinhas, a chegada da primavera. A agitação inútil do minúsculo organismo afetou de forma desagradável aquele homenzarrão ameaçado por sua indolência.

Durante a pausa, o sr. Vladimir elaborou mentalmente uma série de comentários depreciativos relacionados ao rosto e à aparência do sr. Verloc. O sujeito era surpreendentemente vulgar e descaradamente ignorante. Ele lembrava muito um mestre encanador que veio trazer a conta. O primeiro secretário da Embaixada, em razão de suas incursões ocasionais pela esfera do humor americano, tinha formado uma opinião especial sobre aquela categoria de mecânico como sendo a personificação da preguiça e da incompetência fraudulentas.

Era esse, então, o célebre e honrado agente secreto, tão secreto que nunca fora designado de outra maneira que não fosse o símbolo Δ na correspondência oficial, semioficial e confidencial do finado barão Stott-Wartenheim; o renomado agente Δ, cujos alertas tinham o poder de mudar os esquemas e as datas das viagens reais, imperiais e grã-ducais, e às vezes provocavam seu cancelamento puro e simples! Aquele sujeito! E o sr. Vladimir se perdeu mentalmente num perverso e ridículo acesso de alegria, em parte devido a sua própria perplexidade, que ele considerou ingênua, mas sobretudo à custa daquele que todos pranteavam, o barão Stott-Wartenheim. Sua finada Excelência, que o augusto favor do seu amo imperial tinha imposto como embaixador a vários ministros das Relações Exteriores relutantes, carregara em vida a fama de ser um solene e crédulo pessimista. Sua Excelência era obcecado pela revolução social. Ele se imaginava um diplomata escolhido, por um plano especial, para assistir ao fim da diplomacia, e muito em breve ao fim do mundo, num horrendo levante democrático. Seus despachos proféticos e lúgubres tinham sido, durante anos, motivo de piada nas chancelarias. Dizia-se que ele tinha gritado no leito de morte (visitado por seu amigo e amo imperial): "Desventurada Europa! Tu perecerás pela irresponsabilidade moral dos teus filhos!". Ele estava fadado a ser vítima do primeiro cafajeste impostor que apareceu, pensou o sr. Vladimir, esboçando um sorriso na direção do sr. Verloc.

"Você deveria venerar a memória do barão Stott-Wartenheim", gritou subitamente.

O semblante humilhado do sr. Verloc deixou transparecer uma tristeza lúgubre e cansada.

"Permita-me mencionar ao senhor", disse ele, "que vim aqui porque fui intimado por uma carta taxativa. Estive aqui apenas duas vezes nos últimos onze anos, e certamente nunca às onze da manhã. Não é muito sensato me intimar dessa maneira. Existe a possibilidade de ser visto, e isso não teria a menor graça para mim."

O sr. Vladimir deu de ombros.

"Eu não teria mais utilidade", prosseguiu o outro com veemência.

"Isso é problema seu", murmurou o sr. Vladimir, com imperturbável grosseria. "Quando você deixar de ser útil, deixará de ser usado. Sim. Imediatamente. Sem mais. Você será..." O sr. Vladimir ergueu as sobrancelhas, fez uma pausa, sentindo-se perdido por não encontrar uma expressão suficientemente vernacular, mas logo ficou alegre de novo, e deu um sorriso largo com dentes maravilhosamente brancos. "Você será descartado", disparou ele com crueldade.

Uma vez mais o sr. Verloc teve de reagir com todas as suas forças diante da sensação de fraqueza que lhe descia pelas pernas, sensação essa que outrora inspirara a um pobre-diabo a frase oportuna: "Meu coração afundou dentro das botas". Ciente dessa sensação, o sr. Verloc ergueu a cabeça corajosamente.

O sr. Vladimir sustentou o olhar fortemente inquisidor com total serenidade.

"O que precisamos é ministrar um tônico na Conferência de Milão", disse ele alegremente. "Suas deliberações acerca de uma ação internacional para eliminar os crimes políticos parecem não dar em nada. A Inglaterra está ficando para trás. O respeito piegas

O AGENTE SECRETO   39

pela liberdade individual neste país é ridículo. É insuportável pensar que todos os seus amigos só precisam vir para…"

"Desse modo eu posso tê-los todos sob o meu controle", o sr. Verloc interrompeu com a voz rouca.

"Seria muito mais interessante tê-los todos trancados a sete chaves. É preciso pôr a Inglaterra nos trilhos. A imbecil burguesia deste país se torna cúmplice justamente das pessoas cujo objetivo é expulsá-la das suas casas para morrer de fome. Mas ela ainda dispõe de poder político, se ao menos tiver a sabedoria de usá-lo em sua defesa. Suponho que você concorda que a classe média é estúpida, não?"

O sr. Verloc concordou, com a voz rouca.

"É."

"Ela não tem imaginação. Está blindada por uma vaidade idiota. O que ela precisa agora mesmo é de um belo susto. Este é o momento psicológico de pôr seus amigos para trabalhar. Mandei chamá-lo aqui para lhe explicar o meu plano."

E o sr. Vladimir explicou seu plano com um ar de superioridade, recheado de desprezo e condescendência, demonstrando ao mesmo tempo um festival de ignorância quanto aos verdadeiros objetivos, pensamentos e métodos do universo revolucionário que encheu de desalento a alma do silencioso sr. Verloc. Ele confundia causas com efeitos além do perdoável, e os mais ilustres propagandistas com impulsivos atiradores de bombas; enxergava organização onde, pela natureza dos fatos, ela não poderia existir; uma hora se referia ao partido social revolucionário como um exército totalmente disciplinado, onde os comandantes tinham a última palavra, e depois como se ele fosse a associação mais instável de bandoleiros desesperados que nunca tinha acampado numa garganta de montanha. O sr. Verloc tinha aberto a boca uma vez para protestar, mas uma mão grande e simétrica erguida no ar o impedira. Ele logo ficou intimidado demais até para ensaiar um protesto. Ouviu com um silêncio apreensivo que lembrava uma imobilidade profundamente atenta.

"Uma série de atrocidades", prosseguiu o sr. Vladimir calmamente, "executadas aqui neste país; não somente *planejadas* aqui

– isso não seria suficiente –, eles não se importariam. Seus amigos poderiam ver metade do continente pegar fogo sem influenciar a opinião pública daqui em defesa de uma legislação repressiva universal. Aqui eles não olham além do próprio quintal."

O sr. Verloc limpou a garganta, mas lhe faltou coragem, e ele não disse nada.

"Essas atrocidades não precisam ser especialmente sangrentas", prosseguiu o sr. Vladimir, como se estivesse apresentando uma palestra científica, "mas elas devem ser suficientemente assustadoras... eficazes. Que elas sejam direcionadas aos edifícios, por exemplo. Qual é o fetiche do momento que a burguesia inteira reconhece, sr. Verloc?"

O sr. Verloc abriu as mãos e encolheu os ombros levemente.

"Você é preguiçoso demais para pensar", foi o comentário do sr. Vladimir diante daquele gesto. "Preste atenção ao que estou dizendo. O fetiche de hoje não é nem a realeza nem a religião. Portanto, o palácio e a igreja devem ser deixados em paz. Você entende o que eu quero dizer, sr. Verloc?"

O pavor e o desprezo do sr. Verloc encontraram uma válvula de escape numa tentativa de frivolidade.

"Perfeitamente. Mas e quanto às embaixadas? Uma série de ataques a diversas embaixadas", entabulou ele; mas não conseguiu suportar o olhar frio e inquiridor do primeiro secretário.

"Vejo que você sabe ser engraçado", observou este último com indiferença. "Tudo bem. Pode servir de estímulo para a sua oratória nos congressos socialistas. Mas aqui não é lugar disso. Seria infinitamente mais seguro que você seguisse cuidadosamente o que estou dizendo. Já que você está sendo intimado a apresentar fatos em vez de histórias da carochinha, seria melhor que tentasse tirar proveito daquilo que estou me esforçando para lhe explicar. O fetiche sacrossanto de hoje é a ciência. Por que você não convence alguns dos seus amigos a ir atrás daquele medalhão cara de pau, hein? Não faz parte dessas instituições o fato de precisarem ser eliminadas antes que o F. P. vire realidade?"

O sr. Verloc não disse nada. Ele não queria abrir a boca, com medo que lhe escapasse um gemido.

O AGENTE SECRETO

"É a isso que você deveria aspirar. Um atentado contra uma cabeça coroada ou um presidente é, de certo modo, suficientemente espetacular, mas não tanto como costumava ser. Ele passou a fazer parte da concepção geral de vida de todos os chefes de Estado. É quase convencional – especialmente a partir do momento em que tantos presidentes foram assassinados. Consideremos então um ataque contra, digamos, uma igreja. Suficientemente horrível à primeira vista, certamente, e ainda assim não tão eficaz como alguém de inteligência mediana pode pensar. Não importa o quão revolucionário e anarquista em sua origem, haveria uma quantidade suficiente de trouxas que atribuiriam a esse ataque o cunho de uma manifestação religiosa. E isso prejudicaria o significado desolador que desejamos dar ao ato. Um ataque mortífero a um restaurante ou a um teatro também padeceria da mesma sugestão de que se trataria de uma cólera não política: a exasperação de um homem faminto, um gesto de vingança social. Tudo isso já se esgotou; já deixou de ser instrutivo como lição objetiva de anarquismo revolucionário. Todos os jornais dispõem de frases feitas que minimizam essas manifestações. Estou disposto a lhe transmitir a filosofia do lançamento de bombas do meu ponto de vista; do ponto de vista ao qual você alega ter servido nos últimos onze anos. Vou procurar falar de uma maneira que lhe seja acessível. A sensibilidade da classe que você está atacando em breve estará entorpecida. O direito de propriedade lhes parece algo indestrutível. Você não pode contar com os seus sentimentos de piedade ou de medo por muito tempo. Atualmente, para que um ataque a bomba influencie a opinião pública, ele não pode ter apenas um caráter vingativo ou terrorista. Ele tem de ser simplesmente destrutivo. Ele tem de ser isso, e somente isso, sem a mais leve suspeita de que tenha outro objetivo qualquer. Vocês, anarquistas, devem deixar claro que estão absolutamente determinados a fazer uma faxina geral do universo social inteiro. Contudo, como enfiar essa ideia espantosamente absurda na cabeça da classe média para que não haja engano? Essa é a questão. A resposta é: direcionar os golpes a algo externo às paixões habituais da humanidade. Tem a arte, é claro. Uma bomba na National Gallery provocaria algum alvoroço, mas não seria suficientemente alarmante. A arte nunca foi um fetiche deles; é como quebrar algumas janelas do fundo da casa de alguém. Ao passo que, se realmente quiser mantê-los acordados, é preciso tentar, no mínimo, arrancar o telhado. Haveria alguns gritos, naturalmente, mas de quem? Dos artistas – críticos de arte e assim por diante –, gente sem importância. Ninguém liga para o que eles dizem. Mas existe o saber... a ciência. Qualquer imbecil com alguma renda acredita nela. Ele não sabe por que, mas acredita que, de algum modo, ela é importante. É o sacrossanto fetiche. No fundo, todos os malditos professores são radicais. Façam-nos saber que o seu famoso medalhão também tem de partir, para dar espaço ao Futuro do Proletariado. Um clamor produzido por todos esses idiotas intelectuais certamente ajudará a promover os trabalhos da Conferência de Milão. Eles vão escrever para os jornais. Sua indignação estaria acima de qualquer suspeita, uma vez que não haveria nenhum interesse material em jogo, e vai assustar cada ponta de egoísmo da classe a ser impressionada. Eles acreditam que, de uma forma misteriosa, a ciência está na origem da sua prosperidade material. Acreditam mesmo. E a crueldade absurda desse exemplo vai sensibilizá-los mais profundamente que uma rua inteira – ou um teatro inteiro – de mutilados, cheia de gente como eles. A respeito destes últimos, eles sempre podem dizer: 'Oh! É um simples ódio de classe'. Mas o que se pode dizer de um ato de crueldade avassaladora tão absurda a ponto de ser incompreensível, inexplicável, quase inimaginável... na verdade um ato de loucura? A loucura, por si só, é realmente horripilante, já que não é possível aplacá-la com ameaças, persuasão ou suborno. Além disso, eu sou um homem civilizado. Jamais sonharia em mandá-lo organizar uma simples carnificina, mesmo se esperasse os melhores resultados dela. Mas eu não esperaria que uma carnificina me desse o resultado de que preciso. O assassinato está sempre conosco. Ele é quase uma instituição. A demonstração deve ser contra o ensino, a ciência. Mas não qualquer ciência. O ataque deve ter toda a insanidade chocante da blasfêmia gratuita. Já que as bombas são o seu meio de expressão, seria muito

O AGENTE SECRETO

eficaz se alguém pudesse jogar uma bomba na matemática pura. Mas isso é impossível. Tenho tentado instruí-lo; expliquei a você a filosofia complexa da sua utilidade, e lhe sugeri alguns argumentos úteis. A aplicação prática dos meus ensinamentos interessa sobretudo a *você*. Porém, a partir do momento em que me dispus a entrevistá-lo, também passei a levar em conta o lado prático da questão. Que tal fazer uma incursão no terreno da astronomia?"

A imobilidade do sr. Verloc ao lado da poltrona já se assemelhava, havia algum tempo, a um estado de coma profundo – uma espécie de insensibilidade passiva interrompida por leves espasmos convulsivos, iguais aos que podemos notar nos cães domésticos que estão tendo um pesadelo no tapete junto à lareira. E foi com um apreensivo rosnado canino que ele repetiu a palavra: "Astronomia."

Ele ainda não tinha se recuperado inteiramente do estado de perplexidade provocado pelo esforço de acompanhar o discurso vertiginoso e incisivo do sr. Vladimir. O discurso superara sua capacidade de assimilação. Ele o deixara indignado. Essa indignação aumentava com a incredulidade. E, de súbito, ele percebeu claramente que aquilo tudo não passava de um chiste elaborado. O sr. Vladimir exibiu um sorriso de dentes brancos, e as covinhas no rosto redondo e rechonchudo pousaram, com uma inclinação complacente, sobre o laço eriçado da gravata. O favorito das mulheres de sociedade inteligentes tinha assumido a postura protocolar que acompanhava os delicados chistes espirituosos que ele proferia. Sentado bem na parte da frente da poltrona, a mão branca levantada, ele parecia reter delicadamente entre o polegar e o indicador a sutileza da sua associação de ideias.

"Não poderia haver nada melhor. Um atentado como esse reuniria o maior respeito possível pela humanidade com a demonstração mais aterradora de uma cruel estupidez. Desafio a criatividade dos jornalistas a convencer seus leitores de que qualquer membro do proletariado possa ter uma queixa pessoal contra a astronomia. A própria fome dificilmente poderia entrar na conta dela, não é? Ademais, existem outras vantagens. Todo o mundo civilizado ouviu falar do Real Observatório de Greenwich.

Até os engraxates do subsolo da estação de Charing Cross ouviram falar dele. Percebe?"

O rosto do sr. Vladimir, tão conhecido na alta sociedade por sua cômica delicadeza, brilhou com uma presunção hipócrita, o que teria surpreendido as mulheres inteligentes que o seu humor entretinha de maneira tão agradável. "Sim", prosseguiu ele com um sorriso de desprezo, "a explosão do primeiro meridiano certamente vai provocar um brado de repulsa."

"Um assunto difícil", murmurou o sr. Verloc, sentindo que essa era a única coisa prudente a dizer.

"Qual o problema? Você não tem o bando todo sob controle? A fina flor? Aquele velho terrorista Yundt está aqui. Eu o vejo caminhando por Piccadilly com seu cobre-nuca verde quase todo dia. E Michaelis, o apóstolo em liberdade condicional – vai me dizer que você não sabe onde ele está? Porque, se não souber, eu posso lhe dizer", prosseguiu o sr. Vladimir em tom de ameaça. "Se você pensa que é o único que faz parte da lista de financiamento secreto, está enganado."

A sugestão totalmente gratuita fez o sr. Verloc arrastar ligeiramente os pés.

"E a turma toda de Lausanne, hein? Não correram todos para cá ao primeiro sinal da Conferência de Milão? Este país é ridículo."

"Vai custar caro", disse o sr. Verloc, meio instintivamente.

"Esse plano não vai dar certo", retrucou o sr. Vladimir, com um sotaque inglês surpreendentemente autêntico. "Você vai receber o seu salário todo mês e só, até que algo aconteça. E se nada acontecer muito em breve, nem isso você vai receber. Qual é a sua ocupação fictícia? De onde você supostamente tira o seu ganha-pão?"

"Eu dirijo uma loja", respondeu o sr. Verloc.

"Uma loja! Que tipo de loja?"

"Artigos de papelaria, jornais. Minha esposa..."

"Sua o quê?", o sr. Vladimir interrompeu com o tom de voz gutural típico da Ásia Central.

"Minha esposa." O sr. Verloc ergueu levemente a voz rouca. "Eu sou casado."

"Vejam só!", exclamou o outro, realmente admirado. "Casado! Logo você, que também é um anarquista confesso! Que rematado absurdo é esse? Mas suponho que seja apenas um modo de falar. Todo mundo sabe que os anarquistas não se casam. Não é permitido; seria apostasia."

"Minha esposa não é anarquista", resmungou o sr. Verloc, mal-humorado. "Além do mais, não é da sua conta."

"Oh, é sim", vociferou o sr. Vladimir. "Estou começando a me convencer de que você não é o homem adequado para o trabalho para o qual foi contratado. Ora, você deve ter se desmoralizado completamente entre a sua própria classe por ter se casado. Não poderia ter evitado isso? Essa é a sua ligação virtuosa, não é? Com esse tipo de ligação você está acabando com a sua utilidade."

Ofegante, o sr. Verloc deixou o ar escapar violentamente, e foi só. Ele tinha se armado de paciência. Ela não seria posta à prova por muito mais tempo. Subitamente, o primeiro secretário passou a falar de forma abrupta, distante e conclusiva.

"Você pode ir agora", disse ele. "É preciso provocar um atentado a dinamite. Eu lhe dou um mês. As sessões da Conferência estão suspensas. Antes que eles voltem a se reunir algo tem de acontecer aqui, ou sua ligação conosco deixará de existir."

Ele mudou o tom de voz mais uma vez com uma versatilidade sem escrúpulos.

"Pense bem no meu ponto de vista, sr. ..., sr. ... Verloc", disse ele, com uma espécie de condescendência zombeteira, apontando a mão na direção da porta. "Ataque o primeiro meridiano. Você não conhece a classe média tão bem como eu. A sensibilidade dela está esgotada. O primeiro meridiano. Creio que não há nada melhor, nem mais fácil."

Ele se levantou e, contraindo caprichosamente os lábios delicados, acompanhou no espelho localizado acima da cornija da lareira o sr. Verloc se retirando lentamente da sala, com o chapéu e a bengala na mão. A porta se fechou.

O criado de libré apareceu subitamente no corredor e mostrou ao sr. Verloc outra saída, através de uma pequena porta situada no canto do pátio. Postado junto ao portão, o porteiro ignorou completamente a sua saída; e o sr. Verloc refez o trajeto da peregrinação matinal como se estivesse num sonho – um sonho indignado. O distanciamento do mundo material era tão completo que, embora o invólucro mortal do sr. Verloc não tivesse se apressado demais ao longo das ruas, aquela parte dele à qual seria indesculpavelmente rude recusar a imortalidade viu-se logo diante da porta da loja, como se tivesse sido transportada de oeste para leste nas asas de um vendaval. Ele andou em linha reta para trás do balcão e se sentou numa cadeira de madeira. Não apareceu ninguém para perturbar a sua solidão. Vestido com um avental de baeta verde, Stevie varria e passava o espanador no andar de cima, aplicado e cuidadoso, como se estivesse participando de um jogo; e a sra. Verloc, alertada na cozinha pelo ruído estridente da campainha, tinha vindo só até a porta de vidro do balcão e, afastando um pouco a cortina, observado o interior da loja escura. Ao ver o marido sentado ali, uma volumosa sombra, com o chapéu inclinado para trás da cabeça, ela voltou imediatamente para o fogão. Depois de mais ou menos uma hora, ela tirou o avental de baeta verde do seu irmão Stevie e mandou-o lavar as mãos e o rosto, com o tom de voz categórico empregado por ela naquela relação havia mais ou menos quinze anos – na verdade, desde que deixara de ser responsável pelas mãos e pelo rosto do menino. Ela então levantou os olhos, enquanto punha a mesa, para inspecionar o rosto e as mãos que Stevie, aproximando-se da mesa da cozinha, apresentou para sua aprovação com um ar de autoconfiança que ocultava resquícios eternos de ansiedade. A ira paterna representara outrora a garantia mais eficaz desses rituais, mas a serenidade com que o sr. Verloc lidava com os assuntos domésticos teriam tornado qualquer alusão à ira algo inimaginável até mesmo para alguém nervoso como o pobre Stevie. A teoria era que o sr. Verloc ficaria extraordinariamente atormentado e chocado com qualquer falta de asseio na hora das refeições. Depois da morte do pai, Winnie se sentira muito aliviada ao perceber que não precisaria mais se preocupar com o pobre Stevie. Não suportava ver o irmão sofrer. Isso a deixava louca. Quando ela era criança, tinha enfrentado muitas vezes, com os olhos cuspindo fogo, o irascível taverneiro licenciado em defesa do irmão. Nada agora na aparência da sra. Verloc poderia levar alguém a imaginar que ela seria capaz de uma demonstração de raiva.

Terminou de pôr a mesa, que fora colocada na sala de estar. Aproximando-se do pé da escada, ela gritou com força: "Mãe!". Em seguida, abrindo a porta de vidro que dava para a loja, disse em voz baixa: "Adolf!". O sr. Verloc não mudara de posição; aparentemente, tinha ficado uma hora e meia sem mover um músculo. Ele se levantou com dificuldade e veio jantar sem tirar o sobretudo e o chapéu, e sem dizer uma palavra. O seu silêncio, em si, não tinha nada de surpreendente naquela casa, escondida nas sombras de uma rua imunda que o sol raramente alcançava, atrás da loja escura que vendia produtos de péssima qualidade. Só que, naquele dia, a melancolia do sr. Verloc era tão profunda que as duas mulheres ficaram impressionadas. Elas se sentaram quietas, de olho no pobre Stevie, para impedir que ele tivesse um de seus surtos verborrágicos. Ele encarou o sr. Verloc do outro lado da mesa e se manteve comportado e calado, olhando para o vazio. O esforço para impedir que ele fosse objeto de qualquer tipo de censura por parte do chefe da casa não trazia pouca ansiedade à vida delas. "Esse menino", como se referiam a ele em voz baixa entre si, tinha sido a causa daquele tipo de ansiedade praticamente desde o dia em que nascera. A humilhação que o finado taverneiro licenciado sentia por ter como filho um menino tão estranho se manifestava na tendência que tinha de tratá-lo cruelmente; pois ele era uma pessoa muito sensível, e os seus sofrimentos como homem e como pai eram absolutamente autênticos. Mais tarde, foi preciso impedir que Stevie se tornasse um incômodo para os cavalheiros solteiros que alugavam os quartos, que são, por sua vez, um grupo estranho de pessoas que se ofende com facilidade. E havia sempre a angústia de encarar a mera existência dele. Visões do filho numa enfermaria de asilo aterrorizavam a velha senhora na sala de café da manhã no porão da decadente casa de Belgravia. "Minha querida, se você não tivesse encontrado um marido tão bom", ela dizia para a filha, "não sei o que seria desse pobre menino."

O sr. Verloc ofereceu a mesma afeição a Stevie que um homem que não fosse particularmente afeiçoado aos animais ofereceria ao gato adorado da esposa; e essa afeição, benévola e superficial, era basicamente da mesma natureza. Ambas as mulheres admitiam que não era razoável esperar muito mais. Para o sr. Verloc, bastava ser merecedor da gratidão respeitosa da velha senhora. No início, pessimista devido às agruras de uma vida sem amigos, ela às vezes dizia ansiosa: "Você não acha, querida, que o sr. Verloc está ficando cansado de ver o Stevie para lá e para cá?". A isso, Winnie geralmente replicava balançando levemente a cabeça. Certa vez, porém, ela retrucou com um atrevimento meio chocante: "Ele vai ter de se cansar de mim primeiro". Seguiu-se um longo silêncio. A mãe, com os pés apoiados num banquinho, parecia estar tentando examinar a fundo a resposta, cuja feminina profundidade a pegara de surpresa. Ela nunca entendera realmente por que Winnie tinha se casado com o sr. Verloc. Foi muito sensato da parte dela, e, evidentemente, acabou dando tudo certo, mas sua menina poderia, naturalmente, ter esperado encontrar alguém com uma idade mais adequada. Houve o caso de um rapaz sério, filho único de um açougueiro da rua ao lado, que ajudava o pai no negócio, com quem Winnie andara saindo e que visivelmente a agradava. Ele dependia do pai, é verdade; mas o negócio ia bem e tinha tudo para dar certo. Ele levou a sua menina ao teatro várias noites. Então, justo quando ela começou a temer ouvir falar em compromisso (pois o que ela faria sozinha com aquela casa, e tendo de cuidar de Stevie?), a história de amor chegou subitamente ao fim e Winnie seguiu sua vida aparentando muita tristeza. Mas quando o sr. Verloc apareceu, providencialmente, para ocupar o quarto da frente do primeiro andar, não se falou mais no jovem açougueiro. Aquilo veio mesmo a calhar.

CAPÍTULO III

"... TODA IDEALIZAÇÃO TORNA A VIDA MAIS POBRE. Embelezá-la significa remover sua natureza complexa, significa destruí-la. Deixe isso para os moralistas, meu garoto. A história é feita pelos homens, mas eles não a fazem na sua cabeça. As ideias que surgem em sua consciência desempenham um papel insignificante na marcha dos acontecimentos. A história é dominada e determinada pelas ferramentas e pela produção, pela força das condições econômicas. O capitalismo produziu o socialismo, e as leis feitas pelo capitalismo para proteger a propriedade são responsáveis pelo anarquismo. Ninguém é capaz de dizer que forma a organização social pode assumir no futuro. Então, por que se perder em fantasias proféticas? Na melhor das hipóteses, elas conseguem apenas interpretar a mente do profeta, e podem não ter nenhum valor objetivo. Deixe esse passatempo para os moralistas, meu garoto."

Michaelis, o apóstolo em liberdade condicional, falava com uma voz uniforme, uma voz que chiava como se estivesse abafada e sobrecarregada pela camada de gordura do seu peito. Ele tinha saído de uma prisão extremamente saudável redondo como um barril, com uma barriga enorme e bochechas inchadas pálidas e translúcidas, como se durante quinze anos os empregados de uma organização rebelde tivessem feito questão de empanturrá-lo com comidas que engordam numa cela úmida e escura. E, desde então, ele nunca tinha conseguido perder nem meio quilo de peso.

Dizia-se que durante três temporadas uma senhora idosa e muito rica o enviara para tratamento em Marienbad – onde ele quase dividiu a curiosidade popular com uma cabeça coroada. Porém, naquela ocasião, a polícia lhe deu doze horas para deixar o local. Seu martírio prosseguiu com a proibição taxativa de frequentar as águas medicinais. Mas agora ele estava conformado.

Com o cotovelo que não lembrava nem de longe uma junta, e sim uma dobra no braço de um boneco, e largado no encosto de uma cadeira, ele se inclinou um pouco para a frente por cima das coxas curtas e grossas e cuspiu na lareira.

"Sim! Tive tempo de analisar um pouco o assunto", acrescentou sem muita ênfase. "A sociedade me deu tempo de sobra para pensar."

Do outro lado da lareira, na poltrona de crina de cavalo em que a mãe da sra. Verloc geralmente tinha o privilégio de se sentar, Karl Yundt deu uma risadinha sinistra, fazendo uma careta levemente ameaçadora com a boca desdentada. O terrorista, como ele mesmo se intitulava, era velho e careca, com um cavanhaque estreito e branco como a neve pendurado precariamente no queixo. Seus olhos esmaecidos guardavam uma aparência extraordinária de perversidade traiçoeira. Quando ergueu com dificuldade a parte posterior da mão macilenta deformada pelo inchaço da gota, pareceu a tentativa de um assassino moribundo de juntar as forças que lhe restavam para um último golpe. Ele se apoiou numa bengala grossa, que tremeu por baixo da outra mão.

"Eu sempre sonhei", ele falou num tom ameaçador, "com um bando de homens decididos sem nenhum escrúpulo em escolher os meios suficientemente fortes para se chamarem abertamente de exterminadores, e livres da nódoa do pessimismo resignado que corrompe o mundo. Sem ter pena de nada deste mundo, incluindo de si mesmos, e recrutando para sempre a morte a serviço da humanidade – é isso que eu gostaria de ter visto."

Sua cabecinha careca tremeu, fazendo o tufo do cavanhaque branco vibrar de um jeito engraçado. A declaração teria sido

O AGENTE SECRETO

praticamente ininteligível para um estranho. O entusiasmo exaurido, cuja fúria impotente lembrava a excitação de um sensualista senil, era mal servido pela garganta seca e as gengivas sem dentes que pareciam se prender na ponta da língua. Instalado no canto do sofá, na outra extremidade da sala, o sr. Verloc grunhiu energicamente em sinal de aprovação.

O velho terrorista girou lentamente a cabeça sobre o pescoço macilento de um lado para o outro.

"Mas eu nunca consegui reunir nem três desses homens. Chega desse pessimismo ordinário", ele rosnou para Michaelis, que descruzou as pernas grossas, que pareciam almofadas, e deslizou os pés bruscamente para baixo da cadeira em sinal de irritação.

Pessimista, ele! Ridículo! Disse aos gritos que a acusação era ultrajante. Ele estava tão distante do pessimismo que já divisava o fim de toda propriedade privada se aproximar de maneira lógica e inevitável, simplesmente devido à sua crescente imoralidade. Os proprietários não tinham apenas de enfrentar o proletariado alerta, tinham também de lutar entre si. Isso mesmo. O conflito e a guerra eram os pré-requisitos da propriedade privada. Era inevitável. Ah! Ele não dependia da exaltação sentimental para conservar sua crença, não precisava de discursos inflamados, de ódio, de visões de bandeiras cor de sangue tremulando, nem de metafóricos e tenebrosos sóis vingativos surgindo acima do horizonte de uma sociedade condenada. Ele, não! A razão fria, vangloriou-se, era a base do seu otimismo. Sim, otimismo...

A respiração ofegante parou. Então, depois de dar um ou dois suspiros, acrescentou:

"Você não acha que se eu não fosse otimista como sou não teria achado um jeito, ao longo desses quinze anos, de cortar a cabeça? E, em último caso, era só esmagar a cabeça na parede da cela."

A respiração curta eliminou completamente o fervor e a animação da sua voz; suas bochechas grandes e pálidas pendiam como bolsas cheias, imóveis, sem o menor tremor; mas nos olhos azuis, apertados como se estivessem perscrutando algo, havia o mesmo olhar astuto e confiante, com a fixidez meio louca que deviam ter apresentado enquanto o inabalável otimista se sentava para refletir à noite em sua cela. Karl Yundt permaneceu de pé diante dele com uma aba do cobre-nuca esverdeado e desbotado jogada de forma arrogante sobre o ombro. Sentado em frente à lareira, o camarada Ossipon, ex-estudante de medicina e principal autor dos folhetos do F. P., esticou as pernas musculosas, mantendo as solas das botas voltadas para as brasas da lareira. Uma mecha de cabelos louros ondulados encimava-lhe o rosto vermelho e sardento, onde havia um nariz achatado e uma boca proeminente moldados na forma tosca da espécie negra. Seus olhos amendoados olhavam de soslaio, languidamente, por cima do osso malar. Ele usava uma camisa de flanela cinza, e as pontas soltas de uma gravata de seda preta pendiam do peitilho abotoado do casaco de sarja. Com a cabeça encostada no espaldar da cadeira e a garganta bem à vista, ele levou aos lábios um cigarro preso em um longo cilindro de madeira e soltou jatos de fumaça que foram direto para o teto.

Michaelis retomou sua visão – *a* visão da sua prisão solitária –, com a atenção concedida ao seu cativeiro crescendo como uma crença revelada em visões. Ele falava sozinho, indiferente à simpatia ou à hostilidade de seus ouvintes, indiferente, na verdade, à presença deles, provavelmente um hábito de pensar adquirido na solidão das quatro paredes caiadas da sua cela, no silêncio sepulcral do grande edifício de tijolos sem abertura perto de um rio, sinistro e feio como um gigantesco necrotério para os oprimidos pela sociedade.

Ele não sabia discutir, não porque um punhado de argumentos pudesse abalar sua confiança, mas porque o simples fato de ouvir outra voz o deixava visivelmente perturbado, confundindo imediatamente seus pensamentos – esses pensamentos que durante tantos anos, numa solidão mental mais estéril que um deserto sem água, nenhuma voz de verdade jamais combatera, jamais comentara, jamais aprovara.

Ninguém o interrompeu então, e ele professou novamente a sua fé, que o subjugava de forma irresistível e completa como um ato de graça: o segredo do destino descoberto no lado material da vida; a condição econômica do mundo responsável pelo passado e

O AGENTE SECRETO

moldando o futuro; a fonte de toda a história e de todas as ideias que guiam o desenvolvimento mental da humanidade e os próprios impulsos da sua paixão...

Uma risada áspera do camarada Ossipon interrompeu inesperadamente a arenga, o apóstolo balbuciou algo rapidamente e seus olhos levemente inchados perderam o foco. Ele fechou-os por um instante, como se quisesse juntar os pensamentos dispersos. Fez-se silêncio; contudo, os dois bicos de gás acima da mesa e a lareira acesa tinham deixado o pequeno salão atrás da loja do sr. Verloc terrivelmente quente. Incomodado e relutante, o sr. Verloc levantou-se do sofá e abriu a porta que dava para a cozinha para que o ar circulasse, revelando, assim, o inocente Stevie sentado comportado e silencioso junto a uma mesa de pinho, desenhando círculos, círculos, círculos; uma grande quantidade de círculos, concêntricos e excêntricos; um turbilhão coruscante de círculos que, por meio de um grande número de curvas repetidas e desordenadas, da aparência uniforme e da confusão de linhas cruzadas, sugeria uma interpretação da desordem cósmica, o simbolismo de uma arte absurda que buscava o inimaginável. O artista não virou a cabeça; e, por concentrar todas as energias naquela tarefa, suas costas tremiam, e o pescoço fino, afundado num buraco profundo na base do crânio, parecia a ponto de quebrar.

Depois de um resmungo surpreso de desaprovação, o sr. Verloc voltou ao sofá. Alexander Ossipon ficou de pé. Ele usava um puído terno de sarja azul, e o teto baixo ressaltava sua altura. Depois de sacudir a rigidez do corpo provocada pelo longo período de imobilidade, ele se dirigiu à cozinha (dois degraus abaixo) para olhar por cima dos ombros de Stevie. De volta, declarou profeticamente: "Muito bom. Muito característico, extremamente típico".

"O que é muito bom?", grunhiu de modo inquiridor o sr. Verloc, instalado novamente no canto do sofá. O outro explicou de forma descuidada o que ele queria dizer com aquilo, com um toque de condescendência e balançando a cabeça na direção da cozinha:

"Típico dessa forma de degeneração... quero dizer, os desenhos."

"Você não está chamando o rapaz de degenerado, está?", resmungou o sr. Verloc.

O camarada Alexander Ossipon – apelidado de Doutor, ex-estudante de medicina não diplomado; posteriormente conferencista itinerante em associações de trabalhadores sobre os aspectos socialistas da higiene; autor de um popular estudo quase médico (publicado como um panfleto barato e logo apreendido pela polícia) intitulado "Os vícios corrosivos da classe média"; delegado especial, juntamente com Karl Yundt e Michaelis, do relativamente misterioso Comitê Vermelho em prol da propaganda literária – dirigiu ao humilde frequentador de ao menos duas embaixadas aquele olhar de suficiência insuportável e completamente impenetrável que só a familiaridade com a ciência pode conferir à estupidez do comum dos mortais.

"É disso que podemos chamá-lo em termos científicos. De modo geral, um exemplo muito bom, também, desse tipo de degenerado. Basta dar uma olhada nos lóbulos das orelhas. Se você ler Lombroso..."

Esparramado no sofá, taciturno, o sr. Verloc continuou olhando para a fileira de botões do colete, mas seu rosto corou levemente. Ultimamente, mesmo um simples derivado da palavra ciência (um termo em si mesmo inofensivo e de significado indefinido) tinha o estranho poder de evocar a imagem claramente ofensiva do sr. Vladimir, tal como ele era, com uma nitidez quase sobrenatural. Esse fenômeno, que tinha o direito legítimo de ser classificado entre as maravilhas da ciência, provocava no sr. Verloc um estado emocional de pavor e exasperação que tinha a tendência de se manifestar por meio de violentas imprecações. Mas ele não disse nada; quem se manifestou foi Karl Yundt, implacável até o último suspiro.

"Lombroso é um ignorante."

O camarada Ossipon recebeu o impacto daquela blasfêmia com um olhar tétrico e inexpressivo. E o outro, com os olhos mortos sem brilho acentuando as sombras profundas por baixo da testa ossuda, resmungou, prendendo a ponta da língua entre os dentes entre uma palavra e outra, como se a estivesse remoendo com raiva:

O AGENTE SECRETO

"Você já conheceu alguém tão idiota? Para ele, o criminoso é o prisioneiro. Simples, não é? E quanto àqueles que o prenderam, o enfiaram à força ali? Exatamente. O enfiaram à força. E o que é o crime? Ele sabe o que é, esse imbecil que alcançou o sucesso neste mundo de trouxas empanzinados examinando as orelhas e os dentes de um monte de pobres-diabos infelizes? Dentes e orelhas indicam o criminoso? Será? E o que dizer da lei que o indica ainda melhor – o excelente instrumento para marcar a ferro quente inventado pelos superalimentados para protegê-los dos famintos? Aplicações de ferro em brasa na pele repulsiva deles, hein? Você não consegue sentir e ouvir daqui o couro grosso das pessoas queimando e chiando? É assim que os criminosos são criados, para os seus Lombrosos escreverem bobagens a respeito deles."

O punho da bengala e as pernas tremeram juntos de ódio, enquanto o tronco, coberto pelas abas do cobre-nuca, mantinha sua célebre postura de desafio. Ele parecia farejar o ar pestilento da iniquidade social, apurar os ouvidos para os seus ruídos atrozes. Havia uma extraordinária força de sugestão nessa postura. O semimoribundo veterano das Campanhas da Dinamite[1] fora um grande ator em sua época – em plataformas, assembleias secretas, em conversas privadas. Durante a vida inteira, o célebre terrorista não erguera sequer o dedo mindinho contra o edifício social. Ele não era um homem de ação; não era nem mesmo um orador eloquente e apaixonado que arrebatasse as multidões com o barulho impetuoso de um enorme entusiasmo. Com intenção mais engenhosa, ele assumiu o papel de um atrevido e maldoso conjurador de sinistros impulsos que ficam à espreita na inveja irracional e na vaidade exacerbada da ignorância, no sofrimento e na miséria da pobreza e em todas as ilusões esperançosas e nobres da ira, da compaixão e da revolta justificadas. No entanto,

---

1 Série de atentados organizados pelos republicanos irlandeses contra o Império Britânico entre 1881 e 1885. A campanha está associada aos fenianos, nacionalistas irlandeses que optaram pela violência para lutar contra a presença britânica e fundar uma república irlandesa independente. [N. T.]

a sombra do seu dom maléfico agarrou-se a ele como o cheiro de uma droga mortal se agarra a um velho frasco de veneno, agora vazio, inútil, prestes a ser arremessado ao monturo das criaturas que já serviram ao seu tempo.

Michaelis, o apóstolo em liberdade condicional, sorriu distraído com os lábios cerrados; seu rosto pálido como a lua se inclinou sob o peso da melancólica anuência. Ele mesmo tinha sido preso. Sua própria pele tinha chiado debaixo da marca em brasa, murmurou baixinho. Nesse meio-tempo, porém, o camarada Ossipon, apelidado de Doutor, já tinha superado o choque.

"Você não compreende", começou ele de forma arrogante, mas parou abruptamente, intimidado com a escuridão morta dos olhos cavernosos que se voltaram para ele, vazios, como se fossem guiados somente pelo som. Ele deu a discussão por encerrada, com um leve dar de ombros.

Acostumado a zanzar à toa sem despertar atenção, Stevie tinha se levantado da mesa da cozinha e ido para a cama, levando os desenhos com ele. Alcançara a porta da sala a tempo de receber em cheio o impacto do imaginário eloquente de Karl Yundt. A folha de papel coberta de círculos escapou-lhe dos dedos, e ele ficou encarando o velho terrorista com os olhos arregalados, como se tivesse ficado pregado subitamente no lugar em razão da aversão e do medo doentios que ele tinha de sentir dor. Stevie sabia muito bem que ferro em brasa aplicado na pele doía muito. Seus olhos amedrontados brilharam de indignação: a dor seria terrível. Ele se quedou boquiaberto.

O fato de ter ficado olhando fixamente para a lareira fizera que Michaelis recuperasse a sensação de isolamento necessária para dar continuidade às suas reflexões. O otimismo começou a lhe brotar dos lábios. Ele via o capitalismo condenado no berço, por ter nascido com o veneno do princípio de competição dentro da sua estrutura. Os grandes capitalistas devorando os pequenos capitalistas, concentrando o poder e os meios de produção em grandes conjuntos, aperfeiçoando os processos industriais e, durante o processo insano de autoglorificação, simplesmente preparando, organizando, enriquecendo e aprontando a herança

O AGENTE SECRETO

legítima do sofrido proletariado. Michaelis pronunciou a importante palavra "paciência" – e seus olhos azul-claros, que fitaram o
teto baixo da sala do sr. Verloc, transmitiam uma confiança sobre-
-humana. Junto ao vão da porta, Stevie, mais calmo, mergulhou
num estado de letargia.

O rosto do camarada Ossipon contraiu-se de irritação.

"Então não adianta fazer nada, nada mesmo."

"Não estou dizendo isso", protestou Michaelis com delicadeza. Sua visão da verdade tinha ficado tão intensa que o som de
uma voz estranha não conseguiu expulsá-la dessa vez. Ele continuou olhando para baixo na direção do carvão em brasa. Era
necessário se preparar para o futuro, e estava disposto a admitir
que a grande transformação talvez viesse com um levante revolucionário. Mas argumentou que a propaganda revolucionária era
uma tarefa que exigia um elevado senso moral. Ela era a educação
dos senhores do mundo, e devia ser tão meticulosa como a educação ministrada aos reis. Ele faria que ela promovesse seus princípios com cautela, até mesmo timidamente, já que ignorávamos o
efeito que seria produzido por qualquer mudança econômica na
felicidade, no comportamento, na mente e na história da humanidade. Pois a história é feita com ferramentas, não com ideias; e
tudo é transformado pelas condições econômicas – a arte, a filosofia, o amor, a virtude –, a própria verdade!

Os pedaços de carvão na lareira se acomodaram com um leve
estalido, e Michaelis, o eremita das visões no deserto da penitenciária, levantou-se num salto. Arredondado como um balão
inflado, ele abriu os braços curtos e grossos como se estivesse
fazendo uma tentativa ridiculamente desesperada de abraçar e
estreitar no peito um universo autorregenerado. Ofegou com gosto.

"O futuro é tão certo como o passado – escravidão, feudalismo,
individualismo, coletivismo. Isto é a proclamação de uma lei, não
uma profecia vazia."

O desdenhoso enfado mostrado pelos grossos lábios do camarada Ossipon acentuava o tipo negroide do seu rosto.

"Bobagem", disse ele calmamente. "Não existe lei nem certeza. Ao diabo com a propaganda didática. Não importa o que as pessoas sabem, por mais correto que seja. Para nós, a única coisa que importa é o estado emocional das massas. Sem emoção não existe ação."

Fez uma pausa, e acrescentou com uma modesta convicção:

"Eu agora estou falando do ponto de vista científico... científico, entendeu? O que você disse, Verloc?"

"Nada", resmungou do sofá o sr. Verloc, que, estimulado pelo desagradável som, tinha simplesmente murmurado: "Maldição".

A gagueira maliciosa do velho terrorista desdentado se fez ouvir.

"Você sabe como eu chamaria as condições econômicas atuais? Eu as chamaria de canibalescas. É isso que elas são! Estão alimentando a sua ganância com a carne trêmula e o sangue quente das pessoas, nada mais."

Stevie engoliu a declaração horripilante emitindo um som audível com a garganta, e, incontinenti, como se tivesse ingerido um veneno de efeito imediato, sentou-se prostrado no degrau da porta da cozinha.

Michaelis não deu nenhum sinal de ter ouvido algo. Seus lábios pareciam selados para sempre; nenhum tremor atravessava seu rosto cansado. Com o olhar preocupado, ele procurou pelo chapéu redondo e rígido e o pôs na cabeça redonda. Seu corpo rechonchudo e obeso parecia flutuar baixo entre as cadeiras, debaixo do cotovelo pontudo de Karl Yundt. Erguendo a mão hesitante em forma de garra, o velho terrorista inclinou de maneira pedante o sombreiro de feltro preto que ocultava os buracos e as rugas do seu rosto abatido. Pôs-se a caminhar devagar, golpeando o chão com a bengala a cada passo. Foi um acontecimento fazê-lo sair de casa, porque ele parava a intervalos curtos, como se fosse pensar, e não se dispunha a se mover novamente até ser empurrado para a frente por Michaelis. O apóstolo bondoso segurava seu braço com um cuidado fraternal; e, atrás deles, com as mãos nos bolsos, o parrudo Ossipon bocejava distraído. Um boné azul com a pala de couro envernizado, que combinava muito bem com a parte posterior do tufo de cabelos louros, lhe dava a aparência de um marinheiro norueguês entediado com o mundo depois de uma enorme bebedeira. O sr. Verloc acompanhou os convidados

O AGENTE SECRETO

para fora do recinto com a cabeça descoberta, o pesado sobretudo desabotoado e os olhos no chão.

Ele fechou a porta depois que eles saíram com uma violência contida, girou a chave e passou o ferrolho. Não estava satisfeito com seus amigos. À luz da filosofia do arremesso de bombas do sr. Vladimir eles pareciam inapelavelmente incapazes. Por ter participado da política revolucionária como observador, o sr. Verloc não podia, subitamente, seja em sua própria casa ou em reuniões maiores, tomar a iniciativa de agir. Ele tinha de ser cauteloso. Afetado pela justa indignação de um homem bem acima dos quarenta, ameaçado naquilo que lhe era mais caro – sua tranquilidade e segurança –, ele se perguntou zombeteiro o que mais se poderia esperar de um bando assim, gente como esse Karl Yundt, esse Michaelis... esse Ossipon.

Reprimindo o desejo de desligar o gás que queimava no meio da loja, o sr. Verloc mergulhou no abismo das reflexões morais. Com o discernimento proporcionado por semelhante disposição espiritual, ele pronunciou seu veredicto. Um bando preguiçoso... o tal de Karl Yundt, criado por uma velha imbecil, uma mulher que, anos atrás, ele tinha seduzido e roubado de um amigo, e de quem, mais tarde, tinha tentado se livrar mais de uma vez jogando-a na sarjeta. Sorte de Yundt que ela nunca deixou de estar presente, senão não haveria ninguém para ajudá-lo a descer do ônibus junto às grades do Green Park, onde aquele espectro ambulante vinha se arrastar toda manhã, sempre que fazia bom tempo. Quando aquela indomável e rosnadora bruxa velha morresse, o espectro arrogante também teria de ir embora – seria o fim de Karl Yundt. Mas a integridade do sr. Verloc também se sentiu melindrada pelo otimismo de Michaelis, que se tornara dependente da sua velha dama rica, que, ultimamente, cultivava o hábito de mandá-lo para um chalé que ela possuía no campo. O ex-prisioneiro podia perambular pelas alamedas sombreadas dias a fio, num ócio delicioso e encantador. Quanto a Ossipon, desde que houvesse no mundo moças ingênuas com dinheiro na poupança, o sujeito não precisava de mais nada. Mas o sr. Verloc, de temperamento idêntico ao dos seus camaradas, traçou mentalmente pequenas distinções a partir da força de diferenças insignificantes. Ele traçou-as com alguma complacência, pois o instinto de respeitabilidade convencional era forte dentro dele, sendo superado apenas pela aversão a todos os tipos de trabalho reconhecido – um desvio de caráter que ele compartilhava com grande parte dos reformadores revolucionários de um Estado social específico. Porque é óbvio que ninguém se revolta contra as vantagens e oportunidades desse Estado, mas contra o preço que se deve pagar na forma da moral tradicional, do autocontrole e da labuta. A maioria dos revolucionários é inimiga, principalmente, da disciplina e do cansaço. Também existem tipos para cujo senso de justiça o preço cobrado se mostra extremamente perverso, odioso, opressivo, preocupante, humilhante, exorbitante e intolerável. São os fanáticos. O resto dos rebeldes é definido pela vaidade, a mãe de todas as nobres e vis ilusões, a companheira dos poetas, reformadores, charlatães, profetas e incendiários.

Perdido durante todo um minuto no abismo da meditação, o sr. Verloc não alcançou as profundezas dessas reflexões abstratas. Talvez não fosse capaz. Seja como for, não dispunha de tempo. Foi assaltado dolorosamente pela lembrança repentina do sr. Vladimir, outro de seus camaradas, o qual, em virtude de afinidades morais sutis, ele era capaz de julgar corretamente. Ele o considerava perigoso. Uma sombra de inveja cruzou-lhe os pensamentos. Esses sujeitos podiam muito bem vadiar, pois não conheciam o sr. Vladimir e tinham mulheres a quem recorrer; ao passo que ele tinha uma mulher para sustentar...

Nessa altura, por meio de uma simples associação de ideias, o sr. Verloc se viu diante da necessidade de ir para a cama uma hora ou outra naquela noite. Por que, então, não ir agora... imediatamente? Deu um suspiro. A necessidade não era normalmente tão prazerosa como deveria ser para um homem da sua idade e temperamento. Tremia de medo do diabo da insônia, que, segundo ele, o tinha marcado como propriedade sua. Ergueu o braço e desligou o jato de gás luminoso acima da cabeça.

Um feixe de luz brilhante atravessou a porta do salão e atingiu a parte da loja que ficava atrás do balcão, permitindo que o sr. Verloc verificasse, com um olhar, a quantidade de moedas de prata que havia na gaveta da caixa registradora. Não eram muitas; e, pela primeira vez desde que abrira a loja, ele fez um balanço comercial do seu valor. O balanço foi desfavorável. Ele não escolhera essa ocupação por razões comerciais. Quando optou por esse ramo específico de negócio, foi guiado por uma inclinação instintiva para as transações nebulosas, em que é fácil ganhar dinheiro. Além disso, ele não o retirara da sua esfera de atividade – a esfera que é vigiada pela polícia. Pelo contrário, lhe proporcionou uma posição reconhecida publicamente naquela esfera, e, como o sr. Verloc mantinha relações inconfessáveis que o tornavam íntimo da polícia, ainda que ela fosse relapsa, a situação era claramente vantajosa. Porém, como único meio de vida, era insuficiente.

Tirou a gaveta da caixa registradora, e, virando-se para deixar a loja, se deu conta de que Stevie ainda estava no andar de baixo.

Que carga-d'água ele está fazendo aqui?, perguntou-se o sr. Verloc. O que significam aquelas palhaçadas? Ele olhou para o cunhado de forma suspeita, mas não lhe pediu esclarecimentos. A relação do sr. Verloc com Stevie se limitava a frases curtas matinais depois do café da manhã. "Minhas botas", e mesmo isso era mais a comunicação genérica de uma necessidade do que uma ordem ou solicitação direta. O sr. Verloc percebeu, um pouco surpreso, que não sabia realmente o que dizer a Stevie. Ficou parado no meio da sala e olhou para dentro da cozinha em silêncio. E também não sabia o que aconteceria se, de fato, lhe dissesse algo. Isso pareceu muito estranho ao sr. Verloc, em vista do fato, que o preocupou subitamente, de que ele também tinha de sustentar o rapaz. Até então, nunca tinha parado para pensar naquele aspecto da existência de Stevie.

Estava claro que ele não sabia como falar com o jovem. Ele o observou gesticulando e murmurando na cozinha. Stevie zanzava agitado ao redor da mesa como um animal enjaulado. A tentativa "Não seria melhor que você fosse para a cama agora?" não surtiu nenhum efeito; e o sr. Verloc, abandonando a contemplação fria do comportamento do cunhado, atravessou a sala exausto, com a gaveta de dinheiro na mão. Como a causa do cansaço generalizado que ele sentia enquanto subia as escadas era exclusivamente mental, ficou assustado com sua natureza inexplicável. Esperava que não tivesse ficado doente. Parou na plataforma escura entre os dois lances de escada para examinar suas sensações. Mas um ronco leve e contínuo permeando a escuridão interferiu na clareza delas. O som vinha do quarto da sua sogra. Mais uma para eu sustentar, pensou – e com esse pensamento entrou no quarto.

A sra. Verloc tinha pegado no sono com o lampião no máximo (não havia ligação de gás no primeiro andar) sobre a mesa de cabeceira. Projetando-se através das sombras, a luz que ele irradiava criava formas deslumbrantes no travesseiro branco, afundado com o peso da sua cabeça, que repousava com os olhos fechados e o cabelo escuro arrumado com várias tranças para dormir. Ela acordou com o som do seu nome, e viu o marido de pé ao seu lado, olhando para ela.

"Winnie! Winnie!"

No começo ela não se mexeu, permanecendo completamente imóvel e olhando para a gaveta de dinheiro na mão do sr. Verloc. Mas, quando foi informada de que o seu irmão estava "dando cambalhotas para todo lado no térreo", ela se sentou na beirada da cama com um movimento brusco. Seus pés descalços, como se tivessem saído do fundo de um saco de algodão simples provido de mangas e firmemente abotoado no pescoço e nos punhos, tatearam por todo o tapete procurando os chinelos, enquanto ela erguia o olhar na direção do rosto do marido.

"Não sei como lidar com ele", explicou o sr. Verloc num tom de voz irritadiço. "Não convém deixá-lo sozinho no térreo por causa da lareira."

Ela deslizou rapidamente pelo quarto sem dizer nada, e a porta se fechou atrás de sua silhueta branca.

O sr. Verloc colocou a gaveta de dinheiro no criado-mudo, e iniciou o processo de se despir arremessando numa cadeira distante o sobretudo, que foi seguido pelo casaco e pelo colete. Perambulou pelo quarto de meias, e seu vulto corpulento, passando nervosamente as mãos pela garganta, ia e voltava na

O AGENTE SECRETO

frente do grande espelho na porta do guarda-roupa da esposa. Em seguida, depois de tirar os suspensórios dos ombros, ergueu violentamente a veneziana e encostou a testa na vidraça – uma frágil membrana de vidro estendida entre ele e o acúmulo monstruoso de frios, negros, úmidos, enlameados e inóspitos tijolos, telhas de ardósia e pedras, coisas em si mesmas repulsivas e hostis ao homem.

O sr. Verloc sentiu a hostilidade latente do ar livre com uma força semelhante à de um verdadeiro sofrimento físico. Não existe nenhuma profissão que debilite um homem de maneira mais completa que a de agente secreto da polícia. É como se você estivesse montado num cavalo, no meio de uma planície árida e deserta, e ele caísse morto. A comparação ocorreu ao sr. Verloc porque ele montara em diversos cavalos do exército quando era jovem, e agora tinha a sensação de que estava prestes a cair. A perspectiva era tão negra como a vidraça na qual ele estava encostando a testa. E, subitamente, o rosto do sr. Vladimir, escanhoado e espirituoso, apareceu rodeado por uma auréola, brilhando com a sua tez rosada como uma espécie de brasão cor-de-rosa impresso na escuridão fatídica.

Essa miragem brilhante e truncada era tão fisicamente assustadora que o sr. Verloc se afastou da janela e baixou a persiana produzindo um grande estrondo. Transtornado e atônito, com medo de que aparecessem outras miragens como aquela, ele viu a mulher retornar ao quarto e se deitar de um jeito calmo e metódico que o fez se sentir desesperadamente só no mundo. A sra. Verloc demonstrou surpresa por vê-lo ainda acordado.

"Não estou me sentindo muito bem", murmurou ele, passando as mãos na testa úmida.

"Tontura?"

"Sim. Não estou nada bem."

Com toda a tranquilidade de uma esposa experiente, a sra. Verloc externou uma opinião confiante quanto à causa do mal-estar e sugeriu os remédios de praxe; mas o marido, imóvel no meio do quarto, balançou a cabeça inclinada em sinal de tristeza.

"Você vai pegar um resfriado se ficar aí parado", observou ela.

Com esforço, o sr. Verloc terminou de se despir e foi para a cama. Lá embaixo, na rua estreita e silenciosa, passos regulares se aproximaram da casa, depois foram se afastando devagar e firmes, como se o transeunte tivesse começado a medir em passos toda a eternidade, de um lampião de gás a outro, numa noite sem fim; e pôde-se ouvir nitidamente, dentro do quarto, o tique-taque modorrento do velho relógio que ficava entre os dois lances de escada.

Deitada de costas e olhando para o teto, a sra. Verloc fez um comentário.

"A féria hoje foi pequena."

Deitado na mesma posição, o sr. Verloc limpou a garganta como se fosse fazer uma declaração importante, mas só perguntou:

"Você fechou o gás do térreo?"

"Sim, fechei", respondeu a sra. Verloc conscienciosamente. "O pobre garoto está muito agitado esta noite", murmurou, depois de fazer uma pausa que durou três tique-taques do relógio.

O sr. Verloc não dava a mínima para a agitação de Stevie, mas se sentia terrivelmente desperto, e temia enfrentar a escuridão e o silêncio que reinariam quando o lampião se apagasse. Esse temor levou-o a observar que Stevie não tinha levado em conta a sua sugestão de que fosse para a cama. Tendo caído na armadilha, a sra. Verloc começou a demonstrar detalhadamente ao marido que isso não era nenhum tipo de "desaforo", mas simplesmente uma "agitação". Não havia em Londres nenhum jovem da sua idade mais agradável e obediente do que Stephen, afirmou; ninguém mais afetuoso e disposto a agradar, e até mesmo prestativo, desde que as pessoas não perturbassem sua mente frágil. Voltando-se para o marido deitado, a sra. Verloc ergueu-se apoiada num cotovelo e inclinou-se sobre ele, desejando que ele acreditasse que Stevie era um membro útil da família. O ardor daquela compaixão protetora, intensificada morbidamente na infância pela miséria de outra criança, tingiram-lhe as faces pálidas com um rubor opaco e desbotado, e fizeram brilhar os olhos grandes por baixo das pálpebras escuras. A sra. Verloc também pareceu mais jovem;

O AGENTE SECRETO

pareceu tão jovem como Winnie parecia, e muito mais animada que a Winnie da época da mansão em Belgravia jamais se permitira mostrar para os honrados inquilinos. As angústias do sr. Verloc impediram-no de atribuir qualquer sentido ao que a esposa dizia. Era como se a voz dela viesse do outro lado de uma parede muito grossa. Foi a sua aparência que o fez voltar a si.

Ele estimava aquela mulher, e essa sensação, misturada com a revelação de algo semelhante à emoção, só fez aumentar seu sofrimento mental. Quando ela parou de falar, ele se mexeu inquieto e disse:

"Não tenho me sentido bem ultimamente."

Ele pode ter pensado que isso poderia ser o início de uma confidência completa; mas a sra. Verloc repousou a cabeça no travesseiro novamente e, olhando fixamente para o alto, prosseguiu:

"O menino presta muita atenção no que é dito aqui. Se soubesse que eles viriam esta noite teria providenciado para que ele fosse para a cama no mesmo horário que eu. Ele ficou fora de si com o que ouviu a respeito de comer carne e beber sangue de gente. Por que falar esse tipo de coisa?"

Havia um tom de indignado desprezo em sua voz. O sr. Verloc respondeu:

"Pergunte ao Karl Yundt", grunhiu de forma grosseira.

A sra. Verloc declarou, com veemência, que Karl Yundt era "um velho sórdido", e demonstrou abertamente sua afeição por Michaelis. Quanto ao corpulento Ossipon, em cuja presença ela sempre se sentira desconfortável, apesar de manter uma postura absolutamente discreta, ela não disse palavra. Continuou falando do irmão, que durante tantos anos fora motivo de preocupação e ansiedade:

"Ele não está preparado para ouvir o que é dito aqui, acredita que é tudo verdade; ele não tem como saber que não é. E sofre muito com isso."

O sr. Verloc não fez nenhum comentário.

"Quando desci, ele me encarou como se não soubesse quem eu era. O coração dele batia descontrolado. Ele não consegue segurar a agitação. Eu acordei a mãe e pedi que ela ficasse sentada ao

66   JOSEPH CONRAD

lado dele até ele pegar no sono. Não é culpa dele. Ele não causa problema quando é deixado sozinho."

O sr. Verloc não fez nenhum comentário.

"Gostaria que ele nunca tivesse frequentado a escola", recomeçou bruscamente a sra. Verloc. "Ele sempre pega para ler aqueles jornais que ficam na vitrine. Depois de lê-los com atenção, fica muito incomodado. Não conseguimos nos livrar nem de doze números em um mês. Eles só servem para ocupar espaço na vitrine da frente. Além disso, o sr. Ossipon traz toda semana um monte de panfletos da F. P. para vender a meio *penny* cada. Eu não daria meio *penny* pelo lote todo. É uma publicação irresponsável, isso mesmo. Ninguém compra. Outro dia, Stevie pegou um desses panfletos e havia a história de um oficial alemão que tinha cortado metade da orelha de um recruta sem que lhe acontecesse nada. Que crueldade! Naquela tarde, Stevie ficou impossível. Também, a história é de ferver o sangue de qualquer um. Mas para que serve imprimir esse tipo de coisa? Graças a Deus, nós aqui não somos escravos dos alemães. Isso não é da nossa conta, ou é?"

O sr. Verloc não respondeu.

"Tive de tirar a faca de trinchar da mão do garoto", prosseguiu a sra. Verloc, já um pouco sonolenta. "Ele estava berrando, batendo o pé e soluçando. Não suporta a ideia de crueldade. Teria rasgado aquele oficial como um porco se o tivesse visto naquela hora. É verdade! Tem gente que não merece muita compaixão." A sra. Verloc parou de falar, e seus olhos ficaram imóveis e cada vez mais contemplativos e velados durante a longa pausa que se seguiu. "Está confortável, querido?", perguntou com a voz fraca e distante. "Quer que eu apague a luz?"

A certeza desanimadora de que o sono não chegaria deixou o sr. Verloc emudecido e totalmente paralisado de medo do escuro. Fez um grande esforço.

"Sim, pode apagar", respondeu ele finalmente, com a voz cavernosa.

CAPÍTULO IV

A MAIORIA DAS TRINTA E POUCAS MESINHAS cobertas de toalhas vermelhas com um desenho branco estavam enfileiradas perpendicularmente aos lambris marrom-escuros do salão subterrâneo. Candelabros de bronze com várias lâmpadas pendiam do teto baixo e levemente abobadado, e afrescos medíocres ocupavam todas as paredes sem janelas, representando cenas de caça e de festas ao ar livre em trajes medievais. Escudeiros de jaquetas verdes brandiam facas de caça e erguiam grandes canecas de cerveja com espuma.

"A menos que eu esteja muito enganado, você é a pessoa que conhece as entranhas deste caso complicado", disse o corpulento Ossipon, inclinando-se com os cotovelos bem abertos sobre a mesa e os pés dobrados totalmente para trás debaixo da cadeira. Ele arregalou os olhos com uma impaciência agressiva.

Perto da porta, um piano de armário de tamanho médio ladeado por duas palmeiras de vaso começou de repente a tocar sozinho uma valsa com um agressivo virtuosismo. Seu martelar era ensurdecedor. Quando o barulho cessou, tão abruptamente como tinha começado, um homenzinho esquálido de óculos, que encarava Ossipon por trás de uma pesada caneca cheia de cerveja, expôs calmamente o que parecia ser uma teoria geral.

"Em princípio, aquilo que um de nós pode ou não saber em relação a um determinado fato não pode ser objeto de indagação da parte dos outros."

"Certamente não", concordou o camarada Ossipon a meia-voz. "Em princípio."

Ele continuou a olhar fixamente segurando o rosto gordo e rosado entre as mãos, enquanto o homenzinho esquálido de óculos tomou calmamente um gole de cerveja e pôs novamente a caneca de vidro na mesa. Suas orelhas achatadas e largas se afastavam bastante dos lados do crânio, que tinha uma aparência tão frágil que Ossipon poderia tê-lo esmagado entre o polegar e o indicador; parecia que a parte superior da testa estava apoiada no aro dos óculos; as suíças ralas cheias de falhas grotescas mal conseguiam deixar uns borrões nas bochechas planas, de aspecto seboso e doentio. A inferioridade lastimável do corpo todo se tornava ridícula devido ao comportamento extremamente autoconfiante do indivíduo. Ele era econômico ao falar, e tinha uma maneira particularmente marcante de guardar silêncio.

Com as mãos ainda rodeando a cabeça, Ossipon resmungou:

"Você ficou fora muito tempo hoje?"

"Não. Passei toda a manhã na cama", respondeu o outro. "Por quê?"

"Oh! Por nada", disse Ossipon, encarando-o seriamente e tremendo por dentro de vontade de descobrir alguma coisa, mas certamente intimidado pelo ar de total indiferença do homenzinho. Quando conversava com esse camarada – o que só acontecia raramente –, o corpulento Ossipon sofria de uma sensação de insignificância moral e até mesmo física. Não obstante, ele arriscou outra pergunta: "Você veio a pé para cá?".

"Não, de ônibus", o homenzinho respondeu prontamente. Ele morava longe, em Islington, em uma casinha localizada numa rua decadente coberta de palha e de papéis sujos, onde, fora do horário escolar, um bando diversificado de crianças vinha correr e fazer algazarra com um alarido penetrante, desagradável e selvagem. Ele alugou o único quarto dos fundos da casa – digno de nota por ter um armário muito grande –, já mobiliado, de duas velhas solteironas, humildes costureiras cuja clientela era composta em sua maioria por empregadas domésticas. Ele tinha posto um sólido cadeado no armário, mas, à parte isso, era um inquilino exemplar; não causava problemas e praticamente não exigia nenhuma atenção. Mas tinha algumas esquisitices: insistia em estar presente quando varriam o quarto, em trancar a porta ao sair e em levar a chave consigo.

Ossipon visualizou aqueles óculos redondos de aros pretos avançando ao longo das ruas na parte de cima do ônibus, seu brilho autoconfiante fundindo-se aqui e ali às paredes das casas ou despencando sobre as cabeças das pessoas que, num fluxo inconsciente, caminham na calçada. A sombra de um sorriso repugnante alterou a forma dos lábios grossos de Ossipon quando ele imaginou as paredes se curvando, as pessoas correndo para salvar a vida ao verem aqueles óculos. Se elas ao menos soubessem! Que pavor! Ele murmurou uma pergunta: "Está sentado aqui há muito tempo?".

"Uma hora ou mais", respondeu o outro com indiferença, e tomou um gole da cerveja escura. Todos os seus movimentos – o modo como segurava a caneca, o ato de beber, o modo como punha o copo de novo na mesa e dobrava os braços – tinham uma solidez e uma precisão confiantes que faziam o corpulento e musculoso Ossipon, inclinado para a frente com o olhar fixo e os lábios espichados, parecer a imagem viva da indecisão.

"Uma hora", disse ele. "Então talvez você ainda não tenha ouvido a novidade que acabei de ouvir – na rua. Ouviu?"

O homenzinho meneou levemente a cabeça em sinal de negação. Porém, como ele não manifestou nenhuma curiosidade, Ossipon se arriscou a acrescentar que ouvira a novidade não muito longe dali. Um jornaleiro tinha proclamado a notícia aos berros bem debaixo do seu nariz, e, como ele não estivesse preparado para algo assim, ficara extremamente surpreso e incomodado. Tinha entrado no local com a boca seca. "Jamais pensei que iria encontrá-lo aqui", acrescentou, murmurando calmamente com os cotovelos cravados na mesa.

"Eu venho aqui de vez em quando", disse o outro, conservando o comportamento impassível e irritante.

"Quem diria que, de todo mundo, logo você não tenha ouvido nada a esse respeito", prosseguiu o corpulento Ossipon. Suas pálpebras se moveram rapidamente de nervosismo por cima dos olhos brilhantes. "Logo você", repetiu, desconfiado. O evidente constrangimento revelava uma timidez inacreditável e inexplicável por parte do homenzarrão diante daquele homenzinho tranquilo, que, uma vez mais, ergueu a caneca de vidro, bebeu e depositou-a na mesa com movimentos bruscos e confiantes. E isso foi tudo.

Depois de esperar por algo, uma palavra ou sinal, que não veio, Ossipon fez um esforço para simular uma espécie de indiferença.

"Você entrega a sua mercadoria", disse ele, diminuindo ainda mais o tom de voz, "a qualquer um que se disponha a vir procurá-lo?"

"Minha regra incondicional é nunca negar a ninguém – desde que eu disponha de um pouco", respondeu o homenzinho com determinação.

"Isso é um princípio?", perguntou Ossipon.

"É um princípio."

"E você o considera razoável?"

Os grandes óculos redondos, que transmitiam um ar de autoconfiança ao rosto pálido, confrontaram Ossipon como esferas irrequietas e alertas cuspindo um fogo frio.

"Perfeitamente. Sempre. Em qualquer circunstância. O que poderia me impedir? Por que não deveria fazê-lo? Por que deveria pensar duas vezes sobre o assunto?"

Ossipon ofegou discretamente, por assim dizer.

"Você quer dizer que entregaria seus pertences a um 'tira', se ele viesse reclamá-los?"

O outro sorriu timidamente.

"Deixe que eles tentem me ludibriar e você vai ver o que acontece", disse ele. "Eles me conhecem, mas eu também conheço cada um deles. Eles não vão chegar perto de mim – de jeito nenhum."

Seus lábios lívidos se fecharam firmemente. Ossipon começou a argumentar.

"Mas eles podem mandar alguém – armar uma cilada para você. Não está percebendo? Conseguir a mercadoria por meio dessa armadilha e depois prendê-lo de posse da prova."

"Prova de quê? Talvez de que eu esteja manipulando explosivos sem autorização." A frase deveria ser uma brincadeira sarcástica; entretanto, ele falou demonstrando indiferença, e seu rosto magro e pálido continuou inalterado. "Não acho que exista alguém entre eles que esteja ansioso para fazer essa apreensão. Não acho que conseguiriam convencer um deles a requerer um mandado. Quero dizer, um dos melhores. Ninguém."

"Por quê?", perguntou Ossipon.

"Porque eles sabem muito bem que eu tomo cuidado para nunca me afastar da mais ínfima porção dos meus pertences. Eu os trago sempre comigo." Ele tocou ligeiramente a parte superior do paletó. "Dentro de um frasco grosso de vidro", acrescentou.

"É o que ouvi dizer", disse Ossipon, com um toque de admiração na voz. "Mas não sabia se..."

"Eles sabem", interrompeu o homenzinho de maneira incisiva, recostando-se no espaldar reto da cadeira, que se erguia acima da sua frágil cabeça. "Nunca serei preso. O jogo não convém o bastante a nenhum desses policiais. Para lidar comigo é preciso um heroísmo absoluto, vulnerável e inglório." Seus lábios se fecharam novamente com um estalido de autoconfiança. Ossipon conteve um gesto de impaciência.

"Ou temeridade – ou simplesmente ignorância", retrucou Ossipon. "Eles só precisam encontrar para fazer o trabalho alguém que não saiba que você carrega no bolso material suficiente para mandar pelos ares você e tudo que exista num raio de sessenta jardas."

"Eu nunca afirmei que não poderia ser eliminado", retomou o outro. "Mas isso não seria uma prisão. Além disso, não é tão fácil como parece."

"Bobagem!", discordou Ossipon. "Não tenha tanta certeza disso. O que impede que meia dúzia deles o ataque por trás na rua? Com os braços colados ao lado do corpo você não poderia fazer nada, poderia?"

"Sim, poderia. Eu raramente saio depois do anoitecer", disse o homenzinho, impassível, "e nunca muito tarde. Ando sempre com a mão direita enfiada no bolso da calça, envolvendo uma bola de borracha. Basta pressionar a bola que um detonador é ativado dentro do frasco que eu levo no bolso. É o princípio do fechamento pneumático instantâneo da lente da câmera. O cano leva..."

Com um gesto rápido e revelador ele permitiu que Ossipon vislumbrasse um cano de borracha parecido com um verme marrom fino saindo da cava do colete e sumindo dentro do bolso interno do paletó. Suas roupas, de uma mescla indefinível de marrom, eram surradas e manchadas, cobertas de pó nas dobras e com as casas dos botões mal acabadas. "O detonador é em parte mecânico e em parte químico", explicou, com descuidada condescendência.

"A detonação é instantânea, não?", murmurou Ossipon, com um leve tremor.

"Longe disso", confessou o outro, com uma hesitação que pareceu lhe torcer a boca dolorosamente. "Vinte segundos inteiros têm de transcorrer do momento em que eu comprimo a bola até que a explosão ocorra."

"Puxa!", assobiou Ossipon, muito assustado. "Vinte segundos! Que horror! Você quer dizer que seria capaz de enfrentar isso? Eu enlouqueceria..."

"O que você faria não importa. Naturalmente, este é o ponto fraco desse sistema especial: só eu posso usá-lo. O pior é que, no nosso caso, a maneira de explodir é sempre o ponto fraco. Estou tentando inventar um detonador que se adapte sozinho a todas as condições de ação, e até mesmo a mudanças inesperadas das condições. Um mecanismo variável e, ainda assim, extremamente preciso. Um detonador realmente inteligente."

"Vinte segundos", murmurou Ossipon novamente. "Caramba! E então..."

Com um leve giro de cabeça, o brilho dos óculos pareceu aferir o tamanho do salão de cerveja no subsolo do renomado Silenus Restaurant.

"Ninguém nesta sala escaparia", foi o veredito da avaliação. "Nem aquele casal que está subindo a escada agora."

O piano ao pé da escada atacou uma mazurca com uma fúria desenfreada, como se um fantasma vulgar e desavergonhado estivesse se exibindo. As teclas desciam e subiam misteriosamente. Então, o silêncio tomou conta de tudo. Por um momento, Ossipon imaginou o lugar excessivamente iluminado transformado num terrível buraco negro que expelia gases horríveis abafados por destroços assustadores de pedaços de alvenaria e de corpos mutilados. Ele teve uma ideia tão clara da ruína e da destruição que tremeu de novo. O outro observou, com um ar de imperturbável suficiência:

"Em última análise, só a reputação contribui para a segurança de alguém. Existem muito poucas pessoas no mundo cuja reputação é tão reconhecida como a minha."

"Gostaria de saber como você lidou com isso", resmungou Ossipon.

"Força de caráter", disse o outro, sem erguer a voz; e, vindo da boca daquele ser evidentemente miserável, a afirmação fez o corpulento Ossipon morder o lábio inferior. "Força de caráter", repetiu ele, com afetada tranquilidade. "Eu disponho dos instrumentos para me transformar numa pessoa letal; porém, sozinhos, como você pode perceber, eles não têm nenhum valor em matéria de proteção. A eficácia vem da crença que as pessoas têm na minha determinação de usar esses instrumentos. É nisso que elas acreditam. E acreditam sem reservas. É por isso que eu sou letal."

"Também existem pessoas de caráter nesse grupo", resmungou Ossipon de forma ameaçadora.

"Pode ser. Evidentemente, porém, é uma questão de grau, já que eu, por exemplo, não estou impressionado por elas. Consequentemente, elas são inferiores. Não há como ser diferente. O caráter delas está baseado na moral convencional, que se apoia nas estruturas sociais. O meu é livre de qualquer elemento artificial. Elas dependem de todo tipo de convenção. Elas dependem da vida, que, quanto a isso, é um acontecimento histórico rodeado por todo tipo de limite e de avaliação, um acontecimento complexo e organizado sujeito a ser atacado em cada detalhe; ao passo que eu dependo da morte, que não conhece limites e não pode ser atacada. Minha superioridade é evidente."

"É uma forma obscura de se expressar", disse Ossipon, observando o brilho frio dos óculos redondos. "Ouvi Karl Yundt afirmar mais ou menos a mesma coisa não faz muito tempo."

"Karl Yundt", resmungou o outro em tom de desprezo, "o representante do Comitê Vermelho Internacional, tem sido uma sombra dissimulada a vida inteira. Há três delegados, não é? Não vou descrever os outros dois, já que você é um deles. Mas o que você diz não significa nada. Vocês são os ilustres delegados que defendem a propaganda revolucionária, mas o problema não é apenas que sejam incapazes de raciocinar de forma independente como qualquer quitandeiro ou jornalista, mas que sejam pessoas sem um pingo de caráter."

Ossipon não pôde conter um ímpeto de indignação.

"Mas o que você quer de nós?", protestou ele com a voz abafada. "O que você está procurando?"

"Um detonador perfeito", foi a resposta categórica. "Por que você está fazendo essa cara? Veja, você não suporta nem que se mencione algo conclusivo."

"Não estou fazendo cara nenhuma", grunhiu rudemente Ossipon, ofendido.

"Revolucionários como vocês", prosseguiu o outro, com vagarosa autoconfiança, "são escravos da convenção social, que tem medo de vocês; escravos dela tanto quanto da própria polícia que se ergue em defesa dessa convenção. Quanto a isso não há dúvida, já que querem transformá-la radicalmente. Ela controla seus pensamentos, naturalmente, além da sua ação, e, portanto, nem os seus pensamentos nem a sua ação jamais podem ser definitivos." Fez uma pausa, tranquilo, com aquele tipo de silêncio denso e interminável, e, logo em seguida, prosseguiu. "Vocês não são nem um pouquinho melhores do que as forças reunidas contra vocês – do que a polícia, por exemplo. Outro dia eu me encontrei inesperadamente com o inspetor-chefe Heat na esquina da rua Tottenham Court. Ele ficou me encarando, mas eu não olhei para ele. Por que deveria lhe conceder mais que um olhar de relance? Ele estava pensando em muitas coisas – em seus superiores, em sua reputação, nos tribunais de justiça, em seu salário, nos jornais –, em centenas de coisas. Mas eu só estava pensando no meu detonador perfeito. Ele não significava nada para mim. Era tão insignificante como – não consigo me lembrar de algo suficientemente insignificante para comparar com ele, com a exceção de Karl Yundt, talvez. Idênticos. Tanto o terrorista como o policial têm a mesma origem. Revolução, legalidade – lances opostos no mesmo jogo; formas de ócio no fundo idênticas. Ele faz o seu joguinho... e vocês, panfletários, também fazem o seu. Mas eu não jogo; trabalho catorze horas por dia, às vezes sem parar para comer. Tenho gastos de vez em quando com as minhas experiências, e, então, preciso ficar sem comer um ou dois dias. Você está olhando para a minha cerveja. Sim. Já tomei dois copos, e vou tomar mais um. É um feriado comum, e vou comemorá-lo sozinho. Por que não? Tenho a ousadia de trabalhar sozinho, absolutamente sozinho. Trabalho sozinho há anos."

O rosto de Ossipon adquiriu um tom vermelho-escuro.

"O detonador perfeito, não é?", disse ele baixinho, com um olhar zombeteiro.

"Sim", retrucou o outro. "É uma boa definição. Você não encontraria nada que tivesse a metade da precisão para definir a natureza da sua atividade, com todos esses comitês e delegações. O verdadeiro panfletário sou eu."

"Não vamos discutir esse detalhe", disse Ossipon, como quem paira acima das considerações de natureza pessoal. "Contudo, receio que tenha de estragar o seu feriado. Um homem explodiu no Greenwich Park esta manhã."

"Como você sabe?"

"Os jornaleiros estão anunciando a notícia aos berros na rua desde as duas horas. Comprei o jornal e corri para cá. Foi quando o vi sentado na mesa. Está aqui no meu bolso."

Ele tirou o jornal do bolso. Estava impresso em folhas grandes cor-de-rosa, como se estivesse inflamado pelo fervor de suas próprias opiniões, que eram otimistas. Ele examinou rapidamente as páginas.

"Ah! Aqui está. Bomba no Greenwich Park. Não se tem maiores detalhes até o momento. Onze e meia. Manhã nublada. Efeitos da explosão sentidos até na Romney Road e na Park Place. Buracos enormes debaixo de uma árvore cheia de raízes despedaçadas e galhos quebrados. Por toda parte, os fragmentos do corpo de um homem feito em pedaços. Isso é tudo. O resto não passa de fofoca de jornal. Sem dúvida uma tentativa abominável de explodir o Observatório, dizem. Humm. Difícil de acreditar."

Ele ainda ficou olhando para o jornal por algum tempo e depois o repassou ao outro, que, depois de olhá-lo distraído, colocou-o na mesa sem fazer nenhum comentário.

Foi Ossipon que falou primeiro, ainda ressentido.

"Preste atenção: fragmentos de *um* único homem. *Ergo*, ele *se* explodiu. Isso estraga o seu dia de folga, não? Você estava esperando esse tipo de ação? Eu não tinha a mínima ideia, nem sonhava que algo do tipo estivesse sendo planejado para acontecer aqui, neste país. Nas atuais circunstâncias, nada menos que criminoso."

O homenzinho ergueu as sobrancelhas negras com impassível desdém.

"Criminoso! O que é isso? O que *é* o crime? O que significa essa afirmação?"

"Como eu deveria me exprimir? Tenho de usar as palavras que todo mundo usa", disse Ossipon, impaciente. "Essa afirmação significa que esse caso pode afetar nossa posição neste país de maneira muito desfavorável. Não é criminoso demais para você? Estou convencido de que você tem distribuído parte da sua mercadoria ultimamente."

Ossipon encarou-o fixamente. Sem desviar o olhar, o outro ergueu e baixou lentamente a cabeça.

"Então é verdade!", disse o editor dos panfletos da F. P., num sussurro profundo. "Não! E você realmente está entregando a mercadoria à vontade, ao primeiro maluco que aparece?"

"Isso mesmo! A ordem social condenada não foi construída com papel e tinta, e não imagino que uma combinação de papel e tinta venha a dar um fim nela, independentemente do que você possa pensar. Sim, eu entregaria a mercadoria com ambas as mãos a cada homem, mulher ou maluco que se apresentasse. Sei o que você está pensando. Mas não vou seguir o exemplo do Comitê Vermelho. Imagino todos vocês sendo expulsos daqui, ou presos... ou, ainda mais, decapitados... sem contrair um músculo. O que acontece a nós como indivíduos não tem a menor importância."

Ele falou com indiferença, sem calor, quase sem sentimento, e Ossipon, muito abalado por dentro, tentou imitar seu desinteresse.

"Se a polícia local trabalhasse direito, ela deixaria você furado como uma peneira de tanto tiro, ou então lhe daria uma coça em plena luz do dia."

O modo autoconfiante e impassível do homenzinho parecia indicar que ele já tinha contemplado aquele ponto de vista.

"Sim", ele aquiesceu prontamente. "Mas para isso eles teriam de enfrentar suas próprias instituições. Compreende? Isso exige uma coragem fora do comum. Um tipo especial de coragem."

Ossipon piscou os olhos.

"Imagino que é exatamente o que lhe aconteceria se você quisesse instalar seu laboratório nos Estados Unidos. Eles não têm muita cerimônia com as instituições lá."

"Não é provável que eu vá lá para ver com meus próprios olhos. Por outro lado, sua observação é correta", admitiu o outro. "Lá eles são mais individualistas, e o individualismo deles é essencialmente anárquico. Um solo fértil para nós, os Estados Unidos... um solo muito bom. A nobre República traz dentro de si as raízes da destruição. A índole coletiva é contrária à lei. Excelente. Eles podem atirar em nós, mas..."

"Você é hermético demais para mim", rosnou Ossipon, inquieto e mal-humorado.

"É lógico", protestou o outro. "Existem diversos tipos de lógica. Esta é a do tipo esclarecido. A América está certa. Este país é que é perigoso, com a sua concepção idealista de legalidade. O espírito social deste povo está envolto em rígidos preconceitos, e isso é desastroso para o nosso trabalho. Você diz que a Inglaterra é o nosso único refúgio! Tanto pior. Cápua! E nós lá queremos saber de refúgio? Aqui você fala, imprime, conspira, mas não faz nada. Sem dúvida é muito conveniente para tipos como Karl Yundt."

Deu de ombros de maneira quase imperceptível, depois acrescentou com a mesma confiança relaxada: "Nosso objetivo deve ser eliminar a superstição e o culto da legalidade. Nada me agradaria mais do que assistir ao inspetor Heat e seus semelhantes atirando em nós em plena luz do dia com a aprovação da população. Nesse caso, teríamos vencido metade da luta; a dissolução da antiga moral teria acontecido em seu próprio templo. É o que devemos almejar. Mas vocês, revolucionários, jamais vão compreender isso. Vocês planejam o futuro e se perdem em devaneios com sistemas econômicos que têm origem naquilo que existe hoje: ao passo que eu quero fazer tábula rasa de tudo e começar do zero, com uma nova concepção de vida. Esse tipo de futuro vai cuidar de si, basta lhe dar espaço. Portanto, eu distribuiria minha mercadoria a mancheias pelas esquinas se tivesse o bastante para isso; mas, como não tenho, faço o possível para aperfeiçoar um detonador que seja digno de confiança."

Ossipon, que estivera mergulhado mentalmente em águas profundas, agarrou-se ao final da frase como se ele fosse uma tábua de salvação.

"Sim. Os seus detonadores. Não me surpreenderia se tivesse sido um dos seus detonadores que fez tábula rasa do homem no parque."

Uma sombra de desgosto tomou conta do rosto pálido e determinado que confrontava Ossipon.

"Minha dificuldade consiste precisamente em experimentar na prática os diferentes tipos de detonador. Afinal de contas, é preciso testá-los. Além disso..."

Ossipon interrompeu.

"Quem poderia ser aquele sujeito? Asseguro-lhe que nós aqui em Londres não tínhamos conhecimento... Você poderia descrever a pessoa a quem entregou a mercadoria?"

"Descrevê-lo", ele repetiu lentamente. "Não penso que haja a mínima objeção agora. Vou descrevê-lo em uma palavra – Verloc."

Ossipon, cuja curiosidade o erguera algumas polegadas da cadeira, recuou, como se tivesse sido atingido no rosto.

"Verloc! Impossível."

O homenzinho controlado assentiu uma vez com a cabeça.

"Sim, é ele. Nesse caso, você não pode dizer que eu entreguei a minha mercadoria ao primeiro maluco que apareceu. Até onde sei, ele era um membro destacado do grupo."

"É verdade", disse Ossipon. "Destacado. Não, não exatamente. Ele fazia o papel de centro geral de informações, além de receber habitualmente os camaradas que para cá vinham. Mais útil que importante. Um homem sem imaginação. Anos atrás ele discursava em comícios – acho que na França. Embora não falasse muito bem. Homens como Latorre, Moser e toda a velha guarda confiavam nele. O único talento que ele demonstrava era a capacidade de enganar a polícia, de uma forma ou de outra. Aqui, por exemplo, parecia não ser seguido muito de perto. Ele era oficialmente casado, sabe? Acho que foi com o dinheiro dela que ele abriu a loja. E parece que a tornou rentável, também."

Ossipon fez uma pausa repentina e murmurou para si mesmo: "O que será que aquela mulher vai fazer agora?", e pôs-se a refletir.

O outro esperou, afetando indiferença. De origem obscura, ele era conhecido de todos apenas pelo apelido de Professor. O direito ao título se baseava no fato de ele ter sido outrora demonstrador assistente de química em um instituto técnico. Discutira com as autoridades a respeito de um inquérito sobre tratamento injusto. Posteriormente conseguiu um emprego no laboratório de uma fábrica de tinta. Lá também foi tratado com revoltante injustiça. As lutas e privações, e o trabalho árduo para subir na escala social, tinham-no deixado tão convencido de seus méritos que era extremamente difícil para o mundo tratá-lo com justiça – já que o critério desse conceito depende muito da paciência do indivíduo. O Professor tinha talento, mas carecia da nobre virtude social da resignação.

"Intelectualmente uma nulidade", Ossipon falou em voz alta, abandonando subitamente a contemplação interna da enlutada sra. Verloc e do seu negócio destruído. "Uma pessoa bastante comum. Você comete um erro por não se manter mais em contato com os camaradas, Professor", acrescentou ele com um tom repreensivo. "Ele lhe disse alguma coisa, lhe deu uma ideia das suas intenções? Fazia um mês que não o via. Parece incrível que ele tenha partido."

"Ele me disse que haveria uma manifestação na frente de um edifício", disse o Professor. "Era o que eu precisava saber para preparar o projétil. Fiz ver a ele que eu mal dispunha da quantidade adequada de material para obter um resultado completamente destrutivo, mas ele me pressionou muito para que eu fizesse o melhor possível. Como ele precisava de algo que pudesse ser carregado na mão, à vista de todos, sugeri usar uma lata velha de verniz de resina de um galão que eu tinha comigo. Ele gostou da ideia. Deu-me um pouco de trabalho, pois tive de cortar primeiro o fundo e soldá-lo depois. Quando ficou pronta para ser usada, a lata continha um pote de vidro grosso de boca larga, bem arrolhado, envolto em argila úmida e contendo dezesseis onças de pólvora verde X2. O detonador estava conectado à tampa de rosca da lata. Era engenhoso – uma combinação de tempo e impacto. Expliquei o sistema para ele. Era um tubo fino de estanho contendo uma..."

Ossipon tinha deixado de prestar atenção.

"O que você acha que aconteceu?", ele interrompeu.

"Não sei dizer. Ele pode ter apertado demais a tampa, o que produziria o contato, e se esquecido do mecanismo de tempo, que estava ajustado para dali a vinte minutos. Por outro lado, uma vez atingido o momento previsto, uma descarga elétrica violenta provocaria imediatamente a explosão. Ele pode ter determinado um espaço de tempo muito curto, ou simplesmente ter deixado cair o objeto. Seja como for, o contato ocorreu como previsto – isso está claro para mim. O sistema funcionou perfeitamente. Ainda assim, você imaginaria que um idiota qualquer apressado teria uma probabilidade maior de esquecer completamente de acionar o contato. Eu estava mais preocupado com esse tipo de falha. Mas é impossível se proteger contra todos os tipos de idiota que existem. Não se pode esperar que o detonador seja totalmente à prova de idiotas."

Fez sinal para um garçom. Ossipon permaneceu imóvel na cadeira, com o olhar preocupado de quem está mergulhado em intensa atividade mental. Depois que o homem se afastou

O AGENTE SECRETO

com o dinheiro, ele se recuperou, aparentando uma profunda insatisfação.

"Isso é extremamente desagradável para mim", refletiu. "Karl está de cama com bronquite há uma semana. Pode ser que nunca se recupere. Michaelis está vivendo luxuosamente em algum lugar do interior. Um editor que está na moda lhe ofereceu quinhentas libras por um livro. Vai ser um retumbante fracasso. Você sabe, ele perdeu o hábito de pensar logicamente na prisão."

De pé, e abotoando o paletó, o Professor olhou para ele com total indiferença.

"O que você vai fazer?", perguntou Ossipon com um ar de cansaço. Temia ser censurado pelo Comitê Central Vermelho, um coletivo sem endereço fixo, e cujo número exato de participantes ele desconhecia. Se esse caso resultasse no corte do modesto subsídio destinado à publicação dos panfletos da F. P., então ele realmente teria de lamentar a besteira inexplicável cometida por Verloc.

"Solidariedade com a forma de ação mais extremada é uma coisa, descuido bobo é outra", disse ele, com uma espécie de crueldade mal-humorada. "Não sei o que aconteceu com Verloc. Tem algo de misterioso aí. De qualquer modo, ele se foi. Interprete como quiser, mas, nas atuais circunstâncias, a única postura que resta ao grupo militante revolucionário é negar qualquer ligação com esse seu maldito lunático. O que me preocupa é como tornar a nota de repúdio suficientemente convincente."

De pé, com o paletó abotoado e pronto para partir, o homenzinho não chegava à altura de Ossipon sentado. Ele apontou os óculos diretamente para o rosto deste último.

"Você poderia pedir um atestado de boa conduta à polícia. Eles sabem onde cada um de vocês dormiu a noite passada. Talvez se você lhes pedisse eles concordariam em divulgar uma espécie de declaração oficial."

"Não há dúvida de que eles sabem muito bem que não tivemos nada a ver com isso", resmungou Ossipon irritado. "O que eles vão dizer é outra coisa." Ele continuou pensativo, ignorando o vulto pequeno, afetado e mal-ajambrado de pé ao seu lado. "Preciso pôr as mãos imediatamente em Michaelis, e convencê-lo a fazer um discurso sincero em uma das nossas assembleias. O público tem uma espécie de relação afetiva com o sujeito. Seu nome é conhecido. E eu estou em contato com alguns repórteres dos principais diários. Ele só iria dizer um monte de bobagens, mas com seu talento de orador as pessoas engolem assim mesmo."

"Como melado", interrompeu o Professor, meio baixo, mantendo o rosto impassível.

Desorientado, Ossipon prosseguiu com seu solilóquio semiaudível, como alguém a meditar em total solidão.

"Maldito imbecil! Deixar um caso absurdo como esse nas minhas mãos. E eu nem sei se..."

Ele se sentou com os lábios apertados. A ideia de ir direto à loja em busca de notícias não o atraía. Para ele, a loja de Verloc talvez já tivesse se transformado numa armadilha da polícia. Eles serão obrigados a fazer algumas prisões, pensou, com algo de uma indignação virtuosa, pois o conteúdo equilibrado da sua vida de revolucionário não estava ameaçado por nenhum deslize pessoal. No entanto, a menos que fosse até lá, corria o risco de continuar ignorando o que talvez fosse muito importante que ele soubesse. Em seguida, ponderou que, se o homem no parque fora feito em pedaços como diziam os jornais vespertinos, ele não poderia ter sido identificado. Nesse caso, a polícia não teria nenhum motivo especial para vigiar mais atentamente a loja de Verloc do que qualquer outro lugar conhecido pela frequência de anarquistas importantes – na verdade, não teria mais motivo para vigiar a loja do que as portas do Silenus. Haveria vigilância em muitos lugares, não importando para onde fosse. Ainda assim...

"O que devo fazer agora?", murmurou, falando com seus botões.

Ele ouviu junto ao ombro uma voz áspera dizer, com um tom insolente e impassível:

"Agarre-se na mulher com todas as suas forças."

Depois de proferir essas palavras, o Professor se afastou da mesa. Ossipon, que fora pego de surpresa por aquele conselho, tentou, em vão, se mexer, mas ficou parado, com um olhar impotente, como se estivesse pregado no assento da cadeira. O

O AGENTE SECRETO

piano solitário, contando apenas com um banquinho para aju-dá-lo, tocou bravamente alguns acordes, e, iniciando uma sele-ção de ares nacionalistas, tocou para ele até o fim "Blue Bells of Scotland". As notas dolorosamente marcadas iam ficando imper-ceptíveis atrás dele à medida que ele subia as escadas, atravessava o saguão e alcançava a rua.

Diante da entrada imponente, uma desanimada fileira de jor-naleiros tirava sua mercadoria da sarjeta para distribuí-la. Era um dia úmido e escuro do início da primavera; e o céu amarelado, a lama das ruas e os andrajos dos homens sujos combinavam muito bem com a explosão de folhas de papel úmidas e de má quali-dade, sujas com a tinta das impressoras. Os cartazes, maculados pela sujeira, enfeitavam como uma tapeçaria a curva do meio-fio. A venda de jornais vespertinos era movimentada, porém, com-parada com o avanço rápido e contínuo do tráfego de pedestres, a impressão era de indiferença, de uma distribuição desleixada. Ossipon olhou apressado para os dois lados antes de acelerar o passo na direção dos fluxos contrários de tráfego, mas o Profes-sor já não estava mais ao alcance da vista.

CAPÍTULO V

O PROFESSOR VIROU NUMA RUA À ESQUERDA E PROSSEGUIU, com a cabeça rigidamente ereta, em meio a uma multidão em que praticamente qualquer indivíduo superava a sua pequena estatura. Era inútil fingir que ele não estava desapontado. Mas essa era uma simples sensação; sua mente estoica não podia ser incomodada nem por esse nem por qualquer outro fracasso. Na próxima vez, ou na vez depois dela, um golpe contundente seria desferido – algo realmente assustador –, um ataque capaz de abrir a primeira fenda na fachada imponente do grande edifício dos conceitos legais que abriga a abominável injustiça social. De origem humilde, e com uma aparência tão desprezível que chegava a prejudicar suas notáveis aptidões naturais, sua imaginação fora estimulada precocemente pelas histórias de homens que se erguiam da mais profunda pobreza para ocupar posições de poder e riqueza. A extrema e quase ascética pureza do seu raciocínio, combinada com uma ignorância espantosa das condições do mundo, tinha estabelecido diante dele um objetivo de poder e de prestígio que seria alcançado sem o instrumento das artes, das virtudes, da diplomacia, da riqueza – unicamente pelo simples peso do mérito. Desse ponto de vista, ele se considerava com direito a um sucesso incontestável. Seu pai, um entusiasta frágil e sombrio de testa inclinada, tinha sido um vibrante pregador itinerante de uma seita cristã obscura, mas rígida – um homem extremamente confiante nos privilégios da sua honradez. No filho, de índole individualista, depois que os métodos científicos da academia substituíram completamente a fé dos conciliábulos, essa postura moral se traduziu numa delirante ambição puritana, que ele alimentou como algo secularmente sagrado. Ao vê-la contrariada, seus olhos enxergaram a verdadeira natureza do mundo, com sua moral artificial, corrompida e blasfema. Até mesmo o caminho das revoluções mais justificáveis é preparado por estímulos pessoais disfarçados de doutrinas. A indignação do Professor descobriu em si mesma uma causa final que o absolveu do pecado de se voltar para a destruição como o agente da sua ambição. Destruir a confiança popular na legalidade era a fórmula imperfeita do seu fanatismo pedante; mas a convicção inconsciente de que a estrutura de uma ordem social existente não pode ser efetivamente abalada exceto por uma forma de violência coletiva ou individual era precisa e correta. Ele era um agente moral – isso era algo que estava enraizado em sua mente. Ao exercer sua função com um desprezo implacável, ele granjeou para si uma imagem de poder e de prestígio pessoal. Isso era excelente para a sua crueldade vingativa. Aplacava o seu mal-estar; e, à sua maneira, talvez os mais ardentes revolucionários estejam apenas em busca da paz, assim como o resto da humanidade – a paz da vaidade amenizada, dos desejos saciados ou, talvez, da consciência aliviada.

Perdido na multidão, infeliz e baixinho, ele pensava, confiante, em seu poder, mantendo a mão no bolso esquerdo da calça e apertando levemente a bola de borracha, garantia suprema da sua sinistra liberdade. Depois de algum tempo, porém, a visão da rua abarrotada de veículos e da calçada cheia de gente causou-lhe repulsa. Embora estivesse numa rua comprida e plana, ocupada apenas por uma pequena parte de uma imensa multidão, ele sentiu, rodeando-o por todos os lados, ininterruptamente, até os limites do horizonte que as pilhas enormes de tijolos escondiam, o peso da humanidade, irresistível em sua grandeza. As pessoas fervilhavam como bandos de gafanhotos, diligentes como as formigas, insensíveis como uma força da natureza, seguindo em frente

O AGENTE SECRETO

de forma inconsciente e ordeira, indiferentes aos sentimentos, à lógica e talvez ao terror.

Essa era a forma de ceticismo que ele mais temia. Indiferente ao medo! Muitas vezes, enquanto caminhava ao léu e acontecia de sair de dentro de si, ele tinha esses momentos de angustiante e sensata descrença na humanidade. E se nada conseguisse comovê-la? Esses momentos acontecem com todos os homens que pretendem ter um controle direto da humanidade – artistas, políticos, pensadores, reformadores ou santos. Estado emocional desprezível, esse, contra o qual a solidão fortalece a personalidade superior; e, com grande alegria, o Professor pensou no refúgio do seu quarto, com o armário fechado a cadeado, perdido num labirinto de casas pobres, o abrigo do anarquista exemplar. Para chegar antes ao ponto onde poderia pegar o seu ônibus, ele deixou bruscamente a rua cheia de gente e pegou uma viela estreita e sombria revestida de laje. De um lado, as janelas empoeiradas das casas de tijolos baixas tinham a aparência tenebrosa e moribunda de uma decadência irremediável – estruturas vazias esperando ser demolidas. Do outro lado, a vida ainda não tinha desaparecido de todo. Em frente ao único lampião de gás abria-se a gruta de um vendedor de móveis usados, onde, na escuridão profunda de uma espécie de alameda estreita que serpenteava através de uma floresta bizarra de guarda-roupas, com uma vegetação rasteira emaranhada de pernas de mesa, um tremó reluzia como uma poça d'água no bosque. Do lado de fora havia um sofá infeliz e abandonado, ao lado de duas cadeiras de características diferentes. Surgindo decidido e empertigado do lado oposto, o único ser humano a fazer uso da viela além do Professor conteve subitamente o passo cadenciado.

"Olá!", disse ele, jogando o peso um pouco para um dos lados e com o olhar vigilante.

O Professor já tinha parado, com uma meia-volta rápida que deixou os ombros muito próximos do outro muro. A mão direita pousou suavemente no espaldar do sofá rejeitado, e a esquerda continuou propositalmente enfiada no fundo do bolso da calça. Os óculos de aros grossos redondos conferiam um ar solene ao rosto melancólico e impassível.

Foi como o encontro num corredor lateral de uma mansão cheia de vida. O homem decidido usava um sobretudo escuro abotoado de cima a baixo e trazia um guarda-chuva. Inclinado para trás, o chapéu expunha boa parte da testa, que, à luz do crepúsculo, parecia muito branca. Nas grandes áreas escuras das órbitas, os globos oculares tinham um brilho penetrante. As pontas do bigode longo e curvo, da cor de milho maduro, serviam de moldura para o bloco retangular do queixo escanhoado.

"Não estou atrás de você", disse ele bruscamente.

O Professor permaneceu imóvel. O ruído desordenado da cidade grande se reduziu a um imperceptível murmúrio baixo. Heat, inspetor-chefe do Departamento Especial de Crimes, mudou de tom.

"Sem pressa de chegar em casa?", perguntou, de um jeito simples e brincalhão.

O pequeno agente moral da destruição, com sua aparência doentia, se regozijou em silêncio por seu prestígio pessoal, que mantinha à distância aquele homem armado com o mandato de defensor de uma sociedade ameaçada. Mais afortunado que Calígula, que gostaria que o Senado romano tivesse apenas uma cabeça para melhor satisfazer seus cruéis apetites, ele viu concentradas naquele único homem todas as forças às quais ele se opunha: a força da lei, da propriedade, da opressão e da injustiça. Ele contemplou todos os seus inimigos e, intrepidamente, enfrentou todos eles plenamente satisfeito em sua vaidade. Eles se mantinham desnorteados diante dele, como se estivessem diante de um formidável prodígio. Ele se alegrou intimamente com a possibilidade de que aquele encontro confirmasse sua superioridade sobre grande parte da humanidade.

O encontro fora realmente acidental. O inspetor-chefe Heat tivera um dia atribulado e cheio desde o momento em que o seu departamento recebeu o primeiro telegrama de Greenwich, um pouco antes das onze da manhã. Antes de mais nada, o fato de o ataque ter ocorrido menos de uma semana depois de ele ter assegurado a um alto oficial que não havia motivo para temer a eclosão de qualquer ação anarquista já era suficientemente humilhante.

Se houve uma ocasião em que ele se sentira seguro para dar uma declaração, fora essa. Ele tinha feito a declaração com enorme satisfação, porque era evidente que o alto oficial queria muito ouvir esse tipo de coisa. Ele afirmara que era inimaginável que ocorresse algo desse tipo sem que o departamento estivesse a par 24 horas antes; e falara assim ciente de ser o grande especialista do departamento. Ele chegara a ponto de proferir palavras que a verdadeira prudência teria silenciado. Mas o inspetor-chefe Heat não era uma pessoa muito prudente – pelo menos, não de verdade. A verdadeira prudência, que não tem certeza de nada neste mundo cheio de contradições, teria impedido que ele chegasse ao seu cargo atual. Ela teria alertado seus superiores e liquidado suas chances de promoção. Sua promoção tinha sido muito rápida.

"Não há um só deles, senhor, no qual não poderíamos pôr as mãos a qualquer hora do dia ou da noite. Sabemos o que cada um deles está fazendo hora a hora", ele tinha declarado. E o alto oficial se dignara a sorrir. Para um oficial da reputação do inspetor--chefe Heat era tão óbvio que essa era a coisa certa a dizer que ela soou como algo extremamente agradável. O alto oficial acreditou na declaração, que condizia com a sua ideia de adequação das coisas. Se a sua prudência não fosse uma prudência burocrática, ele poderia ter levado em conta uma questão que não era teórica, mas prática: no caso das relações intricadas entre conspirador e polícia ocorrem soluções de continuidade inesperadas, falhas repentinas de espaço e tempo. Um determinado anarquista pode ser vigiado passo a passo e minuto a minuto, mas sempre chega um momento em que, por um motivo qualquer, não se tem notícia dele por algumas horas, durante as quais algo (geralmente uma explosão) mais ou menos lamentável de fato acontece. Mas o alto oficial, arrebatado por seu senso de adequação das coisas, tinha sorrido, e agora a lembrança daquele sorriso incomodava muito o inspetor-chefe Heat, o principal especialista em métodos anarquistas.

Esse não era o único incidente cuja lembrança abalava a serenidade habitual do eminente especialista. Havia outro, ocorrido naquela manhã mesmo. O pensamento de que, ao ser chamado com urgência ao gabinete do delegado-assistente, ele fora incapaz de disfarçar a surpresa era particularmente irritante. Sua intuição de homem bem-sucedido tinha lhe ensinado, havia muito tempo, que, como regra geral, a reputação se baseia tanto no comportamento como nas realizações. Mas ele sentia que o seu comportamento, ao ser confrontado com o telegrama, não tinha causado boa impressão. Ele tinha arregalado os olhos e exclamado: "Impossível!", expondo-se assim à réplica irrefutável de um dedo enfiado violentamente no telegrama, que o delegado-assistente tinha atirado na escrivaninha depois de lê-lo em voz alta. Ser esmagado pela ponta de um indicador era uma experiência muito desagradável. Muito prejudicial também! Além disso, o inspetor-chefe Heat estava consciente de não ter melhorado a situação ao se permitir expressar uma convicção.

"Uma coisa eu posso lhe afirmar desde já: ninguém do nosso círculo teve nada a ver com isso."

Embora fosse um detetive extremamente íntegro, ele percebeu imediatamente que, para a sua reputação, teria sido melhor manter uma discrição profundamente respeitosa em relação a esse incidente. Por outro lado, admitiu para si mesmo que era difícil preservar a reputação com intrusos ordinários se metendo no assunto. Os intrusos são a ruína da polícia, bem como das outras profissões. O tom dos comentários do delegado-assistente tinha sido suficientemente áspero para deixar qualquer um irritado.

Além disso, o inspetor-chefe Heat não tinha comido nada desde o café da manhã.

Tendo iniciado imediatamente a investigação no local, ele absorvera uma boa quantidade do indigesto e insalubre nevoeiro do parque. Depois tinha ido até o hospital; e quando a investigação em Greenwich foi finalmente concluída, ele tinha perdido o apetite. Por não estar habituado, como os médicos, a examinar de perto restos mortais esmigalhados de seres humanos, ele tinha ficado chocado diante do espetáculo que se revelou aos seus olhos quando tiraram um lençol impermeável em um quarto do hospital.

Estenderam outro lençol impermeável no mesmo local como se fosse uma toalha de mesa, com as extremidades viradas para cima sobre uma espécie de pilha – uma grande quantidade de andrajos queimados e manchados de sangue que escondiam parcialmente o que poderia ter sido um monte de matéria-prima de um banquete canibal. Era preciso muita firmeza mental para não recuar diante daquele cenário. O inspetor-chefe Heat, um oficial experimentado do departamento, se manteve firme, mas demorou um minuto inteiro para avançar. Um policial local de uniforme olhou de lado e disse, com uma impassível simplicidade:

"Ele está todo aí. Cada pedacinho dele. Foi um 'serviço' encomendado."

Ele fora o primeiro a chegar ao local depois da explosão. Mencionou o fato novamente. Tinha visto algo parecido com um violento clarão de relâmpago no nevoeiro. Nesse momento ele estava conversando com o guarda do parque na porta da King William Street Lodge. O choque fê-lo tremer da cabeça aos pés. Correu entre as árvores na direção do Observatório. "Tão rápido como as minhas pernas conseguiam", ele repetiu duas vezes.

Inclinando-se para a frente por cima da mesa de um jeito cuidadoso e amedrontado, o inspetor-chefe Heat deixou-o prosseguir. O porteiro do hospital e outro homem afastaram as extremidades do pano e se puseram de lado. O inspetor-chefe percorreu com os olhos os detalhes repulsivos daquele monte de coisas misturadas, que pareciam ter sido recolhidas num matadouro e em lojas de quinquilharias.

"Você usou uma pá", ele observou, examinando uma pequena quantidade de cascalho miúdo, pedacinhos marrons de casca de árvore e partículas de lascas de madeira finas como agulhas.

"Teve um lugar em que eu precisei", disse o guarda, impassível. "Mandei um guarda do parque pegar uma pá. Quando me ouviu cavoucando o chão com ela, ele apoiou a cabeça numa árvore e vomitou as tripas."

Inclinando-se cuidadosamente por cima da mesa, o inspetor-chefe tentou afastar a sensação desagradável na garganta. A violência esmagadora da destruição que transformara aquele corpo num monte de fragmentos obscuros afetava-lhe os sentidos com uma crueldade implacável, embora o bom senso lhe mostrasse que o efeito deveria ter sido tão rápido como o clarão de um relâmpago. O homem, quem quer que fosse, tinha morrido instantaneamente; no entanto, parecia impossível acreditar que um corpo humano pudesse ter chegado àquele estado de desintegração sem passar pela angústia de uma agonia inimaginável. Não sendo fisiologista, e muito menos metafísico, o inspetor-chefe Heat se mantinha, por meio da compaixão – que é uma forma de medo –, acima da concepção vulgar de tempo. Instantânea! Ele se lembrou de tudo o que tinha lido nas publicações populares a respeito de sonhos horripilantes que acontecem na hora de acordar; da vida inteira pregressa que é vivenciada com terrível intensidade pelo homem que está se afogando enquanto a sua cabeça sobe e desce na superfície, flutuando pela última vez. Os mistérios incompreensíveis da vida consciente assaltaram o inspetor-chefe Heat, levando-o a elaborar a teoria macabra de que longos períodos de sofrimento atroz e tortura mental podiam estar contidos entre duas piscadas. Enquanto isso, o inspetor-chefe continuava examinando a mesa com o rosto tranquilo e a atenção ligeiramente ansiosa de um cliente pobre inclinado sobre o que se pode chamar de subprodutos do açougue, na expectativa de poder preparar um jantar de domingo com pouco dinheiro. O tempo todo, seu talento refinado de excelente investigador – que não perde uma oportunidade de obter informação – acompanhou atentamente a loquacidade arrogante e desarticulada do policial.

"O sujeito era louro", observou este último num tom de voz tranquilo, e fez uma pausa. "A anciã que conversou com o sargento reparou num sujeito louro saindo da estação Maze Hill." Mais uma pausa. "E o sujeito era louro. Ela reparou em dois homens saindo da estação depois que o trem com destino a Londres partiu", prosseguiu lentamente. "Ela não sabia dizer se eles estavam juntos. Não prestou muita atenção no mais alto, mas o outro era um rapaz louro e franzino, com uma lata de verniz de estanho numa das mãos." O policial se calou.

"Conhece a mulher?", murmurou o inspetor-chefe com os olhos cravados na mesa, e pensando vagamente que em breve teria de fazer uma investigação a respeito de uma pessoa que, provavelmente, permaneceria para sempre desconhecida.

O AGENTE SECRETO

"Sim. É a governanta de um taverneiro aposentado, e frequenta a capela de Park Place de vez em quando", disse o policial gravemente; depois fez uma pausa e olhou de viés novamente para a mesa.

Então, subitamente: "Bem, aqui está ele – tudo que pude ver dele. Louro. Franzino – bem franzino. Olhe ali um pé. Eu comecei pelas pernas, uma depois da outra. Ele estava tão espalhado que foi difícil saber por onde começar".

O policial fez uma pausa; o leve tremor de um inocente sorriso autoelogioso cobriu-lhe o rosto com um ar infantil.

"Tropeçou", ele declarou confiante. "Eu mesmo tropecei uma vez, e também caí de cabeça, enquanto corria. Todas aquelas raízes expostas por toda parte. Tropeçou na raiz de uma árvore e caiu, e aquele troço que ele estava levando deve ter explodido bem debaixo do peito, suponho."

O eco das palavras "pessoa desconhecida" se repetindo várias vezes no fundo da sua consciência deixaram o inspetor-chefe muito preocupado. Ele gostaria de refazer o trajeto desse caso até a sua origem misteriosa, para seu próprio conhecimento. Ele tinha uma curiosidade profissional. Gostaria de provar, para a população, que o seu departamento era eficiente confirmando a identidade daquele homem. Ele era um leal servidor. No entanto, isso parecia impossível. O primeiro termo da equação era incompreensível – não indicava nada, senão uma crueldade atroz.

Superando a repugnância física, o inspetor-chefe Heat esticou a mão sem convicção, para aplacar a consciência, e pegou o trapo que estava menos manchado. Era uma tira estreita de veludo com um pedaço triangular de tecido azul-escuro pendurado nela. Ao trazê-la à altura dos olhos, o policial falou.

"Colarinho de veludo. É curioso que a anciã tenha notado o colarinho de veludo. Sobretudo azul-escuro com colarinho de veludo, foi o que ela disse. Foi esse rapaz que ela viu, sem dúvida. E ei-lo aqui por inteiro, com colarinho de veludo e tudo. Acho que não deixei escapar um único item do tamanho de um selo postal."

Nessa altura, o talento refinado do inspetor-chefe parou de ouvir a voz do policial. Ele se aproximou de uma das janelas para enxergar melhor. Virado para o lado oposto da sala, seu rosto foi revelando um interesse profundo e embevecido enquanto examinava de perto o pedaço triangular de tecido fino. Ele o arrancou com um safanão e só depois de enfiá-lo no bolso se virou para a sala e atirou o colarinho de veludo na mesa...

"Podem cobrir", ele ordenou rudemente aos funcionários, desviando o olhar. E, saudado pelo policial, saiu apressado levando o seu espólio.

Um trem que veio bem a calhar conduziu-o rapidamente à cidade, sozinho e mergulhado em seus pensamentos num compartimento de terceira classe. Aquele pedaço de tecido chamuscado era extremamente valioso, e ele não podia deixar de se admirar pela maneira fortuita com que veio ter às suas mãos. Era como se o Destino lhe tivesse empurrado aquela pista. E, à maneira do homem comum, cuja ambição é controlar os acontecimentos, começou a desconfiar daquele sucesso gratuito e acidental – só porque ele lhe parecia ter sido imposto. O valor prático do sucesso depende muito da maneira como você o olha. Mas o Destino não olha para nada. Ele não tem juízo. O inspetor-chefe já não pensava que fosse altamente desejável para todos que viesse a público a identidade do homem que tinha se explodido naquela manhã com tão macabra perfeição. Mas não sabia ao certo com que imagem seu departamento iria ficar. Para aqueles que ele emprega, o departamento é uma individualidade com ideias e até modismos próprios. Depende da dedicação constante de seus funcionários, e a lealdade zelosa de funcionários confiáveis está associada a um pouco de desdém carinhoso, que a mantém palatável, por assim dizer. Por uma benévola disposição da natureza, nenhum homem é herói para seu criado, já que, do contrário, os heróis teriam de escovar suas próprias roupas. Do mesmo modo, aos olhos dos seus funcionários, nenhum departamento parece plenamente preparado. Um departamento sabe menos que alguns dos seus servidores. Por ser um organismo imparcial, ele nunca pode estar plenamente informado. Em termos de eficiência, não seria desejável que ele soubesse demais. O inspetor-chefe Heat saiu do trem num estado meditativo não maculado por qualquer infidelidade, mas sem estar totalmente livre da desconfiança ciumenta que brota tantas vezes no solo da devoção plena, seja às mulheres ou às instituições.

Foi nesse estado de espírito, com o estômago vazio, mas ainda enjoado com o que tinha visto, que ele se encontrou com o Professor. Nessas condições, que deixam irritado um homem sensato e normal, o encontro foi especialmente inoportuno para o inspetor-chefe Heat. Ele não estivera pensando no Professor; não estivera pensando em nenhum anarquista específico. De algum modo, a complexidade daquele caso tinha lhe impingido a ideia geral de que a vida humana é absurda, o que, em teoria, é suficientemente irritante para uma natureza não filosófica, e nos casos concretos se torna insuportavelmente exasperante. No início da carreira, o inspetor-chefe Heat tinha se preocupado com as formas mais agressivas de roubo. Ele tinha se destacado nessa esfera, e, muito naturalmente, mantivera em relação a ela, depois de ser promovido para outro departamento, um sentimento não muito distante da afeição. O roubo não era algo totalmente absurdo. Era um tipo de atividade humana, imprópria, é verdade, mas ainda assim uma atividade exercida em mundo empreendedor; assumia-se esse trabalho pelo mesmo motivo que se assumia o trabalho nas olarias, nas minas de carvão, na lavoura, nas lojas de amolar ferramentas. Era um trabalho cuja diferença prática das outras formas de trabalho consistia na natureza do seu risco, que não era de ancilose, envenenamento por chumbo, grisu ou pó de sílica, mas do que pode ser definido brevemente, em sua própria fraseologia, como "Sete anos de trabalhos forçados". Naturalmente, o inspetor-chefe Heat não era insensível à importância das diferenças morais. E os ladrões que ele estava procurando também percebiam a diferença. Eles se sujeitavam, com certa resignação, às sanções rigorosas de uma moral com a qual o inspetor-chefe Heat estava familiarizado.

Eram concidadãos seus que tinham tomado o caminho errado em razão de uma educação deficiente, acreditava o inspetor-chefe Heat; porém, ao levar em conta essa diferença, ele pôde compreender a mente do assaltante, porque, a bem da verdade, a mente e os instintos de um assaltante têm a mesma natureza da mente e dos instintos de um policial. Ambos respeitam as mesmas convenções, e têm um conhecimento prático dos métodos um do outro e da rotina de seus respectivos ofícios. Eles se entendem, o que é vantajoso para ambos, além de criar uma espécie de afabilidade em suas relações. Frutos da mesma estrutura, um classificado como útil e o outro como nocivo, eles a subestimam de diferentes maneiras, mas com uma sinceridade que é, basicamente, a mesma. A mente do inspetor-chefe Heat era incapaz de compreender o conceito de revolta. Mas os ladrões com quem ele lidava não eram rebeldes. Seu vigor, seu estilo calmo e impassível, sua coragem e integridade tinham lhe granjeado muito respeito e um pouco de adulação na esfera das suas primeiras conquistas. Ele se sentira respeitado e admirado. De modo que, bloqueado a seis passos do anarquista apelidado de Professor, o inspetor-chefe Heat lembrou com pesar o universo dos ladrões – razoável, sem ideais doentios, funcionando da forma costumeira, respeitoso das autoridades constituídas, livre de todo sinal de ódio e de desespero.

Depois de pagar seu tributo àquilo que é normal na organização da sociedade (pois a ideia de roubo lhe parecia intuitivamente tão normal como a ideia de propriedade), o inspetor-chefe Heat se sentiu muito irritado consigo mesmo por ter parado, por ter conversado, até mesmo por ter pegado aquele caminho por ser ele um atalho para quem vem da estação para a central de polícia. E falou novamente num tom de voz alto e impositivo, que, por ser comedido, tinha um cunho ameaçador.

"Estou lhe dizendo que você não está sendo procurado", repetiu.

O anarquista não se moveu. Uma risada interna de desdém expôs não apenas os seus dentes, como também as suas gengivas, e fez que ele tremesse todo, sem o menor ruído. O inspetor-chefe Heat se viu forçado a acrescentar, a contragosto:

"Ainda não. Quando eu precisar de você, sei onde encontrá-lo."

Eram palavras extremamente apropriadas, dentro da tradição e adequadas à figura de um policial que se dirige a um membro

O AGENTE SECRETO

do seu rebanho especial. Mas a acolhida que elas tiveram passou longe da tradição e das boas maneiras. Foi ultrajante. O indivíduo raquítico e com ar doentio que estava diante dele finalmente falou.

"Então, não tenho dúvida de que o seu nome sairia na seção de obituário dos jornais. Você sabe melhor do que ninguém o que isso lhe custaria. Penso que não tenha dificuldade de imaginar o tipo de coisa que sairia impressa. No entanto, você pode se expor ao dissabor de ser enterrado junto comigo, embora eu suponha que os seus amigos se esforçariam em nos separar o máximo possível."

Apesar do seu saudável desprezo pelo ser que estava por trás daquela fala, a alusão cruel das palavras causou um impacto no inspetor-chefe Heat. Ele era demasiado inteligente, além de dispor de uma grande quantidade de informações precisas, para descartá-las como se fossem asneiras. O sujeitinho soturno e frágil que, de costas para a parede, falava com uma voz fraca e autoconfiante dava um tom sinistro à viela estreita. Para quem, como o inspetor-chefe, tinha uma vitalidade ativa e determinada, a indigência física daquela criatura que, evidentemente, não merecia viver representava uma ameaça; pois ele teve a impressão de que, se tivesse o azar de ser um objeto tão infeliz como aquele, não teria se importado de morrer cedo. A vida tinha uma influência tão grande sobre ele que outra explosão de náusea irrompeu na forma de uma leve transpiração acima das sobrancelhas. O murmúrio da vida da cidade e o ruído suave das rodas nas duas ruas invisíveis à direita e à esquerda passaram pela curva da viela sórdida e chegaram até seus ouvidos, com uma familiaridade perfeita e uma envolvente delicadeza. Ele era humano. Mas o inspetor-chefe Heat também era homem, e não podia deixar passar tais palavras em branco.

"Essa conversa toda só serve para assustar crianças", disse ele. "Uma hora eu o pego."

A frase foi dita com naturalidade, sem desrespeito, com uma calma quase sombria.

"Sem dúvida", foi a resposta; "mas, creia-me, este é o momento ideal. Para um homem de convicções fortes, esta é uma excelente oportunidade de se sacrificar. Você talvez não encontre outra tão favorável, tão humana. Não existe nem um gato nas proximidades, e essas velhas casas condenadas virariam um belo monte de tijolos aí onde você se encontra. Você nunca vai me pegar pagando um preço tão pequeno em termos de vidas e propriedades, que você é pago para proteger."

"Você não sabe com quem está falando", disse o inspetor-chefe com firmeza. "Se eu lhe pusesse as mãos agora estaria me nivelando a você."

"Ah! O jogo!"

"Esteja certo de que, no final, o nosso lado sairá vencedor. Talvez ainda seja preciso fazer as pessoas acreditarem que alguns de vocês têm de levar um tiro à queima-roupa, como um cachorro louco. Então, esse será o jogo. Mas raios me partam se eu sei qual é o seu jogo. Creio que nem vocês sabem. Vocês nunca vão ganhar nada com isso."

"Enquanto isso, quem ganha alguma coisa é você – até o momento. E sem dificuldade, também. Não estou falando em salário, mas você não se consagrou basicamente por não compreender o que pretendemos?"

"O que vocês pretendem, então?", perguntou o inspetor-chefe Heat, com uma pressa debochada, como um homem apressado que percebe que está perdendo tempo.

O impecável anarquista respondeu com um sorriso, que não afastou seus lábios finos e descoloridos; e o célebre inspetor-chefe experimentou uma sensação de superioridade que o fez erguer o dedo em sinal de advertência.

"Desista disso, seja lá o que for", disse ele em tom de admoestação, mas não de um jeito amável demais como se estivesse contemporizando e aconselhando um ladrão de renome. "Desista. Você irá descobrir que é muita gente para você enfrentar."

O sorriso estático nos lábios do Professor titubeou, como se o espírito zombeteiro dentro dele tivesse perdido o atrevimento. O inspetor-chefe prosseguiu:

"Não está acreditando em mim, hein? Bem, basta olhar ao seu redor. Muita gente. E, de todo modo, vocês não estão se saindo

O AGENTE SECRETO 99

bem. Estão fazendo a maior trapalhada. Ora, se os ladrões não conhecem a sua profissão, é melhor que morram de fome."

A alusão a uma multidão invencível por trás daquele homem despertou uma indignação sombria no peito do Professor. Ele retirou do rosto o sorriso enigmático e zombeteiro. A força renitente dos números e a indiferença imperturbável de uma enorme multidão eram o medo que intimidava a sua sinistra solidão. Seus lábios tremeram um pouco antes de ele conseguir dizer, com a voz abafada:

"Estou fazendo o meu trabalho melhor do que você está fazendo o seu."

"Por ora basta", interrompeu o inspetor-chefe Heat rispidamente; e, dessa vez, o Professor riu alto. Continuando a rir, ele seguiu seu caminho; mas o riso não durou muito. Foi um homenzinho infeliz de olhar triste que emergiu da passagem estreita e pegou a larga e agitada via principal. Ele andava com o passo medroso de um mendigo que seguia em frente, sempre em frente, sem ligar para a chuva ou para o sol, com uma indiferença inquietante em relação às condições do céu e da terra. O inspetor-chefe Heat, por outro lado, depois de observá-lo por algum tempo, pôs-se a caminho com a rapidez obstinada de um homem que realmente despreza os rigores do tempo, mas que tem consciência de estar numa missão oficial na terra e de ter o apoio moral dos seus iguais. Todos os habitantes da enorme cidade, a população do país inteiro e até os milhões de batalhadores que fervilhavam no planeta estavam do lado dele – incluindo os próprios ladrões e pedintes. Sim, os próprios ladrões certamente estariam ao seu lado em seu atual trabalho. A consciência de contar com o apoio de todos em sua atividade pública foi o que o estimulou a enfrentar aquele problema específico.

O problema que se colocava de forma mais premente para o inspetor-chefe era controlar o delegado-assistente do departamento, seu superior imediato. Esse é o eterno problema dos funcionários confiáveis e leais; o anarquismo conferia a ele sua natureza específica, nada mais que isso. Falando francamente, o inspetor-chefe Heat não ligava muito para o anarquismo. Ele não lhe atribuía uma importância exagerada, e nunca conseguiu levá-lo a sério. E o anarquismo se caracterizava mais como um comportamento arruaceiro; arruaceiro sem a desculpa humana da embriaguez, a qual, de qualquer forma, significa bons sentimentos e uma afável predisposição para se divertir. Enquanto criminosos, os anarquistas não compunham, evidentemente, uma classe – absolutamente nenhuma. E, lembrando-se do Professor, o inspetor-chefe Heat, sem conter o passo hesitante, murmurou entre os dentes:

"Lunático."

Prender ladrões era uma coisa completamente diferente. Era algo que tinha aquela característica de seriedade que faz parte de todo tipo de esporte aberto, com regras plenamente compreensíveis, em que o melhor homem ganha. Não havia regras para lidar com os anarquistas. E isso desagradava o inspetor-chefe. Era uma loucura generalizada, mas essa loucura empolgava a mente da população, afetava pessoas em cargos influentes e afetava as relações internacionais. Um profundo e implacável desprezo marcou rigidamente o rosto do inspetor-chefe enquanto ele seguia em frente. Sua mente repassou todos os anarquistas do seu rebanho. Nenhum deles tinha metade da coragem deste ou daquele ladrão que ele conhecera. Nem metade... nem um décimo.

Ao chegar à central, o inspetor-chefe foi recebido imediatamente no gabinete pessoal do delegado-assistente. Ele o encontrou com a caneta na mão, curvado sobre uma grande mesa coberta de papéis, como se estivesse adorando um enorme tinteiro duplo de bronze e cristal. Tubos de comunicação que pareciam cobras estavam amarrados pela parte superior ao espaldar da poltrona de madeira do delegado-assistente, e as suas bocas escancaradas pareciam prestes a morder seus cotovelos. E, sem abandonar essa postura, ele apenas ergueu os olhos, cujas pálpebras eram mais escuras que o rosto e muitíssimo enrugadas. Os relatórios tinham chegado: cada anarquista tinha sido cuidadosamente computado.

Depois de dizer isso, ele baixou os olhos, assinou rapidamente duas folhas soltas de papel e só então pousou a caneta e se sentou

O AGENTE SECRETO

bem para trás, dirigindo um olhar inquisitivo ao seu renomado subordinado. O inspetor-chefe aguentou bem o olhar, reverente, mas inescrutável.

"Talvez você tivesse razão", disse o delegado-assistente, "de me dizer inicialmente que os anarquistas de Londres não tinham nada a ver com isso. Fico muito grato pela vigilância primorosa que os seus homens mantiveram em relação a eles. Por outro lado, para a população, isso nada mais é que uma confissão de ignorância."

O delegado-assistente pronunciava as palavras devagar, de uma forma cautelosa. Parecia que o seu raciocínio ficava suspenso numa palavra antes de passar para outra, como se as palavras fossem o caminho das pedras por meio do qual a sua mente cruzava as águas do erro. "A não ser que você tenha trazido algo útil de Greenwich", acrescentou.

O inspetor-chefe começou imediatamente a fazer o relato da sua investigação de um modo pragmático. Seu superior virou um pouco a cadeira e, cruzando as pernas finas, se inclinou de lado por cima do ombro, com uma das mãos protegendo os olhos. Sua postura de ouvinte tinha uma espécie de elegância angulosa e atormentada. Brilhos, como se fossem de prata bem polida, brincaram nas laterais da cabeça negra como ébano quando ele a inclinou lentamente no final.

O inspetor-chefe Heat esperou, dando a impressão de que estava remoendo o que acabara de dizer, porém, na verdade, considerando se seria conveniente acrescentar alguma coisa. O delegado-assistente interrompeu sua hesitação repentinamente.

"Você acredita que eram dois homens?", perguntou, sem descobrir os olhos.

Para o inspetor-chefe, isso era mais que provável. Em sua opinião, os dois homens tinham se separado um do outro a cerca de cem jardas dos muros do Observatório. Ele também explicou como o outro homem teria saído rapidamente do parque sem ser visto: embora não muito denso, o nevoeiro o favorecera. Aparentemente, ele teria acompanhado o outro até o local e o deixado ali para fazer o serviço sozinho. Considerando o momento em que os dois foram vistos saindo da estação de Maze Hill pela anciã e o momento em que se ouviu a explosão, o inspetor-chefe achava que, na verdade, o outro homem já estaria na estação de Greenwich Park pronto para embarcar no primeiro trem no momento em que seu companheiro estava se fazendo em pedacinhos.

"Em pedacinhos mesmo, hein?", murmurou o delegado-assistente por debaixo da proteção da mão.

O inspetor-chefe descreveu, com algumas palavras chocantes, a aparência dos restos mortais. "O comitê auxiliar do médico-legista vai se refestelar", acrescentou, com um ar de repugnância.

O delegado-assistente descobriu os olhos.

"Não teremos nada a lhes dizer", observou com voz fraca o delegado-assistente.

Ele ergueu os olhos e observou, por algum tempo, a postura cautelosa do inspetor-chefe. Não era do tipo que se deixa iludir com facilidade. Sabia que qualquer departamento vive à mercê de seus funcionários subalternos, que têm suas próprias concepções de lealdade. Sua carreira se iniciara numa colônia tropical. Ele gostava de trabalhar ali. Era trabalho de polícia. Ele fora muito bem-sucedido em rastrear e destruir algumas abomináveis sociedades secretas que havia entre os nativos. Depois tinha tirado uma licença longa e se casado de maneira meio impulsiva. Fora uma boa escolha do ponto de vista carnal, embora sua esposa tivesse formado uma opinião desfavorável do clima da colônia com base em testemunho auricular. Por outro lado, ela tinha contatos influentes. Fora uma excelente escolha. Mas ele não gostava do seu novo trabalho; se sentia dependente de um número muito grande de subordinados e de chefes. A proximidade daquele estranho fenômeno emocional chamado opinião pública o deixara angustiado, e seu caráter irracional o intimidara. Não há dúvida de que, por ignorância, ele tinha exagerado para si seu poder de fazer o bem e o mal – especialmente de fazer o mal; e o vento leste inclemente da primavera inglesa (que combinava com a sua esposa) aumentara sua desconfiança geral das motivações do ser humano e da eficiência da sua sociedade. A futilidade do trabalho de escritório o assustara particularmente naqueles dias tão difíceis para o seu fígado sensível.

O AGENTE SECRETO

Ficou de pé, esticando-se dos pés à cabeça, e, com uma pisada firme, surpreendente para um homem tão esguio, atravessou a sala até a janela. As vidraças tremiam com a chuva, e a rua acanhada que se apresentou aos seus olhos estava encharcada e vazia, como se tivesse sido varrida por uma enchente repentina. Era um dia muito desagradável, sufocado por um nevoeiro úmido antes de mais nada, e agora mergulhado na chuva fria. A chama bruxuleante e borrada dos lampiões de gás parecia se dissolver na atmosfera úmida. E as grandiosas pretensões da humanidade, atormentadas pela humilhação deprimente do tempo, se mostravam como uma colossal e desesperada vaidade digna de desprezo, admiração e piedade.

"É insuportável, insuportável!", pensou o delegado-assistente com o rosto próximo da vidraça. "Faz dez dias que estamos enfrentando essa situação; não, quinze dias... quinze dias." Não pensou em nada durante algum tempo. Essa calma absoluta durou cerca de três segundos. Então ele disse mecanicamente: "Você já pôs em marcha as investigações para localizar o outro homem que chega e sai do trem?".

Ele não tinha dúvida de que o necessário tinha sido feito. É claro que o inspetor-chefe Heat sabia muito bem como ir atrás de bandidos. Além disso, essas eram as medidas de rotina que seriam tomadas automaticamente por um mero principiante. Algumas averiguações com os cobradores e carregadores das duas pequenas estações ferroviárias trariam outros detalhes quanto à aparência dos dois homens; a inspeção dos bilhetes recolhidos mostraria imediatamente de onde eles vinham naquela manhã. Era algo elementar, e não poderia ter sido esquecido. Consequentemente, o inspetor-chefe respondeu que tudo isso tinha sido feito assim que a velha senhora prestou seu depoimento à polícia. Além disso, ele mencionou o nome da estação. "Foi de lá que eles vieram, senhor", prosseguiu. "O porteiro que pegou os bilhetes em Maze Hill se lembra de que dois indivíduos que correspondem à descrição passaram pela catraca. Eles lhe pareceram dois trabalhadores respeitáveis de nível superior – pintores de placas ou decoradores. O homem alto saiu de um compartimento de terceira classe na parte de trás do trem, com uma lata de alumínio brilhante na mão, entregando-a na plataforma ao jovem louro que o acompanhava. Tudo isso corresponde precisamente ao que a velha contou ao sargento em Greenwich."

Ainda com o rosto voltado para a janela, o delegado-assistente pôs em dúvida que aqueles dois homens tivessem algo a ver com o atentado. Essa teoria se baseava inteiramente nas declarações de uma velha faxineira que quase fora derrubada por um homem apressado. Não era de fato alguém muito confiável, a não ser que tivesse tido uma inspiração repentina, o que era difícil de acreditar.

"Ora, francamente, será que ela realmente teria tido uma inspiração?", perguntou ele, com solene ironia, mantendo-se de costas para a sala, como se estivesse extasiado pela visão das formas colossais da cidade, meio perdida na noite. Ele nem mesmo olhou em torno quando ouviu a palavra "providencial" ser sussurrada pelo principal funcionário do departamento, cujo nome, que às vezes aparecia impresso nos documentos, era conhecido do grande público como um de seus mais ardorosos e dedicados defensores. O inspetor-chefe Heat ergueu um pouco a voz.

"Eu pude ver muito bem tiras e partículas de alumínio", disse ele. "Essa é uma comprovação bastante aceitável."

"E esses homens vieram daquela pequena estação rural", o delegado-assistente refletiu em voz alta, surpreso. Foi dito a ele que esse era o nome que constava em dois dos três bilhetes entregues em Maze Hill pelos passageiros que desceram ali. A terceira pessoa que desembarcou era um falcoeiro de Gravesend que os porteiros conheciam bem. O inspetor-chefe deu essa informação num tom decisivo e meio mal-humorado, como fazem os funcionários leais conscientes da sua lealdade e que sabem o valor dos seus denodados esforços. E nem assim o delegado-assistente desviou o olhar da escuridão do lado de fora, vasta como um oceano.

"Dois anarquistas estrangeiros vindos daquele lugar", disse ele, aparentemente para a vidraça. "É meio inexplicável."

"Sim, senhor. Mas seria ainda mais inexplicável se o tal de Michaelis não estivesse ocupando um chalé das redondezas."

O AGENTE SECRETO

Ao ouvir esse nome surgir de forma inesperada naquele caso irritante, o delegado-assistente descartou rapidamente a vaga lembrança do encontro diário do grupo de uíste no clube. Esse era o hábito mais reconfortante da sua vida, no qual ele exibia suas habilidades, geralmente com êxito, sem a ajuda de qualquer subordinado. Tornara-se sócio do clube para jogar das cinco às sete, antes de ir para casa jantar, esquecendo, durante aquelas duas horas, todos os dissabores da vida, como se o jogo fosse uma droga benéfica que aliviasse a angústia da inquietação moral. Seus parceiros eram o editor de uma revista famosa com temperamento melancólico; um advogado de idade avançada com olhinhos maliciosos; e um velho coronel simplório e belicoso de mãos bronzeadas e irrequietas. Ele os conhecia apenas do clube, nunca se encontrara com eles fora da mesa de cartas. Mas todos pareciam encarar o jogo com o espírito de parceiros do sofrimento, como se ele fosse, de fato, uma droga contra os males secretos da existência. De modo que, todo dia, quando o sol se punha sobre os incontáveis telhados da cidade, uma impaciência alegre e aprazível, semelhante aos arroubos de uma amizade sólida e profunda, vinha amenizar as agruras da sua profissão. Mas agora essa sensação aprazível tinha ido embora por meio de algo que lembrava um choque físico, sendo substituída por um tipo especial de interesse em seu trabalho de proteção social – um tipo de interesse inadequado, que se pode definir melhor como uma desconfiança súbita e cautelosa em relação à arma em sua mão.

CAPÍTULO VI

A PROTETORA DE MICHAELIS, o apóstolo em liberdade condicional que tinha expectativas humanitárias, era um dos mais influentes e ilustres contatos da esposa do delegado-assistente, a quem ela chamava de Annie e ainda tratava um pouco como uma garotinha sem muito juízo e extremamente inexperiente. Mas ela concordara em aceitá-lo na condição de amigo, o que nem sempre acontecia com os contatos influentes de sua esposa. Tendo se casado jovem, e muito bem, num passado remoto, ela tivera a oportunidade, por algum tempo, de acompanhar de perto grandes negócios e até mesmo alguns grandes homens. Ela própria era uma grande dama. Agora avançada em anos, tinha o tipo de temperamento raro que desafia o tempo com uma indiferença debochada, como se ele fosse mais uma convenção vulgar à qual a maioria dos homens desprezíveis nos submete. Muitas outras convenções mais fáceis de deixar de lado, coitadas! não conseguiram obter o seu reconhecimento, também por motivos de temperamento – seja porque a enfastiavam ou porque atrapalhavam seus gestos de desprezo ou de aprovação. A admiração era um sentimento estranho a ela (essa era uma das mágoas secretas que o seu digníssimo marido guardava em relação a ela) – em primeiro lugar, como sempre, por ser algo mais ou menos eivado de mediocridade; e depois, por significar, de certo modo, uma confissão de inferioridade. E, francamente, ambos os motivos eram inconcebíveis para alguém da sua índole. Externar com franqueza e sem medo suas opiniões fora algo fácil, já que ela opinava unicamente do ponto de vista da sua posição social. Também não via limites para suas ações; e como a sua discrição decorresse de uma bondade autêntica, o seu vigor físico continuasse admirável e a sua superioridade fosse tranquila e cordial, três gerações tiveram por ela uma admiração sem fim, e a última com a qual ela provavelmente iria conviver a tinha chamado de mulher extraordinária. Sem deixar de ser inteligente, com uma espécie de simplicidade altiva, e, no fundo, curiosa, mas não como muitas mulheres que simplesmente gostam de fofocar, ela se entretinha na velhice atraindo para o seu entorno, através do seu grande e quase histórico prestígio social, tudo que pairasse acima do nível insípido da humanidade, de forma lícita ou ilícita, por meio de posição, perspicácia, audácia, sorte ou azar. Altezas reais, artistas, homens de ciência, jovens estadistas e charlatães de todas as idades e condições, que, superficiais e leves, flutuando como rolhas, mostram perfeitamente a direção das correntes de superfície, tinham sido acolhidos naquela casa, escutados com atenção, decifrados, compreendidos e avaliados para a edificação dela mesma. Em suas próprias palavras, ela gostava de observar aquilo em que o mundo estava se transformando. E como tinha uma mente pragmática, era raro que suas opiniões sobre as pessoas e os fatos, embora baseadas em preconceitos peculiares, estivessem totalmente erradas, e quase nunca eram descabidas. Sua sala de visitas era provavelmente o único lugar do mundo em que um delegado-assistente de polícia podia se encontrar com um condenado em liberdade provisória por motivos estritamente profissionais e oficiais. O delegado-assistente não se lembrava muito bem quem havia levado Michaelis para lá numa tarde. Ele estava convencido de que deveria ter sido um membro qualquer do Parlamento de origem ilustre e afinidades estranhas que eram motivo de piada dos jornais humorísticos. As pessoas notáveis, e mesmo as simples notoriedades do dia, se dirigiam livremente àquele templo da curiosidade não censurável de uma mulher idosa. Não era possível adivinhar quem você poderia ver sendo recebido em semiprivacidade dentro de um biombo de seda azul-claro e estrutura dourada, oferecendo um refúgio aconchegante para um sofá e algumas poltronas na enorme sala de visitas, com seu zum-zum de vozes e os grupos de pessoas sentadas ou de pé iluminados por seis janelas altas.

Michaelis tinha sido objeto de repúdio por parte da população, a mesma população que, anos atrás, aplaudira a pena de prisão perpétua desumana a que ele fora condenado por cumplicidade numa tentativa meio mirabolante de resgatar alguns prisioneiros de um furgão da polícia. O plano dos conspiradores era atirar nos cavalos e dominar a escolta. Infelizmente, um dos policiais também foi atingido mortalmente. Ele deixou a mulher e três filhos pequenos, e sua morte provocou em todo o reino – por cuja defesa, bem-estar e glória homens morrem todos os dias no cumprimento do dever – uma vaga incontrolável de indignação, de uma profunda e inabalável reverência pela vítima. Três cabeças do bando foram enforcados. Michaelis, jovem e magro, chaveiro de profissão e frequentador assíduo das classes noturnas de adultos, nem sabia que alguém tinha morrido, pois seu papel, junto com alguns outros, era arrombar a porta de trás do transporte especial. Ao ser preso, ele trazia um molho de chaves-mestras num dos bolsos, um formão pesado no outro e um pé de cabra pequeno na mão: um arrombador, sem tirar nem pôr. Mas nenhum arrombador teria recebido uma pena tão severa. A morte do policial o deixara profundamente abalado, mas o fracasso do plano também. Ele não escondeu nenhum desses sentimentos dos seus compatriotas que compunham o júri, e esse tipo de remorso pareceu escandalosamente incompleto ao tribunal lotado. Ao dar a sentença, o juiz fez comentários emocionados sobre a perversidade e a indiferença do jovem prisioneiro.

Foi isso que gerou a fama injustificada da sua condenação; a fama da sua libertação foi construída para ele em bases igualmente injustificadas, por pessoas que queriam explorar o aspecto sentimental da sua prisão, seja em defesa de seus próprios objetivos ou sem nenhum objetivo aparente. Puro de coração e ingênuo, ele deixou-os agir assim. Nada que acontecesse a ele como indivíduo tinha qualquer importância. Ele era como aqueles santos cuja personalidade se perde na contemplação da sua fé. Suas ideias não tinham a natureza das convicções. Eram inacessíveis à lógica. Elas compunham, com todas as suas contradições e falta de clareza, uma crença irresistível e altruísta, que ele professava, em vez de pregar, com uma doçura obstinada, um sorriso seguro e tranquilo nos lábios, e os inocentes olhos azuis voltados para baixo, porque a visão do rosto das pessoas atrapalhava sua inspiração, que surgira nos momentos de solidão. Daquele jeito característico, ridículo devido à obesidade grotesca e incurável que ele tinha de arrastar até o fim dos seus dias como a bola de ferro de um escravo das galés, o delegado-assistente de polícia observou o apóstolo em liberdade condicional ocupar uma poltrona privilegiada dentro do biombo. Ele se sentou ao lado da cabeceira do sofá da velha senhora, tranquilo e falando em voz baixa, sem se mostrar mais constrangido que uma criancinha, e com um toque de charme infantil – o charme atraente da confiança. Confiante no futuro, cujos segredos lhe foram revelados dentro das quatro paredes de uma penitenciária famosa, ele não tinha motivo para suspeitar de ninguém. Embora não pudesse transmitir à eminente e curiosa senhora uma ideia muito precisa daquilo que iria acontecer com o mundo, ele conseguira impressioná-la, sem dificuldade, por meio da sua fé livre de ressentimento e da qualidade excepcional do seu otimismo.

Certa simplicidade de pensamento é comum às pessoas tranquilas que se situam nas duas extremidades da escala social. A ilustre senhora era simples à sua maneira. Nada nas opiniões e nas crenças de Michaelis a chocava nem a surpreendia, já que ela as julgava do ponto de vista de uma posição superior. De fato, para aquele tipo de homem era fácil obter sua aprovação. Ela não era uma capitalista exploradora, situando-se, por assim dizer, acima da disputa das posições econômicas. Além disso, tinha uma enorme compaixão pelas formas mais gritantes da miséria humana, justamente porque as desconhecia tão completamente que tinha de traduzir suas impressões em termos de sofrimento

O AGENTE SECRETO

mental antes de poder apreender a imagem da sua crueldade. O delegado-assistente se lembrava muito bem da conversa entre os dois, que ele ouvira em silêncio. Foi algo de certo modo tão emocionante, e até mesmo tocante por sua prevista inutilidade, como a tentativa de manter um intercâmbio moral entre os habitantes de planetas distantes. Mas essa encarnação grotesca da paixão humanitária agradava, de algum modo, a imaginação. Michaelis finalmente pôs-se de pé e, tomando a mão estendida da ilustre senhora, reteve-a por alguns instantes dentro da sua grande mão acolchoada com desinibida cordialidade; em seguida, virou as costas largas e retas, cujo volume a jaqueta curta de *tweed* ressaltava, para o refúgio semiprivado da sala de visitas. Olhando ao redor com serena benevolência, ele saiu requebrando em meio aos cabelos emaranhados das outras visitas até a distante porta. O murmúrio das conversas parou à sua passagem. Ele deu um sorriso ingênuo para uma moça alta e magnífica, cujos olhos se encontraram com os seus por acaso, e seguiu em frente, alheio aos olhares que o seguiram ao longo da sala. A primeira aparição pública de Michaelis foi um sucesso – um sucesso em termos de respeito que não foi maculado por um único murmúrio de desprezo. As conversas interrompidas foram retomadas no mesmo tom de antes, solene ou superficial. O único que se manifestou foi um homem corpulento, de pernas compridas e jeito despachado, na casa dos quarenta, que conversava com duas senhoras perto de uma janela. Ele comentou em voz alta, com uma profunda e inesperada compaixão: "Cento e quinze quilos, eu diria, em menos de um metro e setenta. Coitado! É horrível... horrível".

A anfitriã, olhando distraída para o delegado-assistente, que fora deixado sozinho com ela na ala privada do biombo, parecia reajustar suas impressões mentais por trás da imobilidade pensativa do rosto maduro e atraente. Homens de bigode grisalho e rosto arredondado e saudável ostentando um sorriso jocoso se aproximaram, rodeando o biombo; havia ainda duas mulheres maduras com um ar matronal de afável determinação e um indivíduo escanhoado de rosto encovado que balançava um monóculo de armação de ouro numa tira preta larga com um efeito antiquado e janota. Um silêncio respeitoso, mas cheio de ressalvas, reinou por alguns momentos, e então a ilustre senhora exclamou, não com ressentimento, mas com uma espécie de indignação queixosa:

"E aquele era para ser, oficialmente, um revolucionário! Que absurdo!" Ela olhou firme para o delegado-assistente, que murmurou um pedido de desculpas.

"Talvez não seja do tipo perigoso."

"Talvez não seja do tipo perigoso – de fato, eu diria que não. É um mero simpatizante. Tem a índole de um santo", afirmou a ilustre senhora num tom de voz firme. "E eles o mantiveram calado durante vinte anos. Tremo só de pensar na estupidez que foi feita. E agora que o soltaram, todas as pessoas ligadas a ele têm paradeiro incerto ou estão mortas. Seus pais morreram; a moça com quem estava casado morreu enquanto ele estava preso; ele perdeu a habilidade necessária para realizar trabalhos manuais. Ele mesmo me contou tudo isso, com uma paciência encantadora; mas então, disse ele, passou a ter tempo de sobra para refletir sozinho sobre as coisas. Bela recompensa! Se esse é o material de que os revolucionários são feitos, alguns de nós bem que poderiam ir de joelhos até eles", prosseguiu com um tom de voz levemente zombeteiro, enquanto os sorrisos da alta sociedade fútil se petrificavam nos rostos vividos voltados para ela com um respeito formal. "O pobre coitado certamente não está em condições de cuidar de si. Alguém terá de se ocupar um pouco dele."

"Deveriam aconselhá-lo a fazer algum tipo de tratamento", ouviu-se à distância a voz marcial do homem despachado recomendar seriamente. Ele se encontrava no auge da forma para sua idade, e até mesmo a textura da sua sobrecasaca se caracterizava pela solidez elástica, como se fosse um tecido vivo. "O homem é praticamente um aleijado", acrescentou com uma intensidade inconfundível.

Como se tivessem apreciado a introdução, outras vozes se apressaram a demonstrar baixinho sua compaixão. "Um bocado surpreendente", "Monstruoso", "Extremamente doloroso de ver". O homem magro, com o monóculo em cima da fita larga, pronunciou com afetação a palavra "Grotesco", cuja precisão foi apreciada por aqueles que estavam próximos dele, que sorriram entre si.

O delegado-assistente não emitiu nenhuma opinião, nem na hora nem depois, pois sua posição o impedia de ventilar qualquer opinião independente a respeito de um condenado em liberdade condicional. A bem da verdade, porém, ele compartilhava a opinião da amiga e protetora de sua mulher de que Michaelis era um sentimental altruísta, meio maluco, mas, no geral, incapaz de matar uma mosca de propósito. Portanto, quando o nome surgiu de repente, do nada, naquele caso vexaminoso da bomba, ele percebeu o perigo que rondava o apóstolo em liberdade condicional, e também se lembrou, imediatamente, da paixão arraigada da velha senhora. Sua bondade aleatória não toleraria resignada qualquer interferência na liberdade de Michaelis. Era uma paixão profunda, serena e determinada. Ela não só achava que ele era inofensivo, como tinha dito isso, o que acabou se tornando, por uma confusão de sua mente absolutista, uma espécie de afirmação irrefutável. Era como se a perversidade do homem, com seu olhar sincero e infantil e um grande sorriso angelical, a tivesse fascinado. Ela quase chegara a acreditar em sua explicação do futuro, já que esta não ia contra seus preconceitos. Não gostava do novo elemento plutocrático do composto social, e o industrialismo como método de desenvolvimento humano lhe parecia particularmente repulsivo, devido a seu caráter mecânico e insensível. As esperanças humanitárias do meigo Michaelis não se inclinavam para a destruição total do sistema, mas simplesmente para a sua ruína econômica total. E a velha senhora não conseguia perceber onde estava o prejuízo moral dessa postura, que eliminaria a multidão de *parvenus*, dos quais ela não gostava e desconfiava não porque tivessem chegado a algum lugar (ela negava isso), mas por seu profundo desconhecimento do mundo, que era a causa principal dos seus comentários toscos e da sua aridez interior. Com a extinção completa do capital, eles também desapareceriam; mas a ruína universal (desde que fosse universal, como tinha sido revelado a Michaelis) deixaria os valores sociais intocados. O desaparecimento da última moeda não conseguiria afetar as pessoas bem posicionadas. Ela não conseguia imaginar como essa ruína afetaria a sua posição, por exemplo. Contara em detalhes essas descobertas ao delegado-assistente com toda a coragem serena de uma mulher idosa que escapara do suplício da indiferença. Ele adotara a postura de acolher esse tipo de coisa com um silêncio que, por uma questão de critério e de predisposição pessoal, cuidava para que não se tornasse ofensivo. Tinha carinho pela discípula idosa de Michaelis, um sentimento complexo que dependia um pouco do seu prestígio e da sua personalidade, mas, acima de tudo, do sentimento de gratidão satisfeita. Ele se sentia muito benquisto na casa dela. Ela era a bondade em pessoa, além de ter uma sabedoria prática, ao estilo das mulheres experientes. Tornou a vida de casado dele muito mais fácil do que teria sido se ela não tivesse reconhecido plenamente os direitos que ele tinha como marido de Annie. Sua influência sobre a esposa do delegado-assistente, uma mulher consumida por todo tipo de egoísmo, inveja e ciúmes mesquinhos, não tinha limites. Infelizmente, tanto a sua bondade como a sua sabedoria se manifestavam de forma irracional, tipicamente feminina, e eram difíceis de lidar. Continuou sendo uma mulher perfeita durante os seus longos anos de vida, sem se transformar naquilo em que algumas mulheres se transformam – uma espécie de velho traiçoeiro e fedorento de anágua. E era como mulher que ele pensava nela – a encarnação particularmente superior do feminino, no qual é recrutada a protetora frágil, ingênua e feroz de todos os tipos de homem que se manifestam sob a influência de uma emoção, verdadeira ou falsa; dos pregadores, videntes, profetas ou reformadores.

Por gostar dessa maneira da amiga ilustre e admirável de sua esposa e dele próprio, o delegado-assistente ficou alarmado com o possível destino do condenado Michaelis. Uma vez detido sob a suspeita de fazer parte, de alguma forma, ainda que remota, desse atentado, o homem dificilmente deixaria de ser mandado de volta para, no mínimo, terminar de cumprir a pena. Mas isso acabaria com ele; nunca sairia dali com vida. O delegado-assistente fez uma

O AGENTE SECRETO

ponderação extremamente inadequada para alguém da sua posição, sem ser muito honrosa para a sua compaixão.

"Se pegarem o sujeito de novo", pensou, "ela jamais me perdoará."

Um raciocínio franco exposto assim de maneira tão ingênua não podia escapar de uma irônica autocrítica. Nenhum homem que esteja envolvido com um trabalho que não lhe agrada pode conservar muitas ilusões redentoras a seu próprio respeito. A aversão e a falta de glamour passam da ocupação para a personalidade. Só quando, por um feliz acaso, a atividade para a qual fomos indicados parece estar sujeita à sinceridade da nossa natureza é que podemos experimentar o alívio do autoengano completo. O delegado-assistente não gostava do trabalho que exercia em sua pátria. O trabalho de polícia com o qual ele estivera envolvido numa região distante do globo tinha a natureza redentora de uma espécie de guerra irregular ou, no mínimo, o risco e o estímulo dos esportes ao ar livre. Suas verdadeiras aptidões, que eram principalmente de natureza administrativa, estavam associadas a um temperamento aventureiro. Preso a uma escrivaninha no meio de quatro milhões de pessoas, ele se considerava vítima de uma ironia do destino – a mesma, certamente, que o levara a desposar uma mulher extremamente sensível ao clima da colônia, além de outras limitações que comprovavam sua natureza, e seus gostos, delicados. Embora julgasse seu temor com sarcasmo, ele não afastou o raciocínio inadequado da mente. Trazia, dentro de si, um forte instinto de autopreservação. Pelo contrário, repetiu mentalmente o raciocínio, com ênfase blasfematória e total precisão: "Maldição! Se o diabólico do Heat conseguir o que pretende, o sujeito vai morrer na prisão sufocado na própria estupidez, e ela jamais me perdoará".

Seu vulto sombrio e magro, com a faixa branca do colarinho debaixo do brilho prateado do cabelo bem aparado na parte de trás da cabeça, permaneceu imóvel. O silêncio durou tanto tempo que o inspetor-chefe Heat se aventurou a limpar a garganta. O ruído fez efeito. Seu superior, cujas costas continuavam voltadas para ele sem se mover, perguntou ao funcionário dedicado e inteligente:

116 JOSEPH CONRAD

"Você acha que Michaelis tem algo a ver com esse caso?"

O inspetor-chefe foi muito direto, mas cauteloso.

"Bem, senhor", disse ele, "já temos o suficiente para prosseguir. De todo modo, um homem como ele não deve andar solto por aí."

"Você vai precisar de uma prova definitiva", comentou ele, baixinho.

O inspetor-chefe Heat ergueu as sobrancelhas na direção das costas escuras e magras, que continuavam teimosamente expostas à sua inteligência e dedicação.

"Não será difícil obter provas suficientes contra *ele*", disse Heat, com sincera condescendência. "Quanto a isso, o senhor pode confiar em mim", acrescentou, desnecessariamente, do fundo do coração. Isso porque lhe parecia excelente ter aquele homem na mão para entregá-lo à população caso esta achasse que, nesse caso, tinha o direito de rugir de indignação. Era impossível dizer, por enquanto, se ela iria rugir ou não. Isso dependia, em última instância, da imprensa escrita. Seja como for, porém, o inspetor-chefe Heat, cuja especialidade era abastecer as prisões e era, ademais, um homem com pendores legalistas, acreditava, logicamente, que a prisão era o destino adequado de todo inimigo declarado da lei. Por estar profundamente convicto disso, ele agiu com falta de tato, permitindo-se uma risadinha convencida, e repetiu:

"Quanto a isso, o senhor pode confiar em mim."

Isso já era demais para a calma forçada sob a qual o delegado--assistente tinha ocultado, durante mais de um ano e meio, a sua irritação com o sistema e com os subordinados do seu departamento. Tal como um pino quadrado enfiado num buraco redondo, ele tinha recebido como uma afronta diária aquela redondeza suave havia muito definida na qual um homem de formas menos angulosas teria se encaixado, com prazerosa anuência, depois de um ou dois movimentos de ombro. O que mais o deixava ressentido era a simples necessidade de confiar tanto na palavra dos outros. Ao ouvir a risadinha do inspetor-chefe Heat, ele girou rapidamente nos calcanhares como se tivesse sido arrancado da vidraça por um choque elétrico. Captou no rosto deste

O AGENTE SECRETO   117

último não apenas a condescendência própria à ocasião espreitando debaixo do bigode, como também os traços de vigilância exploratória nos olhos redondos, que estiveram, certamente, grudados em suas costas e que agora encontravam os seus por um segundo, antes que o caráter intencional do seu olhar tivesse tempo para transformá-lo numa mera aparência de surpresa.

O delegado-assistente de polícia possuía realmente alguns atributos para o cargo. De repente, sua suspeita despertou. É justo dizer que as suspeitas que ele tinha dos métodos da polícia (a menos que a polícia fosse um corpo paramilitar organizado por ele) não eram difíceis de despertar. Se elas nunca dormiam de puro cansaço, era por pouco; e o seu apreço pela dedicação e capacidade do inspetor-chefe Heat, em si mesmo moderado, excluía qualquer ideia de confiança moral. "Ele está aprontando alguma coisa", pensou, e imediatamente ficou com raiva. Dirigindo-se à escrivaninha com passos céleres, sentou-se violentamente. "Aqui estou eu atolado numa montanha de papel", refletiu, com um ressentimento irracional, "segurando, supostamente, todos os fios em minhas mãos; no entanto, só consigo segurar o que é posto em minha mão, nada mais. E eles podem prender as outras extremidades dos fios onde quiserem."

Ele ergueu a cabeça e voltou para o subordinado o rosto comprido e magro com os traços acentuados de um enérgico Dom Quixote.

"Então, o que você tem na manga?"

O outro o encarou. Ele o fez sem piscar, com os olhos redondos completamente imóveis, como encarava os diversos membros da classe criminosa quando, depois de serem devidamente advertidos, eles faziam suas declarações num tom de inocência ferida, de falsa simplicidade ou de sombria resignação. Mas, por trás daquela fixidez inflexível e profissional, havia também uma certa surpresa, pois o inspetor-chefe Heat, braço direito do departamento, não estava habituado a que se dirigissem a ele naquele tom, que combinava sutilmente desprezo e impaciência. Ele começou de um jeito contemporizador, como um homem pego desprevenido por uma experiência nova e inesperada.

"O senhor quer dizer o que tenho contra o tal de Michaelis?"

O delegado-assistente observou a cabeça redonda; as pontas do bigode daquele pirata nórdico, que ultrapassavam o limite do gigantesco maxilar; toda a fisionomia redonda e pálida, cuja determinação estava desfigurada por um excesso de carne; observou as rugas irradiando do canto externo dos olhos – e, ao contemplar intencionalmente o funcionário prestativo e confiável, ele chegou a uma conclusão tão inesperada que o atingiu como uma epifania.

"Tenho motivos para pensar que quando você entrou nesta sala", disse ele num tom de voz comedido, "não era com Michaelis que você estava preocupado; não prioritariamente – e talvez nem de longe."

"O senhor tem motivos para pensar?", murmurou o inspetor-chefe Heat, aparentando perplexidade, a qual, até certo ponto, era bastante sincera. Ele descobrira que esse caso tinha uma faceta delicada e desconcertante, obrigando o descobridor a ter uma certa dose de hipocrisia – aquele tipo de hipocrisia que, por baixo dos nomes de técnica, prudência e discrição, surge mais cedo ou mais tarde nos assuntos mundanos. Naquele momento, ele se sentiu como um equilibrista na corda bamba se sentiria se, subitamente, no meio da apresentação, o gerente do show de variedades abandonasse sua privacidade administrativa e começasse a balançar a corda. A indignação e a sensação de insegurança moral provocadas por esse gesto traiçoeiro vieram se somar ao receio instantâneo de que um pescoço quebrado o deixaria, na expressão coloquial, com os nervos em frangalhos. E, além disso, haveria também uma preocupação indecorosa com seu talento, já que o homem tem de se identificar com algo mais tangível que a sua própria personalidade, e pôr o seu orgulho em algum lugar, seja em sua posição social, seja na qualidade do trabalho que ele é obrigado a fazer, ou simplesmente na superioridade do ócio que ele pode ter a sorte de desfrutar.

"Sim", respondeu o delegado-assistente, "tenho. Não quero dizer com isso que você nem chegou a pensar em Michaelis. Mas você está atribuindo ao fato que mencionou uma importância que me impressiona por não ser totalmente sincera, inspetor Heat. Se

O AGENTE SECRETO

essa é realmente a pista descoberta, por que você não a investigou de imediato, pessoalmente ou enviando um de seus homens para aquele vilarejo?"

"O senhor acha que nesse caso eu não cumpri com o meu dever?", perguntou o inspetor-chefe, num tom que procurou tornar simplesmente reflexivo. Obrigado subitamente a concentrar as faculdades na tarefa de manter o equilíbrio, ele tinha se apegado àquele ponto e ficado exposto à crítica; tanto é assim que o delegado-assistente, franzindo levemente as sobrancelhas, observou que aquele era um comentário muito inadequado.

"Mas, já que você o fez", prosseguiu impassível, "eu lhe digo que não foi isso que eu quis dizer."

Ele fez uma pausa e o encarou com seus olhos fundos, que equivalia à conclusão não dita: "e você sabe". Impedido, devido ao cargo, de sair pessoalmente à rua em busca de segredos trancados em peitos culpados, o chefe do assim chamado Departamento de Crimes Especiais tinha a tendência de empregar seus inúmeros talentos para descobrir verdades incriminadoras entre seus próprios subordinados. Esse instinto peculiar dificilmente poderia ser chamado de fraqueza. Era algo natural. Ele tinha nascido para ser detetive. O instinto controlara inconscientemente sua escolha de carreira, e se alguma vez na vida ele falhou talvez tenha sido na situação excepcional do seu casamento – o que também era natural. Já que não podia andar por aí, o instinto se alimentou do material humano que lhe foi trazido em seu isolamento oficial. Nunca deixamos de ser nós mesmos.

Com o cotovelo sobre a mesa, as pernas finas cruzadas e massageando a bochecha com a palma da mão magra, o delegado--assistente encarregado do setor de Crimes Especiais estava tomando pé no caso com um interesse crescente. Seu inspetor--chefe, se não um admirável adversário da sua agilidade mental, era, de qualquer forma, o mais digno de todos que estavam ao seu alcance. Desconfiar de reputações consagradas era algo que combinava rigorosamente com a capacidade do delegado-assistente de descobrir as coisas. Veio-lhe à memória certo chefe nativo velho, gordo e rico na distante colônia, em quem os sucessivos governadores coloniais tradicionalmente confiavam e a quem tinham em conta de amigo sincero e defensor da ordem e da legalidade implantadas pelos homens brancos; mas, ao submetê--lo a um pente fino, descobriu-se que ele era principalmente um grande amigo de si mesmo e de mais ninguém. Não exatamente um traidor, mas, ainda assim, um homem perigosamente reticente quanto à sua fidelidade, postura essa causada por ele levar devidamente em conta seus próprios benefícios, conforto e segurança. Um sujeito meio ingênuo em sua duplicidade inocente, mas, não obstante, perigoso. Puxou pela memória. Ele também era um homem alto, e (tendo em conta a diferença de cor, naturalmente) a aparência do inspetor-chefe Heat fez o seu superior se lembrar do chefe nativo. Não eram exatamente os olhos nem os lábios. Estranho. Mas Alfred Wallace não conta em seu famoso livro sobre o arquipélago malaio como, entre os habitantes das ilhas Aru, ele descobriu num selvagem velho e nu de pele escura uma estranha semelhança com um amigo querido do seu país?

Pela primeira vez desde que tinha aceitado sua indicação, o delegado-assistente sentiu como se fosse trabalhar de verdade em troca do salário. E essa era uma sensação agradável. "Vou virá-lo pelo avesso como uma luva velha", pensou o delegado-assistente, com o olhar pensativo pousado no inspetor-chefe Heat.

"Não, não era o que eu estava pensando", começou novamente. "Não há dúvida de que você conhece o seu trabalho... nenhuma dúvida; e é justamente por isso que eu..." Parou bruscamente e, mudando de tom, perguntou: "O que você poderia levantar de específico contra o Michaelis? Quero dizer, além do fato de que os dois homens sob suspeita – você tem certeza de que eram dois – vieram de uma estação a três milhas do vilarejo onde Michaelis reside atualmente".

"Só isso já é o bastante para partirmos para cima desse tipo de homem, senhor", disse o inspetor-chefe, também demonstrando autocontrole. O gesto de aprovação quase imperceptível do delegado-assistente foi suficiente para satisfazer a perplexidade ressentida do renomado funcionário. Pois o inspetor--chefe Heat era um homem cortês, um excelente marido, um pai

O AGENTE SECRETO   121

dedicado; e como a confiança da população e do departamento
de que ele desfrutava atuaram favoravelmente numa natureza
afável, ele se dispôs a agir de maneira amistosa com os sucessivos delegados-assistentes que vira passar por aquela mesmíssima
sala. Durante o tempo em que estava ali, houve três. O primeiro,
uma pessoa belicosa, monossilábica e de rosto vermelho, com
sobrancelhas brancas e um gênio explosivo, podia ser manipu-
lado com cordões de seda. Ele partiu quando chegou à idade-li-
mite. O segundo, um perfeito cavalheiro, que conhecia muito
bem tanto o seu lugar como o de todos os outros, ao se demitir
para assumir um cargo mais elevado fora da Inglaterra foi conde-
corado (realmente) pelos serviços prestados pelo inspetor Heat.
Trabalhar com ele tinha sido uma honra e um prazer. O terceiro,
até certo ponto uma incógnita no começo, transcorrido um ano
e meio ainda era uma espécie de incógnita para o departamento.
No geral, o inspetor-chefe Heat acreditava que ele fosse sobretudo inofensivo – esquisito, mas inofensivo. Era ele que estava
falando agora, e o inspetor-chefe ouvia aparentando respeito (o
que não quer dizer nada, pois era o seu dever) e internamente
com uma tolerância condescendente.

"Michaelis se apresentou antes de deixar Londres e ir para o
interior?"

"Sim, senhor. Ele se apresentou."

"E o que será que ele está fazendo lá?", prosseguiu o delegado-
-assistente, que estava muito bem informado a esse respeito.
Enfiado numa velha poltrona de madeira, tão apertada que chegava a doer, diante de uma mesa de carvalho carunchada num
quarto do primeiro andar de um chalé com quatro quartos e teto
de tília coberto de musgo, Michaelis escrevia dia e noite com a
mão trêmula e inclinada aquela *Autobiografia de um prisioneiro*
que seria como um Livro da Revelação na história da humanidade.
As condições de um espaço confinado, de isolamento e de solidão num pequeno chalé com quatro quartos favoreciam sua inspiração. Era como estar na prisão, só que nunca era incomodado
para atender ao propósito odioso de praticar exercícios segundo
as regras tirânicas do seu antigo lar na penitenciária. Ele não

sabia dizer se o sol ainda brilhava sobre a terra ou não. O suor do labor literário escorria pela testa. Um delicioso entusiasmo o estimulava. Era a libertação da sua vida interior, sua alma solta no vasto mundo. E o fervor da sua vaidade ingênua (despertada pela primeira vez diante da oferta de quinhentas libras de um editor) parecia algo predestinado e sagrado.

"Seria extremamente desejável, naturalmente, ter uma informação precisa", insistiu o delegado-assistente cautelosamente.

Sentindo aumentar sua irritação diante daquela demonstração de escrúpulos, o inspetor-chefe Heat disse que a polícia do condado tinha sido avisada assim que Michaelis chegou, e que um relatório completo estaria disponível dentro de algumas horas. Um telegrama para o superintendente...

Foi assim que ele falou, meio devagar, enquanto já parecia estar avaliando mentalmente as consequências. Um leve franzir de testa sinalizou o que se passava em sua mente. Mas ele foi interrompido por uma pergunta.

"Você já mandou o telegrama?"

"Não, senhor", respondeu, como se estivesse surpreso.

O delegado-assistente descruzou as pernas repentinamente. A rapidez do movimento contrastou com o modo descontraído com que ele apresentou uma sugestão.

"Você diria que Michaelis teve algo a ver com a preparação da bomba, por exemplo?"

O inspetor-chefe assumiu um ar pensativo.

"Eu diria que não. Não precisamos dizer nada no momento. Ele anda na companhia de homens que são considerados perigosos, e foi nomeado delegado do Comitê Vermelho menos de um ano depois de obter liberdade temporária. Uma espécie de homenagem, suponho."

E o inspetor-chefe riu, num misto de irritação e desprezo. Com esse tipo de homem, o escrúpulo era um sentimento inapropriado e até mesmo ilegítimo. A notoriedade conferida a Michaelis no momento da sua libertação, dois anos atrás, por alguns jornalistas provocadores que precisavam vender jornal o consumia por dentro desde então. Era perfeitamente legal prender aquele homem

O AGENTE SECRETO

por simples suspeita. Com base no que se sabia, era legal e aconselhável. Seus dois chefes anteriores teriam compreendido imediatamente a importância dessa iniciativa; enquanto esse, sem dizer nem sim nem não, ficava ali sentado perdido em devaneios. Ademais, além de ser legal e aconselhável, a prisão de Michaelis resolvia um pequeno problema pessoal que preocupava um pouco o inspetor-chefe Heat. Esse pequeno problema estava relacionado à sua reputação, ao seu bem-estar e até mesmo ao cumprimento eficaz das suas obrigações. Pois, se Michaelis certamente sabia algo a respeito do atentado, o inspetor-chefe estava absolutamente convencido de que ele não sabia demais. Era bom que assim fosse. Ele sabia muito menos – o inspetor-chefe não tinha nenhuma dúvida – do que alguns indivíduos que ele, inspetor, tinha em mente, mas cuja prisão lhe parecia desaconselhável, além de ser uma questão mais complexa por causa das regras do jogo. Por ser um ex-condenado, essas regras não protegiam muito Michaelis. Seria absurdo não tirar proveito da estrutura legal, e os jornalistas que o tinham incensado com arroubos apaixonados estariam prontos a desqualificá-lo com indignação apaixonada.

Essa possibilidade, encarada com confiança pelo inspetor-chefe Heat, o atraía como um triunfo pessoal. E bem no fundo do peito inocente de um medíocre cidadão casado, quase inconsciente, mas, apesar disso, poderosa, a repulsa de ser obrigado pelos acontecimentos a se meter com a violência desesperada do Professor se fez ouvir. Essa repulsa aumentara com o encontro casual na viela. O encontro não deixara o inspetor-chefe Heat com aquela agradável sensação de superioridade que os membros das forças policiais retiram do aspecto não oficial, mas íntimo, do seu relacionamento com as classes criminosas, por meio da qual a vaidade do poder é satisfeita e o desejo vulgar de dominar nossos iguais é exaltado tão dignamente como merece.

O inspetor-chefe Heat não reconhecia o anarquista exemplar como um igual. Ele era difícil – um cão hidrófobo que devia ser deixado em paz. Não que o inspetor-chefe tivesse medo dele; pelo contrário, sua intenção era pegá-lo um dia. Mas ainda não; ele pretendia pôr as mãos nele quando lhe conviesse, da maneira certa e eficaz, de acordo com as regras do jogo. Aquele não era o momento adequado para tentar tal façanha, por uma série de razões, tanto pessoais como do serviço público. Por ser essa a opinião sincera do inspetor Heat, pareceu-lhe justo e adequado que o caso fosse desviado de seu caminho obscuro e inconveniente que levava sabe lá Deus para onde, para um desvio tranquilo (e legal) chamado Michaelis. E ele repetiu, como se reconsiderasse a sugestão cuidadosamente:

"A bomba. Não, não diria exatamente isso. Talvez nunca cheguemos a descobrir isso. Mas é evidente que ele está ligado a ela de algum modo, o que descobriremos sem muita dificuldade."

Seu semblante aparentava aquela indiferença solene e altiva outrora tão conhecida e temida pela maioria dos ladrões. O inspetor-chefe Heat, embora fosse o que se chama de homem, não era um animal sorridente. Internamente, porém, ele estava satisfeito com a atitude receptiva e passiva do delegado-assistente, que murmurou suavemente:

"E você acha mesmo que a investigação deve tomar essa direção?"

"Acho, senhor."

"Realmente convencido?"

"Estou, senhor. Essa é a linha correta a ser seguida."

O delegado-assistente retirou tão bruscamente a mão que apoiava a cabeça reclinada que, tendo em conta a sua postura indolente, pareceu ameaçar a estabilidade do corpo inteiro. Mas, ao contrário: ele se sentou, extremamente alerta, por trás da grande escrivaninha sobre a qual a sua mão se abatera ao som de um violento golpe.

"O que quero saber é o que fez você pensar assim até agora."

"Pensar assim", repetiu o inspetor-chefe bem devagar.

"Sim. Até ser chamado a esta sala, entende?"

O inspetor-chefe sentiu como se o ar entre sua roupa e sua pele tivesse ficado desagradavelmente quente. Era uma sensação incrível que ele nunca sentira antes.

"Naturalmente", disse ele, exagerando ao máximo a cautela da sua afirmação, "se existe um motivo que desconheço para não

O AGENTE SECRETO 125

nos intrometermos com o condenado Michaelis, talvez eu não deva mandar a polícia do condado atrás dele."

Ele levou tanto tempo para dizer essas palavras que a atenção incansável do delegado-assistente pareceu um formidável ato de resistência. Sua réplica não se fez esperar.

"Nenhum motivo que eu saiba. Ora, inspetor-chefe, essa sutileza comigo é extremamente inadequada da sua parte, extremamente inadequada. E também é injusta, sabe. Você não deveria me deixar resolver as coisas sozinho desse jeito. Estou realmente surpreso."

Fez uma pausa e depois acrescentou tranquilamente: "Não preciso lhe dizer que esta conversa é totalmente confidencial".

Essas palavras não tranquilizaram o inspetor-chefe, longe disso. A indignação do equilibrista na corda bamba traído ainda pulsava forte dentro dele. Orgulhoso de ser um funcionário confiável, ele era influenciado pela certeza de que a corda não era balançada com o propósito de quebrar seu pescoço, e sim como uma demonstração de impudência. Como se alguém tivesse medo! Delegados-assistentes passam, mas um inspetor-chefe de valor não é um fenômeno burocrático passageiro. Ele não tinha medo de quebrar o pescoço. Ter seu desempenho prejudicado era mais que suficiente para justificar um rasgo sincero de indignação. E como o pensamento não respeita ninguém, o pensamento do inspetor-chefe Heat assumiu uma forma ameaçadora e profética. "Seu moleque", disse para si mesmo, mantendo os olhos redondos e habitualmente errantes grudados no rosto do delegado--assistente, "seu moleque, você não conhece o seu lugar, e aposto que o seu lugar também não vai conhecê-lo por muito tempo."

Como se fora uma resposta provocante àquele pensamento, algo parecido com o vestígio de um sorriso amistoso aflorou os lábios do delegado-assistente. Ele manteve uma postura descontraída enquanto aplicava mais um safanão à corda bamba.

"Inspetor-chefe, vamos tratar agora do que você descobriu no local", disse ele.

"O tolo e o seu emprego logo se separam", prosseguiu a série de pensamentos proféticos na cabeça do inspetor-chefe Heat. Mas eles logo foram acompanhados pela reflexão de que um alto funcionário, mesmo ao ser "despedido", ainda encontra tempo, ao atravessar a porta voando, de dar um chute malcriado na canela de um subordinado. Sem suavizar muito seu olhar de basilisco, ele disse impassível:

"Estamos chegando a essa parte da minha investigação, senhor."

"Está certo. Bem, o que você conseguiu?"

Tendo tomado a decisão de pular da corda, o inspetor-chefe tocou o chão com melancólica franqueza.

"Um endereço", respondeu, tirando lentamente do bolso um pedaço de tecido azul-marinho chamuscado. "Isso pertence ao sobretudo que o sujeito que se explodiu estava usando. Naturalmente, o sobretudo pode não ser dele, e pode até ter sido roubado. Mas isso não é nada provável se observarmos isto."

Aproximando-se da mesa, o inspetor-chefe esticou cuidadosamente o pedaço de tecido azul. Ele o pegara da pilha nojenta no necrotério, porque às vezes o nome do alfaiate aparece debaixo do colarinho. Geralmente não serve para nada, mas, ainda assim... Ele não tinha grandes expectativas de encontrar algo útil, mas certamente não esperava encontrar – não debaixo do colarinho, isso não, mas costurado cuidadosamente do lado de baixo da lapela – um fragmento quadrado de algodão com um endereço escrito com tinta permanente.

O inspetor-chefe retirou a mão estendida.

"Eu o trouxe comigo sem que ninguém percebesse", disse ele. "Achei melhor assim. Ele pode ser apresentado a qualquer momento, se for necessário."

Levantando-se um pouco da cadeira, o delegado-assistente puxou o tecido para o seu lado da mesa, sentou-se e ficou olhando para ele em silêncio. No fragmento de algodão, pouco maior que um papel de cigarro comum, estavam escritos com tinta permanente apenas o número 32 e o nome Brett Street. Ele ficou realmente surpreso.

"Não consigo entender o motivo de ele andar por aí rotulado desse jeito", disse ele, levantando os olhos para o inspetor-chefe Heat. "É algo extremamente raro."

"Certa vez, conheci na sala de fumar de um hotel um senhor idoso que andava por aí com o nome e o endereço costurados em todos os paletós, no caso de sofrer um acidente ou um mal súbito", disse o inspetor-chefe. "Ele dizia ter 84 anos de idade, mas não aparentava a idade. Disse-me que também tinha medo de perder subitamente a memória, como aquelas pessoas sobre as quais tinha lido nos jornais."

Uma pergunta do delegado-assistente, que queria saber o que era n.32 Brett Street, interrompeu abruptamente aquela reminiscência. Tendo descido ao chão por meio de estratagemas desleais, o inspetor-chefe escolhera trilhar o caminho da franqueza irrestrita. Embora acreditasse firmemente que saber demais não era bom para o departamento, a retenção criteriosa de informações era até onde a sua lealdade ousava chegar para o bem do serviço público. Se o delegado-assistente pretendia conduzir mal esse caso, nada, é claro, poderia impedi-lo. De sua parte, porém, ele não via motivo, naquele momento, para demonstrar boa vontade. Assim, respondeu laconicamente:

"É uma loja, senhor."

Com os olhos próximos do pedaço de tecido azul, o delegado-assistente esperou por mais informações. Como elas não vieram, ele continuou a obtê-las por meio de uma série de perguntas apresentadas com respeitosa paciência. Foi assim que teve uma ideia do tipo de comércio do sr. Verloc e da sua aparência pessoal, além de ouvir, finalmente, seu primeiro nome. Durante uma pausa, o delegado-assistente ergueu os olhos e percebeu um pouco de animação no rosto do inspetor-chefe. Eles se olharam em silêncio.

"Naturalmente", disse este último, "o departamento não tem registro desse homem."

"Algum dos meus antecessores tinha conhecimento daquilo que você acabou de me dizer?", perguntou o delegado-assistente, pondo os cotovelos na mesa e erguendo as mãos unidas diante do rosto, como se estivesse prestes a fazer uma oração, só que seus olhos não tinham uma expressão de piedade.

"Não, senhor; claro que não. Qual teria sido o propósito? Não teria nenhuma utilidade apresentar publicamente esse tipo de homem. Bastava-me saber quem ele era, e fazer uso dele de uma forma que pudesse ser explorada publicamente."

"E você acha esse tipo de informação privada coerente com o cargo oficial que você ocupa?"

"Perfeitamente, senhor. Penso que é totalmente adequada. Vou tomar a liberdade de lhe dizer, senhor, que isso faz de mim quem eu sou – e eu sou respeitado como um homem que conhece o seu trabalho. É um caso pessoal meu. Um amigo pessoal da polícia francesa me deu a dica de que o sujeito era espião da Embaixada. Amizade privada, informação privada, uso privado da informação – é assim que encaro a coisa."

Depois de tomar conhecimento que o estado mental do renomado inspetor-chefe parecia afetar os contornos da sua mandíbula inferior, como se o senso vívido da sua elevada excelência profissional estivesse localizado naquela parte da anatomia, o delegado-assistente descartou por ora o argumento com um tranquilo "Percebo". Em seguida, inclinando o rosto sobre as mãos unidas, disse:

"Bem, então – aqui entre nós, se preferir –, durante quanto tempo você manteve um contato privado com esse espião da Embaixada?"

A resposta privada do inspetor-chefe a essa pergunta, tão privada que ele nunca a pronunciou em alto e bom som, foi:

"Muito antes até de pensarem em você para ocupar esse cargo."

A declaração pública, por assim dizer, foi muito mais precisa.

"Eu o vi pela primeira vez há pouco mais de sete anos, quando duas altezas imperiais e o chanceler imperial estavam aqui de passagem. Fui encarregado de organizar tudo que fosse relacionado à segurança deles. Nessa ocasião, o embaixador era o barão Stott-Wartenheim. Era um senhor idoso muito agitado. Certa noite, três dias antes do banquete em Guildhall, ele comunicou que queria me ver por um momento. Eu estava no térreo, e as carruagens estavam diante da porta, prontas para levar Sua Alteza Imperial e o chanceler para a ópera. Subi imediatamente. Encontrei o barão andando para lá e para cá no quarto, numa angústia de dar pena, comprimindo uma mão na outra. Ele me assegurou que confiava

O AGENTE SECRETO

plenamente na nossa polícia e na minha capacidade, mas que tinha ali com ele um homem recém-chegado de Paris cujas informações eram totalmente confiáveis. Ele queria que eu ouvisse o que o homem tinha a dizer. Conduziu-me imediatamente ao quarto de vestir, que ficava no cômodo ao lado, onde vi um sujeito alto com um sobretudo pesado sentado sozinho numa cadeira, com chapéu e bengala numa das mãos. O barão disse a ele em francês: "Fale, meu amigo". A iluminação no local não era muito boa. Conversei com ele durante cinco minutos, talvez. A notícia que ele me deu era realmente alarmante. Em seguida, o barão puxou-me de lado, agitado, para elogiar o sujeito, e, quando me virei novamente, descobri que ele tinha desaparecido como um fantasma. Acho que me levantei e fui dar uma olhada na escada dos fundos. Não tinha tempo de ir em seu encalço, pois precisava descer correndo a escadaria atrás do embaixador e fazer o necessário para que o grupo partisse em segurança para a ópera. Entretanto, naquela mesma noite tomei providências baseadas na informação. Se ela era absolutamente correta ou não, parecia suficientemente grave. É bem provável que ela nos tenha evitado um problema desagradável no dia da visita imperial à City.[2]

"Passado algum tempo, cerca de um mês depois de eu ser promovido a inspetor-chefe, tive minha atenção voltada para um homem alto e forte, que eu pensava já ter visto em algum lugar, que saía apressado de uma joalheria na Strand. Fui atrás dele, já que ele ia na mesma direção que eu, para Charing Cross. Ao chegar ali, e vendo um dos nossos detetives do outro lado da rua, chamei-o e apontei para o sujeito, dizendo-lhe que vigiasse seus movimentos durante alguns dias e depois me fizesse um relatório. Já na tarde seguinte, o meu subordinado apareceu para contar que o sujeito tinha se casado com a filha da sua senhoria no cartório de registros civis naquele mesmo dia, às 11h30, e que eles tinham viajado para passar uma semana em Margate. Nosso funcionário viu a bagagem ser posta no cabriolé, e uma das malas trazia etiquetas antigas de Paris. Não sei por que, mas não consegui tirar

---

2 Centro financeiro de Londres. [N. T.]

o sujeito da cabeça, e na primeira oportunidade que tive de ir a Paris a serviço falei a respeito dele àquele amigo que tenho na polícia parisiense. Meu amigo disse: 'Pelo que você está me dizendo, deve estar se referindo a um conhecido frequentador e emissário do Comitê Vermelho Revolucionário que afirma ser inglês de nascimento. Temos a impressão de que faz um bom par de anos que ele é agente secreto de uma das embaixadas estrangeiras em Londres'. Aquilo despertou completamente minha memória: ele era o sujeito que eu tinha visto sentado numa cadeira no banheiro do barão Stott-Wartenheim e que desaparecera. Disse ao meu amigo que ele tinha toda a razão. Até onde eu sabia, o sujeito era um agente secreto. Mais tarde, meu amigo se deu ao trabalho de levantar a ficha completa daquele homem para mim. Pensei que seria melhor que eu soubesse tudo que havia para saber; mas imagino que o senhor não queira ouvir sua história agora, não é?"

O delegado-assistente balançou a cabeça apoiada. "A história das suas relações com esse personagem útil é a única coisa que importa por ora", disse ele, cerrando lentamente seus olhos profundos e cansados, e depois abrindo-os rapidamente com um olhar revigorado.

"Não há nada oficial a respeito deles", disse o inspetor-chefe com amargura. "Fui à loja dele uma tarde, disse-lhe quem eu era e lembrei-o do nosso primeiro encontro. Ele não moveu um músculo. Disse que agora estava casado e acomodado, e que a única coisa que ele queria era que não se intrometessem na sua lojinha. Tomei a iniciativa de lhe prometer que, desde que ele não se metesse em nada claramente condenável, a polícia não o incomodaria. Não era pouca coisa, porque bastaria uma palavra nossa aos funcionários da alfândega para que alguns pacotes vindos de Paris e Bruxelas aos seus cuidados fossem abertos em Dover, a que, certamente, se seguiria o confisco da carga e, talvez, a instauração de um processo."

"É uma troca muito arriscada", murmurou o delegado-assistente. "Por que ele aceitou?"

Impassível, o inspetor-chefe ergueu as sobrancelhas em sinal de desprezo.

"Provavelmente ele tem um contato – amigos no Continente – entre as pessoas que lidam com essas coisas. Elas seriam exatamente o tipo de gente com quem ele se relacionaria. Ele também é preguiçoso – como os outros."

"O que você obtém em troca da proteção?"

O inspetor-chefe não estava disposto a se estender sobre o valor dos serviços do sr. Verloc.

"Ele não seria de grande serventia a ninguém além de mim. É preciso estar muito bem informado de antemão para tirar partido de um homem como esse. Eu conheço o tipo de pista que ele pode dar. E quando eu preciso de uma pista ele geralmente pode fornecê-la."

O inspetor-chefe assumiu subitamente um ar pensativo e circunspecto, e o delegado-assistente conteve um sorriso diante do pensamento fugaz de que a reputação do inspetor-chefe talvez tivesse sido construída, em grande medida, pelo agente secreto Verloc.

"Num modo mais geral de ser útil, todos os homens da Divisão de Crimes Especiais lotados em Charing Cross e Victoria têm ordens de prestar muita atenção em todos que se aproximam dele. Ele se encontra frequentemente com os recém-chegados, e depois passa a monitorá-los. Parece que ele foi indicado para esse tipo de tarefa. Quando preciso urgentemente de um endereço, sempre consigo obtê-lo com ele. Naturalmente, sei como lidar com o nosso relacionamento. Nos últimos dois anos, não chega a três o número de vezes em que falei pessoalmente com ele. Escrevo-lhe um bilhete, sem assinar, e ele responde do mesmo modo em meu endereço pessoal."

De tempos em tempos, o delegado-assistente pendia a cabeça de maneira quase imperceptível. O inspetor-chefe acrescentou que não supunha que o sr. Verloc gozasse de total confiança dos membros importantes do Conselho Revolucionário Internacional, mas que ele fosse, no geral, confiável, quanto a isso não havia nenhuma dúvida. "Todas as vezes que eu tive algum motivo para pensar que havia algo no ar", concluiu ele, "sempre notei que ele tinha algo a me dizer que valia a pena saber."

O delegado-assistente fez um comentário importante.

"Dessa vez ele o desapontou."

"Eu não sabia de nada de outra fonte", retrucou o inspetor-chefe Heat. "Como não lhe perguntei nada, ele não podia me dizer nada. Ele não é um dos nossos homens. Não está na nossa folha de pagamento."

"Não", resmungou o delegado-assistente. "Ele é um espião a soldo de um governo estrangeiro. Jamais poderíamos confiar nele."

"Preciso trabalhar do meu jeito", declarou o inspetor-chefe. "Quando se trata disso, eu negociaria com o diabo em pessoa, e assumiria as consequências. Há coisas que nem todo mundo deve saber."

"Parece que a sua ideia de sigilo significa deixar o chefe do seu departamento no escuro. Você talvez esteja indo um pouco longe demais, não é? Ele mora em cima da loja?"

"Quem... Verloc? Ah, sim. Ele mora em cima da loja. Imagino que a mãe de sua esposa more com eles."

"A casa é vigiada?"

"Vigiada? Não, não. Não seria conveniente. Algumas pessoas que a frequentam, sim. Na minha opinião, ele não sabe nada a respeito deste caso."

"Como você explica isso?" O delegado-assistente fez um gesto com a cabeça na direção do pedaço de pano em cima da mesa.

"Não sei o que dizer, senhor. É simplesmente inexplicável. Não pode ser explicado por aquilo que eu sei." O inspetor-chefe deu essas declarações com a franqueza de alguém cuja reputação é sólida como uma rocha. "De qualquer modo, não no presente momento. Creio que o homem que mais teve a ver com isso acabará sendo Michaelis."

"É mesmo?"

"Sim, senhor. Porque eu posso responder por todos os outros."

"O que me diz do outro homem que, supostamente, teria escapado do parque?"

"Penso que agora ele deve estar longe", opinou o inspetor-chefe.

O delegado-assistente olhou-o com firmeza e, subitamente, pôs-se de pé, como se tivesse decidido seguir uma linha de ação.

O AGENTE SECRETO

Na verdade, naquele exato momento, ele tinha sucumbido a uma fascinante tentação. O inspetor-chefe foi liberado com ordens para se encontrar com seu superior na manhã seguinte bem cedo para prosseguirem com as consultas sobre o caso. Ele ouviu com o rosto impenetrável, e deixou a sala com passos medidos.

Quaisquer que fossem os planos do delegado-assistente, eles não tinham nada a ver com aquele trabalho burocrático, cuja natureza confinada e aparente falta de realidade lhe arruinavam a existência. Não poderiam ter, ou então a jovialidade que tomou conta do delegado-assistente teria sido inexplicável. Assim que ficou sozinho, ele se apressou a procurar o chapéu e o pôs na cabeça. Tendo feito isso, sentou-se novamente para repassar inteiramente o caso. Porém, como já tinha decidido o que fazer, isso não levou muito tempo. E antes que o inspetor-chefe Heat tivesse se distanciado muito a caminho de casa, ele também deixou o edifício.

CAPÍTULO VII

O DELEGADO-ASSISTENTE CAMINHOU por uma rua curta e estreita que parecia uma trincheira cheia de lama, e, depois de atravessar uma avenida muito larga, entrou num edifício público e dirigiu a palavra a um jovem secretário particular (não remunerado) de um importante personagem.

O jovem louro e imberbe, cujo cabelo simetricamente arrumado lhe dava um ar de colegial sisudo e asseado, recebeu o pedido do delegado-assistente com um olhar desconfiado e falou prendendo a respiração.

"Se ele o receberia? Isso eu não sei dizer. Ele deixou a Câmara há uma hora para conversar com o subsecretário permanente, e está prestes a voltar. Ele poderia ter exigido que o subsecretário viesse até ele, mas suponho que se deslocou para fazer um pouco de exercício. Enquanto esta sessão durar, é o único exercício que ele vai ter tempo de fazer. Eu não reclamo, e até gosto desses breves passeios. Ele se apoia em meu braço e não abre a boca. Mas, a meu ver, está muito cansado e, no momento – bem –, não com um humor exatamente agradável."

"Está relacionado àquele caso de Greenwich."

"Oh, não! Ele ficou muito irritado com vocês. Mas, se o senhor insiste, posso verificar."

"Por favor. Seja um bom rapaz", disse o delegado-assistente.

O secretário não remunerado apreciou a ousadia. Adotando uma fisionomia inocente, ele abriu uma porta e entrou, com a autoconfiança de uma criança bonita e privilegiada. Reapareceu num instante, fazendo um sinal com a cabeça para o delegado--assistente, o qual, passando pela mesma porta, que permanecera aberta, viu-se na presença do importante personagem em uma sala ampla.

Corpulento e alto, com um rosto pálido alongado que se alargava na base por meio de um queixo duplo volumoso e que assumia uma forma de ovo quando se encontrava com as ralas suíças grisalhas, o importante personagem parecia um homem em expansão. Desastrosas do ponto de vista de um alfaiate, as dobras transversais no meio do paletó preto abotoado aumentavam essa impressão, como se as presilhas da roupa fossem exigidas ao máximo. Da cabeça, plantada em cima de um pescoço atarracado, os olhos, com as pálpebras inferiores inchadas, fitavam com uma inclinação arrogante cada um dos lados do nariz curvo e agressivo, generosamente saliente na grande circunferência pálida do rosto. Um chapéu de seda brilhante e um par de luvas que estavam ao alcance da mão na extremidade de uma longa mesa também pareciam dilatados, enormes.

Ele estava de pé em cima do tapete, calçando botas grandes e largas, e não proferiu nenhuma palavra de saudação.

"Eu gostaria de saber se este é o começo de mais uma campanha da dinamite", ele perguntou de imediato com uma voz profunda e muito suave. "Não entre em detalhes. Não tenho tempo para isso."

Diante daquela presença enorme e rústica, a figura do delegado-assistente tinha a frágil delicadeza de um junco se dirigindo a um carvalho. E, de fato, a história inigualada da linhagem daquele homem ultrapassava em séculos a idade do carvalho mais velho do país.

"Não. Até onde se pode ter certeza de algo, posso lhe garantir que não."

"Sim. Mas a sua noção de garantia lá", disse o grande homem balançando a mão com desdém na direção de uma janela que dava

O AGENTE SECRETO

para a grande avenida, "parece consistir principalmente em fazer o secretário de Estado parecer um trouxa. Já me disseram enfaticamente, nesta mesma sala, há menos de um mês, que nada desse tipo era sequer possível."

O delegado-assistente olhou calmamente na direção da janela.

"Permita-me observar, sir Ethelred, que até o momento eu não tive a oportunidade de lhe dar nenhum tipo de garantia."

A inclinação arrogante dos olhos se voltou então para o delegado-assistente.

"É verdade", admitiu a voz profunda e suave. "Eu mandei chamar Heat. Você ainda é, mais propriamente, um aprendiz em seu novo cargo. E como está se saindo lá?"

"Creio que aprendo algo todo dia."

"Claro, claro. Espero que se saia bem."

"Obrigado, sir Ethelred. Aprendi algo hoje, na verdade, na última hora. Há muita coisa neste caso que não se parece com um atentado anarquista habitual, mesmo que se faça a análise mais profunda possível. É por isso que estou aqui."

O grande homem apoiou as costas das mãos nos quadris, com os cotovelos dobrados para fora.

"Muito bem. Prossiga. Só que sem detalhes, por favor. Poupe-me dos detalhes."

"Não vou incomodá-lo com eles, sir Ethelred", começou o delegado-assistente, com uma autoconfiança serena e imperturbável. Enquanto ele falava, os ponteiros do mostrador do relógio que estava atrás das costas do grande homem – uma coisa pesada e brilhante de arabescos maciços feitos com o mesmo mármore escuro da cornija da lareira, e com um tique-taque fantasmagórico e imperceptível – se moveram pelo espaço de sete minutos. Ele falou com uma fidelidade deliberada a um estilo intercalado por parênteses, em que cada fato trivial – isto é, cada detalhe – se encaixava com uma facilidade encantadora. Nenhum murmúrio, nem mesmo um movimento sugeriu uma interrupção. O grande personagem poderia ter sido a estátua de um de seus magníficos ancestrais despida das armaduras de cruzado e enfiada numa sobrecasaca mal-ajambrada. O delegado-assistente sentiu que poderia falar livremente durante uma hora. Mas ele não perdeu a cabeça e, no final do tempo mencionado anteriormente, ele interrompeu a fala com uma conclusão inesperada, a qual, ao reproduzir a declaração inicial, surpreendeu agradavelmente sir Ethelred pela rapidez e força evidentes.

"O tipo de coisa com que nos deparamos debaixo da superfície deste caso, de resto sem gravidade, é insólito – pelo menos nesta forma precisa – e exige um tratamento especial."

A voz de sir Ethelred assumiu um tom grave e assertivo.

"Penso que sim – envolve o embaixador de uma potência estrangeira!"

"Oh! O embaixador!", protestou o outro, ereto e esbelto, permitindo-se um meio sorriso. "Seria absurdo da minha parte sugerir algo desse tipo. E é absolutamente desnecessário, porque, se minhas suspeitas estiverem corretas, embaixador ou porteiro, é um simples detalhe."

Sir Ethelred escancarou a boca, como uma caverna cujo interior o nariz adunco parecia ávido em perscrutar; de dentro dela saiu um som cavo e retumbante, como se viesse de um órgão distante com o registro de uma irônica indignação.

"Não! Essa gente é insuportável. O que eles pretendem ao trazer para cá seus métodos da Crim-Tartary?[3] Um turco teria mais decência."

"O senhor esquece, sir Ethelred, que, rigorosamente falando, não temos nada de concreto – até o momento."

"Não! Mas como você definiria o ocorrido, em poucas palavras?"

"Uma audácia insolente que corresponde a um tipo peculiar de infantilidade."

"Não podemos tolerar a inocência de criancinhas sórdidas", disse o grande e dilatado personagem, dilatando-se um pouco mais, por assim dizer. O arrogante olhar caído cravou-se no tapete junto aos pés do delegado-assistente. "Eles vão ter de receber uma

---

3 Atualmente a Crimeia. [N. T.]

O AGENTE SECRETO

admoestação severa a respeito deste assunto. Devemos estar em condições de... Sendo breve, qual é a sua ideia geral? Não precisa entrar em detalhes."

"Não, sir Ethelred. Em princípio, devo declarar que a existência de agentes secretos não deve ser tolerada, pois ela tende a aumentar os perigos concretos do mal contra o qual eles são empregados. Que o espião vai forjar suas informações é algo de conhecimento público. Mas, na esfera da ação política e revolucionária, confiando parcialmente na violência, o espião profissional dispõe de todas as facilidades para forjar os próprios fatos, e irá propagar o mal em dobro, por meio da imitação, de um lado, e do pânico, da legislação precipitada e do ódio impensado, do outro. No entanto, este mundo é imperfeito..."

Imóvel em cima do tapete, com os cotovelos grandes projetados para fora, a presença de voz grave disse apressada:

"Seja claro, por favor."

"Sim, sir Ethelred... um mundo imperfeito. Portanto, assim que me dei conta da natureza deste caso, pensei que ele deveria ser tratado com especial discrição, e tomei a liberdade de vir aqui."

"Está certo", aprovou o grande personagem, lançando um olhar complacente por cima do queixo duplo. "Alegra-me que exista um superior no seu escritório que acredita que o secretário de Estado pode ser digno de confiança de vez em quando."

O delegado-assistente deu um sorriso distraído.

"Na verdade, eu estava pensando que, nesta etapa, seria melhor que Heat fosse substituído por..."

"O quê? Heat? Um asno, não?", exclamou o grande homem, claramente ressentido.

"De modo algum. Rogo-lhe, sir Ethelred, que não interprete meus comentários de maneira incorreta."

"Então o quê? Metido a inteligente?"

"Nenhum dos dois – pelo menos não como regra. Todos os motivos das minhas suspeitas eu recebi dele. A única coisa que descobri sozinho é que ele tem usado aquele homem às escondidas. Quem poderia culpá-lo? É um policial das antigas. Ele praticamente me disse que precisa de testas de ferro para trabalhar.

Ocorreu-me que esse testa de ferro deveria ser entregue ao Departamento de Crimes Especiais como um todo, em vez de continuar sendo a propriedade privada do inspetor-chefe Heat. Estendo minha concepção dos nossos deveres departamentais à supressão do agente secreto. Mas o inspetor-chefe Heat é um funcionário de departamento antiquado. Ele me acusaria de estar desvirtuando sua integridade e prejudicando sua eficiência. Ele definiria isso, causticamente, como proteção estendida à categoria criminosa dos revolucionários. É o que isso significaria para ele."

"É verdade. Mas o que você quer dizer?"

"Quero dizer, primeiro, que não serve de consolo declarar que qualquer ato de violência – causar dano à propriedade ou destruir vidas – não seja, de modo algum, obra do anarquismo, mas algo inteiramente novo – uma espécie de patifaria autorizada. Creio que isso é muito mais frequente do que se imagina. Em segundo lugar, é óbvio que a existência dessas pessoas a soldo de governos estrangeiros destrói parcialmente a eficiência da nossa vigilância. Esse tipo de espião consegue ser mais ousado que o mais ousado dos conspiradores. Sua atividade é livre de qualquer obstáculo. Sua falta de fé é o bastante para a negação total, e a sua falta de lei é a que está implícita na ilegalidade. Terceiro, a existência desses espiões no meio dos grupos revolucionários, cujo acolhimento em nosso país nos torna objeto de crítica, elimina qualquer segurança. O senhor recebeu uma declaração tranquilizadora da parte do inspetor-chefe Heat há algum tempo. Ela não é, de modo algum, infundada – e, no entanto, acontece esse episódio. Eu o chamo de episódio porque este caso, tomo a liberdade de dizer, é episódico; não faz parte de nenhuma conspiração geral, por mais extravagante que seja. A meu ver, as próprias peculiaridades que surpreendem e desorientam o inspetor-chefe Heat definem sua natureza. Estou evitando os detalhes, sir Ethelred."

O personagem em cima do tapete estivera ouvindo com profunda atenção.

"Muito bem. Seja o mais breve possível."

O delegado-assistente sugeriu, por meio de um gesto extremamente respeitoso, que desejava ser breve.

O AGENTE SECRETO   141

"A estupidez e a fragilidade com que esse caso está sendo con‑duzido me oferecem uma excelente expectativa de assumi‑lo e de descobrir algo além de um gesto individual de fanatismo. Pois não há dúvida de que se trata de algo planejado. O verdadeiro respon‑sável parece ter sido levado pela mão até o local e depois aban‑donado à própria sorte às pressas. A conclusão é que foi trazido do exterior com o propósito de cometer esse atentado. Ao mesmo tempo, somos obrigados a concluir que seu conhecimento de inglês não bastava para pedir informações sobre o caminho, a menos que aceitemos a teoria fantástica de que ele era surdo‑‑mudo. Fico me perguntando agora – mas isso é perda de tempo. É claro que ele se matou por acidente. Não um acidente extraordi‑nário. Resta, porém, uma ocorrência trivial extraordinária: o ende‑reço em sua roupa, também descoberto por pura casualidade. É um fato trivial incrível, tão incrível que a explicação que o escla‑recer deverá elucidar essa questão. Em vez de mandar Heat pros‑seguir com este caso, minha intenção é procurar essa explicação pessoalmente – quero dizer, sozinho – onde ela pode ser encon‑trada. Ou seja, numa certa loja da Brett Street, e nos lábios de um certo agente secreto que, outrora, foi o espião particular e de confiança do finado barão Stott‑Wartenheim, embaixador de uma grande potência na corte de St. James."

O delegado‑assistente fez uma pausa, depois acrescentou: "Esses sujeitos são uma verdadeira praga". Para poder erguer o olhar caído até o rosto do interlocutor, o personagem sobre o tapete tinha inclinado a cabeça mais para trás, o que lhe deu uma aparência de extraordinária arrogância.

"Por que não deixar o caso com Heat?"

"Porque ele é um policial das antigas. Eles têm uma ética própria. Minha linha de investigação lhe pareceria uma terrível distorção funcional. Para ele, cumprir o dever significa acusar o maior número possível de anarquistas de relevo por meio de alguns indícios insignificantes que ele tinha recolhido durante sua investigação no local; ao passo que eu, ele diria, me inclina‑ria a demonstrar sua inocência. Estou tentando ser o mais claro possível ao lhe apresentar este assunto sem entrar em detalhes."

"Será que ele diria isso?", murmurou a cabeça altiva de sir Ethelred do alto de sua altiva grandeza.

"Receio que sim – com uma indignação e asco que nenhum de nós é capaz de imaginar. Ele é um excelente servidor. Não devemos pressionar indevidamente sua lealdade. Isso costuma ser um equívoco. Além disso, quero ter as mãos livres – mais livres do que aquilo que talvez fosse aconselhável conceder ao inspetor-chefe Heat. Não tenho a mínima intenção de dispensar esse tal de Verloc. Suponho que ele ficará extremamente surpreso ao descobrir que a sua ligação com este caso, qualquer que seja ela, tenha se tornado conhecida tão rapidamente. Não será muito difícil amedrontá-lo. Mas nosso verdadeiro objetivo se encontra em algum lugar, por trás dele. Quero a sua autorização para lhe dar as garantias de segurança pessoal que eu julgue adequadas."

"Certamente", disse o personagem sobre o tapete. "Descubra o máximo que puder; descubra-o do seu próprio jeito."

"Devo pôr isso em marcha sem perda de tempo, ainda nesta tarde", disse o delegado-assistente.

Sir Ethelred tirou uma mão de baixo das abas do casaco e, inclinando a cabeça para trás, olhou-o firmemente.

"A sessão de hoje deve se estender até tarde da noite", disse ele. "Venha até a Câmara com suas descobertas se ainda não tivermos ido para casa. Avisarei Toodles[4] para que se ocupe de você. Ele o conduzirá à minha sala."

A família numerosa e o grande número de conhecidos do bem-apessoado secretário particular dava-lhe esperança de um destino sério e importante. Enquanto isso, a esfera social que ele enfeitava em seus momentos de ócio decidira agraciá-lo com esse apelido. E sir Ethelred, ouvindo-o diariamente dos lábios da esposa e das filhas (a maioria das vezes no café da manhã), tinha lhe conferido a dignidade de uma solene aprovação.

O delegado-assistente ficou surpreso e extremamente gratificado.

---

4 Expressão pitoresca e afetuosa de despedida. [N. T.]

O AGENTE SECRETO

"Eu lhe trarei, certamente, minhas descobertas desde que o senhor tenha tempo de..."

"Não terei tempo", interrompeu o grande personagem. "Mas me encontrarei com você. Não tenho tempo agora... E você mesmo irá?"

"Sim, sir Ethelred. Acho melhor."

O personagem tinha inclinado tanto a cabeça para trás que, para continuar observando o delegado-assistente, quase precisou fechar os olhos.

"Hum. Ha! E como você sugere... Vai usar um disfarce?"

"Pouco provável! Naturalmente, vou trocar de roupa."

"Naturalmente", repetiu o grande homem, com uma espécie de superioridade distraída. Ele virou a cabeça lentamente e, por cima do ombro, lançou um arrogante olhar oblíquo para o pesado relógio de mármore com o tique-taque furtivo e débil. Os ponteiros dourados tinham aproveitado para roubar nada menos que 25 minutos por trás das suas costas.

O delegado-assistente, que não podia vê-los, tinha ficado um pouco nervoso nesse intervalo de tempo. Mas o grande homem apresentou-lhe um rosto tranquilo e imperturbável.

"Muito bem", disse ele, e fez uma pausa, como se desprezasse de propósito o relógio oficial. "Mas o que o fez tomar esse rumo?"

"Sempre fui da opinião", iniciou o delegado-assistente.

"Ah, sim! Opinião, claro. Mas o motivo imediato?"

"O que posso dizer, sir Ethelred? A incompatibilidade de um homem moderno com métodos antigos. Um desejo de saber algo em primeira mão. Uma certa impaciência. O trabalho é antigo, mas a armadura é diferente. Ela ainda pega um pouco em alguns lugares sensíveis."

"Espero que você se saia bem lá", disse o grande homem gentilmente, estendendo a mão, macia ao toque, mas larga e vigorosa como a mão de um honrado agricultor. O delegado-assistente apertou-a e saiu.

Na sala externa, Toodles, que estivera esperando encostado na extremidade de uma mesa, adiantou-se e foi ao seu encontro, contendo sua alegria natural.

"E então? Satisfatório?", perguntou, com afetada importância.

"Perfeitamente. Você ganhou minha eterna gratidão", respondeu o delegado-assistente, cujo rosto alongado parecia de madeira quando comparado à natureza peculiar da solenidade do outro, que parecia sempre prestes a se desfazer em sussurros e risinhos.

"Está bem. Mas, seriamente, você não pode imaginar como ele está irritado com os ataques à sua Lei de Nacionalização da Indústria da Pesca. Eles dizem que ela é o começo da revolução social. Naturalmente, é uma medida revolucionária. Mas esses sujeitos não têm nenhuma decência. Os ataques pessoais..."

"Eu li os jornais", observou o delegado-assistente.

"Odioso, não? E você não faz ideia do volume de trabalho que ele enfrenta diariamente. Faz tudo sozinho. Parece que, com essa história da indústria da pesca, ele não consegue confiar em ninguém."

"E, ainda assim, ele concedeu meia hora à análise do meu assunto tão insignificante", interrompeu o delegado-assistente.

"Insignificante! É mesmo? Folgo em ouvi-lo. Mas então é uma pena que você não tenha se mantido à distância. Essa briga está acabando com ele. Ele está ficando exausto. Sinto isso pelo modo como se apoia em meu braço quando caminhamos. E, cá entre nós, será que ele está seguro nas ruas? Mullins desfilou com seus homens até aqui hoje à tarde. Existe um policial junto a cada poste, e metade das pessoas que encontramos daqui até o Palácio Yard obviamente é um 'tira'. Vai acabar lhe dando nos nervos. Escute, será que esses canalhas estrangeiros não vão acabar jogando alguma coisa nele – será? Seria uma catástrofe nacional. O país não pode abrir mão dele."

"Sem falar em você. Ele se apoia no seu braço", sugeriu o delegado-assistente calmamente. "Os dois iriam pelos ares."

"Seria uma maneira fácil de um jovem entrar para a história? Não há tantos ministros britânicos que foram assassinados a ponto de torná-lo um incidente menor. Mas, agora, falando sério..."

"Receio que se você quer entrar para a história terá de fazer algo para merecê-lo. Falando sério, não existe nenhum perigo para os dois além do excesso de trabalho."

O simpático Toodles recebeu com agrado a oportunidade de dar um risinho.

"A Lei da Indústria da Pesca não vai me matar. Estou acostumado com as altas horas", declarou, com uma frivolidade sincera. Porém, sentindo um instante de arrependimento, começou a assumir um ar de melancolia própria de um estadista, como alguém que põe uma luva. "Sua mente privilegiada aguenta qualquer volume de trabalho. É por seus nervos que eu temo. A gangue reacionária, com aquele animal violento do Cheeseman à frente, o insulta toda noite."

"Se ele insistir em começar uma revolução!", murmurou o delegado-assistente.

"Chegou o momento, e ele é o único homem suficientemente generoso para a tarefa", declarou o revolucionário Toodles, descontrolando-se diante do olhar calmo e pensativo do delegado-assistente. Em algum lugar num corredor, uma campainha distante soou, e com extrema atenção o jovem aguçou os ouvidos diante do som. "Ele está pronto para sair agora", exclamou num sussurro, depois agarrou o chapéu e desapareceu da sala.

O delegado-assistente saiu por outra porta com menos vivacidade. Atravessou mais uma vez a avenida, caminhou ao longo de uma rua estreita e entrou apressado novamente em sua própria repartição. Continuou com passo acelerado até a porta da sua sala privada. Antes de fechá-la completamente, seus olhos buscaram a escrivaninha. Ficou parado por um instante, depois caminhou, olhou em volta do chão, sentou-se em sua cadeira, tocou uma campainha e esperou.

"O inspetor-chefe Heat já foi?"

"Sim, senhor. Saiu faz meia hora."

Ele aquiesceu com a cabeça. "Não preciso de mais nada." E, sentado imóvel, com o chapéu descobrindo a testa, ele pensou que era típico do maldito cara de pau do Heat sumir com o único fragmento de prova material. Mas ele pensou nisso sem contrariedade. Servidores antigos e valorosos tomam liberdades. O fragmento de sobretudo com o endereço costurado certamente não era algo que se largasse por aí. Afastando da mente esse sinal de desconfiança no inspetor-chefe Heat, ele escreveu e despachou um bilhete para sua esposa, encarregando-a de enviar suas desculpas à grande dama de Michaelis, com quem eles tinham combinado jantar naquela noite.

A jaqueta curta e o chapéu baixo e redondo, que ele mantinha numa espécie de alcova acortinada contendo um lavatório, uma fileira de pregadores de roupa e uma prateleira, ressaltavam à perfeição seu rosto comprido e moreno. Recuando e postando-se onde a luz batia em cheio na sala, ele parecia a miragem de um Dom Quixote calmo e pensativo, com os olhos fundos de um fanático misterioso e uma aparência muito circunspecta. Deixou rapidamente o cenário do seu trabalho cotidiano como uma sombra discreta. Sua descida até a rua foi como a descida ao interior de um aquário limoso do qual se tivesse retirado a água. Uma umidade sombria e melancólica o envolveu. As paredes das casas estavam úmidas, a lama da rua brilhava provocando um efeito de fosforescência, e quando ele emergiu na Strand vindo de uma rua estreita ao lado da estação Charing Cross, o espírito do bairro se incorporou nele. Ele poderia ter sido só mais um dos estranhos peixes alienígenas que podem ser vistos à tarde por ali zanzando pelos cantos escuros.

Parou bem na beirada da calçada e esperou. Seus olhos treinados tinham distinguido, em meio ao vaivém confuso de luzes e sombras que enchia a rua, a aproximação lenta de uma charrete. Não deu sinal; mas, quando o degrau baixo que deslizava junto ao meio-fio se aproximou dos seus pés, ele se esquivou habilmente na frente da grande roda e gritou através da pequena abertura quase antes que o homem que olhava indolente à frente do seu poleiro percebesse que tinha sido abordado por um passageiro.

Não foi um percurso longo. Ele terminou abruptamente, por meio de um sinal, em nenhum lugar específico, entre dois postes de luz e diante de uma grande loja de tecidos – uma longa fileira de lojas já tinha sido engolida por chapas de metal ondulado para passar a noite. Estendendo uma moeda através da abertura, o passageiro saiu e desapareceu, deixando na mente do condutor uma sensação misteriosamente sinistra. Mas o tamanho da moeda

O AGENTE SECRETO

147

lhe pareceu satisfatório ao contato, e como não fosse versado em literatura, não se deixou abalar pelo medo de descobri-la transformada numa folha seca em seu bolso. Criado acima do mundo dos passageiros pela natureza da sua profissão, ele contemplava suas ações com limitado interesse. O tranco brusco no cavalo ao entrar na curva expressou sua filosofia.

Nesse meio-tempo, o delegado-assistente já estava fazendo o pedido para o garçom de um pequeno restaurante italiano na esquina – uma dessas arapucas para esfomeados, comprida e estreita, armada com uma perspectiva de espelhos e toalha de mesa branca; sem ar, mas com uma atmosfera própria –, uma atmosfera de cozinha fraudulenta que zombava de uma humanidade abjeta na mais premente das suas necessidades básicas. Nessa atmosfera imoral, o delegado-assistente, refletindo em sua aventura, parecia perder um pouco mais da sua identidade. Ele tinha uma sensação de isolamento e de liberdade destrutiva. E era muito agradável. Quando, depois de pagar pela breve refeição, ele se levantou e esperou pelo troco, viu-se refletido no espelho, e se espantou com sua estranha aparência. Contemplou sua própria imagem com um olhar melancólico e inquiridor; então, subitamente inspirado, ergueu o colarinho da jaqueta. O arranjo lhe pareceu recomendável, e ele o completou torcendo para cima as pontas do bigode preto. Ficou satisfeito com a sutil transformação da sua aparência pessoal que as pequenas modificações provocaram. "Isso vai cair muito bem", pensou. "Vou deixar um pouco úmido, um pouco espalhado…"

Deu-se conta da presença do garçom a seu lado e de uma pequena pilha de moedas de prata na extremidade da mesa diante dele. O garçom mantinha um olho nela, enquanto o outro olho acompanhava as costas longas de uma moça alta e não muito jovem que se dirigia a uma mesa distante parecendo perfeitamente invisível e totalmente inacessível. Ela parecia ser uma cliente habitual.

Na saída, o delegado-assistente constatou intimamente que, por persistirem em oferecer uma cozinha fraudulenta, os donos do lugar tinham perdido todas as suas características nacionais e individuais. Algo estranho, já que o restaurante italiano é uma instituição particularmente britânica. Mas aquelas pessoas eram tão desnacionalizadas como os pratos apresentados diante delas com todas as formalidades de uma respeitabilidade descaracterizada. A personalidade delas também não tinha nenhuma marca, fosse ela profissional, social ou racial. Elas pareciam ter sido criadas para o restaurante italiano, a menos que o restaurante italiano tivesse, por acaso, sido criado para elas. Mas esta última hipótese era impensável, já que não se poderia situá-las em nenhum outro lugar fora daqueles estabelecimentos especiais. Ninguém jamais encontrava essas pessoas enigmáticas em outro lugar. Era impossível formar uma ideia precisa das profissões que elas exerciam de dia e do lugar em que iam para a cama de noite. E ele próprio tinha se tornado um deslocado. Ninguém conseguiria adivinhar sua profissão. Quanto a ir para a cama, nem ele tinha certeza. Na verdade, não em relação ao seu próprio domicílio, mas certamente no que diz respeito ao momento em que ele poderia retornar a ele. Uma sensação aprazível de independência tomou conta dele ao ouvir as portas de vidro girando atrás das costas com uma espécie de estranho baque truncado. Ele penetrou imediatamente numa imensidão de lodo escorregadio e reboco úmido intercalada com lâmpadas e envolta, sobrecarregada, penetrada, abafada e sufocada pelo negrume de uma noite úmida de Londres, que é composta de fuligem e gotas d'água.

Brett Street não era muito distante dali. Estreita, ela saía da lateral de um espaço triangular aberto rodeado de casas sombrias e misteriosas e templos do pequeno comércio vazios de negociantes durante a noite. Apenas a barraca de um vendedor de frutas na esquina produzia um brilho intenso de luz e cor. Mais além, a escuridão era total, e as poucas pessoas que passavam naquela direção desapareciam num piscar de olhos atrás das pilhas coloridas de laranjas e limões. Nenhum eco de passos. Nunca mais se ouviria falar delas. O ousado chefe do Departamento de Crimes Especiais observava à distância esses desaparecimentos, com um olhar interessado. Ele se sentia alegre, como se tivesse sido emboscado sozinho numa selva a milhares de milhas de distância

O AGENTE SECRETO

das escrivaninhas do departamento e dos tinteiros oficiais. Tais jovialidade e dispersão de pensamentos antes de uma missão de alguma importância parecem demonstrar que, afinal de contas, este nosso mundo não é um caso muito sério. Pois o delegado-assistente não era essencialmente inclinado à frivolidade.

O policial de ronda projetou seu vulto escuro e móvel no esplendor luminoso das laranjas e dos limões e entrou na Brett Street sem pressa. O delegado-assistente, como se fosse um membro das classes criminosas, ficou escondido, esperando que ele voltasse. Mas parecia que a força tinha perdido para sempre aquele policial. Ele não retornou: devia ter ido até a outra extremidade da Brett Street.

Depois de chegar a essa conclusão, o delegado-assistente entrou por sua vez na rua, e se deparou com um grande carroção parado em frente das vidraças mal iluminadas de um restaurante em que um vendedor de comida se abastecia. O homem estava descansando dentro do carroção, e os cavalos, com a cabeça baixa enfiada em sacos de comida presos no pescoço, comiam tranquilamente. Mais adiante, do outro lado da rua, outro tênue facho de luz saía da fachada da loja do sr. Verloc, forrada de papéis, cheia de pilhas instáveis de caixas de papelão e de contornos de livros. O delegado-assistente ficou observando-a do outro lado da rua. Não havia nenhuma dúvida. Ao lado da vitrine, oculta pelas sombras de objetos indefiníveis, a porta entreaberta deixava escapar sobre a calçada uma réstia estreita e clara de luz a gás.

Atrás do delegado-assistente, o carroção e os cavalos, fundidos num só bloco, pareciam um ser vivo – um monstro negro espadaúdo bloqueando metade da rua que, inesperadamente, emitia sons de ferraduras martelando o chão, de tinidos agudos e de suspiros ofegantes. O brilho irritantemente festivo e de mau agouro de uma grande e próspera taverna fazia face à outra extremidade da Brett Street, no outro lado de uma rua larga. Essa barreira de luzes resplandecentes, contrapondo-se às sombras reunidas em torno da humilde morada da felicidade doméstica do sr. Verloc, parecia impelir a escuridão da rua de volta sobre si mesma, torná-la mais sombria, melancólica e sinistra.

CAPÍTULO VIII

TENDO INTRODUZIDO, por meio de importunações constantes, um pouco de ternura no interesse empedernido de diversos taverneiros licenciados (conhecidos, outrora, do seu falecido e desafortunado marido), a mãe da sra. Verloc tinha, finalmente, assegurado sua admissão a alguns asilos fundados por um estalajadeiro abastado para as viúvas necessitadas do setor.

Esse objetivo, concebido na astúcia de seu coração inquieto, a anciã tinha perseguido com discrição e determinação. Foi nessa época que sua filha Winnie não pôde deixar de comentar com o sr. Verloc que "mamãe tem gastado meias coroas e cinco xelins quase todo dia da última semana em passagens de cabriolé". Mas o comentário não fora uma reclamação. Winnie respeitava as fraquezas da mãe. Só estava um pouco surpresa com aquela súbita obsessão por locomoção. O sr. Verloc, que era suficientemente altivo à sua maneira, tinha rechaçado impaciente o comentário com um grunhido por ele interferir em suas reflexões. Elas eram frequentes, profundas e demoradas, e estavam relacionadas a um assunto muito mais importante que cinco xelins. Decididamente mais importante e incomparavelmente mais difícil de examinar em todos os seus aspectos com filosófica serenidade.

Tendo atingido seu objetivo com astuciosa discrição, a arrojada anciã confessara tudo à sra. Verloc. Sua alma estava exultante e seu coração, trêmulo. Ela tremia por dentro, porque temia e admirava a natureza calma e reservada da filha, cujo desagrado se tornava terrível através de diversos silêncios intimidantes. Mas ela não deixou que seus temores internos lhe tirassem a vantagem da respeitável serenidade conferida a sua aparência exterior pelo queixo triplo, a generosidade flutuante da sua figura vetusta e a condição de fraqueza das pernas.

O choque da informação foi tão inesperado que a sra. Verloc, contrariando seu comportamento habitual quando lhe dirigiam a palavra, interrompeu os afazeres domésticos em que estava ocupada. Ela estava tirando o pó dos móveis da sala de estar atrás da loja. Virou a cabeça na direção da mãe.

"Por que raios a senhora fez isso?", exclamou, espantada e escandalizada.

O choque deve ter sido severo para fazê-la renunciar à aceitação discreta e passiva dos fatos, que era a sua força e a sua salvaguarda na vida.

"Não a deixamos suficientemente à vontade aqui?"

O interrogatório não durou muito, e ela logo recuperou seu comportamento coerente voltando a tirar o pó dos móveis, enquanto a anciã, amedrontada e calada, se sentava com a touca branca suja e a peruca escura sem brilho.

Winnie terminou de tirar o pó da cadeira e passou o espanador no espaldar de mogno do sofá de crina de cavalo no qual o sr. Verloc gostava de relaxar usando chapéu e sobretudo. Embora estivesse concentrada em sua tarefa, ela se permitiu mais uma pergunta.

"Mãe, como é que a senhora fez isso?"

Por não tocar nas questões íntimas, que a sra. Verloc tinha por princípio ignorar, a curiosidade era perdoável. Ela se referia apenas aos métodos. A anciã acolheu-a ansiosamente, por trazer à baila algo sobre o qual se podia conversar com grande sinceridade.

Ela recompensou a filha com uma resposta exaustiva, cheia de nomes e enriquecida com comentários secundários acerca da destruição causada pelo tempo no semblante das pessoas. Os nomes eram, essencialmente, de taverneiros licenciados – "amigos do pobre papai, minha querida". Ela se estendeu com especial

O AGENTE SECRETO

gratidão a respeito da bondade e condescendência de um grande cervejeiro, de um baronete e de um membro do Parlamento, o presidente dos diretores da Charity.[5] Ela se exprimiu com tamanho entusiasmo porque tinham lhe dado a permissão de questionar, com hora marcada, seu secretário particular – "um cavalheiro muito polido, todo vestido de negro, com uma voz suave e triste, mas extremamente magro e discreto. Parecia uma sombra, minha querida".

Winnie, prolongando as operações de limpeza até que a história chegasse ao fim, saiu da sala e entrou na cozinha (dois degraus abaixo) do jeito costumeiro, sem fazer o menor comentário.

Vertendo algumas lágrimas em sinal de alegria pela mansidão da filha diante daquele incidente desagradável, a mãe da sra. Verloc concentrou sua astúcia em sua mobília, porque ela lhe pertencia; mas, por vezes, ela desejou que não fosse assim. É muito bonito ser valente, mas existem situações em que a cessão de algumas mesas e cadeiras, armações de cama metálicas e assim por diante, pode estar repleta de consequências indiretas e desastrosas. Ela precisava de algumas peças para si, pois a Fundação, que a acolhera em seu seio generoso depois de muita insistência, não fornecia nada além de tábuas inúteis e tijolos vagabundos embrulhados a quem era objeto da sua solicitude. A sutileza que direcionou sua escolha aos itens menos valiosos e mais danificados passou despercebida, porque a filosofia de Winnie consistia em não tomar conhecimento do conteúdo dos fatos; ela supôs que a mãe pegou o que melhor lhe convinha. Quanto ao sr. Verloc, suas reflexões profundas, como uma espécie de Muralha da China, o isolavam completamente dos fenômenos deste mundo de esforços inúteis e aparências ilusórias.

Feita a escolha, a distribuição do resto se tornou, de certa maneira, uma questão embaraçosa. É claro que ela deixaria o restante da mobília em Brett Street. Mas ela tinha dois filhos. O sustento de Winnie estava garantido, em razão de sua sábia união com aquele marido excelente, o sr. Verloc. Stevie não tinha

---

5 A Instituição de Caridade dos Taverneiros Licenciados, fundada em 1827. [N. T.]

recursos – além de ser meio esquisito. Sua condição tinha de ser levada em conta diante das reivindicações do sistema judiciário e mesmo das sugestões de parcialidade. A posse da mobília não seria, de maneira nenhuma, uma doação. O pobre garoto devia ficar com ela. Contudo, dá-la a ele seria como interferir em sua condição de dependência completa. Era um tipo de alegação que ela temia atenuar. Além disso, as suscetibilidades do sr. Verloc não suportariam que ele tivesse uma dívida de gratidão com o cunhado por conta das cadeiras nas quais se sentava. Durante a longa experiência com inquilinos de boa família, a mãe da sra. Verloc chegara a uma triste, mas resignada, conclusão a respeito do lado irracional da natureza humana. E se o sr. Verloc decidisse subitamente dizer a Stevie que levasse seus malditos móveis para algum lugar longe dali? Por outro lado, uma divisão, por mais meticulosa que fosse, poderia deixar Winnie um pouco ofendida. Não, era preciso que Stevie continuasse desamparado e dependente. Foi por isso que, no momento de deixar Brett Street, ela tinha dito à filha: "Não vale a pena esperar que eu morra, vale? Tudo que eu deixo aqui agora pertence só a você, minha querida".

Com o chapéu na cabeça e silenciosa atrás da mãe, Winnie continuou arrumando o colarinho da capa da anciã. Com o rosto impassível, ela trouxe sua bolsa de mão e uma sombrinha. Tinha chegado a hora de gastar a quantia de três xelins e meio naquela que poderia ser a última viagem de cabriolé na vida da mãe da sra. Verloc. Elas saíram pela porta da loja.

O transporte que as esperava teria ilustrado o provérbio "a verdade pode ser mais cruel que a caricatura", se tal provérbio existisse. Arrastando-se atrás de um cavalo doente, surgiu uma carruagem de aluguel com rodas bamboleantes e um cocheiro estropiado na boleia. Esta última particularidade provocou certo embaraço. Ao vislumbrar um dispositivo de ferro em forma de gancho saindo da manga do paletó do sujeito, a mãe da sra. Verloc perdeu subitamente a coragem heroica daqueles dias. Ela realmente não conseguia confiar em si mesma. "O que você acha, Winnie?" Ela hesitou. As veementes invectivas que jorravam da cara grande do cocheiro pareciam ser expelidas através de uma garganta obstruída. Inclinando-se da boleia, ele murmurou com misteriosa indignação. Qual era o problema agora? Isso era jeito de tratar um homem? Seu rosto enorme e sujo ganhou um vermelho intenso no trecho enlameado da rua. Será que eles teriam lhe dado uma licença, indagou desesperado, se...

O policial do bairro acalmou-o com um olhar amistoso; em seguida, dirigindo-se às duas mulheres sem uma consideração especial, disse:

"Ele dirige cabriolé há vinte anos. Nunca soube que estivesse envolvido em nenhum acidente."

"Acidente!", exclamou o condutor com desprezo.

O testemunho do policial resolveu a questão. O modesto grupo de sete pessoas, a maioria menor de idade, se dispersou. Winnie entrou no cabriolé depois da mãe. Stevie subiu na boleia. A boca inexpressiva e os olhos angustiados descreviam seu estado mental em relação aos acontecimentos em curso. Nas ruas estreitas, o avanço da viagem se tornava perceptível aos passageiros por meio das fachadas das casas que deslizavam lentas e trêmulas, com um forte estrondo e tilintar de vidro, como se estivessem prestes a desabar atrás do cabriolé; e o cavalo doente, cujo arreio pendurado na coluna saliente pendia solto ao redor das coxas, parecia dançar de maneira afetada em cima dos cascos com uma paciência infinita. Mais tarde, no amplo espaço de Whitehall, todas as evidências visuais de movimento se tornaram imperceptíveis. O estrondo e o tilintar de vidro continuaram indefinidamente diante do longo prédio do Tesouro – e era como se o próprio tempo tivesse parado.

Winnie finalmente fez um comentário: "O cavalo não é muito saudável".

Seus olhos brilharam na escuridão do cabriolé, fixando-se imóveis num ponto à frente. Na boleia, Stevie fechou a boca inexpressiva e exclamou gravemente: "Não é".

O cocheiro, segurando alto as rédeas enroladas no gancho, não tomou conhecimento. Talvez não tivesse ouvido. O peito de Stevie arfou.

"Não bata nele."

O homem virou lentamente o rosto furta-cor inchado e úmido e eriçado de pelos brancos. A umidade fazia os olhinhos vermelhos brilharem. Os lábios carnudos arroxeados permaneceram fechados. Com a costa suja da mão que segurava o chicote, ele coçou a barba curta que crescia no queixo enorme.

"Você não pode bater nele", gaguejou Stevie violentamente. "Dói."

"Não pode bater?", perguntou o outro num sussurro pensativo, e imediatamente bateu. Ele fez isso não porque fosse desalmado e tivesse um coração perverso, mas porque tinha de ganhar o pão de cada dia. E por algum tempo os muros da capela de St. Stephen, com suas torres e pináculos, contemplaram imóveis e silenciosos o tilintar do cabriolé, que, de qualquer modo, também balançava. Mas em cima da ponte houve uma comoção: subitamente, Stevie começou a descer da boleia. Ouviram-se gritos na calçada, pessoas acorreram e o cocheiro conteve o cabriolé, proferindo impropérios de indignação e espanto. Winnie baixou a janela e pôs a cabeça para fora, branca como um fantasma. Nas profundezas do cabriolé, sua mãe exclamava angustiada: "O menino se machucou? O menino se machucou?".

Stevie não estava machucado, nem mesmo tinha caído, mas, como de costume, a excitação o tinha privado da capacidade de se expressar com coerência. Ele só conseguiu gaguejar junto à janela. "Muito pesado. Muito pesado." Winnie pôs a mão para fora, sobre o seu ombro.

"Stevie! Suba já na boleia, e não tente descer novamente."

"Não. Não. Andar. Preciso andar."

Ao tentar explicar a natureza daquela necessidade, ele começou a gaguejar de forma totalmente incoerente. Nenhuma impossibilidade física impedia a realização do seu capricho. Stevie poderia ter facilmente conseguido seguir o ritmo do cavalo dançarino e doente sem perder o fôlego. Mas a irmã negou seu consentimento de forma categórica. "Que ideia! Onde já se ouviu falar de uma coisa dessas! Correr atrás de um cabriolé!" Sua mãe, aterrorizada e impotente nas profundezas do veículo, suplicou: "Oh, não deixe que ele faça isso, Winnie. Ele vai se perder. Não deixe".

O AGENTE SECRETO

"Claro que não. Era só o que faltava! O sr. Verloc vai ficar triste quando ouvir esse absurdo, Stevie, eu lhe asseguro. Ele não vai gostar nada disso."

Como de costume, a ideia de deixar o sr. Verloc magoado e triste influiu fortemente na atitude basicamente dócil de Stevie, e ele abandonou qualquer resistência, subindo novamente à boleia com o semblante desesperado.

O cocheiro voltou-se para ele com a cara enorme e exaltada e disse com truculência: "Não tente de novo essa brincadeira idiota, rapazinho".

Assim, depois de se expressar num sussurro ríspido, quase morto de cansaço, ele seguiu adiante, ruminando solenemente. Para ele, o incidente continuava um pouco obscuro. Mas sua mente, embora tivesse perdido a vivacidade primitiva durante os anos modorrentos de exposição sedentária ao tempo, não carecia de independência ou vigor. Calmamente, ele descartou a hipótese de que Stevie fosse um jovenzinho chegado à bebida.

Dentro do cabriolé, o período de silêncio durante o qual as duas mulheres aguentaram ombro a ombro os sacolejos, o matraqueado e os tinidos da viagem fora rompido pela revolta de Stevie. Winnie ergueu a voz.

"A senhora fez o que queria, mãe. Só poderá agradecer a si mesma se não for feliz depois. E eu não acho que será. Não acho mesmo. A senhora não estava suficientemente à vontade em casa? O que as pessoas vão pensar de nós, com a senhora se mudando às pressas para uma instituição de caridade?"

"Minha querida", falou alto e seriamente a anciã, sobrepondo-se ao barulho, "você tem sido a melhor das filhas para mim. Quanto ao sr. Verloc..."

Como lhe faltaram palavras para discorrer sobre os méritos do sr. Verloc, ela voltou os olhos rasos d'água para o teto do cabriolé. Em seguida, desviou a cabeça a pretexto de olhar para fora da janela, como se fosse avaliar o quanto tinham avançado. O progresso era insignificante, e seu olhar se aproximou do meio-fio. A noite, a prematura e sórdida noite, a sinistra, barulhenta, desesperada e brutal noite do sul de Londres, a tinham surpreendido em seu último deslocamento de cabriolé. À luz de gás das lojas de fachada baixa, suas grandes bochechas brilhavam intensamente com um tom laranja debaixo de uma touca preta e lilás.

A tez da mãe da sra. Verloc tinha se tornado amarela em razão da idade e de uma predisposição natural a transtornos biliares, favorecidas pelas provações de uma vida difícil e angustiada, primeiro como esposa e depois como viúva. Era uma tez que, sob o impacto do enrubescimento, ganhava uma tonalidade laranja. E essa mulher, realmente recatada, além do mais temperada pelas chamas da adversidade de uma época em que os enrubescimentos não são esperados, certamente tinha enrubescido diante da filha. Na intimidade de uma carruagem de quatro rodas, a caminho de um chalé de uma instituição de caridade (uma entre muitas) que, pela exiguidade de suas dimensões e a simplicidade das suas instalações bem que podia ter sido projetado, com toda a boa vontade, como um local de treinamento para as circunstâncias mais limitadas do túmulo, ela foi obrigada a esconder da própria filha um enrubescimento de remorso e vergonha.

O que as pessoas vão pensar? Ela sabia muito bem o que elas pensavam, as pessoas que Winnie tinha em mente – os velhos amigos do marido, e outros também, cuja atenção ela solicitara com um sucesso tão lisonjeiro. Ela não imaginava que soubesse pedir tão bem. Mas adivinhou muito bem que conclusão fora tirada da sua solicitação. Por causa daquela gentileza acanhada, que coexiste com uma brutalidade agressiva na natureza masculina, as investigações acerca da sua situação não tinham se aprofundado muito. Ela as tinha testado apertando visivelmente os lábios e demonstrando alguma emoção, pensada para assumir a forma de um silêncio eloquente. E os homens perdiam subitamente o interesse, como é típico do gênero. Ela se parabenizou mais de uma vez por não ter nada a ver com as mulheres que, sendo naturalmente mais calejadas e ávidas por detalhes, ficariam ansiosas para saber em detalhes que tipo de comportamento insensível da filha e do genro a tinham levado àquele triste infortúnio. Foi só um pouco antes de o secretário do nobre cervejeiro, parlamentar e presidente da Charity (que fazia as vezes do chefe) sentir que

O AGENTE SECRETO

devia ser mais inquisitivo quanto às reais condições da solicitante que ela rompera em lágrimas, chorando como faria uma mulher pressionada. O cavalheiro, magro e cortês, depois de contemplá--la aparentando estar "profundamente emocionado", abandonou sua postura escudando-se em comentários tranquilizadores. Ela não precisava se torturar. Os estatutos da Charity não especificavam incondicionalmente "viúvas sem filhos". Na verdade, isso de modo algum a desqualificava. Mas o parecer do Comitê tinha de ser fundamentado. Era perfeitamente compreensível que ela não quisesse ser um peso etc. etc. Imediatamente, para seu profundo desgosto, a mãe da sra. Verloc retomou o choro, com uma intensidade ainda maior.

As lágrimas daquela grande mulher em uma peruca escura e empoeirada e um vestido de seda antigo enfeitado com renda de algodão branco sujo eram de angústia. Ela chorou porque era heroica, sem escrúpulos e cheia de amor pelos dois filhos. Frequentemente, as meninas são sacrificadas para o bem-estar dos meninos. Nesse caso, ela estava sacrificando Winnie. Ao escamotear a verdade, ela a estava caluniando. Claro, Winnie era independente e não precisava se importar com a opinião de pessoas que ela nunca veria e que nunca a veriam; enquanto o pobre Stevie não tinha nada no mundo que pudesse chamar de seu, exceto o heroísmo e a falta de escrúpulos de sua mãe.

A sensação inicial de segurança que se seguira ao casamento de Winnie diminuíra com o passar do tempo (pois nada dura para sempre), e a mãe da sra. Verloc, reclusa no quarto dos fundos, se lembrara da lição daquela experiência que o mundo imprime numa mulher viúva. Mas ela se lembrara dela sem mágoa inútil: seu estoque de resignação chegava às raias da dignidade. Ela refletia estoicamente que, neste mundo, tudo definha e se desgasta; que o caminho da bondade devia ser facilitado aos bem-intencionados; que a filha Winnie era uma irmã extremamente dedicada e, realmente, uma esposa muito autoconfiante. No que diz respeito à devoção de Winnie como irmã, seu estoicismo cedeu. Ela excluía esse sentimento da regra de decadência que afeta tudo que é humano e algumas coisas divinas. Não podia evitar: não fazê-lo a teria aterrorizado demais. Porém, ao levar em conta as condições do casamento da filha, ela rejeitava firmemente qualquer ilusão promissora. Ela adotava a visão desapaixonada e racional de que quanto menos se pressionasse a bondade do sr. Verloc, maior a probabilidade de que seus efeitos durassem mais. É claro que aquele homem excelente amava a esposa, mas ele certamente preferia cuidar do menor número possível das relações dela que fosse compatível com a demonstração adequada daquele sentimento. Seria melhor se todo o impacto dessa bondade se concentrasse no pobre Stevie. E a intrépida anciã decidiu se separar dos filhos por meio de um gesto de devoção e um astuto lance político.

A "virtude" dessa política consistia no fato (a mãe da sra. Verloc era sutil à sua maneira) de que a reivindicação moral de Stevie seria fortalecida. O pobre menino – um menino comportado e prestativo, embora meio esquisito – não gozava de muito prestígio. Ele tinha sido levado com a mãe, mais ou menos do mesmo modo que a mobília da mansão de Belgravia, como se o motivo fosse o fato de pertencer exclusivamente a ela. O que acontecerá, ela se perguntou (pois a mãe da sra. Verloc gostava de devanear um pouco), quando eu morrer? E quando se fez essa pergunta, ela sentiu medo. Também era horrível pensar que ela não teria então como saber o que acontecera com o pobre garoto. Porém, ao transferi-lo para a irmã e ao ir embora daquele jeito, ela lhe dava a vantagem de assumir imediatamente uma posição de dependência. Essa era a confirmação mais sutil da coragem e da falta de escrúpulos da mãe da sra. Verloc. Seu gesto de abandono era, na verdade, um plano para arrumar de vez a vida do filho. Havia quem fizesse sacrifícios materiais com tal objetivo, ela agia daquela maneira. Era a única maneira. Além disso, poderia verificar como aquilo funcionaria. Doente ou com saúde, ela evitaria a terrível incerteza no leito de morte. Mas era muito, muito difícil, dolorosamente difícil.

O cabriolé trepidou, tilintou e se pôs a sacudir; na verdade, as sacudidelas foram muito estranhas. Sua violência e magnitude desproporcionais eliminaram qualquer sensação de avanço; era como ser sacudido dentro de um mecanismo fixo que parecia

O AGENTE SECRETO

um aparelho medieval de punir criminosos ou uma invenção moderna para curar fígado preguiçoso. Foi extremamente penoso; e a voz alta da mãe da sra. Verloc parecia um grito de dor.

"Eu sei, minha querida, que você virá me visitar sempre que tiver tempo. Não é?"

"Naturalmente", respondeu Winnie secamente, olhando fixamente para a frente.

E o cabriolé chacoalhou diante de uma loja ensebada e cheia de vapor, em meio à luz de gás e ao cheiro de peixe frito.

A anciã reclamou de novo.

"E, minha querida, preciso ver aquele pobre garoto todo domingo. Ele não vai se importar de passar o dia com sua velha mãe..."

Winnie soltou um grito agudo:

"Se importar! Penso que não. O pobre garoto vai sentir demais a sua falta. Gostaria que a senhora tivesse pensado um pouco nisso, mãe."

Então ela não tinha pensado? A intrépida mulher engoliu uma coisa desagradável e incômoda como uma bola de bilhar, que tentara saltar para fora da sua garganta. Winnie ficou sentada durante algum tempo sem dizer nada, com um olhar petulante voltado para a frente do cabriolé, depois falou de maneira ríspida, o que não combinava com seu jeito de ser:

"Acho que ele vai me dar trabalho no começo, deve estar muito agitado..."

"O que quer que você faça, não deixe que ele incomode seu marido, minha querida."

Elas então discutiram em termos familiares os contornos da nova situação. E o cabriolé deu um solavanco. A mãe da sra. Verloc mostrou-se um pouco apreensiva. Será que era possível confiar que Stevie faria todo aquele percurso sozinho? Winnie afirmou que agora ele estava muito menos "avoado". Quanto a isso elas estavam de acordo, era algo que não se podia negar. Muito menos – quase nada. Conversaram em voz alta em meio aos tinidos com relativa animação. Subitamente, porém, a ansiedade materna irrompeu novamente. Seria necessário pegar dois ônibus e fazer uma breve caminhada entre eles. Era muito difícil! A anciã mostrou-se aflita e consternada.

Winnie olhou fixamente para a frente.

"Não fique preocupada desse jeito, mãe. É claro que a senhora precisa se encontrar com ele."

"Não, minha querida. Vou procurar não ficar."

Ela esfregou os olhos rasos d'água.

"Mas você não tem tempo para acompanhá-lo, e se ele se distrair e se perder e alguém se dirigir a ele rispidamente, pode ser que ele esqueça seu nome e endereço, e pode ficar perdido durante vários dias..."

A imagem do pobre Stevie na enfermaria de um asilo – mesmo que somente durante as investigações – provocou um aperto em seu coração. Pois ela era uma mulher orgulhosa. O olhar fixo de Winnie tinha ficado duro, concentrado e inventivo.

"Não posso trazê-lo toda semana", lamentou-se. "Mas não se preocupe, mãe. Farei o que for preciso para que ele não fique perdido muito tempo."

Sentiram um tranco esquisito. Pilares de tijolo se estendiam diante das janelas chacoalhantes do cabriolé. A interrupção súbita da sacudidela atroz e do tinido barulhento deixou as duas mulheres surpresas. O que acontecera? Permaneceram sentadas imóveis e amedrontadas no silêncio profundo, até que a porta se abriu e se ouviu uma voz grave e cansada:

"Chegamos!"

Uma fileira de casinhas com telhado de duas águas, cada uma com uma janela amarela fosca no térreo, rodeava o espaço escuro de um gramado plantado com arbustos e separado, por meio de uma grade, da confusão de luzes e sombras da rua larga, que ressoava com o ronco surdo do tráfego. O cabriolé parou diante da porta de uma das casinhas minúsculas – a que não tinha luz na janelinha do térreo. A mãe da sra. Verloc desceu primeiro, de costas, segurando uma chave. Winnie demorou-se um pouco mais na calçada para pagar o cocheiro. Depois de ajudar a carregar para dentro um monte de pacotes pequenos, Stevie saiu e ficou debaixo da luz de um lampião de gás que pertencia à Charity. O

O AGENTE SECRETO

cocheiro olhou para as moedas de prata que, minúsculas em sua mão grande e encardida, simbolizavam os resultados insignificantes que recompensam a coragem e o esforço impressionantes de um homem cuja vida é breve neste mundo maldito.

Recebera um pagamento decente – quatro moedas de um xelim – e contemplou as moedas em profundo silêncio, como se elas fossem o fim inesperado de um triste problema. A lenta transferência daquele tesouro para um bolso interno exigiu que tateasse, com grande esforço, as profundezas da roupa surrada. Ele tinha uma aparência roliça e sem flexibilidade. Esguio, com os ombros meio erguidos e as mãos enterradas nos bolsos laterais do sobretudo quente, Stevie se postou na beira da calçada, emburrado.

"Oh! Ei-lo aqui, meu jovem", sussurrou. "Você se lembra dele, não lembra?"

Stevie olhava fixamente o cavalo, cujas ancas pareciam excessivamente elevadas devido à magreza. O pequeno rabo esticado parecia ter sido encaixado como uma piada de mau gosto; na outra extremidade, o pescoço magro e estirado, como uma tábua coberta com couro de cavalo, pendia sob o peso de uma enorme cabeça esquelética. As orelhas estavam penduradas em ângulos diferentes, de forma displicente, e a figura macabra daquele habitante calado da terra soltava vapor das costelas e da coluna vertebral direto para o ar úmido e parado.

O cocheiro tocou de leve o peito de Stevie com o gancho que saía da manga esfarrapada e encardida.

"Veja bem, jovem. Será que *você* gostaria de ficar sentado atrás deste monte de ossos até as duas da manhã?"

Stevie lançou um olhar vazio para os raivosos olhinhos de pálpebras vermelhas.

"Ele não está doente", prosseguiu o outro, sussurrando com energia. "Ele não tem nenhuma ferida. Ei-lo. Será que *você* gostaria..."

A voz ameaçadora e apagada deu à sua declaração um ar de profundo segredo. O olhar vazio de Stevie foi se transformando lentamente em temor.

"Pense bem! Até três ou quatro da manhã. Com frio e com fome. Atrás de passageiros. Bêbados."

Suas bochechas vermelhas e joviais estavam eriçadas de pelos brancos; e, a exemplo do Sileno de Virgílio, que, com o rosto lambuzado de suco de frutas vermelhas, discorria sobre os deuses do Olimpo para os ingênuos pastores da Sicília, ele conversou com Stevie sobre questões domésticas e os afazeres dos homens cujos sofrimentos são incomensuráveis e cuja imortalidade não está, de modo algum, assegurada.

"Sou um cocheiro noturno, sim", sussurrou ele, com uma espécie de exasperação orgulhosa. "Sou obrigado a colher o que nasce da porcaria do meu quintal. Tenho a patroa e quatro filhos pra cuidar."

O caráter chocante daquela declaração de paternidade pareceu emudecer o mundo. Reinou um silêncio durante o qual os flancos do velho cavalo, o corcel da miséria apocalíptica, fumegou à luz do indulgente lampião de gás.

O cocheiro soltou um grunhido, e depois acrescentou com seu sussurro misterioso:

"Este mundo não é fácil." O rosto de Stevie tinha ficado se contraindo durante algum tempo, e, finalmente, seus sentimentos vieram à tona na forma concisa habitual.

"Mau! Mau!"

Ele continuou olhando fixamente para as costelas do cavalo, constrangido e triste, como se tivesse medo de encarar a maldade do mundo que o rodeava. A magreza, os lábios rosados e a tez clara lhe davam a aparência de um garoto delicado, não obstante os pelos dourados e macios que cresciam nas bochechas. Ele fez beiço de um jeito assustado como uma criança. Rude e vulgar, o cocheiro examinou-o com os olhinhos raivosos que pareciam arder com um líquido transparente e corrosivo.

"É um mundo injusto para os cavalos, mas muito mais injusto para um pobre coitado como eu", ele falou, ofegante, de forma quase inaudível.

"Coitado! Coitado!", gaguejou Stevie, enfiando ainda mais as mãos nos bolsos num espasmo de compaixão. Ele não conseguiu dizer nada. Por ser sensível a todo tipo de dor e de sofrimento, a vontade de fazer que o cavalo e o cocheiro ficassem contentes tinha atingido a situação bizarra de desejar levá-los para a cama com ele. Mas ele sabia que isso era impossível. Pois Stevie não era louco. Esse era, por assim dizer, um desejo simbólico e, ao mesmo tempo, muito preciso, por ter nascido da experiência, a mãe da sabedoria. Assim, quando ele era criança e ficava morrendo de medo num canto, infeliz, magoado e miserável devido à sombria miséria da alma, sua irmã Winnie aparecia e o levava para dormir com ela, e era como se ele entrasse num paraíso de paz consoladora. Embora tendesse a esquecer coisas simples como seu nome e endereço, por exemplo, Stevie se lembrava com precisão das sensações. Ser levado a um leito de compaixão era a solução suprema, com a única desvantagem de que era difícil aplicá-la em larga escala. De modo que, olhando para o cocheiro, Stevie percebeu isso claramente, porque ele era uma pessoa razoável.

O cocheiro prosseguiu vagarosamente com os preparativos como se Stevie não existisse. Ele fez menção de galgar a boleia, mas, no último instante, por algum motivo obscuro, talvez simplesmente por estar cansado de transportar gente, desistiu. Em vez disso, ele se aproximou do parceiro imóvel da sua labuta e, inclinando-se para a frente para pegar o arreio, ergueu a cabeça grande e exausta até a altura do seu ombro com um esforço do braço direito, como um gesto de força.

"Vamos", sussurrou calmamente.

Avançando com dificuldade, ele conduziu o cabriolé. Havia um ar de austeridade nessa partida: o estalido do cascalho da rua gritava debaixo das rodas em movimento, as coxas magras do cavalo se afastavam com sóbria determinação da luz e penetravam na escuridão do espaço aberto que era limitado, de maneira imprecisa, pelos telhados pontiagudos e as janelas fracamente iluminadas dos pequenos asilos. O lamento do cascalho percorreu lentamente todo o percurso. O cortejo reapareceu entre os lampiões do portão da instituição de caridade, revelando por um momento o homem baixo e gordo cambaleando, mantendo a cabeça do cavalo erguida com a força dos punhos; o magro animal avançava lentamente com uma dignidade teimosa e lúgubre, e a boleia baixa e escura sobre rodas rodava atrás bamboleando comicamente. Viraram à esquerda. A quarenta metros do portão, no final da rua, havia um *pub*.

Deixado sozinho ao lado do lampião da Charity, com as mãos enterradas nos bolsos, Stevie tinha um olhar inexpressivo e amuado. No fundo dos bolsos, suas mãos fracas e incapazes se fecharam com raiva. Diante de qualquer coisa que afetasse direta ou indiretamente seu temor mórbido do sofrimento, Stevie acabava virando uma fera. Uma indignação generosa enchia seu frágil peito a ponto de explodir, e fazia seus olhos cândidos se entrecerrarem. Extremamente sábio por ter consciência da própria impotência, Stevie não era suficientemente sábio para controlar suas emoções. A fragilidade da sua misericórdia universal tinha duas fases tão indissoluvelmente ligadas como o verso e o reverso de uma medalha. À angústia da compaixão excessiva se seguia o sofrimento de uma raiva inocente, mas impiedosa. Como esses dois estados se exteriorizavam através dos mesmos sinais de inútil agitação física, sua irmã Winnie acalmava sua excitação sem jamais compreender sua dupla natureza. A sra. Verloc não desperdiçava nenhuma parcela desta vida transitória em busca de conhecimentos fundamentais. Esse é um tipo de parcimônia que possui todas as aparências e algumas das vantagens da prudência. Obviamente pode ser bom não saber demais. E essa noção combina muito bem com a indolência natural.

Na noite em que se pode dizer que a mãe da sra. Verloc, tendo se separado de vez de seus filhos, também tinha se separado desta vida, Winnie Verloc não examinou a mente do irmão. É claro que o pobre garoto estava agitado. Depois de assegurar uma vez mais à velha senhora, na soleira da porta, que ela saberia como evitar o risco de Stevie ficar perdido durante muito tempo em suas peregrinações de devoção filial, ela pegou o braço do irmão para ir embora. Stevie nem resmungou, mas, com a percepção especial de irmã dedicada desenvolvida na primeira infância, ela sentiu que o garoto estava realmente muito agitado. Segurando firmemente em seu braço, sob a aparência de se apoiar nele, ela pensou em algumas palavras adequadas para a ocasião.

"Vamos, Stevie, você precisa cuidar bem de mim nos cruzamentos e entrar primeiro no ônibus, como um irmão que se preza."

O AGENTE SECRETO

Esse apelo à proteção masculina foi recebido por Stevie com a docilidade costumeira. Ele o deixava lisonjeado. Ergueu a cabeça e estufou o peito.

"Não fique nervosa, Winnie. Não precisa ficar nervosa! Ônibus, tá certo", respondeu ele, gaguejando e engolindo as palavras bruscamente, misturando a timidez de uma criança com a determinação de um homem. Ele avançou destemido levando a mulher pelo braço, mas seu lábio inferior caiu. Não obstante, na calçada da via pública esquálida e larga, cuja ausência de todos os confortos da vida era ridiculamente exposta pela quantidade absurda de lampiões, a semelhança entre ambos era tão pronunciada que espantava os eventuais transeuntes.

Diante das portas da taverna da esquina, onde a profusão de lampiões a gás atingia certamente as raias da imoralidade, um cabriolé de quatro rodas parado no meio-fio sem ninguém na boleia parecia jogado na sarjeta devido à sua irremediável decadência. A sra. Verloc reconheceu o veículo. Seu aspecto era tão profundamente lamentável, com uma indigência grotesca tão perfeita e detalhes macabros tão esquisitos, como se ele fosse o próprio Cabriolé da Morte, que a sra. Verloc, com aquela compaixão fácil que toda mulher tem por um cavalo (quando não está sentada atrás dele), exclamou distraída:

"Pobre animal!"

Parando subitamente, Stevie deu um puxão surpreendente na irmã.

"Pobre! Pobre!", exclamou com admiração. "Cocheiro pobre também. Foi ele mesmo que me disse."

A visão do frágil e solitário corcel deixou-o prostrado. Chocado, mas obstinado, ele permaneceria ali tentando expressar a visão recém-aberta de sua compaixão pelas misérias humana e equina intimamente associadas. Mas era muito difícil. "Pobre animal, pobre gente!" foi tudo o que ele conseguiu repetir. Como não parecesse suficientemente eficaz, ele encerrou gaguejando indignado: "Vergonha!". Stevie não era nenhum mestre das palavras, e talvez por esse motivo mesmo seus pensamentos careciam de clareza e precisão. Mas ele sentia com mais inteireza e alguma profundidade. Aquela palavra curta continha todo o seu senso de indignação e horror diante de um tipo de desgraça que se alimentava da angústia do outro – diante do pobre cocheiro que batia no pobre cavalo em nome, por assim dizer, dos pobres filhos que estavam em casa. E Stevie sabia o que era apanhar. Sabia por experiência própria. O mundo era mau. Mau! Mau!

A sra. Verloc, sua única irmã, guardiã e protetora, não podia aspirar a tais discernimentos profundos. Além disso, ela não tinha conhecido a magia da eloquência do cocheiro. Ela desconhecia a essência da palavra "Vergonha". De modo que disse serenamente:

"Venha, Stevie. Você não pode fazer nada."

O dócil Stevie a acompanhou; mas dessa vez ele o fez sem alarde, andando com dificuldade e gaguejando meias palavras e até palavras que teriam sido completas se não tivessem sido feitas de metades que não pertenciam umas às outras. Era como se ele estivesse tentando adaptar a seus sentimentos todas as palavras que conseguia lembrar, para obter algum tipo de ideia equivalente. E, a bem da verdade, ele finalmente conseguiu, e reteve o passo para proferi-la imediatamente.

"Mundo mau para pessoas pobres."

Ele tinha expressado sem rodeios aquele pensamento do qual tomara consciência e cujas consequências já lhe eram familiares. A circunstância fortalecera imensamente sua convicção, mas também aumentara sua indignação. Ele sentiu que alguém deveria ser punido por isso – punido com muito rigor. Sendo cético, mas uma criatura moral, ele estava, de certo modo, à mercê da sua cólera justificada.

"Brutal!", acrescentou lacônico.

Ficou claro para a sra. Verloc que ele estava extremamente agitado.

"Ninguém pode impedir isso", disse ela. "Venha comigo. É assim que você toma conta de mim?"

Stevie retomou o passo, obediente. Ele se orgulhava de ser um bom irmão. Sua moralidade, que era muito perfeita, exigia isso dele. No entanto, ficou aflito diante da informação dada por sua irmã Winnie, que era uma pessoa boa. Ninguém podia impedir

O AGENTE SECRETO

aquilo! Ele a seguiu abatido, mas logo se animou. Perplexo diante dos mistérios do universo como o resto da humanidade, ele teve seu momento de crença reconfortante nos poderes constituídos da Terra.

"Polícia", sugeriu, demonstrando confiança.

"Não é para isso que serve a polícia", observou a sra. Verloc apressada, estugando o passo.

O rosto de Stevie se alongou consideravelmente. Ele estava pensando. Quanto mais ele pensava, mais solta ficava a sua mandíbula inferior.

E foi com uma expressão vazia e impotente que ele desistiu da sua iniciativa intelectual.

"Não é para isso?", murmurou, resignado, mas surpreso. "Não é para isso?" Ele tinha criado para si um conceito ideal da polícia metropolitana como uma espécie de instituição benévola dedicada à eliminação do mal. A ideia de benevolência, em especial, estava intimamente associada à percepção que ele tinha do poder dos homens de azul. Sentia muita ternura por todos os policiais, e confiava sinceramente neles. E ele estava aflito. E também irritado, por suspeitar da duplicidade dos membros da força. Pois Stevie era franco e transparente como a luz do dia. O que eles pretendiam, então, com aquele fingimento? Ao contrário da irmã, que confiava em valores aparentes, ele queria ir ao fundo da questão. Prosseguiu com a sua investigação por meio de uma provocação indignada.

"Pra que que ela serve então, Winn? Pra que que ela serve? Diga-me."

Winnie era avessa a polêmicas. Porém, temendo muitíssimo um terrível surto de depressão resultante do fato de Stevie sentir inicialmente muita falta da mãe, ela não rejeitou inteiramente a discussão. Sem qualquer ironia, no entanto, respondeu de uma forma que talvez não fosse estranha à esposa do sr. Verloc, delegado do Comitê Vermelho Central, amigo pessoal de certos anarquistas e um entusiasta da revolução social.

"Você não sabe para que serve a polícia, Stevie? Ela existe para que aqueles que nada têm não peguem nada daqueles que têm."

170 JOSEPH CONRAD

Ela evitou usar o verbo "roubar", porque ele sempre deixava seu irmão incomodado. Pois Stevie era delicadamente sincero. Alguns princípios básicos lhe tinham sido inculcados com tanta ansiedade (em razão da sua "esquisitice") que os simples nomes de certas transgressões o enchiam de pavor. Ele sempre se impressionava facilmente pelo poder das palavras. Agora estava impressionado e assustado, e a sua mente estava extremamente alerta.

"O quê?", perguntou ele de chofre, ansioso. "Nem se eles estiverem com fome? Eles não podem?"

Os dois interromperam a caminhada.

"Nem assim", respondeu a sra. Verloc, com a tranquilidade de alguém que não se incomoda com o problema da distribuição de riqueza e explorando o horizonte à procura de um ônibus da cor certa. "Certamente não. Mas de que adianta falar sobre isso tudo? Você jamais passa fome."

Ela olhou de relance o garoto ao seu lado, que já parecia um jovenzinho. Para ela, Stevie era amável, atraente, afetuoso e só um pouco, um pouquinho, esquisito. E ela não poderia vê-lo de outra maneira, pois ele estava relacionado àquilo que era o sal da paixão na sua vida insossa – a paixão da indignação, da coragem, da compaixão e até do autossacrifício. Ela não acrescentou: "E não é provável que venha a passar enquanto eu viver". Mas bem que poderia tê-lo feito, já que tinha tomado medidas efetivas com esse objetivo. O sr. Verloc era um excelente marido. Ela acreditava sinceramente que era impossível que alguém não gostasse do garoto. Subitamente, ela gritou:

"Rápido, Stevie. Pare aquele ônibus verde."

E Stevie, trêmulo e sentindo-se importante por ter a irmã Winnie pelo braço, esticou o outro braço bem acima da cabeça na direção do ônibus que se aproximava, e o ônibus parou.

Uma hora depois, o sr. Verloc ergueu os olhos do jornal que estava lendo, ou pelo menos olhando, atrás do balcão, e no derradeiro tinido da campainha da porta viu a esposa Winnie entrar e atravessar a loja a caminho do andar de cima, seguida pelo cunhado Stevie. O sr. Verloc gostava de olhar para a esposa. Era a sua idiossincrasia. A figura do cunhado permanecia imperceptível para ele devido às reflexões melancólicas que ultimamente tinham caído como um véu entre o sr. Verloc e as aparências do mundo dos sentidos. Ele cuidava da mulher de forma obsessiva, sem uma palavra, como se ela fosse um fantasma. Sua voz para uso doméstico era rouca e tranquila, mas agora ela nem sequer era ouvida. Não era ouvida no jantar, ao qual ele era chamado pela esposa no estilo breve habitual: "Adolf". Ele se sentava e o ingeria sem convicção, com o chapéu bem na parte de trás da cabeça. Não era o apego à vida ao ar livre, mas a frequência de cafés no exterior que era responsável por aquele hábito, que impregnava com um traço de transitoriedade informal a fidelidade inabalável do sr. Verloc ao seu próprio lar. Duas vezes, ao ouvir o som da campainha quebrada, ele se levantou sem uma palavra, desapareceu dentro da loja e voltou silenciosamente. Durante essas ausências, a sra. Verloc, profundamente consciente do lugar vazio à sua direita, sentiu muita falta da mãe e arregalou os olhos friamente; enquanto Stevie, pelo mesmo motivo, ficou arrastando os pés, como se o chão debaixo da mesa estivesse desagradavelmente quente. Quando o sr. Verloc retornou ao seu lugar, como a própria encarnação do silêncio, a natureza do olhar da sra. Verloc sofreu uma mudança sutil, e Stevie parou de mexer os pés, em razão da grande e respeitosa consideração que ele tinha pelo marido da irmã, e lhe dirigiu olhares de reverente compaixão. O sr. Verloc estava triste. Sua irmã Winnie tinha lhe reiterado (no ônibus) que encontrariam o sr. Verloc mergulhado em tristeza, e que o menino não deveria importuná-lo. A raiva do pai, a irritabilidade dos inquilinos de boa família e a predisposição do sr. Verloc à tristeza excessiva tinham sido os principais estímulos do autocontrole de Stevie. Desses sentimentos, todos facilmente provocados, mas nem sempre fáceis de entender, o último tinha a maior eficiência moral – porque o sr. Verloc era *bom*. A mãe e a irmã tinham fixado aquela verdade ética numa base inabalável. Elas a tinham fixado, erigido e consagrado sem que o sr. Verloc soubesse, por motivos que não tinham nada a ver com a moralidade abstrata. E o sr. Verloc não estava ciente disso. Nada mais justo dizer que ele não tinha ideia de que parecia bom aos olhos de Stevie. No entanto, assim era. Que Stevie soubesse, ele era mesmo a única pessoa com essa qualificação, porque os inquilinos de boa família tinham sido muito fugazes e muito reservados para que se guardasse algo de nítido a seu respeito, exceto, talvez, suas botas; e no que diz respeito às medidas disciplinares do pai, a aflição da mãe e da irmã impediram que se estabelecesse uma teoria da bondade diante da vítima. Teria sido demasiado cruel. E ainda era possível que Stevie não tivesse acreditado nelas. Mas, no que se refere ao sr. Verloc, nada poderia impedir a confiança de Stevie. Ainda assim, era evidente que o sr. Verloc era misteriosamente *bom*. E a tristeza de um homem bom merece respeito.

Stevie lançou olhares de respeitosa compaixão ao cunhado. O sr. Verloc estava triste. O irmão de Winnie nunca se sentira em comunhão tão íntima com a bondade misteriosa daquele homem. Era uma tristeza compreensível. E Stevie também estava triste, muito triste. O mesmo tipo de tristeza. E, com a atenção voltada para essa condição desagradável, Stevie arrastou os pés. Ele geralmente manifestava seus sentimentos agitando os membros.

"Pare de mexer os pés, querido", disse a sra. Verloc, com autoridade e ternura. Em seguida, voltando-se para o marido com uma voz indiferente, a proeza máxima da diplomacia intuitiva, ela perguntou: "Você vai sair à noite?".

A mera sugestão pareceu repulsiva ao sr. Verloc. Ele balançou a cabeça taciturno, depois ficou sentado com o olhar abatido, mirando o pedaço de queijo no prato durante um minuto inteiro. Transcorrido esse tempo, ele se levantou e saiu – saiu em disparada, junto com o som da campainha da porta. Ele agiu dessa maneira incompatível não porque desejasse ser desagradável, mas devido a uma preocupação insuperável. Não adiantava nada sair. Em toda Londres não havia o que queria. Mas ele saiu. Liderou um cortejo de pensamentos sombrios ao longo de ruas escuras e através de ruas iluminadas, entrando e saindo de dois bares populares numa frágil tentativa de viver uma noitada, retornando finalmente para a casa ameaçada, onde se sentou cansado atrás do balcão, e os pensamentos afluíram a rodo atormentando-o, como uma matilha de cães negros. Depois de trancar a casa

O AGENTE SECRETO

e desligar o gás, ele os levou consigo para o andar de cima – uma escolta sinistra para quem vai se recolher. Sua esposa o precedera um pouco, e, com as formas volumosas vagamente definidas debaixo da coberta, a cabeça no travesseiro e uma mão debaixo do rosto, ela oferecia à agitação dele a visão da sonolência precoce que indica a posse de uma alma serena. Seus olhos grandes estavam arregalados, fixos e escuros, contrastando com a brancura de neve da roupa de cama. Ela não se moveu.

Ela tinha uma alma serena. Sentia, sinceramente, que as coisas não resistem muito à análise. Extraía a sua força e a sua sabedoria desse talento. Mas a melancolia do sr. Verloc vinha lhe pesando havia vários dias. Na verdade, ela estava lhe dando nos nervos. Deitada e imóvel, disse tranquilamente:

"Você vai se resfriar se ficar andando por aí de meia."

Transformadas na solicitude de esposa e na prudência de mulher, essas palavras pegaram o sr. Verloc de surpresa. Ele tinha deixado as botas no térreo, mas se esquecera de pôr os chinelos, e estava dando voltas no quarto procurando não fazer barulho, como um urso numa jaula. Ao ouvir o som da voz da esposa, ele parou e encarou-a com um olhar sonâmbulo e inexpressivo tão prolongado que a sra. Verloc moveu levemente os membros debaixo da coberta. Mas ela não moveu a cabeça negra enfiada no travesseiro branco, com uma das mãos debaixo do rosto e os olhos grandes, negros e vigilantes.

Debaixo do olhar inexpressivo do marido e lembrando-se do quarto vazio da mãe do outro lado do patamar, ela sentiu uma pontada aguda de solidão. Nunca tinha se separado da mãe, elas sempre tinham ficado uma ao lado da outra. Sentia que tinha sido assim, e dizia para si mesma que agora a mãe fora embora – ido embora de vez. A sra. Verloc não tinha ilusões. No entanto, Stevie tinha ficado. Ela acrescentou:

"Mamãe fez o que queria. A meu ver, isso não faz sentido. Tenho certeza de que ela não poderia ter pensado que você estava farto dela. Deixar a gente desse jeito é algo absolutamente detestável."

O sr. Verloc não era uma pessoa lida; seu conjunto de frases alusivas era limitado, mas determinadas situações tinham a estranha capacidade de fazê-lo pensar em ratos abandonando um navio condenado. Por muito pouco ele não disse isso. Estava desconfiado e ressentido. Será que a anciã tinha um faro tão bom assim? Mas a irracionalidade dessa suspeita era patente, e o sr. Verloc se conteve. Não inteiramente, porém. Resmungou com dificuldade:

"Talvez seja melhor assim."

Começou a se despir. A sra. Verloc se manteve imóvel, absolutamente imóvel, com um sonhador e tranquilo olhar fixo. E seu coração, por uma fração de segundo, também pareceu se imobilizar. Naquela noite ela estava "um pouco fora de si", como diz o ditado, e aquilo a afetava com tamanha força que uma simples frase podia assumir diversos significados – a maioria desagradáveis. Como seria melhor assim? E por quê? Mas ela não se entregou passivamente às especulações estéreis. Mantinha-se muito firme em sua crença de que as coisas não resistem à análise. Prática e sutil à sua maneira, ela trouxe Stevie para o primeiro plano sem perda de tempo, pois nela a singularidade de propósito tinha a natureza infalível e a força de um instinto.

"O que vou fazer para animar esse menino durante os primeiros dias, isso é algo que certamente não sei. Até se acostumar com a ausência da mãe, ele vai passar o dia inteiro preocupado. E é um menino tão bom. Não poderia viver sem ele."

O sr. Verloc continuou tirando a roupa com a concentração interna imperceptível de alguém que se despe na solidão de um imenso e desesperador deserto. Pois é com tal inospitalidade que este belo mundo, nossa herança comum, se apresenta à visão mental do sr. Verloc. Tudo estava tão silencioso dentro e fora da casa que o tique-taque solitário do relógio no patamar penetrou no quarto como se estivesse procurando companhia.

Entrando pelo seu lado da cama, o sr. Verloc pôs-se de bruços e ficou calado atrás das costas da sra. Verloc. Seus braços grossos ficaram abandonados do lado de fora da coberta como armas caídas, como ferramentas descartadas. Naquele momento, ele estava por um fio de abrir o coração para a esposa. O momento parecia propício. Olhando pelo canto dos olhos, ele viu os ombros largos

O AGENTE SECRETO 175

vestidos de branco, a parte de trás da cabeça com o cabelo arrumado para dormir, em três tranças amarradas com fitas pretas nas pontas. Mas ele se conteve. O sr. Verloc amava a esposa como se deve – isto é, maritalmente, com o olhar que a pessoa tem para a sua propriedade mais importante. A cabeça arrumada para dormir e os ombros largos tinham uma aparência de sacralidade familiar – a sacralidade da harmonia doméstica. Ela permaneceu imóvel, maciça e disforme como uma estátua inacabada encostada; ele se lembrou de seus olhos arregalados fitando o quarto vazio. Ela era misteriosa, com o mistério dos seres vivos. O célebre agente secreto Δ dos despachos alarmistas do finado barão Stott-Wartenheim não era homem de penetrar nesses mistérios. Ele se deixava intimidar com facilidade. E também era indolente, com a indolência que geralmente é o segredo da bonomia. Ele se abstinha de tocar naquele mistério por amor, timidez e indolência. Não haveria de faltar ocasião. Durante vários minutos, suportou silenciosamente seu sofrimento no silêncio modorrento do quarto. E então ele o rompeu com uma declaração resoluta:

"Parto amanhã para o continente."

Talvez sua esposa já estivesse dormindo. Ele não saberia dizer. Na verdade, a sra. Verloc tinha ouvido. Seus olhos permaneceram arregalados, e ela ficou deitada completamente imóvel, instintivamente convencida de que as coisas não resistem muito à análise. E, ainda assim, não havia nada muito estranho no fato de o sr. Verloc realizar tal viagem. Ele repunha o estoque em Paris e Bruxelas. Muitas vezes viajava para fazer as compras pessoalmente. Um pequeno e seleto círculo de amadores estava se formando ao redor da loja de Brett Street, um círculo secreto extremamente adequado para qualquer empreendimento tentado pelo sr. Verloc, o qual, por um pacto místico entre a índole e a necessidade, tinha sido reservado a vida toda para ser um agente secreto.

Ele esperou um pouco, depois acrescentou: "Vou ficar fora uma semana, talvez duas. Peça que a sra. Neale venha passar o dia aqui".

A sra. Neale era a faxineira de Brett Street. Vítima do casamento com um marceneiro devasso, ela sofria para atender às necessidades de uma penca de filhos pequenos. Com uma roupa vermelha a cobrir-lhe os braços e um avental de pano de saco que ia até as axilas, ela exalava a angústia dos pobres em meio à espuma de sabão e do rum, ao balé dos esfregões e ao tilintar dos baldes de latão.

Extremamente segura de si, a sra. Verloc falou num tom de profunda indiferença.

"Não é preciso que a mulher venha passar o dia aqui. Eu me viro muito bem com Stevie."

Depois de deixar que o relógio solitário do patamar roubasse quinze tique-taques das profundezas eternas, ela perguntou:

"Apago a luz?"

O sr. Verloc respondeu rispidamente à esposa com a voz rouca:

"Sim."

CAPÍTULO IX

RETORNANDO DO CONTINENTE AO CABO DE DEZ DIAS, O sr. Verloc certamente não trazia a mente desanuviada pelos encantos da viagem ao estrangeiro nem aparentava serenidade pela alegria de voltar para casa. Ele deixou para trás o tilintar da campainha da porta com um ar cansado cheio de tristeza e contrariedade. Com a mala na mão e a cabeça baixa, transpôs o balcão com um passo só e se jogou na cadeira, como se tivesse vindo a pé de Dover. O dia raiava. Stevie, que tirava o pó de vários objetos expostos na vitrine, voltou-se para ele com a boca aberta e um ar de respeito e admiração.

"Aqui!", disse o sr. Verloc, chutando levemente a maleta de couro no chão; e Stevie se lançou sobre ela, agarrou-a e levou-a embora com um ar de triunfal dedicação. Ele foi tão ligeiro que o sr. Verloc ficou claramente surpreso.

Mal soara a campainha, a sra. Neale, que estava passando grafite na lareira da sala de estar, olhara através da porta e, pondo-se de pé, tinha ido, com seu avental encardido pela lida infindável, dizer à sra. Verloc na cozinha que "o patrão tinha voltado".

Winnie não ultrapassou a porta interna da loja.

"Você precisa tomar café da manhã", disse ela à distância.

O sr. Verloc moveu as mãos levemente, como se levado por uma sugestão impossível. Porém, depois de ser atraído à sala de estar, não recusou a comida posta diante dele. Comeu como se estivesse num espaço público, o chapéu descobrindo a testa, as abas do sobretudo pesado pendentes como triângulos dos dois lados da cadeira. E, na extremidade oposta da mesa coberta por um oleado marrom, sua esposa Winnie se dirigiu calmamente a ele com a conversa própria das esposas, tão habilmente adaptada, certamente, às circunstâncias da sua volta como a conversa de Penélope à volta do errante Odisseu. Não obstante, a sra. Verloc não tinha tecido nada durante a ausência do marido. Mas ela limpara cuidadosamente todos os cômodos do andar de cima, vendera algumas mercadorias e se encontrara várias vezes com o sr. Michaelis. Na última vez ele lhe dissera que ia morar num chalé no campo, em algum lugar da linha férrea que liga Londres, Chatham e Dover. Karl Yundt também aparecera uma vez, trazido debaixo do braço por aquela "governanta dele velha e inútil". Ele era um "velho nojento". A respeito do camarada Ossipon, que ela recebera secamente, entrincheirada atrás do balcão com um rosto sem expressão e um olhar distante, ela não disse nada, e a alusão mental ao robusto anarquista foi marcada por uma breve pausa e o mais leve rubor possível. E introduzindo o irmão Stevie assim que possível no fluxo dos acontecimentos domésticos, mencionou que o garoto tinha ficado um bocado deprimido.

"Tudo por causa do jeito que mamãe nos deixou."

O sr. Verloc não disse "Maldição!" nem mesmo "Ao diabo com Stevie!". Porém, incapaz de desvendar os pensamentos secretos dele, a sra. Verloc não conseguiu valorizar a generosidade do seu silêncio.

"Não é que não trabalhe bem como sempre", ela prosseguiu. "Ele tem se mostrado muito útil. Parece que ele pensa que nunca faz o bastante por nós."

O sr. Verloc dirigiu um olhar fortuito e sonolento a Stevie, que estava sentado à sua direita, delicado, o rosto pálido e a boca rosada aberta e inexpressiva. Não era um olhar crítico. Não tinha nenhum significado. E, se o sr. Verloc pensou por um instante que o irmão da esposa parecia extremamente inútil, foi apenas um pensamento obscuro e passageiro, despido da força e da solidez

O AGENTE SECRETO

que permite que às vezes um pensamento mova o mundo. Inclinando-se para trás, o sr. Verloc descobriu a cabeça. Antes que seu braço estendido pudesse tirar o chapéu, Stevie se lançou sobre ele e levou-o respeitosamente para a cozinha. E o sr. Verloc se surpreendeu de novo.

"Você poderia fazer o que quisesse com esse garoto, Adolf", disse a sra. Verloc, com seu melhor ar de uma impassível tranquilidade. "Ele atravessaria o fogo por você. Ele..."

Fez uma pausa, atenta, com a orelha voltada para a porta da cozinha.

A sra. Neale esfregava o chão da cozinha. Quando Stevie apareceu, ela soltou um lamento, ao perceber que ele poderia ser facilmente induzido a entregar para seus filhos pequenos o xelim que sua irmã Winnie lhe presenteava de vez em quando. Para os quatro que chapinhavam na lama, molhados e enegrecidos como uma espécie de animal anfíbio e doméstico que vivia no lixo e na água suja, ela proferiu o prólogo de costume: "Está tudo muito bem para vocês, entregues a atividades que de recomendáveis não têm nada". E ela prosseguiu com o eterno lamento dos pobres, ridiculamente falso, sordidamente validado pelos eflúvios de rum barato e espuma de sabão. Esfregava com força, fungando sem parar e falando como uma matraca. Ela era sincera, e, de cada um dos lados do nariz vermelho, seus olhos sombrios se banhavam em lágrimas, porque ela realmente sentia falta de um estimulante matinal.

Na sala de estar, a sra. Verloc comentou sabiamente:

"Lá vem a sra. Neale de novo, com as horríveis histórias sobre seus filhinhos. Eles não podem ser tão pequenos como ela os pinta. Alguns devem ser suficientemente grandes para tentar se virar sozinhos. Isso serve apenas para deixar Stevie irritado."

Essas palavras foram ratificadas por um golpe, como o de um punho batendo na mesa da cozinha. Durante a evolução normal da sua compaixão, Stevie ficara irritado ao descobrir que ele não tinha nenhum xelim no bolso. Diante da incapacidade de aliviar imediatamente as privações dos "filhinhos" da sra. Neale, ele achou que alguém devia pagar por isso. A sra. Verloc se levantou e foi até a cozinha para "parar com aquela bobagem". E foi o que fez, com firmeza, mas com delicadeza. Ela sabia muito bem que, assim que a sra. Neale recebia o pagamento, ela ia até a esquina beber uns destilados numa taverna vagabunda e decadente – a parada obrigatória da *via dolorosa* que era a sua vida. O comentário da sra. Verloc a respeito desse hábito teve uma profundidade inesperada, vindo de alguém que não costumava olhar debaixo da superfície das coisas. "É claro, o que ela pode fazer para seguir em frente? Se eu fosse igual à sra. Neale, acho que não agiria diferente."

Na tarde do mesmo dia, quando o sr. Verloc, ao despertar do último de uma longa série de cochilos diante da lareira da sala de estar, manifestou a intenção de dar uma caminhada, Winnie, que estava na loja, falou:

"Gostaria que você levasse o garoto consigo, Adolf."

Pela terceira vez no dia, o sr. Verloc se surpreendeu, e encarou a esposa com ar de espanto. Ela prosseguiu do seu jeito firme. Sempre que não estava ocupado com alguma coisa, o garoto ficava deprimido. Isso a deixava inquieta, a deixava nervosa, confessou. Aquilo, vindo da imperturbável Winnie, parecia um exagero. Na verdade, porém, quando ficava deprimido, Stevie parecia um animal doméstico infeliz. Ele subia até o patamar escuro da escada e se sentava no chão junto ao relógio alto, com os joelhos dobrados e a cabeça enfiada nas mãos. Era desconcertante se deparar com aquele rosto pálido, com os olhos grandes brilhando na escuridão. E pensar nele lá em cima dava um aperto no coração.

O sr. Verloc se acostumou com a ideia surpreendente e inusitada. Ele gostava da esposa como um homem deve gostar – ou seja, com generosidade. Mas uma objeção importante lhe veio à mente, e ele a expôs.

"Talvez ele me perca de vista e desapareça na rua", disse ele.

A sra. Verloc balançou sutilmente a cabeça.

"Ele não vai se perder. Você não o conhece. O garoto simplesmente o venera. Mas se você der por falta dele..."

A sra. Verloc hesitou por um instante, mas apenas por um instante.

O AGENTE SECRETO   181

"Vá em frente e termine sua caminhada. Não se preocupe.
Ele vai ficar bem. Garanto que em pouco tempo ele vai estar de
volta em segurança."

O otimismo propiciou ao sr. Verloc sua quarta surpresa do dia.
"Será?", resmungou, hesitante. Mas talvez o cunhado não
fosse tão idiota como parecia. A esposa devia saber o que estava
falando. Ele desviou o olhar sonolento e disse com a voz rouca:
"Bem, que ele me acompanhe, então", e voltou às garras da negra
preocupação, que talvez prefira se sentar atrás de um cavaleiro,[6]
mas que também sabe seguir os passos das pessoas que não são
suficientemente abastadas para possuir cavalos – como o sr. Verloc, por exemplo.

Na porta da loja, Winnie não viu o séquito sinistro seguindo
os passos do sr. Verloc. Ela observou os dois vultos descendo a rua
suja, um alto e troncudo, o outro franzino e baixo, com o pescoço
fino e os ombros pontudos erguidos logo abaixo das grandes orelhas semitransparentes. O material dos seus casacos era o mesmo,
e os chapéus eram pretos e arredondados. Inspirada pela semelhança do vestuário, a sra. Verloc deu asas à imaginação.

"Podiam ser pai e filho", disse para si mesma. Ela também
pensou que o sr. Verloc era a coisa mais parecida com pai que o
pobre Stevie jamais tivera na vida. Ela também sabia que aquilo
era obra sua. E, discretamente orgulhosa, felicitou-se por certa
decisão tomada alguns anos antes, que tinha lhe custado algum
esforço e até mesmo algumas lágrimas.

Ela se felicitou ainda mais ao perceber, ao longo dos dias,
que o sr. Verloc parecia estar gostando da companhia de Stevie.
Agora, quando estava de saída para fazer sua caminhada, o sr. Verloc chamava o garoto em voz alta, com o estado de espírito – não
há dúvida – com o qual um homem pede a presença do cachorro
da casa, embora, naturalmente, de maneira diferente. Dentro de
casa, era possível encontrar o sr. Verloc encarando longamente
Stevie. Seu próprio comportamento tinha se modificado. Não

---

6 Alusão à obra *Odes* III, de Horácio: "poste quitem sedet atra Cura" –
"atrás do cavaleiro senta-se a negra preocupação". [N. T.]

obstante taciturno, ele não era mais tão desatento. A sra. Verloc tinha a impressão de que às vezes ele ficava muito apreensivo, o que podia ser considerado um progresso. Quanto a Stevie, ele não ficava mais deprimido junto ao relógio, mas, em vez disso, resmungava sozinho pelos cantos num tom de voz ameaçador. Quando lhe perguntavam "O que você disse, Stevie?", ele simplesmente abria a boca e olhava a irmã de soslaio. De vez em quando, cerrava os punhos sem motivo aparente, e quando o encontravam sozinho ele olhava zangado para a parede, enquanto a folha de papel e o lápis que lhe tinham dado para desenhar círculos estavam largados em cima da mesa da cozinha. Era uma mudança, mas não um progresso. Incluindo todos esses caprichos na definição genérica de agitação, a sra. Verloc começou a temer que Stevie estivesse ouvindo mais do que lhe convinha das conversas do marido com os amigos. Naturalmente, durante as suas "caminhadas", o sr. Verloc se encontrava e conversava com várias pessoas. Dificilmente poderia ser diferente. As caminhadas eram parte importante de suas atividades ao ar livre, as quais a esposa jamais examinara profundamente. A sra. Verloc considerou que era uma situação delicada, mas ela a enfrentou com a mesma calma misteriosa que impressionava e até espantava os clientes da loja, e fazia que os visitantes mantivessem distância, um pouco surpresos. Não! Ela temia que houvesse coisas inadequadas aos ouvidos de Stevie, disse ao marido. Aquilo só servia para agitar o pobre garoto, porque ele não podia evitar que elas fossem assim. Ninguém podia.

Ela externara sua preocupação na loja. O sr. Verloc não fez nenhum comentário nem replicou, embora a réplica fosse evidente. Mas ele se absteve de chamar a atenção da esposa para o fato de que a ideia de transformar Stevie em companheiro das suas caminhadas fora dela e de mais ninguém. Naquele momento, para um observador imparcial, o sr. Verloc teria aparentado uma magnanimidade sobre-humana. Ele pegou uma caixinha de papelão de uma prateleira, espiou para ver se o conteúdo estava em ordem e depositou-a delicadamente no balcão. Só então ele rompeu o silêncio, dizendo que provavelmente seria muito proveitoso

O AGENTE SECRETO 183

para Stevie sair um pouco da cidade, só que ele achava que a esposa não conseguia viver sem o garoto.

"Não conseguia viver sem o garoto!", repetiu lentamente a sra. Verloc. "Eu não conseguiria viver sem ele se fosse para o seu bem! Que ideia! É claro que eu posso viver sem ele. Mas ele não tem para onde ir."

O sr. Verloc pegou um pouco de papel de embrulho e um rolo de barbante, enquanto murmurava que Michaelis estava morando num pequeno chalé na zona rural. Michaelis não se importaria em ceder um quarto para Stevie dormir. Não havia visitas nem falatório lá. Michaelis estava escrevendo um livro.

A sra. Verloc declarou sua afeição por Michaelis; mencionou sua aversão por Karl Yundt, "velho indecente"; e não disse nada a respeito de Ossipon. Quanto a Stevie, nada poderia alegrá-lo mais. O sr. Michaelis sempre fora muito amável e respeitoso com ele. Ele parecia gostar do garoto. Bem, era um garoto admirável.

"Você também parece ter passado a gostar dele ultimamente", ela acrescentou, depois de uma pausa, com sua firmeza inabalável.

Enquanto empacotava a caixa de papelão para enviar pelo correio, o sr. Verloc arrebentou o barbante com um puxão imprudente, e xingou várias vezes baixinho. Depois, erguendo o tom de voz até o murmúrio rouco habitual, ele anunciou a disposição de levar Stevie pessoalmente à zona rural e deixá-lo em total segurança com Michaelis.

Pôs em prática o plano logo no dia seguinte. Stevie não ofereceu nenhuma resistência. Em vez disso, parecia ansioso, com uma ansiedade desnorteada. Dirigiu seu olhar cândido e curioso várias vezes para o rosto sério do sr. Verloc, principalmente quando a irmã não estava olhando para ele. Tinha uma expressão vaidosa e apreensiva, como a de uma criança pequena a quem se confia, pela primeira vez, uma caixa de fósforos e se permite que ela acenda um palito. Mas a sra. Verloc, encantada com a docilidade do irmão, recomendou-lhe que não sujasse demais as roupas no campo. Diante dessa recomendação, Stevie lançou à irmã, guardiã e protetora um olhar ao qual, pela primeira vez em sua vida, parecia faltar o atributo da perfeita credulidade infantil. Era um olhar orgulhosamente melancólico. A sra. Verloc sorriu.

"Deus do Céu! Não precisa ficar ofendido. Você sabe que, sempre que tem uma oportunidade, fica todo desarrumado, Stevie."

O sr. Verloc já se distanciara um pouco.

Assim, em razão das medidas corajosas da mãe e da ausência do irmão durante a temporada no campo, a sra. Verloc se encontrou, mais vezes que o habitual, inteiramente só, não apenas na loja, mas também em casa, já que o sr. Verloc precisava fazer suas caminhadas. Ela estava sozinha mais tempo que de costume, no dia do atentado à bomba em Greenwich Park, porque o sr. Verloc saíra de manhãzinha e só retornara quase ao anoitecer. Ela não se importava em ficar sozinha e não tinha a menor vontade de sair, pois fazia mau tempo e a loja era mais aconchegante que a rua. Sentada atrás do balcão, costurando alguma coisa, ela não ergueu os olhos do trabalho quando o sr. Verloc passou pela campainha estridente. Tinha identificado o som dos seus passos na calçada.

Não ergueu os olhos, mas quando o sr. Verloc, silencioso e com o chapéu enterrado na testa, passou direto em direção à porta da sala de estar, ela disse calmamente:

"Que dia horrível. Por acaso você foi se encontrar com Stevie?"

"Não! Não fui", respondeu o sr. Verloc calmamente, e bateu a porta envidraçada atrás de si com uma força inesperada.

Durante algum tempo, a sra. Verloc permaneceu imóvel, com a costura caída no colo, depois guardou-a debaixo do balcão e se levantou para acender o gás. Feito isso, atravessou a sala e se dirigiu à cozinha. O sr. Verloc logo ia querer tomar chá. Confiante no poder de seus encantos, Winnie não esperava do marido, no relacionamento diário da vida de casada, uma postura gentil e cerimoniosa e uma urbanidade no trato. Essas eram, na melhor das hipóteses, formas vazias e antiquadas, provavelmente nunca observadas muito à risca, e descartadas hoje em dia mesmo nas mais altas esferas, e sempre alheias aos padrões da sua classe. Ela não esperava mesuras da parte dele. Mas ele era um bom marido, e ela respeitava fielmente seus direitos.

A sra. Verloc teria atravessado a sala de estar e assumido suas obrigações domésticas na cozinha com a serenidade perfeita de uma mulher confiante no poder de seus encantos. Mas um ruído leve, muito leve e breve, semelhante a um chocalho, chegou-lhe aos ouvidos. Estranho e incompreensível, ele prendeu a atenção da sra. Verloc. Então, quando a sua natureza ficou evidente para o ouvido, ela parou abruptamente, surpresa e preocupada. Riscando um fósforo na caixa que trazia na mão, ela ligou e acendeu, acima da mesa da sala de estar, um dos dois bicos de gás, que, por estar com defeito, primeiro assobiou como se estivesse espantado, e depois começou a ronronar satisfeito como um gato.

Contrariando seu comportamento habitual, o sr. Verloc tinha atirado o sobretudo no sofá. O chapéu, que também deve ter atirado, estava emborcado debaixo da beira do sofá. Ele tinha arrastado uma cadeira para a frente da lareira e, com os pés apoiados no guarda-fogo e a cabeça entre as mãos, se inclinava por cima da grade incandescente. Ele batia os dentes com uma violência incontrolável, fazendo as suas enormes costas tremer no mesmo ritmo. A sra. Verloc ficou assustada.

"Você andou se molhando", disse ela.

"Não muito", o sr. Verloc conseguiu balbuciar, tremendo bastante. Fazendo um esforço enorme, ele conseguiu parar de bater os dentes.

"Eu mesma vou pô-lo na cama", disse ela, realmente preocupada.

"Acho que não", observou o sr. Verloc, fungando roucamente.

Ele certamente tinha conseguido, de algum modo, pegar um terrível resfriado entre as sete da manhã e as cinco da tarde. A sra. Verloc contemplou suas costas curvadas.

"Onde você esteve hoje?", perguntou.

"Em lugar nenhum", respondeu o sr. Verloc, num tom de voz baixo e anasalado. Sua atitude indicava que ele estava mal-humorado e magoado ou com uma forte dor de cabeça. A parcimônia e a falta de sinceridade da resposta ficaram evidentes no silêncio sepulcral da sala. Ele fungou, como se estivesse pedindo desculpas, e acrescentou: "Fui ao banco".

A sra. Verloc ficou atenta.

"Ao banco!", disse ela calmamente. "Para quê?"

O sr. Verloc resmungou, com o nariz sobre a grade, com evidente má vontade.

"Sacar o dinheiro!"

"O que você quer dizer? Tudo?"

"Sim. Tudo."

A sra. Verloc estendeu com atenção a curta toalha de mesa, pegou duas facas e dois garfos da gaveta da mesa e, subitamente, interrompeu seu comportamento metódico.

"Por que você fez isso?"

"Posso precisar em breve", fungou distraído o sr. Verloc, que estava chegando ao fim das explicações que havia preparado.

"Não sei o que você está querendo dizer", observou a esposa num tom absolutamente casual, mas permanecendo imóvel entre a mesa e o guarda-louça.

"Você sabe que pode confiar em mim", observou o sr. Verloc para a lareira, com uma voz gutural.

A sra. Verloc se voltou lentamente para o guarda-louça e disse com cautela:

"Oh, sim. Posso confiar em você."

E prosseguiu com seu comportamento metódico. Pôs dois pratos e pegou o pão e a manteiga, movendo-se calmamente de lá para cá entre a mesa e o guarda-louça, na paz e no silêncio da casa. Quando ia tirar a geleia, ela fez uma reflexão prática: "Como ficou fora o dia inteiro, ele vai estar faminto", e voltou para o guarda-louça mais uma vez para pegar a carne fria. Ela a pôs debaixo da chama de gás ronronante e, olhando de relance o marido imóvel acariciando o fogo, entrou na cozinha (depois de descer dois degraus). Foi só ao retornar com a faca de trinchar e o garfo nas mãos que ela retomou a palavra.

"Se eu não confiasse em você não o teria desposado."

Curvado debaixo da cornija da lareira e segurando a cabeça com ambas as mãos, o sr. Verloc parecia ter caído no sono. Winnie preparou o chá e chamou a meia-voz:

"Adolf."

O sr. Verloc ergueu-se de um salto e cambaleou um pouco antes de se sentar à mesa. Sua esposa, examinando a lâmina afiada da faca de trinchar, depositou-a no prato e chamou a atenção do marido para a carne fria. Ele permaneceu insensível à sugestão, com o queixo enfiado no peito.

"Você precisa comer para combater o resfriado", disse a sra. Verloc de forma categórica.

Ele olhou para cima e balançou a cabeça. Os olhos estavam injetados e o rosto, vermelho. Os dedos tinham desarrumado o cabelo, deixando-o todo desalinhado. Estava com uma aparência absolutamente lamentável, típica do desconforto, da irritação e da tristeza que se seguem a uma orgia desenfreada. Mas o sr. Verloc não era um homem devasso, e sua conduta era respeitável. Sua aparência poderia ser o resultado de um resfriado febril. Ele tomou três xícaras de chá, mas não comeu nada. Recusou o alimento demonstrando sombria má vontade ao ser instado pela sra. Verloc, que disse finalmente:

"Seus pés não estão úmidos? É melhor pôr o chinelo. Você não vai mais sair esta noite."

O sr. Verloc insinuou por meio de resmungos e gestos mal-humorados que seus pés não estavam úmidos e que, de qualquer modo, ele não se importava. Quanto à sugestão do chinelo, foi descartada por ser indigna da sua atenção. Mas a questão de sair à noite recebeu um desdobramento inesperado. Não era em sair à noite que o sr. Verloc estava pensando. Seus pensamentos envolviam um plano mais amplo. Frases mal-humoradas e incompletas revelaram que o sr. Verloc estivera considerando a conveniência de emigrar. Não estava muito claro se ele tinha em mente a França ou a Califórnia.

A imprevisibilidade, a improbabilidade e a incompreensibilidade absolutas de tal acontecimento privaram essa declaração vaga de qualquer efeito. Tranquila como se o marido a estivesse ameaçando com o fim do mundo, a sra. Verloc disse:

"Que ideia!"

O sr. Verloc afirmou estar cansado de tudo, e além disso... Ela o interrompeu.

"Você pegou um resfriado forte."

De fato, era evidente que o sr. Verloc não se encontrava em seu estado habitual, física e até mesmo mentalmente. Uma lúgubre indecisão o manteve momentaneamente calado. Então ele murmurou algumas generalidades agourentas sobre a questão da necessidade.

"Vai ser necessário", repetiu Winnie, reclinando-se calmamente, com os braços cruzados, diante do marido. "Gostaria de saber quem fez isso com você. Você não é um escravo. Ninguém tem de ser escravo neste país – e não queira se transformar num escravo." Ela fez uma pausa, e com uma sinceridade irresistível e imperturbável, prosseguiu. "O negócio não vai tão mal. Você tem uma casa confortável."

Seu olhar passeou pela sala, do guarda-louça no canto ao fogo vivo na lareira. Abrigado confortavelmente atrás da loja de artigos suspeitos, com a vitrine misteriosamente embaçada e a porta estranhamente entreaberta na rua escura e estreita, aquele era, no que diz respeito ao decoro e ao conforto doméstico básicos, um lar respeitável. Sua afeição desmedida deixou de fora o irmão Stevie, que agora passava uma temporada úmida nas trilhas de Kent sob os cuidados do sr. Michaelis. Ela sentia muita falta dele, com todas as forças da sua paixão protetora. Aquele lar também era dele – o teto, o guarda-louça, a lareira crepitante. Com isso em mente, ela se levantou e, caminhando até a outra extremidade da mesa, disse do fundo do coração:

"E você não está cansado de mim."

O sr. Verloc permaneceu mudo. Winnie apoiou-se na parte de trás do seu ombro e pressionou os lábios em sua fronte. Ela deixou-se ficar assim. Nenhum sussurro chegou até eles do mundo exterior.

O som discreto de passos na calçada morreu na obscuridade discreta da loja. Só o bico de gás acima da mesa continuou ronronando tranquilo no silêncio meditativo da sala.

Durante o contato daquele beijo inesperado e prolongado, o sr. Verloc, agarrando com ambas as mãos as beiradas da cadeira, manteve uma imobilidade hierática. Quando a pressão foi

O AGENTE SECRETO

removida, ele soltou a cadeira, levantou-se e se postou de pé na frente da lareira. Já não estava de costas para a sala. Com o rosto inchado e uma aparência de drogado, ele acompanhou com o olhar os movimentos da esposa.

A sra. Verloc ficou andando tranquilamente de um lado para o outro enquanto tirava a mesa, e, num tom de voz calmo, razoável e familiar, comentou a ideia aventada. Nem pensar. Ela a condenou de todos os pontos de vista. Mas sua única preocupação verdadeira era o bem-estar de Stevie. Ele apareceu em seu pensamento nesse contexto como alguém suficientemente "esquisito" para não ser levado de forma precipitada para o exterior. E isso era tudo. Embora evitando abordar de frente aquele aspecto vital, ela se expressou quase com veemência. Enquanto isso, com movimentos bruscos, ela pôs um avental para lavar as xícaras. E como se estivesse animada com o som da sua voz incontestada, chegou a ponto de dizer, num tom quase rude:

"Se você for para o exterior, vai ter de ir sem mim."

"Você sabe que eu não iria sozinho", disse o sr. Verloc com a voz rouca, e a voz lúgubre da sua vida privada tremeu com uma emoção enigmática.

A sra. Verloc já tinha se arrependido das suas palavras. Elas tinham soado mais grosseiras do que ela pretendia, além de terem a imprudência das coisas supérfluas. Na verdade, ela não pretendia dizer nada daquilo. Era o tipo de frase que é sugerida pelo demônio da inspiração perversa. Mas ela sabia um jeito de dar o dito pelo não dito.

Virou a cabeça por cima do ombro e lançou com seus olhos grandes um olhar meio brejeiro, meio selvagem ao homem plantado maciçamente em frente à lareira – um olhar que a Winnie dos tempos da mansão de Belgravia teria sido incapaz de lançar, devido à sua respeitabilidade e inocência. Mas aquele homem agora era seu marido, e ela não era mais inocente. Ela manteve o olhar durante todo um segundo, com o rosto sério imóvel como uma máscara, enquanto dizia em tom de brincadeira:

"Não poderia. Você sentiria demais a minha falta."

O sr. Verloc avançou.

"Exatamente", disse ele erguendo a voz, estendendo os braços e dando um passo na direção dela. Algo selvagem e suspeito em sua expressão não deixava claro se ele pretendia estrangular ou abraçar a esposa. Mas a sra. Verloc teve a sua atenção desviada daquele gesto pela campainha da porta da loja.

"A loja, Alfred. Vá você."

Ele parou, e seus braços desceram lentamente.

"Vá você", repetiu a sra. Verloc. "Estou de avental."

O sr. Verloc obedeceu mecanicamente com o olhar inexpressivo, como um autômato cujo rosto tivesse sido pintado de vermelho. E a semelhança com uma figura mecânica foi tamanha que ele assumiu o ar ridículo de um autômato que tem consciência dos seus mecanismos internos.

Ele fechou a porta da sala e a sra. Verloc, movendo-se com agilidade, levou a bandeja para a cozinha. Depois de lavar as xícaras e algumas outras peças, interrompeu o que estava fazendo para ouvir. Nenhum som chegou até ela. Fazia muito tempo que o cliente estava na loja. Era um cliente porque, se não fosse, o sr. Verloc o teria trazido para dentro. Desamarrando as tiras do avental com um puxão, ela jogou-o numa cadeira e retornou lentamente à sala.

Naquele exato momento, o sr. Verloc entrou vindo da loja.

Ele tinha saído vermelho. Voltou com um branco estranho, como papel. Tendo perdido o torpor drogado e febril, seu rosto adquirira, naquele curto espaço de tempo, uma expressão desnorteada e atormentada. Ele foi direto para o sofá e ficou olhando para o sobretudo que ali estava, como se com medo de tocá-lo.

"O que aconteceu?", perguntou a sra. Verloc num tom suave. Através da porta entreaberta, ela percebeu que o cliente ainda não tinha ido embora.

"Acho que precisarei sair esta noite", disse o sr. Verloc. Ele não tentou pegar o sobretudo.

Sem dizer palavra, Winnie dirigiu-se à loja e, fechando a porta atrás de si, caminhou para trás do balcão. Ela só olhou diretamente para o cliente depois de se acomodar confortavelmente na cadeira. Mas nessa altura já tinha percebido que ele era alto

O AGENTE SECRETO

e magro e usava os bigodes torcidos para cima. Na verdade, ele torceu as extremidades pontudas justamente quando ela o observava. Seu rosto alongado e ossudo emergia de um colarinho virado para cima. Ele estava um pouco sujo e molhado. Um homem moreno, com a borda do osso malar bem definida debaixo da têmpora ligeiramente afundada. Um perfeito estrangeiro. Que também não era um cliente.

A sra. Verloc examinou-o calmamente.

"O senhor veio do continente?", perguntou, depois de algum tempo.

Sem olhar exatamente para a sra. Verloc, o estrangeiro alto e magro respondeu apenas com um leve e estranho sorriso.

O olhar imperturbável e indiferente da sra. Verloc continuou pousado nele.

"O senhor entende inglês, não entende?"

"Oh, sim. Eu entendo inglês."

Seu sotaque não tinha nada de exótico, só que, ao pronunciar lentamente as palavras, ele dava a impressão de estar fazendo um grande esforço. E a sra. Verloc, por ser uma pessoa experiente, chegara à conclusão de que alguns estrangeiros falavam inglês melhor que os nativos. Olhando fixamente para a porta da sala de estar, ela disse:

"Por acaso o senhor pensa em fixar residência na Inglaterra?"

O estrangeiro sorriu silenciosamente de novo. Ele tinha uma boca bonita e olhos inquisidores. Mas deu a impressão de balançar a cabeça um pouco triste.

"Meu marido certamente irá ajudá-lo no que for necessário. Enquanto isso, por alguns dias, nada melhor que se hospedar com o sr. Giugliani, no Hotel Continental. Discreto. Sossegado. Meu marido o levará até lá."

"Boa ideia", disse o homem magro e moreno, endurecendo subitamente o olhar.

"O senhor já tinha se encontrado com o sr. Verloc, não tinha? Na França, quem sabe?"

"Ouvi falar dele", admitiu o visitante com seu tom lento e meticuloso, que, ainda assim, continha certa rispidez.

Houve uma pausa. Depois ele voltou a falar, de um jeito muito menos elaborado.

"Por acaso seu marido não teria saído para esperar por mim na rua?"

"Na rua!", repetiu a sra. Verloc, surpresa. "Impossível. Não existe outra porta de acesso à casa."

Por um momento ela ficou sentada impassível, depois se levantou da cadeira e foi espiar pela porta envidraçada. Subitamente, ela abriu a porta e desapareceu na sala de estar.

O sr. Verloc se limitara a pôr o sobretudo. Mas por que, depois disso, ele permanecera inclinado sobre a mesa, apoiado nos dois braços como se estivesse com tontura ou doente, ela não conseguia entender. "Adolf", ela chamou num tom de voz um pouco mais alto. E, quando ele se ergueu:

"Você conhece esse homem?", perguntou incontinente.

"Ouvi falar dele", murmurou constrangido o sr. Verloc, lançando um olhar furioso na direção da porta.

Os olhos claros e indiferentes da sra. Verloc se iluminaram com um lampejo de aversão.

"Um dos amigos de Karl Yundt... o velho abominável."

"Não! Não!", protestou o sr. Verloc, ocupado em procurar o chapéu. Mas, quando o pegou debaixo do sofá, segurou-o como se não soubesse o que fazer com ele.

"Bem... ele está esperando você", disse a sra. Verloc finalmente. "Escute aqui, Adolf, ele não é um dos funcionários da Embaixada que o têm incomodado ultimamente?"

"Um dos funcionários da Embaixada que têm me incomodado", repetiu o sr. Verloc, começando a ficar muito surpreso e desconfiado. "Quem falou com você a respeito do pessoal da Embaixada?"

"Você mesmo."

"Eu! Eu! Falei a respeito da Embaixada com você!"

O sr. Verloc parecia amedrontado e confuso além da conta. Sua esposa explicou:

"Ultimamente você tem falado um pouco enquanto dorme, Adolf."

O AGENTE SECRETO 193

"O que... o que eu disse? O que você sabe?"

"Pouca coisa. Na maioria das vezes parecia bobagem. O suficiente para que eu adivinhasse que algo o estava preocupando."

O sr. Verloc enterrou o chapéu na cabeça. Seu rosto enrubesceu de raiva.

"Bobagem, né? O pessoal da Embaixada! Eu arrancaria o coração de cada um deles. Mas é bom eles se cuidarem, que eu sei me defender."

Ele ficou irritado, andando de lá para cá entre a mesa e o sofá, com o sobretudo aberto se enganchando nas quinas. A vermelhidão da raiva diminuiu, deixando o rosto todo branco e as narinas trêmulas. Como era de se esperar, a sra. Verloc atribuiu aqueles sinais exteriores ao resfriado.

"Bem", disse ela, "livre-se do sujeito, seja ele quem for, assim que possível, e volte para casa. Você precisa ficar um par de dias sob os meus cuidados."

O sr. Verloc se acalmou e, com a determinação estampada no rosto lívido, já tinha aberto a porta quando a esposa chamou-o de volta com um sussurro:

"Adolf! Adolf!" Ele voltou surpreso. "E o dinheiro que você sacou?", perguntou. "Está no seu bolso? Não seria melhor..."

O sr. Verloc contemplou abobado a palma da mão estendida da esposa durante algum tempo antes de dar um tapa na testa.

"O dinheiro! Sim! Sim! Não sabia o que você queria dizer."

Ele tirou do bolso interno uma carteira nova de couro de porco. A sra. Verloc recebeu-a sem dizer palavra, e permaneceu imóvel até que a campainha, soando após a passagem do sr. Verloc e de seu visitante, tivesse emudecido. Só então ela deu uma espiada para ver a quantia, tirando, para isso, as notas da carteira. Depois da inspeção, olhou ao redor pensativa, com um ar de desconfiança no silêncio e na solidão da casa. A morada da sua vida de casada lhe parecia tão solitária e insegura como se estivesse no meio de uma floresta. Ela não conseguia pensar em nenhum receptáculo entre os móveis sólidos e pesados que não lhe parecesse frágil e particularmente atraente para o seu conceito de ladrão. Era um conceito ideal, dotado de atributos sublimes e um caráter miraculoso. A gaveta da caixa registradora, nem pensar: era o primeiro lugar em que um ladrão procuraria. Soltando apressada um par de presilhas, a sra. Verloc enfiou a carteira debaixo do corpete do vestido. Tendo escondido assim o capital do marido, ela se alegrou ao ouvir a campainha da porta anunciando a chegada de alguém. Adotando o olhar fixo e impassível e o semblante inexpressivo reservados para o cliente ocasional, ela caminhou para trás do balcão.

De pé no meio da loja, um homem inspecionava por alto todo o ambiente com um olhar indiferente. Seus olhos percorreram as paredes, passaram pelo teto e se detiveram no piso – tudo de uma vez. As pontas de um longo bigode louro ultrapassavam a linha do queixo. Seu sorriso lembrava o de um velho e distante conhecido, e a sra. Verloc se lembrou de já tê-lo visto. Não era um cliente. Ela suavizou seu "olhar de cliente", transformando-o em simples indiferença, e o encarou por cima do balcão.

Ele, por sua vez, se aproximou demonstrando confiança, mas sem exagerar.

"Seu marido está em casa, sra. Verloc?", perguntou ele, num tom de voz afável e nítido.

"Não. Ele saiu."

"Que pena. Passei para ver se ele podia me dar uma informação um pouco pessoal."

Era a pura verdade. O inspetor-chefe Heat tinha chegado em casa e pensara até mesmo em pôr os chinelos, já que, conforme dissera a si mesmo, ele fora praticamente excluído daquele caso. Entregou-se a algumas reflexões zombeteiras e a umas poucas reflexões indignadas, mas achou a atividade tão insatisfatória que resolveu buscar alívio fora de casa. Nada impedia que ele fizesse uma visita amistosa ao sr. Verloc, casualmente, por assim dizer. Foi na qualidade de cidadão comum que, saindo sem avisar ninguém, ele fez uso de seus meios de transporte habituais. No geral, eles se dirigiam para os lados da casa do sr. Verloc. O inspetor-chefe Heat respeitou a natureza privada de sua ação de forma tão coerente que tomou medidas especiais para evitar todos os policiais fixos e de ronda nas vizinhanças de Brett Street. Essa

O AGENTE SECRETO

precaução era muito mais indispensável para um homem da sua reputação do que para um obscuro delegado-assistente. O cidadão comum Heat entrou na rua movendo-se de uma forma que, num membro das classes criminosas, teria sido taxada de furtiva. O pedaço de tecido recolhido em Greenwich estava em seu bolso. Não que, em sua qualidade privada, ele tivesse a mínima intenção de exibi-lo. Pelo contrário, queria saber exatamente o que o sr. Verloc estaria disposto a dizer espontaneamente. Esperava que a fala do sr. Verloc fosse de natureza a incriminar Michaelis. Era, no geral, uma expectativa escrupulosamente profissional, mas que não era desprovida de valor moral. Pois o inspetor-chefe Heat era um servo da justiça. Ao constatar que o sr. Verloc não estava em casa, ele ficou desapontado.

"Eu esperaria um pouco por ele se tivesse certeza de que não iria demorar", disse ele.

A sra. Verloc não apresentou nenhum tipo de garantia.

"A informação de que preciso é bastante pessoal", repetiu ele. "A senhora entende o que eu quero dizer? Será que poderia me dar uma ideia de onde ele foi?"

A sra. Verloc balançou a cabeça.

"Não sei dizer."

Ela se voltou para arrumar algumas caixas na prateleira atrás do balcão. O inspetor-chefe Heat contemplou-a pensativo durante algum tempo.

"Acredito que a senhora saiba quem eu sou", disse ele.

A sra. Verloc olhou-o por cima do ombro. O inspetor-chefe Heat estava surpreso com a sua frieza.

"Ora, vamos! A senhora sabe que eu sou da polícia", disse ele rispidamente.

"Eu não estou muito preocupada com isso", observou a sra. Verloc, voltando a arrumar as caixas.

"Meu nome é Heat. Inspetor-chefe Heat, do Departamento de Crimes Especiais."

A sra. Verloc arrumou delicadamente uma caixinha de papelão em seu lugar e, voltando-se, encarou-o novamente, com o olhar sério e as mãos pendentes. O silêncio reinou por algum tempo.

"Então o seu marido saiu há um quarto de hora! E ele não disse quando voltaria?"

"Ele não saiu sozinho", a sra. Verloc deixou escapar, de forma descuidada.

"Um amigo?"

A sra. Verloc levou a mão à parte de trás do cabelo. Ela estava perfeitamente em ordem.

"Um estrangeiro que apareceu aqui."

"Percebo. Que tipo de homem era esse estrangeiro? A senhora se importaria de me dizer?"

A sra. Verloc disse que não. E quando o inspetor-chefe ouviu a descrição de um homem moreno, magro, de rosto comprido e bigodes virados para cima, ele ficou transtornado e exclamou:

"Com a breca, como eu não pensei nisso! Ele não perdeu tempo."

Ficou profundamente irritado, no fundo do coração, com o comportamento extraoficial de seu superior imediato. Ele não tinha tendências quixotescas e perdeu toda a vontade de esperar pelo retorno do sr. Verloc. Não sabia por que eles tinham saído, mas imaginou que fosse possível que voltassem juntos. O acompanhamento do caso é inadequado, ele está sendo adulterado, pensou com amargura.

"Receio não dispor de tempo para esperar por seu marido", disse ele.

A sra. Verloc recebeu essa declaração com indiferença. Seu desinteresse tinha impressionado o inspetor-chefe Heat o tempo todo. Nesse exato momento, ele aguçou sua curiosidade. O inspetor-chefe Heat ficou por ali, influenciado por seus sentimentos como o mais privado dos cidadãos.

"Creio", disse ele, olhando-a fixamente, "que, se quisesse, a senhora poderia me dar uma ideia muito boa do que está acontecendo."

Forçando seus olhos belos e inertes a devolver o olhar dele, a sra. Verloc murmurou:

"Acontecendo! O que *está* acontecendo?"

"Ora, o caso a respeito do qual eu vim conversar um pouco com o seu marido."

Como de costume, naquele dia a sra. Verloc tinha passado os olhos num jornal matutino. Mas não tinha posto o nariz na rua. Os jornaleiros nunca vinham à Brett Street. Não era uma rua adequada ao que eles vendiam. E o eco dos seus gritos flutuando pelas avenidas cheias de gente morria entre as paredes de tijolos sujos sem chegar até a porta da loja. Seja como for, ela não tinha tomado conhecimento do caso, não sabia de nada. E foi o que ela disse, com um toque genuíno de espanto na voz baixa.

O inspetor-chefe Heat não acreditou nem por um instante em tal ignorância. Rispidamente, deixando a delicadeza de lado, ele simplesmente expôs os fatos.

A sra. Verloc desviou o olhar.

"Acho uma tolice", ela se pronunciou lentamente. Fez uma pausa. "Aqui nós não somos escravos oprimidos."

O inspetor-chefe esperou atentamente. Ela não acrescentou mais nada.

"E o seu marido não lhe disse nada ao chegar em casa?"

A sra. Verloc simplesmente virou a cabeça da direita para a esquerda em sinal de negação. Um silêncio frágil e desconcertante tomou conta da loja. O inspetor-chefe Heat se sentiu provocado além do suportável.

"Havia outro assunto sem importância", ele começou num tom desinteressado, "sobre o qual eu gostaria de conversar com o seu marido. Chegou a nossas mãos um... um... – o que acreditamos ser – um sobretudo roubado."

Com a mente especialmente atenta a ladrões naquela noite, a sra. Verloc tocou de leve o peitilho do vestido.

"Não tivemos nenhum sobretudo extraviado", disse ela calmamente.

"Que estranho", prosseguiu o cidadão privado Heat. "Vejo que vocês têm um bocado de tinta permanente aqui..."

Ele pegou um frasco pequeno e examinou-o contra a chama de gás no meio da loja.

"Púrpura, não é?", ele observou, sentando-se novamente. "Como eu disse, é estranho. Porque o sobretudo tem uma etiqueta costurada no interior com seu endereço escrito com tinta permanente."

A sra. Verloc inclinou-se por cima do balcão com uma exclamação contida.

"Isso é do meu irmão, então."

"Onde está o seu irmão? Posso vê-lo?", perguntou o inspetor-chefe prontamente. A sra. Verloc se inclinou um pouco mais sobre o balcão.

"Não. Ele não está aqui. Fui eu mesma que escrevi essa etiqueta."

"Onde o seu irmão se encontra no momento?"

"Ele está fora, morando com... um amigo... no campo."

"O sobretudo vem do campo. E como se chama o amigo?"

"Michaelis", confessou a sra. Verloc, sussurrando intimidada.

O inspetor-chefe deu um assobio e fechou os olhos.

"Certamente. Primário. E, quanto ao seu irmão, qual é a aparência dele? Um sujeito robusto, meio escuro, não é isso?"

"Oh, não!", exclamou a sra. Verloc com veemência. "Esse deve ser o ladrão. Stevie é magro e louro."

"Bom", disse o inspetor-chefe em tom de aprovação. E enquanto a sra. Verloc o encarava, oscilando entre o temor e o espanto, ele procurou se informar. Por que o endereço tinha sido costurado daquele jeito no interior do casaco? Além disso, ele tinha ouvido que os restos mortais destroçados que inspecionara naquela manhã com extrema repugnância pertenciam a um jovem nervoso, avoado e esquisito, e também que a mulher que estava falando com ele era responsável pelo garoto desde que ele era bebê.

"Facilmente excitável?", sugeriu ele.

"Oh, sim. Mas como ele acabou perdendo o casaco..."

Subitamente, o inspetor-chefe Heat tirou do bolso um jornal cor-de-rosa que comprara havia menos de meia hora. Ele se interessava por cavalos de corrida. Obrigado, em razão da profissão, a ter uma postura cética e desconfiada em relação aos seus concidadãos, o inspetor-chefe Heat aliviava o instinto de credulidade inculcado no coração do ser humano depositando uma fé ilimitada nos profetas esportivos daquela publicação vespertina específica. Colocando a edição especial em cima do balcão, ele mergulhou novamente a mão no bolso e, tirando o pedaço de

O AGENTE SECRETO 199

tecido que o destino lhe apresentara em meio a um monte de objetos que pareciam ter sido reunidos num matadouro e em lojas de
quinquilharias, ele o submeteu à análise da sra. Verloc.

"Imagino que a senhora reconheça isto."

Ela o pegou mecanicamente com ambas as mãos. Seus olhos
pareciam se dilatar à medida que ela observava.

"Sim", sussurrou, depois ergueu a cabeça e cambaleou para
trás um pouco.

"Por que isto está rasgado desse jeito?"

O inspetor-chefe pegou por cima do balcão o tecido das mãos
dela, e ela desabou na cadeira. Ele pensou: identificação impecável. E, naquele instante, vislumbrou por inteiro a verdade surpreendente. Verloc era o "outro homem".

"Sra. Verloc", disse ele, "parece que a senhora sabe mais
a respeito desse caso da bomba do que a senhora mesma tem
consciência."

A sra. Verloc permaneceu sentada e imóvel, atônita, perdida
numa perplexidade sem fim. Qual era a relação? E ela ficou tão
completamente rígida que não conseguiu virar a cabeça ao som
da campainha, que fez que o detetive particular Heat girasse nos
calcanhares. O sr. Verloc tinha fechado a porta, e durante alguns
momentos os dois homens ficaram olhando um para o outro.

Sem olhar para a esposa, o sr. Verloc caminhou até o inspetor-
-chefe, que se sentiu aliviado por vê-lo retornar sozinho.

"Você aqui!", resmungou melancólico o sr. Verloc. "Está atrás
de quem?"

"De ninguém", disse o inspetor-chefe Heat em voz baixa.
"Olhe aqui, gostaria de trocar umas palavras com você."

Ainda pálido, o sr. Verloc trouxera consigo um ar decidido.
Ainda assim, ele não olhou para a esposa. Disse:

"Então entre." E conduziu-o para a sala de estar.

Mal a porta se fechou, a sra. Verloc pulou da cadeira e correu
até ela como se fosse mantê-la aberta à força, mas, em vez disso,
se ajoelhou com a orelha junto ao buraco da fechadura. Os dois
homens deviam ter parado imediatamente assim que transpuse-
ram a porta, porque ela ouvia claramente a voz do inspetor-chefe,

embora não pudesse ver seu dedo enfiado vigorosamente no peito do marido.

"O outro homem é você, Verloc. Viram dois homens entrando no parque."

E ouviu-se a voz do sr. Verloc:

"Bem, leve-me agora. O que o impede? Você tem o direito."

"Oh, não! Sei muito bem a quem você está se entregando. Ele terá de lidar sozinho com este pequeno incidente. Mas não se engane, fui eu que o descobri."

Depois disso, ela só ouviu sussurros. O inspetor Heat devia ter mostrado ao sr. Verloc o pedaço do sobretudo de Stevie, porque a irmã, guardiã e protetora de Stevie ouviu o marido falar um pouco mais alto.

"Nunca reparei que ela tinha descoberto aquele artifício."

Durante algum tempo, a sra. Verloc continuou ouvindo apenas sussurros, cujo mistério aterrorizava menos sua mente do que as horríveis sugestões das palavras ditas com clareza. Então, do outro lado da porta, o inspetor-chefe Heat elevou a voz.

"Você devia estar louco."

E ouviu-se a voz do sr. Verloc, numa espécie de raiva melancólica:

"Eu fiquei louco durante um mês, mais ou menos, mas agora não estou mais louco. Acabou tudo. Vou revelar tudo e arcar com as consequências."

Fez-se silêncio, então, o cidadão privado Heat murmurou:

"O que vai ser revelado?"

"Tudo!", exclamou o sr. Verloc, e depois passou a falar bem baixo.

Passado algum tempo, ergueu novamente a voz.

"Você me conhece há vários anos, e também achava que eu era útil. Você sabe que sou uma pessoa correta. Isso mesmo, correta."

O recurso a um velho companheirismo deve ter sido extremamente desagradável para o inspetor-chefe.

Sua voz adquiriu um tom de advertência.

"Não confie demais naquilo que lhe prometeram. Se eu fosse você, partiria imediatamente. Não creio que iremos persegui-lo."

O AGENTE SECRETO 201

Ouviu-se uma risada curta do sr. Verloc.

"Oh, sim. Você espera que os outros se livrem de mim por você, não espera? Não, não, você não vai se livrar de mim agora. Eu agi corretamente com essa gente durante muito tempo, e agora tudo tem de vir à tona."

"Que venha à tona, então", assentiu o inspetor-chefe Heat numa voz indiferente. "Mas agora me conte como você escapou."

"Eu estava me dirigindo para Chesterfield Walk", a sra. Verloc ouviu a voz do marido, "quando ouvi a explosão. Então comecei a correr. Nevoeiro. Não vi ninguém até depois do final da George Street. Até chegar ali, acho que não me encontrei com ninguém."

"Que facilidade!", admirou-se o inspetor-chefe Heat. "A explosão o pegou de surpresa, não é isso?"

"Sim, aconteceu muito rápido", confessou o sr. Verloc, com a voz melancólica e rouca.

A sra. Verloc pressionou a orelha no buraco da fechadura; seus lábios estavam azulados, as mãos frias como gelo, e ela tinha a sensação de que o rosto pálido, no qual os dois olhos pareciam dois buracos negros, estava pegando fogo.

Do outro lado da porta, as vozes diminuíram bastante de volume. Ela captava algumas palavras de vez em quando, às vezes na voz do marido e às vezes nos tons suaves da voz do inspetor--chefe. Ela ouviu este último dizer:

"Acreditamos que ele tropeçou na raiz de uma árvore."

Ouviu-se um murmúrio rouco e volúvel, que durou algum tempo, e então o inspetor-chefe, como se estivesse respondendo a uma pergunta, falou de maneira enfática.

"Naturalmente. Explodiu em pedacinhos: membros, cascalho, roupas, ossos, estilhaços, tudo misturado. Vou lhe dizer uma coisa: eles tiveram de mandar trazer uma pá para juntar tudo aquilo."

A sra. Verloc pôs-se de pé subitamente, deixando a posição de cócoras, e, tapando os ouvidos, cambaleou de um lado para o outro entre o balcão e as prateleiras da parede, na direção da cadeira. Seus olhos desvairados perceberam a página de esportes deixada pelo inspetor-chefe, e, ao se chocar com o balcão, ela

202   JOSEPH CONRAD

a agarrou, desabou na cadeira, rasgou o jornal otimista e cor-de--rosa bem no meio ao tentar abri-lo, depois arremessou-o no chão. Do outro lado da porta, o inspetor-chefe Heat estava dizendo ao sr. Verloc, o agente secreto:

"Então a sua defesa será praticamente uma confissão completa?"

"Será. Vou contar toda a história."

"Não lhe darão tanto crédito quanto você imagina."

Mas o inspetor-chefe ficou pensativo. A reviravolta que aquele caso estava sofrendo resultaria na revelação de várias coisas – a ruína dos campos do conhecimento que, cultivados por um homem capaz, tinham um valor inconfundível para o indivíduo e para a sociedade. Era uma interferência lamentável, lamentável. Ela deixaria Michaelis são e salvo, desmascararia a indústria doméstica do Professor, desorganizaria todo o sistema de vigilância e encheria colunas e mais colunas dos jornais, os quais, desse ponto de vista, lhe pareceram, por uma súbita iluminação, que eram escritos invariavelmente por idiotas para serem lidos por imbecis. Ele concordou mentalmente com as palavras que o sr. Verloc finalmente pronunciara em resposta a seu último comentário.

"Talvez não. Mas ela vai dificultar muitas coisas. Tenho sido uma pessoa correta, e vou manter essa correção neste..."

"Se eles deixarem", disse o inspetor-chefe cinicamente. "Vão lhe fazer um sermão, não há dúvida, antes de mandá-lo para o banco dos réus. E, no final, você ainda pode receber uma pena que vai surpreendê-lo. Eu não confiaria muito no cavalheiro que tem estado em contato com você."

O sr. Verloc ouviu com a expressão carrancuda.

"Meu conselho é que você caia fora enquanto pode. Eu não recebi ordens. Alguns deles", prosseguiu o inspetor-chefe Heat, enfatizando especialmente a palavra "deles", "acham que você já não pertence mais a este mundo."

"É mesmo!", o sr. Verloc foi levado a dizer. Embora desde o seu retorno de Greenwich ele tivesse passado a maior parte do tempo sentado no bar de uma tavernazinha desconhecida, dificilmente poderia ter esperado notícia tão favorável.

O AGENTE SECRETO 203

"É isso que pensam a seu respeito." O inspetor-chefe balançou a cabeça em sua direção. "Suma. Dê o fora."

"Para onde?", gritou o sr. Verloc. Ele ergueu a cabeça e, olhando fixamente a porta fechada da sala de estar, murmurou comovido: "Meu único desejo era que você me levasse esta noite. Eu iria sem dar um pio".

"Suponho que sim", assentiu sarcástico o inspetor-chefe, seguindo a direção do seu olhar.

O sr. Verloc começou a transpirar um pouco na testa. Ele abaixou a voz rouca confidencialmente diante do impassível inspetor-chefe.

"O rapaz era um débil mental, um irresponsável. Qualquer tribunal perceberia isso imediatamente. O lugar dele era no hospício. E isso é o pior que lhe poderia ter acontecido se..."

Segurando a maçaneta da porta, o inspetor-chefe sussurrou junto ao rosto do sr. Verloc.

"Ele pode ter agido como um desmiolado, mas você agiu como um desequilibrado. O que o fez perder a cabeça desse jeito?"

Pensando no sr. Vladimir, o sr. Verloc não hesitou ao escolher as palavras.

"Um porco do extremo norte", respondeu ele impetuosamente e num tom de desprezo. "Aquilo que você chamaria de... de cavalheiro."

Com o olhar fixo, o inspetor-chefe balançou rapidamente a cabeça em sinal de compreensão e abriu a porta. Atrás do balcão, a sra. Verloc pode ter ouvido, mas não viu, a sua partida, que foi seguida pelo som agressivo da campainha. Ela estava sentada em seu posto de trabalho atrás do balcão, rigidamente ereta na cadeira, com dois pedaços de jornal cor-de-rosa sujos estendidos a seus pés. As palmas das mãos pressionavam violentamente o rosto e as pontas dos dedos apertavam a testa, como se a pele fosse uma máscara que estava prestes a ser arrancada com violência. A postura absolutamente imóvel revelava melhor a comoção produzida pela raiva e pelo desespero e toda a violência potencial dos sentimentos trágicos do que se ela gritasse e batesse a cabeça feito louca nas paredes. Atravessando a loja com seu andar apressado e bamboleante, o inspetor-chefe Heat lançou-lhe apenas um olhar superficial. E quando a campainha estridente parou de tremer na haste de aço curva, nada mais se moveu perto da sra. Verloc, como se a sua postura tivesse o poder paralisante de um feitiço. Até mesmo as chamas de gás em forma de borboleta situadas nas extremidades das arandelas em forma de T queimavam sem bruxulear. Naquela loja de mercadorias suspeitas equipada com prateleiras de ocasião pintadas de marrom-escuro, que pareciam engolir o brilho da luz, o círculo dourado da aliança de casada na mão esquerda da sra. Verloc brilhava intensamente com o esplendor imaculado de uma peça retirada de um magnífico tesouro de joias e jogada numa lata de lixo.

CAPÍTULO X

CONDUZIDO RAPIDAMENTE NUM FIACRE da região do Soho na direção de Westminster, o delegado-assistente desceu bem no centro do Império onde o sol nunca se põe. Alguns policiais encorpados, que não pareciam particularmente impressionados com a obrigação de vigiar o augusto local, o saudaram. Penetrando através de um portal nada imponente nos arredores da Casa, que é *a* Casa *par excellence* na mente de milhões de pessoas, ele foi recebido finalmente pelo volátil e revolucionário Toodles.

O asseado e amável jovem escondeu seu espanto diante da visita matutina do delegado-assistente, a quem lhe tinham ordenado que procurasse por volta da meia-noite. O fato de ele ter vindo tão cedo foi interpretado pelo jovem como um sinal de que as coisas, quaisquer que fossem elas, tinham dado errado. Com uma simpatia extremamente espontânea, que nos jovens amáveis geralmente vem acompanhada de um temperamento alegre, ele sentiu pena da figura importante que ele chamava de "Chefe" e também do delegado-assistente, cujo rosto lhe pareceu mais ameaçadoramente insípido do que nunca, além de extraordinariamente comprido. "Que sujeito estranho, com ares de estrangeiro", pensou ele, sorrindo à distância com uma alegria amistosa. E assim que eles se aproximaram ele começou a falar, tentando sepultar, gentilmente, o embaraço do insucesso debaixo de uma

206 JOSEPH CONRAD

enxurrada de palavras. Parecia que a ameaça de uma grande investida naquela noite iria malograr. Um adepto subalterno do "estúpido Cheeseman" estava aporrinhando impiedosamente uma Casa muito vazia com algumas estatísticas desavergonhadamente forjadas. Ele, Toodles, esperava que aquela chateação levasse a um pedido de quórum a qualquer momento. Mas também é possível que o subalterno estivesse apenas ganhando tempo para permitir que o beberrão do Cheeseman jantasse sem pressa. De qualquer maneira, não era possível convencer o Chefe a ir para casa.

"Creio que ele irá recebê-lo imediatamente. Ele está sentado sozinho em sua sala pensando em todos os peixes do mar",[7] concluiu Toodles alegremente. "Venha comigo."

Não obstante seu temperamento amável, o jovem secretário particular (não remunerado) era suscetível às fraquezas comuns do ser humano. Ele não queria magoar o delegado-assistente, que, estranhamente, lhe parecia alguém que arruinou o seu trabalho. Mas a sua curiosidade era forte demais para ser contida pela mera compaixão. Enquanto seguiam juntos, ele não pôde evitar de dizer alegremente por cima do ombro:

"E o seu peixinho?"

"Nós o pegamos", respondeu o delegado-assistente com uma concisão que não pretendia ser de modo algum desagradável.

"Bom. Você não faz ideia de como esses homens importantes detestam ser desapontados com coisas sem importância."

Depois desse comentário profundo, o experiente Toodles pareceu refletir. De qualquer forma, ele não disse nada durante exatamente dois segundos. Então:

"Fico contente. Mas, me diga, trata-se realmente de alguém tão insignificante como você faz parecer?"

"Você sabe o que se pode fazer com um peixinho?", perguntou, por sua vez, o delegado-assistente.

"Ele às vezes acaba numa lata de sardinha", riu-se Toodles, cuja erudição a respeito da indústria pesqueira era recente e,

---

7 O autor ecoa jocosamente Gênesis 9:2, onde Deus entrega "todos os peixes do mar" para Noé. [N. T.]

O AGENTE SECRETO

207

comparada à sua ignorância a respeito de todas as outras questões industriais, imensa. "Existem fábricas de sardinha em lata na costa espanhola que..."

O delegado-assistente interrompeu o aprendiz de estadista.

"Sim, sim. Mas às vezes se joga fora o peixinho para pegar uma baleia."[8]

"Uma baleia. Puxa!", exclamou Toodles, prendendo a respiração. "Então você está atrás de uma baleia?"

"Não exatamente. Estou atrás de algo que se parece mais com um tubarão. Talvez você não saiba como é um tubarão."

"Sim, eu sei. Estamos mergulhados até o pescoço em livros especializados – prateleiras inteiras cheias deles – com ilustrações... É um animal nocivo, de aparência maldosa, absolutamente detestável, com um tipo de rosto liso e bigodes."

"Descrição perfeita", observou o delegado-assistente. "Só que o meu não tem um pelo na cara. Você se encontrou com ele. É um peixe espirituoso."

"Eu me encontrei com ele!", disse Toodles, incrédulo. "Não posso imaginar onde o teria encontrado."

"Eu diria que no Explorers", deixou escapar calmamente o delegado-assistente. Ao ouvir o nome do clube exclusivíssimo, Toodles ficou assustado e calou-se subitamente.

"Bobagem", protestou, mas num tom intimidado. "O que você quer dizer? Um membro?"

"Honorário", murmurou entre dentes o delegado-assistente.

"Deus do céu!"

Toodles parecia tão atordoado que o delegado-assistente sorriu de leve.

"Isso fica estritamente entre nós", disse ele.

"Essa é a coisa mais abominável que eu ouvi na vida", afirmou Toodles com um fio de voz, como se o espanto lhe tivesse roubado toda a energia esfuziante.

---

8 Variação do provérbio inglês "jogar uma sardinha para pegar uma cavala", cujo equivalente aproximado em português seria "não se faz omelete sem quebrar ovos". [N. T.]

O delegado-assistente lançou-lhe um olhar carrancudo. Até chegarem à porta da sala do grande homem, Toodles manteve um silêncio escandalizado e solene, como se tivesse se sentido ofendido pelo delegado-assistente ter exposto um fato tão repugnante e perturbador. Aquilo mudou radicalmente a ideia que ele fazia da extrema exclusividade e pureza social do Explorers' Club. Toodles só era revolucionário na política; ele queria manter inalterados suas crenças sociais e seus sentimentos pessoais ao longo dos anos que lhe coubessem neste mundo, que, no geral, considerava um lugar agradável de se viver.

Ele postou-se de lado.

"Entre sem bater", disse.

Abajures de seda verde cobriam quase todas as luzes, transmitindo à sala um pouco da escuridão profunda de uma floresta. Os olhos arrogantes eram fisicamente o ponto fraco do grande homem, detalhe esse envolto em mistério. Quando havia uma oportunidade, ele os descansava cuidadosamente.

Ao entrar, o delegado-assistente viu inicialmente apenas uma grande mão pálida segurando uma cabeça volumosa e escondendo a parte superior de um grande rosto pálido. Em cima da escrivaninha havia uma caixa de despachos aberta perto de algumas folhas retangulares de papel e um punhado de penas de escrever espalhadas. Não havia absolutamente mais nada na grande superfície lisa, com a exceção de uma estatueta de bronze vestida de toga, misteriosamente vigilante em sua fantasmagórica imobilidade. Convidado a puxar uma cadeira, o delegado-assistente se sentou. Na luz fraca, os detalhes salientes da sua pessoa – o rosto comprido, o cabelo escuro e a magreza – faziam-no parecer mais estrangeiro do que nunca.

O grande homem não demonstrou surpresa nem impaciência, nenhum tipo de sentimento. Descansava os olhos ameaçadores numa postura profundamente meditativa. Ele não a alterou nem um pouquinho. Mas seu tom de voz não era sonhador.

"Muito bem! O que você já descobriu? Num primeiro momento você tinha encontrado algo inesperado."

"Não exatamente inesperado, sir Ethelred. Eu encontrei principalmente um estado psicológico."

O AGENTE SECRETO

A Grande Presença fez um leve movimento. "Por favor, seja claro."

"Sim, sir Ethelred. O senhor sabe muito bem que, mais cedo ou mais tarde, a maioria dos criminosos sente uma necessidade irresistível de confessar – de abrir o coração para alguém, para qualquer um. E essa confissão muitas vezes é feita para a polícia. Naquele Verloc que Heat tanto queria investigar encontrei alguém nesse estado psicológico específico. Falando de maneira metafórica, o sujeito se jogou nos meus braços. Bastou, da minha parte, sussurrar-lhe quem eu era e acrescentar: 'Sei que você está por trás desse caso'. Ele deve ter ficado surpreso que nós já estivéssemos a par, mas aceitou tranquilamente o fato. O inusitado da situação não despertou seu espírito crítico nem por um momento. Só me restou lhe fazer duas perguntas: 'Quem o encorajou?' e 'Quem foi o homem que fez aquilo?'. Ele respondeu a primeira de maneira bastante enfática. Quanto à segunda pergunta, deduzo que o sujeito com a bomba era o seu cunhado – muito jovem –, uma criatura apalermada... É um caso muito estranho – talvez longo demais para explicá-lo na íntegra agora."

"O que você apurou então?", perguntou o grande homem.

"Primeiro, apurei que o ex-condenado Michaelis não teve nada a ver com o caso, embora, de fato, o rapaz estivesse morando temporariamente com ele no campo até as oito horas desta manhã. É bem provável que Michaelis não saiba nada a respeito do caso até o momento."

"Você tem certeza disso?", perguntou o grande homem.

"Estou bastante seguro, sir Ethelred. Esse tal de Verloc passou lá esta manhã e levou o rapaz a pretexto de fazer uma caminhada pelas trilhas. Como não era a primeira vez que ele agia assim, Michaelis não poderia ter tido a menor suspeita de que havia algo estranho. Quanto ao resto, sir Ethelred, a indignação do tal Verloc não deixou nenhuma dúvida, absolutamente nenhuma. Ele quase perdera o juízo devido a um comportamento surpreendente que, para o senhor ou para mim, dificilmente seria levado a sério, mas que, obviamente, causou um grande impacto nele."

O delegado-assistente então comunicou resumidamente ao grande homem, que permanecia sentado imóvel, descansando os olhos com o anteparo da mão, a avaliação feita pelo sr. Verloc a respeito dos métodos e da personalidade do sr. Vladimir. O delegado-assistente não pareceu negar a eles certa competência. Mas o grande personagem observou:

"Isso tudo parece muito inverossímil."

"Não é mesmo? Dir-se-ia um gracejo exagerado. Mas, aparentemente, nosso homem o levou a sério e se sentiu ameaçado. Você sabe que à época ele estava em contato direto com o velho Stott-Wartenheim em pessoa, e passara a considerar que seus serviços eram indispensáveis. O choque de realidade foi demais para ele. Acho que ele perdeu a cabeça e ficou irritado e amedrontado. Dou-lhe a minha palavra: minha impressão é que ele pensou que o pessoal da Embaixada seria capaz não apenas de dispensá-lo, mas também de dar um fim nele, de um jeito ou de outro..."

"Durante quanto tempo você esteve com ele?", interrompeu a Presença por trás da grande mão.

"Uns quarenta minutos, sir Ethelred, num edifício de má reputação chamado Continental Hotel, fechado num quarto que, a propósito, eu reservei para aquela noite. Encontrei-o sob a influência daquela reação que se segue ao esforço para cometer um crime. Não podemos defini-lo como um criminoso empedernido. É claro que ele não planejou a morte daquele jovem infeliz, seu cunhado. Aquilo foi um choque para ele – pude perceber isso. Talvez ele seja um homem extremamente suscetível. Talvez até gostasse do rapaz – como saber? É possível que ele esperasse que o jovem conseguiria escapar, e, nesse caso, teria sido quase impossível que alguém pudesse apresentar as provas do crime. De qualquer modo, a única coisa que ele arriscou conscientemente foi a prisão do rapaz."

O delegado-assistente fez uma pausa nas especulações para refletir um pouco.

"Embora, nesta última hipótese, não sei como ele esperava esconder sua participação no caso", prosseguiu, desconhecendo a devoção que o pobre Stevie tinha pelo sr. Verloc (que era *bom*) e a sua estupidez realmente estranha, que, no antigo incidente dos fogos de artifício nas escadas, tinha resistido, durante muitos

O AGENTE SECRETO

anos, a súplicas, afagos, irritação e outros métodos investigativos utilizados pela amada irmã. Pois Stevie era leal... "Não, não consigo imaginar. É possível que ele nunca tenha pensado nisso de modo algum. Posso estar exagerando, sir Ethelred, mas seu ar de desalento me evocou um homem impulsivo que, depois de cometer suicídio imaginando que o gesto poria fim a seus problemas, tivesse descoberto que nada disso acontecera."

O delegado-assistente deu essa explicação com uma voz de pesar. Na verdade, porém, existe uma espécie de lucidez própria à linguagem extravagante, e o grande homem não se ofendeu. Um movimento levemente espasmódico do grande corpo meio perdido na escuridão dos abajures de seda verde e da grande cabeça apoiada na grande mão acompanhou um ruído intermitente abafado mas forte. O grande homem tinha rido.

"Que fim você deu nele?"

O delegado-assistente respondeu prontamente:

"Como ele parecia extremamente ansioso para reencontrar com sua esposa na loja, deixei-o ir, sir Ethelred."

"É mesmo? Mas o sujeito vai desaparecer."

"Perdoe-me, não é o que eu penso. Para onde ele poderia ir? Além disso, o senhor não pode esquecer que ele também tem de pensar no perigo que representam seus camaradas. Ele está lá em seu posto. Que explicação poderia dar se o abandonasse? Mas, mesmo que não houvesse obstáculos à sua liberdade de ação, ele não faria nada. No momento, não dispõe de energia moral para tomar qualquer decisão. Permita-me também ressaltar que, se o tivesse detido, nós nos teríamos comprometido com uma linha de ação a respeito da qual eu gostaria primeiro de saber quais são precisamente as suas intenções."

O grande personagem ergueu-se com dificuldade, uma forma fantasmagórica imponente na escuridão esverdeada da sala.

"Vou me encontrar com o procurador-geral esta noite, e quero que você esteja aqui amanhã de manhã. Gostaria de me contar mais alguma coisa?"

O delegado-assistente também tinha se levantado, esbelto e dócil.

212   JOSEPH CONRAD

"Creio que não, sir Ethelred, a menos que eu entrasse em detalhes que..."

"Não. Sem detalhes, por favor."

A grande forma fantasmagórica pareceu se retrair, como se tivesse um medo físico de detalhes. Em seguida, avançou, expandida, imensa e pesada, oferecendo uma grande mão. "E você está dizendo que esse homem tem uma esposa?"

"Sim, sir Ethelred", respondeu o delegado-assistente, apertando respeitosamente a mão estendida. "Uma verdadeira esposa, e uma relação genuína e respeitavelmente marital. Ele me disse que, depois da conversa na Embaixada, ia jogar tudo para o alto, tentar vender a loja e deixar o país, só que tinha certeza de que a esposa não ia querer nem ouvir falar em ir para o exterior. Nada poderia caracterizar melhor o vínculo respeitável que isso", prosseguiu, com um toque de austeridade, o delegado-assistente, cuja própria esposa também tinha se recusado a ouvir falar em ir para o exterior. "Sim, uma esposa verdadeira. E a vítima era um cunhado verdadeiro. De um certo ponto de vista, estamos diante de um drama doméstico."

O delegado-assistente riu um pouco; mas os pensamentos do grande homem pareciam ter se desviado para bem longe, talvez para as questões de política interna do seu país, o campo de batalha do seu heroísmo de cruzado contra o infiel Cheeseman. O delegado-assistente saiu em silêncio, despercebido, como se já tivesse sido esquecido.

Ele tinha seus próprios instintos de cruzado. Esse caso, que, de uma forma ou de outra, desagradava o inspetor-chefe Heat, lhe parecia um ponto de partida providencial para uma cruzada. Para começar, aquilo lhe tocava muito de perto o coração. Ele voltou para casa caminhando lentamente, refletindo na aventura que o aguardava, e especulando a respeito da mente do sr. Verloc com um misto de repugnância e satisfação. Fez todo o trajeto a pé. Encontrando a sala de visitas às escuras, dirigiu-se ao andar de cima e passou algum tempo entre o quarto e o toucador, trocando de roupa e indo de um lugar para o outro como um sonâmbulo previdente. Mas deixou de lado o personagem antes de sair novamente para se juntar à esposa na casa da grande dama protetora de Michaelis.

Ele sabia que seria bem recebido. Ao entrar na menor das duas salas de visitas, viu a esposa num pequeno grupo perto do piano. Sentado num banquinho, um compositor novato que estava se tornando famoso conversava com dois homens gordos cujas costas pareciam velhas e três mulheres esguias cujas costas pareciam jovens. Atrás do biombo, a grande dama estava acompanhada apenas por duas pessoas: um homem e uma mulher, sentados lado a lado em poltronas junto ao divã em que ela se encontrava. Ela estendeu a mão ao delegado-assistente.

"Não esperava vê-lo por aqui esta noite. Annie me disse..."

"Sim. Eu mesmo não fazia ideia de que meu trabalho terminaria tão cedo", e acrescentou baixinho: "Tenho o prazer de lhe informar que Michaelis foi totalmente inocentado deste...".

A protetora do ex-condenado recebeu a declaração com indignação.

"Por quê? Vocês seriam suficientemente estúpidos para relacioná-lo ao..."

"Estúpidos não", interrompeu o delegado-assistente, contestando-a respeitosamente. "Suficientemente inteligentes – muito inteligentes para agir assim."

Fez-se silêncio. O homem sentado junto ao divã parou de conversar com a dama e ficou observando com um leve sorriso nos lábios.

"Não sei se vocês já se conhecem", disse a grande dama.

Depois de serem apresentados, o sr. Vladimir e o delegado-assistente reconheceram a existência um do outro com uma cortesia formal e contida.

"Ele tem me deixado assustada", declarou subitamente a dama que estava sentada ao lado do sr. Vladimir inclinando a cabeça na direção daquele cavalheiro. O delegado-assistente conhecia a dama.

"A senhora não parece assustada", disse ele, depois de examiná-la minuciosamente com o olhar cansado e sereno. Enquanto isso, ele pensou que naquela casa a pessoa acabava conhecendo todo mundo mais cedo ou mais tarde. O rosto alegre do sr.

Vladimir era todo sorrisos, porque ele era espirituoso, mas seu olhar continuava sério, como o olhar de um homem seguro de si.

"Bem, pelo menos ele tentou", emendou a dama.

"Talvez pela força do hábito", disse o delegado-assistente, movido por uma inspiração irresistível.

"Ele tem ameaçado a sociedade com todo tipo de sofrimento", continuou a dama, cuja dicção era suave e lenta, "a propósito dessa explosão em Greenwich Park. Parece que todos temos de ficar tremendo de medo diante do que virá por aí se essa gente não for eliminada da face da terra. Eu não tinha ideia de que o caso era tão grave."

Fingindo não estar ouvindo, o sr. Vladimir se inclinou na direção do divã, conversando educadamente a meia-voz, o que não o impediu de ouvir o delegado-assistente dizer:

"Não tenho dúvida de que o sr. Vladimir tem uma ideia muito precisa da real importância deste caso."

O sr. Vladimir se perguntou o que aquele policial detestável e intrometido estava pretendendo. Descendente de gerações sacrificadas pelos instrumentos de um poder arbitrário, ele temia a polícia por motivos raciais, nacionais e individuais. Era uma fragilidade herdada, completamente independente da sua decisão, do seu bom senso, da sua experiência. Ele tinha nascido assim. Mas esse sentimento, que se parecia ao pavor irracional que algumas pessoas têm dos gatos, não impedia que tivesse um profundo desprezo pela polícia inglesa. Ele terminou a frase dirigida à grande dama e se voltou ligeiramente na cadeira.

"Você quer dizer que conhecemos muito bem essa gente. Sim, é verdade, sofremos muito com a atividade deles, enquanto vocês", o sr. Vladimir hesitou por um momento, com um sorriso de perplexidade, "enquanto vocês toleram alegremente a presença deles em seu meio", concluiu ele, ostentando uma covinha em cada uma das bochechas escanhoadas. Depois acrescentou, com um tom mais sério: "Posso até dizer, porque querem".

Quando o sr. Vladimir parou de falar, o delegado-assistente baixou o olhar e a conversa morreu. O sr. Vladimir se despediu logo depois.

O AGENTE SECRETO

215

Assim que ele virou as costas para o divã, o delegado-assistente também se levantou.

"Pensei que você iria ficar e levar Annie para casa", disse a dama protetora de Michaelis.

"Acho que ainda tenho de trabalhar um pouco esta noite."

"Um trabalho relacionado a...?"

"Bem, sim, de certa forma."

"Diga-me, o que significa realmente... essa atrocidade?"

"É difícil dizer o que significa, mas ela ainda pode se tornar uma *cause célèbre*",[9] disse o delegado-assistente.

Saiu apressado da sala de visitas e encontrou o sr. Vladimir ainda no saguão, envolvendo cuidadosamente o pescoço com um lenço de seda. Atrás dele, um lacaio aguardava, segurando seu sobretudo. Outro estava pronto para abrir a porta. O delegado--assistente recebeu a ajuda necessária para pôr o casaco e saiu em seguida. Depois de descer os degraus da frente, ele parou, como se fosse decidir para que lado ir. Vendo isso através da porta aberta, o sr. Vladimir demorou-se no saguão para pegar um cha-ruto e pediu fogo. Quem o forneceu foi um homem idoso unifor-mizado com um ar calmo e solícito. Mas o fósforo apagou; o lacaio então fechou a porta e o sr. Vladimir acendeu seu grande Havana sem nenhuma pressa.

Quando finalmente saiu da casa, ele percebeu, com pesar, que o "policial detestável" ainda estava na calçada.

"Será que ele está me esperando?", pensou o sr. Vladimir, olhando de um lado para o outro em busca de um fiacre. Não viu nenhum. Duas carruagens aguardavam junto ao meio-fio com as lanternas brilhando tranquilas, os cavalos totalmente imóveis como se fossem esculpidos em pedra, os cocheiros sentados imó-veis debaixo das grandes capas de pele, sem que o menor tremor movesse as correias brancas de seus enormes chicotes. O sr. Vladi-mir se adiantou, e o "policial detestável" acompanhou-lhe o passo ao seu lado. Ele não disse nada. Depois da quarta passada, o sr. Vladimir ficou enfurecido e preocupado. Aquilo não podia durar.

---

9 Em francês no original. Caso ou assunto polêmico. [N. T.]

"Que tempo horrível", resmungou ele bruscamente.

"Ameno", disse o delegado-assistente sem entusiasmo. Ele permaneceu mais um pouquinho calado. "Prendemos um homem chamado Verloc", anunciou casualmente.

O sr. Vladimir não cambaleou, não titubeou, não alterou a passada. Mas não pôde deixar de exclamar: "O quê?". O delegado-assistente não repetiu sua declaração. "Você o conhece", prosseguiu no mesmo tom.

O sr. Vladimir parou e disse com uma voz gutural: "O que o leva a dizer isso?".

"Não sou eu. É Verloc que diz."

"Um cão mentiroso qualquer", disse o sr. Vladimir num linguajar meio oriental. Mas, por dentro, estava quase intimidado pela inteligência surpreendente da polícia inglesa. Sua mudança de opinião a respeito do tema foi tão brusca que, por um momento, o deixou ligeiramente indisposto. Ele jogou fora o charuto e seguiu em frente.

"O que mais me agradou nesse caso", prosseguiu o delegado-assistente, falando pausadamente, "é que ele cria um excelente ponto de partida para uma missão que, a meu ver, precisa ser levada a cabo – ou seja, varrer deste país todos os espiões políticos estrangeiros, os policiais e esse tipo de... de... cães. Na minha opinião, eles representam uma praga assustadora. Mas não é possível caçá-los muito bem individualmente. A única maneira é tornar seu emprego desagradável para seus empregadores. A coisa está ficando indecente. E perigosa também, para nós, aqui."

O sr. Vladimir parou novamente por um instante.

"O que você quer dizer?"

"O processo desse Verloc vai revelar à população tanto o perigo como a indecência da situação."

"Ninguém vai acreditar na declaração desse tipo de homem", disse o sr. Vladimir com desdém.

"A fartura e a precisão dos detalhes vão convencer a grande maioria da população", explicou o delegado-assistente num tom de voz educado.

"Então é isso mesmo que vocês pretendem fazer."

"Nós prendemos o homem; não temos escolha."

"Vocês vão apenas alimentar o espírito de falsidade desses patifes revolucionários", retrucou o sr. Vladimir. "Por que vocês querem fazer um escândalo? Por uma questão de decência – ou o quê?"

A ansiedade do sr. Vladimir era evidente. Tendo se certificado com isso que devia haver alguma verdade nas declarações sucintas do sr. Verloc, o delegado-assistente disse num tom de voz neutro:

"Existe também o lado prático. Já temos muito que fazer para ficar atrás de autenticidade. Você não pode dizer que não somos eficazes. Mas não pretendemos, sob nenhum pretexto, nos deixar incomodar por impostores."

O sr. Vladimir falou com uma entonação superior.

"De minha parte, não posso compartilhar do seu ponto de vista. É egoísta. Meus sentimentos por meu próprio país não podem ser questionados; mas sempre achei que também deveríamos ser europeus de verdade – quero dizer, os governos e as pessoas."

"Sim", disse simplesmente o delegado-assistente. "Só que você olha para a Europa da outra extremidade dela. Porém", prosseguiu ele num tom de voz agradável, "os governos estrangeiros não podem reclamar da ineficiência da nossa polícia. Veja essa atrocidade. Um caso especialmente difícil de rastrear, já que foi uma farsa. Em menos de doze horas esclarecemos a identidade de um homem literalmente feito em pedaços, descobrimos o organizador do atentado e vislumbramos o promotor por trás dele. E poderíamos ter ido além; mas paramos nos limites do nosso território."

"Quer dizer então que esse crime revelador foi planejado no exterior", disse prontamente o sr. Vladimir. "Você admite que ele foi planejado no exterior?"

"Teoricamente. Apenas teoricamente, em território estrangeiro. No exterior somente em razão de uma ficção", disse o delegado-assistente, fazendo alusão à natureza das embaixadas, que supostamente fazem parte do país ao qual elas pertencem. "Mas isso é um detalhe. Conversei com você a respeito desse assunto porque é o seu governo que mais reclama da nossa polícia.

Como você pode ver, não somos tão imprestáveis. Eu queria lhe comunicar pessoalmente o nosso sucesso."

"Certamente sou-lhe muito agradecido", resmungou entre dentes o sr. Vladimir.

"Podemos identificar cada anarquista aqui", prosseguiu o delegado-assistente, como se estivesse citando o inspetor-chefe Heat. "O necessário agora é liquidar o agente provocador para deixar tudo seguro."

O sr. Vladimir fez sinal com a mão para um fiacre que passava.

"Você não vai entrar aqui", observou o delegado-assistente, olhando para um edifício imponente e de ar hospitaleiro cujo grande saguão iluminado projetava a luz através das portas envidraçadas sobre uma ampla escadaria.

Mas o sr. Vladimir, sentado dentro do fiacre com o olhar vazio, partiu sem dizer uma palavra.

O delegado-assistente não entrou no edifício imponente. Era o Explorers' Club. Ocorreu-lhe que o sr. Vladimir, membro honorário, não seria visto ali com muita frequência no futuro. Ele consultou o relógio. Ainda eram dez e meia. A noite tinha sido muito cheia.

CAPÍTULO XI

DEPOIS QUE O INSPETOR-CHEFE HEAT SAIU, O sr. Verloc ficou andando pela sala de estar.

De vez em quando ele observava a esposa através da porta aberta. "Ela agora está a par de tudo", pensou, sentindo compaixão pelo seu sofrimento e alguma satisfação no que lhe dizia respeito. Embora talvez carecesse de grandeza, o sr. Verloc era capaz de abrigar sentimentos de ternura. A expectativa de ter de lhe dar más notícias o deixara febril. O inspetor-chefe Heat o dispensara da tarefa. Uma atitude perfeita, mas que tinha ficado nisso. Cabia a ele, agora, enfrentar a tristeza dela.

O sr. Verloc jamais esperara ter de enfrentá-la por motivo de morte, cuja natureza catastrófica não pode ser afastada por meio de raciocínios sofisticados ou retórica persuasiva. O sr. Verloc nunca quis que Stevie morresse de forma tão violenta e inesperada. Não queria que ele morresse de jeito nenhum. Morto, Stevie era um transtorno muito maior do que tinha sido quando estava vivo. O sr. Verloc tinha imaginado que a sua iniciativa teria um desfecho favorável, baseando-se não na inteligência de Stevie, que às vezes prega peças estranhas na gente, mas na docilidade e na dedicação incondicionais do garoto. Embora não fosse muito dado à psicologia, o sr. Verloc tinha avaliado a profundidade do fanatismo de Stevie, ousando acalentar a esperança de que o rapaz se afastaria dos muros do Observatório como fora orientado a fazer, pegaria o caminho que lhe fora indicado várias vezes anteriormente e se reuniria com o cunhado – o sábio e bondoso sr. Verloc – fora das dependências do parque. Quinze minutos seriam suficientes para que o maior dos idiotas depositasse o artefato e desaparecesse. E o Professor tinha assegurado mais de quinze minutos. Mas Stevie tinha tropeçado cinco minutos depois de ser deixado sozinho. E o sr. Verloc ficou moralmente em pedaços. Ele tinha previsto tudo menos aquilo. Tinha previsto Stevie distraído e perdido – procurado –, e finalmente encontrado numa delegacia de polícia ou numa casa de correção do interior. Tinha previsto a prisão de Stevie, e não temera por isso, porque o sr. Verloc tinha em alta conta a lealdade de Stevie, que, durante inúmeras caminhadas, fora cuidadosamente instruído quanto à necessidade de se manter em silêncio. Como um filósofo peripatético, o sr. Verloc, vagando pelas ruas de Londres, modificara a visão que Stevie tinha da polícia por meio de conversas recheadas de raciocínios sutis. Nunca um sábio teve discípulo mais atento e encantado. A submissão e a veneração eram tão evidentes que o sr. Verloc chegou a sentir pelo garoto algo parecido com amizade. De todo modo, ele não tinha previsto a comprovação da sua conexão com o caso. Que sua esposa fosse tão precavida a ponto de costurar o endereço do garoto no lado de dentro do sobretudo dele era a última coisa que poderia ter passado pela cabeça do sr. Verloc. É impossível pensar em tudo. Era isso que ela queria dizer quando afirmou que ele não precisava se preocupar se Stevie se perdesse durante as caminhadas. Ela tinha lhe assegurado que o garoto apareceria são e salvo. Bom, ele tinha aparecido com sede de vingança!

"Ora essa", resmungou admirado o sr. Verloc. O que ela pretendia? Poupar-lhe o trabalho e a preocupação de ficar de olho em Stevie? É mais provável que ela estivesse bem-intencionada. Só que ela deveria ter-lhe contado da precaução que tomara.

O sr. Verloc andava atrás do balcão da loja. Ele não tinha a intenção de perturbar a esposa com críticas amargas. O sr. Verloc não estava magoado. A marcha inesperada dos acontecimentos

O AGENTE SECRETO

tinham-no convertido à doutrina do fatalismo. Nada poderia ser evitado agora. Ele disse:

"Eu não queria que nada de mau acontecesse ao garoto."

Ao ouvir a voz da marido, a sra. Verloc sentiu um tremor. Ela não descobriu o rosto. O agente secreto de confiança do finado barão Stott-Wartenheim observou-a durante algum tempo com um olhar abatido, persistente e acrítico. O jornal vespertino rasgado estava jogado aos pés da esposa. Ele não poderia ter lhe revelado muita coisa. O sr. Verloc sentiu a necessidade de conversar com a esposa.

"É aquele maldito do Heat, não é?", perguntou. "Ele a deixou preocupada. Que sujeito cruel, despejar isso tudo em cima de uma mulher. Fiquei doente só de pensar em como revelar isso a você. Fiquei horas sentado na pequena sala de visitas do Cheshire Cheese pensando na melhor maneira. Você sabe que eu não queria que nada de mau acontecesse àquele garoto."

O sr. Verloc, o agente secreto, estava falando a verdade. Foi seu amor conjugal que tinha recebido o maior impacto da explosão prematura. Ele acrescentou:

"Não me senti particularmente alegre sentado ali e pensando em você."

Ele notou que a esposa tremeu ligeiramente de novo, o que o deixou abalado. Como ela insistia em esconder o rosto nas mãos, ele pensou que seria melhor deixá-la um pouco sozinha. Estimulado por esse impulso delicado, o sr. Verloc retirou-se novamente para a sala de estar, onde a chama de gás ronronava como um gato satisfeito. Como esposa previdente que era, a sra. Verloc tinha deixado a carne fria na mesa, ao lado da faca e do garfo de trinchar, e meia fatia de pão para o sr. Verloc jantar. Percebendo todas essas coisas pela primeira vez, ele cortou um pedaço de pão e de carne e começou a comer.

Seu apetite não resultava da insensibilidade. O sr. Verloc não tinha comido nada de manhã. Saíra de casa em jejum. Como não era uma pessoa ativa, descobriu sua coragem na agitação nervosa, que parecia possuí-lo principalmente pela garganta. Ele não pôde ingerir nada sólido. O chalé de Michaelis era tão carente de víveres como a cela de um prisioneiro. O apóstolo em liberdade condicional sobrevivia à base de leite e casca de pão amanhecido. Ademais, quando o sr. Verloc chegou ele já se dirigira ao andar de cima depois da refeição frugal. Absorto na labuta e no deleite da escrita literária, ele nem respondera aos gritos do sr. Verloc ao pé da escadinha.

"Vou levar este jovem para passar um ou dois dias em casa."

E, na verdade, o sr. Verloc não tinha esperado por uma resposta, mas saíra imediatamente do chalé seguido pelo obediente Stevie.

Agora que a ação toda tinha chegado ao fim e o seu destino lhe fora arrancado das mãos com uma rapidez inesperada, o sr. Verloc se sentiu terrivelmente vazio fisicamente. Ele trinchou a carne, cortou o pão e devorou o jantar de pé ao lado da mesa, olhando de vez em quando na direção da mulher. A imobilidade interminável da esposa perturbava a tranquilidade da sua refeição. Ele caminhou novamente para dentro da loja e chegou bem perto da sra. Verloc. Aquela tristeza com o rosto encoberto deixava o sr. Verloc inquieto. Embora esperasse, é claro, que a esposa estivesse extremamente aflita, queria que ela se controlasse. Ele precisava de toda a sua ajuda e lealdade naquelas novas conjunturas que o seu fatalismo já tinha aceitado.

"Não há nada que se possa fazer", disse ele com uma entonação de melancólica comiseração. "Vamos, Winnie, temos de pensar no futuro. Você vai ter de se manter depois que me levarem."

Fez uma pausa. A sra. Verloc ofegava convulsivamente. Isso não tranquilizou o sr. Verloc, para quem a situação recém-criada exigia das duas pessoas mais afetadas por ela calma e determinação, além de outros atributos incompatíveis com a confusão mental causada por um imenso sofrimento. O sr. Verloc era um homem bondoso; ele chegara em casa disposto a tolerar todas as demonstrações de afeto da esposa pelo irmão.

Mas não compreendeu a natureza e a extensão daquele sentimento. E, nesse aspecto, podia-se desculpá-lo, já que era-lhe impossível compreender aquele sentimento sem deixar de ser ele próprio. Estava chocado e decepcionado, e o tom um pouco ríspido das suas palavras deixou transparecer isso.

O AGENTE SECRETO

"Você poderia olhar para mim", observou ele, depois de esperar um pouco.

Como se forçasse passagem através das mãos que cobriam o rosto da sra. Verloc, a resposta veio abafada, quase num tom de desprezo.

"Não quero mais olhar para você enquanto eu viver."

"Ahn? O quê?!" O sr. Verloc ficou apenas surpreso com o significado superficial e literal da declaração. Era obviamente irracional, o simples clamor de um sofrimento exagerado. Ele jogou sobre ela o manto da indulgência marital. A mente do sr. Verloc carecia de profundidade. Com a ideia equivocada de que o valor do indivíduo depende daquilo que ele é em si mesmo, não podia compreender, de modo algum, o valor que Stevie tinha aos olhos da sra. Verloc. Ela estava encarando aquilo de uma forma extremamente confusa, pensou ele. A culpa toda era daquele maldito Heat. Por que ele queria perturbar a mulher? Porém, para o seu próprio bem, não se poderia permitir que ela continuasse daquele jeito até ficar fora de si.

"Olhe aqui! Você não pode ficar sentada na loja desse jeito", disse ele com fingida rispidez, mas que continha certa contrariedade; pois era preciso discutir questões práticas urgentes se iam passar a noite acordados. "Alguém pode chegar a qualquer momento", acrescentou, e esperou novamente. Suas palavras não fizeram nenhum efeito, e a ideia da inevitabilidade da morte ocorreu ao sr. Verloc durante a pausa. Ele mudou de tom. "Vamos. Isso não irá trazê-lo de volta", disse ele carinhosamente, sentindo-se inclinado a tomá-la nos braços e apertá-la junto ao peito, onde a impaciência e a compaixão viviam lado a lado. Porém, salvo por um leve tremor, a sra. Verloc continuou aparentemente insensível à força daquele horrível clichê. Foi o sr. Verloc que, em sua simplicidade, tomou a iniciativa de pedir moderação, falando sobre os direitos da sua própria pessoa.

"Por favor, seja razoável, Winnie. O que teria acontecido se você tivesse me perdido?!"

Ele tinha uma leve expectativa de ouvi-la gritar. Mas ela não cedeu. Ela se inclinou um pouco para trás, mergulhando num silêncio profundo e indecifrável. O coração do sr. Verloc começou a bater mais depressa, exasperado e um pouco assustado. Ele pôs a mão em seu ombro e disse:

"Não seja tola, Winnie."

Ela não reagiu. Era impossível conversar a sério com uma mulher cujo rosto não se pode ver. O sr. Verloc agarrou os pulsos da esposa. Mas suas mãos pareciam firmemente coladas. Com o puxão, ela inclinou o corpo todo para a frente e quase caiu da cadeira. Surpreso por senti-la tão flácida e largada, ele tentou pô-la de volta na cadeira quando, subitamente, ela se retesou toda, se desvencilhou das mãos dele, saiu correndo da loja, atravessou a sala de estar e entrou na cozinha. Foi tudo muito rápido. O rosto que ele viu de relance e o pouco dos olhos que ele vislumbrou confirmaram que ela não estava olhando para ele.

Parecia que eles estavam brigando pela posse de uma cadeira, porque o sr. Verloc ocupou imediatamente o lugar da esposa. Embora o sr. Verloc não tivesse coberto o rosto com as mãos, suas feições adquiriram um ar pensativo e melancólico. Era impossível evitar uma pena de prisão. Agora ele não pretendia evitá-la. A prisão era um lugar tão a salvo de certas vinganças ilícitas como o túmulo, com a vantagem de que na prisão sempre há lugar para a esperança. O que ele via diante de si era uma pena de prisão, uma libertação precoce e depois a vida em algum lugar no exterior, tal como já tinha considerado em caso de fracasso. Bem, era um fracasso, ainda que não exatamente o tipo de fracasso que temera. Estivera tão perto de ser um sucesso que ele certamente poderia ter aterrorizado o sr. Vladimir, em razão da sua ironia cruel, com aquela demonstração oculta de eficiência. Pelo menos é o que parecia agora ao sr. Verloc. Seu prestígio com a Embaixada teria sido enorme se... se a sua esposa não tivesse tido a ideia infeliz de costurar o endereço no interior do sobretudo de Stevie. O sr. Verloc, que não era bobo, logo percebera a influência extraordinária que tinha sobre Stevie, embora não entendesse exatamente a origem daquilo – o dogma da sua suprema sabedoria e bondade inculcado pelas duas ansiosas mulheres. Em todas as eventualidades previstas por ele, o sr. Verloc tinha calculado corretamente a lealdade instintiva e a discrição cega de Stevie. A eventualidade que ele não tinha previsto o deixara chocado, por ser uma pessoa sensível e um marido amoroso. Sob todos os outros pontos de vista, ela era muito vantajosa. Nada se iguala à discrição perpétua da morte. Sentado na pequena sala de estar do Cheshire Cheese, confuso e amedrontado, o sr. Verloc não pôde deixar de reconhecer aquilo, porque a sua sensibilidade não o impedia de raciocinar. A desintegração violenta de Stevie, por mais perturbador que fosse recordá-la, apenas assegurou o sucesso; pois é claro que o objetivo das ameaças do sr. Vladimir não era derrubar um muro, mas produzir um efeito moral. Pode--se dizer que o efeito foi produzido com muita dificuldade e angústia da parte do sr. Verloc. Quando, porém, de forma muito inesperada, ele veio cobrar o seu preço em Brett Street, o sr. Verloc, que lutara pela preservação de seu cargo como se estivesse num pesadelo, aceitou o golpe com o espírito de um fatalista convicto. Não havia um verdadeiro culpado pela perda do cargo. Um fato insignificante provocara aquilo. Era igual a escorregar num pedaço de casca de laranja no escuro e quebrar a perna.

O sr. Verloc deu um suspiro de cansaço. Não estava ressentido com a esposa. Pensou: ela vai ter de cuidar da loja enquanto me mantêm preso. E, pensando também no quanto ela iria sofrer inicialmente com a ausência de Stevie, ficou muito preocupado com a saúde e a disposição dela. Como ela iria suportar a solidão – completamente sozinha naquela casa? Será que não teria um colapso nervoso enquanto ele estivesse atrás das grades? O que aconteceria, então, com a loja? A loja era um ativo. Embora o fatalismo do sr. Verloc aceitasse a perda do cargo de agente secreto, não tinha a intenção de ficar completamente falido, principalmente, é preciso admitir, em razão do respeito pela esposa.

Na cozinha, silenciosa e fora do seu raio de visão, ela o intimidava. Se ao menos ela tivesse a mãe a seu lado. Mas aquela velha tonta – um desalento irritado tomou conta do sr. Verloc. Ele precisava conversar com a esposa. Poderia lhe dizer, certamente, que em determinadas circunstâncias a pessoa fica desesperada. Mas ele não lhe comunicou aquela informação de imediato. Antes de mais nada, estava claro para ele que aquela noite não era o momento para falar de negócios. Levantou-se para fechar a porta da rua e desligar o gás da loja.

Portanto, após instaurar um clima de isolamento em torno do seu lar, o sr. Verloc entrou na sala de estar e olhou para a cozinha. A sra. Verloc estava sentada no lugar em que o pobre Stevie costumava se instalar à noite com papel e lápis para passar o tempo desenhando uma infinidade de círculos coruscantes que evocavam o caos e a eternidade. Seus braços estavam dobrados sobre a mesa e a cabeça repousava em cima deles. O sr. Verloc contemplou-lhe as costas e o arranjo do cabelo durante algum tempo, depois afastou-se da porta da cozinha. A serena e quase arrogante falta de curiosidade da sra. Verloc e a base do acordo que regia a vida doméstica deles tornavam extremamente difícil entrar em contato com ela, agora que essa trágica necessidade tinha surgido. O sr. Verloc sentiu intensamente essa dificuldade. Ficou andando ao redor da mesa da sala de estar com seu costumeiro ar de animal enjaulado.

Como a curiosidade é uma das formas de autorrevelação, uma pessoa sistematicamente indiferente permanece sempre parcialmente misteriosa. Toda vez que passava perto da porta o sr. Verloc olhava preocupado para a esposa. Não que tivesse medo dela. Ele se imaginava amado por aquela mulher. Mas ela não o habituara a fazer confidências. E a confidência que ele tinha de fazer era de ordem profundamente psicológica. Como, com sua falta de prática, poderia lhe dizer aquilo que ele próprio sentia apenas vagamente: que existem conspirações cujo destino é trágico, que às vezes uma ideia brota na mente até adquirir uma existência externa, um poder independente próprio, e mesmo uma voz evocativa? Ele não podia lhe contar que uma pessoa pode ser atormentada por um rosto rechonchudo, espirituoso e barbeado até que o recurso mais violento para se livrar dele parece um fruto do bom senso.

Ao se referir mentalmente ao primeiro secretário da importante Embaixada, o sr. Verloc parou no vão da porta e, olhando para a cozinha irritado e com os punhos cerrados, dirigiu-se à esposa.

O AGENTE SECRETO

"Você não sabe como era boçal o sujeito com quem tive de lidar."

Começou uma nova perambulação ao redor da mesa; então, ao chegar novamente junto à porta, ele parou, olhando fixamente para dentro da cozinha do alto de dois degraus.

"Um sujeito imbecil, debochado e perigoso, suja sensibilidade não era maior que... Depois desses anos todos! Um homem como eu. E arrisquei o pescoço o tempo todo nessa brincadeira. Você não sabia. E com razão também. De que adiantaria eu ter lhe contado que, durante os sete anos em que estivemos casados, corri o risco de me enfiarem uma faca a qualquer momento? Não sou homem de deixar preocupada a mulher que gosta de mim. Você não tinha nada que saber." O sr. Verloc deu outra volta pela sala, bufando.

"Um animal peçonhento", recomeçou ele do vão da porta. "Me jogar na sarjeta para morrer de fome em nome de uma piada. Percebi que ele achava a piada excelente. Um homem como eu! Veja bem! Algumas das pessoas mais importantes do mundo deviam me agradecer por ainda disporem de duas pernas para caminhar. É esse o homem com quem você se casou, minha menina!"

Ele percebeu que a esposa tinha endireitado o corpo, deixando os braços estendidos sobre a mesa. O sr. Verloc prestou atenção nas suas costas, como se pudesse ler ali o efeito de suas palavras.

"Não existe nenhum complô assassino dos últimos onze anos que não tenha um dedo meu, com o risco da minha própria vida. Enviei inúmeros revolucionários, com bombas em seus malditos bolsos, para serem capturados na fronteira. O velho barão sabia da minha importância para o seu país. E aí me aparece de repente um canalha – um canalha ignorante e arrogante."

Descendo lentamente dois degraus, o sr. Verloc entrou na cozinha, pegou um copo no armário e, segurando-o na mão, aproximou-se da pia, sem olhar para a esposa. "O velho barão não cometeria a asneira de me chamar à sua presença às onze da manhã. Existem dois ou três nesta cidade que, se tivessem me visto entrando, não hesitariam em me golpear na cabeça mais cedo ou mais tarde. Foi uma brincadeira estúpida e criminosa expor a troco de nada um homem... como eu."

Abrindo a torneira acima da pia, o sr. Verloc entornou três copos d'água garganta abaixo, um depois do outro, para debelar as chamas da sua indignação. A conduta do sr. Vladimir era como um ferro em brasa que punha fogo na sua organização interna. Ele não conseguia aceitar aquela deslealdade. Esse homem, que não executava as tarefas difíceis costumeiras que a sociedade determina a seus membros mais humildes, tinha empregado seus esforços secretos com inesgotável dedicação. Havia no sr. Verloc uma reserva de lealdade. Ele fora leal a seus empregadores, à causa da estabilidade social – e a seus sentimentos também –, como ficou evidente quando, depois de colocar o copo na pia, ele se virou e disse:

"Se eu não tivesse pensado em você, teria agarrado aquele boçal agressivo pela garganta e esmagado a cabeça dele na lareira. Ele não seria páreo para mim, o sujeitinho de cara rosada e barbeada, aquele..."

O sr. Verloc não terminou a frase, como se não houvesse dúvida da palavra final. Pela primeira vez na vida ele fazia confidências àquela mulher indiferente. A singularidade do acontecimento e a força e a importância dos sentimentos pessoais despertados ao longo da confissão afastaram o destino de Stevie da mente do sr. Verloc. A vida titubeante do garoto, cheia de temores e indignações, junto com a sua morte violenta, tinham se dissipado momentaneamente da mente do sr. Verloc. Por esse motivo, quando ele ergueu os olhos ficou surpreso com a natureza desagradável do olhar da esposa. Não era um olhar perturbado nem desatento, mas a sua atenção era estranha e insatisfatória, porque parecia concentrada num ponto além da pessoa do sr. Verloc. A impressão era tão forte que o sr. Verloc deu uma olhadela por cima do ombro. Não havia nada atrás dele além da parede caiada. O excelente marido de Winnie Verloc não viu nada escrito na parede.[10] Ele se voltou novamente para a esposa, repetindo, com alguma ênfase:

---

10 Referência à passagem do livro de Daniel, 5:26, em que o profeta interpreta para o rei Belsazar o que estava escrito na parede: "Pesado foste na balança e achado em falta". [N. T.]

O AGENTE SECRETO

229

"Eu o teria agarrado pela garganta. Tão certo como estou aqui, se não tivesse pensado em você eu quase teria estrangulado o beócio antes que ele levantasse. E não pense que ele estaria ansioso em chamar a polícia. Ele não ousaria. E você sabe por que, não sabe?"

Ele deu uma piscadela cúmplice para a esposa.

"Não", respondeu a sra. Verloc com a voz abafada e sem lhe dirigir o olhar. "Do que você está falando?"

Devido ao cansaço, um enorme desânimo se abateu sobre o sr. Verloc. Ele tivera um dia muito cheio, e seus nervos tinham sido testados ao máximo. Depois de um mês de ansiedade enlouquecedora que terminou numa catástrofe inesperada, o espírito perturbado do sr. Verloc ansiava por repouso. Sua carreira de agente secreto chegara ao fim de uma forma que ninguém teria previsto; só que, agora, talvez ele conseguisse finalmente ter uma noite de sono. Porém, olhando para a esposa, ele duvidou. Ela estava sendo profundamente afetada pelo ocorrido – parecia outra pessoa, pensou. Ele falou com dificuldade.

"Você vai ter de se controlar, minha pequena", disse ele com simpatia. "O que está feito não pode ser desfeito."

A sra. Verloc teve um leve sobressalto, embora nenhum músculo do seu rosto lívido fizesse o menor movimento. O sr. Verloc, que não estava olhando para ela, prosseguiu num tom pedante.

"Agora vá se deitar. O que você precisa é chorar bastante."

Essa opinião não tinha nada a recomendá-la senão o consentimento geral da humanidade. É uma verdade universal que, como se não fosse mais sólida que a névoa que flutua no céu, toda emoção da mulher está fadada a terminar num aguaceiro. E é bastante provável que se Stevie tivesse morrido em sua cama sob o olhar desesperado da irmã, em seus braços protetores, a tristeza da sra. Verloc teria encontrado alívio numa enxurrada de lágrimas amargas e puras. Tal como outros seres humanos, a sra. Verloc dispunha de uma reserva de resignação inconsciente suficiente para satisfazer a manifestação normal do destino humano. Sem "se atormentar com aquilo", ela sabia que aquilo "não resistia muito a um exame prolongado". Mas as circunstâncias lamentáveis da morte de Stevie, que para o sr. Verloc tinha apenas um caráter secundário, como parte de uma desgraça maior, secaram suas lágrimas bem no nascedouro. Foi o resultado de um ferro incandescente arrastado ao longo dos seus olhos; ao mesmo tempo, seu coração, endurecido e transformado num bloco de gelo, mantinha seu corpo tremendo internamente e transformava suas feições numa gélida imobilidade contemplativa voltada para uma parede caiada sem nada escrito. As exigências do temperamento da sra. Verloc, o qual, quando despido do seu comedimento discreto, era maternal e violento, forçaram-na a agitar uma série de pensamentos em sua cabeça imóvel. Esses pensamentos eram mais imaginados que externados. A sra. Verloc era uma mulher de pouquíssimas palavras, tanto publicamente como em privado. Com a raiva e o desalento de uma mulher traída, ela recapitulou o sentido da sua vida por meio de visões relacionadas, sobretudo, à vida difícil de Stevie desde seus primeiros dias. Era uma vida que tinha um só objetivo e uma nobre unidade de inspiração, como aquelas raras vidas que deixaram sua marca nos pensamentos e sentimentos da humanidade. Mas as visões da sra. Verloc careciam de nobreza e de grandeza. Ela se via pondo o menino para dormir à luz de uma única vela no último andar abandonado de uma "casa de comércio", escura debaixo do telhado e excessivamente cintilante, com luzes e vidro biselado, no nível da rua, como um palácio de contos de fadas. Aquele falso esplendor era o único que estava presente nas visões da sra. Verloc. Ela se lembrava de quando escovava os cabelos do garoto e amarrava seu avental – ela mesma usando um avental; os consolos oferecidos a uma criaturinha extremamente amedrontada por outra criatura quase tão pequena, mas não tão amedrontada assim; ela teve a visão dos golpes interceptados (muitas vezes com sua própria cabeça), de uma porta mantida obstinadamente fechada contra a fúria de um homem (não por muito tempo); de um atiçador arremessado certa vez (não muito longe), que transformou aquela tempestade particular no silêncio pesado que se segue ao estrondo do trovão. E todas essas cenas de violência iam e vinham, acompanhadas pelo alarido ríspido dos gritos inflamados vindos de um homem ferido em seu

O AGENTE SECRETO

orgulho paterno, que se dizia obviamente amaldiçoado, já que um de seus filhos era um "idiota babão e o outro uma diaba perversa". Era a ela que aquelas palavras se referiam muitos anos atrás.

A sra. Verloc ouviu as palavras novamente como se fosse um sonho, e então a imagem melancólica da mansão de Belgravia cobriu-lhe os ombros. Eram lembranças angustiantes, uma visão torturante de incontáveis bandejas de café da manhã transportadas para cima e para baixo por escadarias intermináveis, de disputas intermináveis por causa de algumas moedas, do trabalho penoso e interminável de varrer, tirar o pó e limpar, do porão até o sótão, enquanto a mãe alquebrada, cambaleando em cima das pernas inchadas, cozinhava numa cozinha suja, e o pobre Stevie, gênio inconsciente que assistia a toda aquela labuta, engraxava as botas dos cavalheiros na copa. Mas essa visão tinha um bafo quente de verão londrino dentro dela, e, como figura central, um jovem usando roupa de domingo, com um chapéu de palha na cabeça escura e um cachimbo de madeira na boca. Cortês e bem-humorado, ele era uma companhia fascinante para viajar ao longo da correnteza efervescente da vida; só que seu barco era muito pequeno. Havia lugar apenas para uma parceira no remo, mas nenhum espaço para passageiros. Permitiram que ele se afastasse da soleira da mansão de Belgravia enquanto Winnie desviava seus olhos chorosos. Ele não era um inquilino. O inquilino era o sr. Verloc, um sujeito indolente que ficava acordado até tarde, que se mostrava alegre e sonolento pela manhã debaixo das cobertas, mas com um brilho apaixonado nos olhos semicerrados e sempre com uns trocados nos bolsos. Não havia nenhum tipo de efervescência na preguiçosa correnteza da sua vida. Ela fluía por lugares secretos. Mas sua barca parecia espaçosa, e a sua generosidade calada aceitava, com naturalidade, a presença de passageiros.

A sra. Verloc prosseguiu com as visões dos sete anos de segurança para Stevie, lealmente pagos por ela; de uma segurança que se transformou em confiança, num sentimento familiar, estagnado e profundo como um lago sereno cuja superfície vigiada mal se arrepiava à passagem ocasional do camarada Ossipon, o anarquista musculoso de olhos despudoradamente sedutores cujo olhar tinha a nitidez depravada capaz de iluminar qualquer mulher que não fosse completamente imbecil.

Tinham se passado apenas alguns segundos desde que a última palavra fora proferida em voz alta na cozinha, e a sra. Verloc já estava olhando fixamente para a imagem de um episódio ocorrido havia não mais de quinze dias. Com as pupilas dos olhos extremamente dilatadas, ela olhou fixamente para a imagem do marido e do pobre Stevie subindo lado a lado a Brett Street e se afastando da loja. Foi a última cena de uma vida criada pela habilidade da sra. Verloc; uma vida inteiramente desprovida de graça e de encanto, sem beleza e quase sem decência, mas admirável pela persistência de sentimento e tenacidade de propósito. E essa última imagem tinha tamanho realce plástico, tamanha proximidade formal, tamanha fidelidade de detalhes sugestivos, que ela arrancou da sra. Verloc um sussurro angustiado e débil, reproduzindo a suprema ilusão da sua vida, um sussurro amargurado que foi morrendo lentamente em seus lábios pálidos.

"Podiam ser pai e filho."

O sr. Verloc parou e ergueu o rosto preocupado. "Ahn? O que você disse?", perguntou. Como não recebesse resposta, retomou sua caminhada sinistra. Então, agitando ameaçadoramente o punho grosso e carnudo, ele exclamou:

"Sim. O pessoal da Embaixada. Gente de primeira, não é? Antes de uma semana vou fazer que alguns deles desejem estar a vinte palmos debaixo da terra. Ahn? O que foi?"

Ele olhou de lado, com a cabeça baixa. A sra. Verloc fitava a parede caiada. Uma parede branca – totalmente branca. Uma brancura para se atirar sobre ela e esmagar a cabeça de encontro a ela. A sra. Verloc permaneceu sentada e impassível. Ela se manteve imóvel como a população de metade do globo se manteria imóvel de perplexidade e desespero se o sol subitamente se apagasse no céu de verão pela traição de uma providência em quem se confia.

"A Embaixada", o sr. Verloc começou novamente, depois de fazer uma careta preliminar que revelou seus dentes vorazes. "Gostaria de poder ficar solto ali durante meia hora com um porrete. Iria desferir bordoadas até não sobrar nenhum osso inteiro

O AGENTE SECRETO

na turma toda. Mas não faz mal, ainda vou lhes ensinar o que significa tentar jogar um homem como eu para apodrecer na rua. Eu sei me defender. O mundo inteiro vai saber o que eu fiz por eles. Não tenho medo. Não me importo. Tudo vai vir à tona. É melhor ficarem alertas!"

Foi nesses termos que o sr. Verloc proclamou sua sede de vingança. Era uma vingança muito adequada, e ela estava de acordo com os estímulos do gênio do sr. Verloc. Tinha também a vantagem de se encontrar dentro dos limites dos seus recursos e de se adaptar facilmente às suas maquinações, que se baseavam justamente na traição dos métodos secretos e ilícitos dos seus semelhantes. Para ele, anarquistas ou diplomatas eram tudo a mesma coisa. Por índole, o sr. Verloc não respeitava as pessoas. Seu desprezo se distribuía de maneira uniforme por todo o seu campo de operações. Porém, por ser membro de um proletariado revolucionário – o que ele certamente era –, nutria um sentimento de grande hostilidade pela diferença social.

"Nada no mundo vai conseguir me parar agora", acrescentou, e fez uma pausa, olhando fixamente para a esposa, que olhava fixamente para uma parede branca.

O silêncio na cozinha se prolongou, e o sr. Verloc ficou desapontado. Ele esperava que a esposa dissesse alguma coisa. Mas os lábios da sra. Verloc, dispostos em seu formato habitual, mantiveram uma imobilidade de estátua, como o resto do rosto. Mas o sr. Verloc estava desapontado. No entanto, ele reconhecia que a ocasião não exigia que ela se manifestasse. Ela era uma mulher de poucas palavras. Por motivos relacionados à própria essência do seu temperamento, o sr. Verloc tinha a tendência de confiar em qualquer mulher que tivesse se entregado a ele. Portanto, ele confiava na esposa. O acordo entre eles era perfeito, mas não era preciso. Era um acordo tácito, adequado à falta de curiosidade da sra. Verloc e aos hábitos mentais do sr. Verloc, que eram indolentes e secretos. Eles se abstinham de ir a fundo nos fatos e nos motivos.

Essa reserva, que expressava, de certo modo, a profunda confiança recíproca, introduzia, ao mesmo tempo, um claro elemento de incerteza na intimidade deles. Nenhum sistema de relacionamento conjugal é perfeito. O sr. Verloc supunha que a esposa o compreendera, mas ele gostaria de ouvi-la dizer o que pensava no momento. Teria sido um consolo.

Havia vários motivos pelos quais esse conforto lhe fora negado. Havia um obstáculo físico: a sra. Verloc não controlava suficientemente a sua voz. Ela não viu nenhuma alternativa entre o grito e o silêncio, e instintivamente escolheu o silêncio. Winnie Verloc era, por temperamento, uma pessoa silenciosa. Ademais, havia a brutalidade paralisante do pensamento que tomava conta dela. Seu rosto estava pálido, seus lábios, acinzentados, e a sua imobilidade era impressionante. Assim, ela pensou sem olhar para o sr. Verloc: "Este homem levou embora o garoto para assassiná-lo. Ele levou o garoto desta casa para assassiná-lo. Ele tirou o garoto de mim para assassiná-lo!".

A sra. Verloc estava sendo atormentada por aquele pensamento ambíguo e enlouquecedor. Ele estava em suas veias, em seus ossos, nas raízes dos seus cabelos. Mentalmente ela adotou a postura bíblica do luto – o rosto coberto e as vestes rasgadas; o som dos lamentos e do choro enchia-lhe a cabeça. Mas seus dentes estavam rigidamente cerrados, e seus olhos secos estavam fervendo de raiva, porque ela não era uma criatura submissa. A proteção que estendera sobre o irmão fora, em sua origem, de natureza impetuosa e indignada. Ela precisou amá-lo com um amor combativo. Lutara por ele – até contra si mesma. A perda dele tinha o amargor da derrota, com a angústia de uma paixão frustrada. Não era um golpe usual da morte. Além disso, não fora a morte que tirara Stevie dela. O sr. Verloc é que o tinha roubado. Ela vira o sr. Verloc. Ela o observara levar o garoto embora, sem erguer a mão. E tinha deixado o garoto partir, como – como uma boba – uma boba inconsciente. Então, depois de assassinar o garoto, ele voltou para casa para ficar junto dela. Simplesmente voltou para casa, como qualquer outro homem voltaria para casa para ficar com a esposa...

Através dos dentes cerrados, a sra. Verloc murmurou para a parede:

"E eu pensei que ele tinha pegado um resfriado."

O sr. Verloc ouviu essas palavras e se apropriou delas.

"Não foi nada", disse ele num tom de voz melancólico. "Eu estava descontrolado. Eu estava descontrolado por sua causa."

Virando lentamente a cabeça, a sra. Verloc transferiu seu olhar da parede para a figura do marido. Com a ponta dos dedos entre os lábios, o sr. Verloc olhava para o chão.

"Não há nada a fazer", ele resmungou, deixando cair a mão. "Você tem de se controlar. Você vai precisar manter a calma. Foi você que levantou a suspeita da polícia a nosso respeito. Não faz mal, não vou mais tocar no assunto", prosseguiu o sr. Verloc magnanimamente. "Você não tinha como saber."

"Não tinha", sussurrou a sra. Verloc. Foi como se um cadáver tivesse falado. O sr. Verloc retomou o fio do discurso.

"A culpa não é sua. Vou deixá-los com a pulga atrás da orelha. Quando eu estiver debaixo de sete chaves, estarei suficientemente seguro para falar, você me entende. Calcule que vou ficar dois anos longe de você", prosseguiu, num tom sincero de preocupação. "Vai ser mais fácil para você do que para mim. Você vai ter algo para fazer, enquanto eu... Veja bem, Winnie, o que você precisa fazer é tocar este negócio durante dois anos. O que você sabe é o bastante. Você tem uma cabeça boa. Mandarei avisá-la quando chegar a hora de pôr o negócio à venda. Você terá de ser extremamente cautelosa. Os camaradas não vão tirar o olho de você. Terá de ser o mais ardilosa possível, e reservada como um túmulo. Ninguém deve saber o que você vai fazer. Não estou disposto a levar um golpe na cabeça ou uma punhalada nas costas assim que for solto."

Assim falou o sr. Verloc, utilizando a mente com criatividade e antevendo os futuros problemas. Sua voz era melancólica, porque ele tinha uma percepção correta da situação. Tudo que ele queria evitar tinha acontecido. O futuro se tornara incerto. Seu raciocínio talvez tivesse ficado momentaneamente confuso pelo temor da irracionalidade violenta do sr. Vladimir. É desculpável que um homem com quarenta e poucos anos fique extremamente perturbado diante da possibilidade de perder o emprego, especialmente se ele for um agente secreto da polícia política, que se sente seguro porque tem consciência da sua enorme importância e da estima que goza de personalidades de respeito. Era compreensível.

Ora, tudo tinha terminado em fracasso. Embora estivesse calmo, o sr. Verloc não estava satisfeito. Um agente secreto que escancara a sua intimidade por desejo de vingança e exibe seus feitos aos olhos de todos se transforma em alvo de ressentimentos desesperados e cruéis. Sem exagerar excessivamente o perigo, o sr. Verloc procurou expô-lo claramente diante da mente da esposa. Ele repetiu que não pretendia deixar que os revolucionários dessem cabo dele.

Olhou direto nos olhos da esposa. As pupilas dilatadas da mulher receberam seu olhar em suas profundezas insondáveis.

"Gosto demais de você para permitir isso", disse ele, com uma risada meio nervosa.

Um leve rubor aflorou no rosto lívido e abatido da sra. Verloc. Tendo se livrado das imagens do passado, ela não apenas ouvira, mas também compreendera as palavras proferidas pelo marido. Devido à extrema discordância com a sua condição mental, as palavras produziram nela um efeito ligeiramente asfixiante. Embora tivesse o mérito da simplicidade, o estado mental da sra. Verloc não era equilibrado: ele estava totalmente controlado por uma ideia fixa. Todos os cantos e reentrâncias do seu cérebro estavam tomados pelo pensamento de que aquele homem, com quem ela vivera sem desprazer por sete anos, tinha tirado o "pobre garoto" dela para matá-lo – o homem com quem ela se habituara de corpo e alma; o homem em quem ela confiara tinha levado o garoto embora para matá-lo! Na forma, na substância e no efeito, que era universal, alterando até a aparência das coisas inanimadas, era um pensamento a se contemplar imóvel e perplexo para todo o sempre. A sra. Verloc permaneceu sentada imóvel. E através daquele pensamento (não através da cozinha), o vulto do sr. Verloc ficou vagando de um lugar para o outro à vontade, de chapéu e sobretudo, gravando o som das suas botas no cérebro dela. Ele provavelmente também estava falando; mas o pensamento da sra. Verloc cobriu a voz a maior parte do tempo.

O AGENTE SECRETO

No entanto, de vez em quando, a voz se fazia ouvir. Às vezes se distinguiam diversas palavras concatenadas. Seu teor geralmente era auspicioso. Em cada uma dessas ocasiões, as pupilas dilatadas da sra. Verloc, perdendo a fixidez distante, seguiram os movimentos do marido com uma preocupação hostil e uma atenção insondável. Bem informado a respeito de todas as questões relacionadas à sua profissão secreta, o sr. Verloc via com otimismo a possibilidade de que seus planos e acordos dessem certo. Ele realmente acreditava que, no final das contas, não teria dificuldade de escapar do punhal dos revolucionários ensandecidos. De um jeito ou de outro, ele tinha exagerado a intensidade da raiva e o alcance do braço deles (por motivos profissionais) com demasiada frequência para acalentar muitas ilusões. Pois, para exagerar com discernimento, é preciso primeiro avaliar com precisão. Ele também sabia quanta virtude e quanta maldade são esquecidas em dois anos – dois longos anos. Sua primeira conversa realmente confidencial com a esposa fora otimista por convicção. Ele também pensava que era uma boa política demonstrar toda a autoconfiança que pudesse reunir. Isso serviria de alento para a pobre mulher. Depois da sua libertação, que, combinando perfeitamente com seu estilo de vida, seria secreta, naturalmente, eles desapareceriam juntos sem perda de tempo. Quanto à ocultação das pistas, ele pedia que a mulher confiasse nele. Ele sabia como fazer aquilo para que o próprio diabo...

Ele fez um sinal com a mão. Parecia se vangloriar, mas tudo que queria era animá-la um pouco. Embora bem-intencionado, o sr. Verloc teve o azar de não ser correspondido por seu público.

O tom autoconfiante tomou conta do ouvido da sra. Verloc, que deixava a maioria das palavras se perder; pois o que significavam as palavras para ela agora? O que as palavras poderiam fazer por ela, para o bem ou para o mal, diante da sua ideia fixa? Seu olhar sombrio seguiu aquele homem que afirmava a sua impunidade – o homem que tinha levado o pobre Stevie de casa para matá-lo em algum lugar. A sra. Verloc não pôde se lembrar exatamente onde, mas seu coração começou a bater de maneira bem perceptível.

Num tom suave e conjugal, o sr. Verloc expressava então sua firme convicção de que eles ainda tinham pela frente um bom par de anos de vida discreta. Ele não abordou a questão da forma. Teria de ser uma vida discreta, por assim dizer, abrigada na penumbra, escondida entre os homens cuja carne é como a erva; modesta, como a vida das violetas.[11] As palavras empregadas pelo sr. Verloc foram: "Ser discreto por um tempinho". E longe da Inglaterra, naturalmente. Não ficou claro se o sr. Verloc pensava na Espanha ou na América do Sul; mas, de qualquer forma, algum lugar no exterior.

Quando essa última palavra chegou aos ouvidos da sra. Verloc, ela produziu uma reação precisa. O homem estava falando em ir para o exterior. A reação era totalmente incoerente; mas tamanha é a força do hábito mental que a sra. Verloc se perguntou de pronto e automaticamente: "E quanto ao Stevie?".

Foi uma espécie de esquecimento; mas ela se deu conta imediatamente de que não havia mais nenhum motivo de preocupação em relação àquela pessoa. Nunca mais haveria nenhum motivo. O pobre garoto tinha sido levado e morto. O pobre garoto estava morto.

Esse esquecimento perturbador estimulou a mente da sra. Verloc. Ela começou a tirar algumas conclusões que teriam surpreendido o sr. Verloc. Não precisava mais ficar ali naquela cozinha, naquela casa, com aquele homem – já que o garoto tinha ido embora para sempre. Não precisava fazer nada daquilo. E nisso a sra. Verloc pôs-se de pé como se tivesse sido empurrada por uma mola. Mas também não conseguiu perceber o que a prendia no mundo. E essa incapacidade a paralisou. O sr. Verloc olhou para ela com a solicitude de um marido.

"Você está com um aspecto melhor", disse ele preocupado. Algo estranho no negrume dos olhos da esposa perturbava seu

---

11 A autor combina uma alusão a I Pedro, 1:24: "Pois toda carne é como a erva; [...] seca-se a erva e cai a sua flor", com a ideia da violeta como "uma flor considerada geralmente um símbolo da modéstia" (*Brewer's Dictionary of Phrase and Fable*). [N. T.]

O AGENTE SECRETO

otimismo. Naquele exato momento, a sra. Verloc começou a sentir como se tivesse se libertado de todos os vínculos terrenos.

Ela alcançara a sua liberdade. Seu pacto com a vida, representado pelo homem ali parado, tinha chegado ao fim. Era uma mulher livre. Se tivesse percebido esse cenário de alguma forma, o sr. Verloc teria ficado extremamente chocado. Nos assuntos do seu coração, o sr. Verloc sempre fora despreocupadamente generoso, embora sempre com a única ideia de que era amado por aquilo que ele era. Como, em relação a essa questão, seus conceitos éticos estavam de acordo com a sua vaidade, ele era totalmente incorrigível. Que assim fosse no caso do seu relacionamento honrado e legal, era algo de que não tinha a menor dúvida. Envelhecera, engordara e ficara mais preguiçoso, na crença de que não lhe faltavam encantos para ser amado por si mesmo. Quando viu a sra. Verloc saindo da cozinha sem dizer palavra, ele ficou desapontado.

"Aonde você vai?", gritou ele com alguma rispidez. "Vai subir?"

Ao ouvir a voz do marido, a sra. Verloc se voltou na soleira da porta. Um instinto de prudência nascido do medo, do medo desmedido de ser abordada e tocada por aquele homem, fez que ela balançasse levemente a cabeça em sinal de assentimento (do segundo degrau da escada) e fizesse um movimento dos lábios que o otimismo conjugal do sr. Verloc interpretou como um sorriso vago e melancólico.

"Está bem", ele a encorajou asperamente. "Você precisa de descanso e tranquilidade. Vá. Em breve me juntarei a você."

A sra. Verloc, a mulher livre que não tinha a menor ideia de aonde estava indo, acatou a sugestão sem pestanejar.

O sr. Verloc olhou atentamente para ela, que desapareceu escada acima. Ele ficou desapontado. Algo dentro dele teria ficado mais satisfeito se ela tivesse se jogado em seus braços. Mas ele era generoso e compreensivo. Winnie sempre fora retraída e calada. No geral, o sr. Verloc tampouco era dado a carícias e belos discursos. Mas aquela não era uma noite qualquer. Era uma ocasião em que um homem precisa ser encorajado e fortalecido por demonstrações claras de simpatia e afeição. O sr. Verloc suspirou e apagou o bico de gás da cozinha. A simpatia que tinha pela esposa era genuína e intensa. Quase chegou às lágrimas enquanto permaneceu na sala de estar refletindo sobre a solidão que pairava sobre a cabeça dela. Tomado por esse estado de ânimo, o sr. Verloc sentiu muita saudade de Stevie, motivada pela complexidade do mundo. Ele pensou em sua morte com pesar. Se ao menos o rapaz não tivesse se matado estupidamente!

A sensação de fome insaciável, que não é estranha após a tensão de uma ação arriscada a aventureiros de melhor estirpe que o sr. Verloc, tomou conta dele de novo. O pedaço de rosbife, disposto à semelhança de fúnebres carnes assadas[12] para as exéquias de Stevie, se oferecia generoso à sua atenção. E o sr. Verloc comeu novamente. Comeu avidamente, sem moderação nem decoro, cortando grossas fatias com a afiada faca de trinchar, e engolindo-as sem pão. Ao longo da refeição, o sr. Verloc teve a impressão de que não estava ouvindo a esposa se mover pelo quarto como era de se esperar. A possibilidade de encontrá-la sentada na cama no escuro não apenas tirou o apetite do sr. Verloc, mas também lhe tirou a disposição de segui-la ao andar de cima no momento. Pousando a faca de trinchar na mesa, o sr. Verloc aguçou o ouvido, preocupado.

Ficou aliviado ao finalmente ouvi-la se mover. Ela atravessou rapidamente o quarto e ergueu a janela. Depois de um momento de silêncio no andar de cima, durante o qual a imaginou com a cabeça para fora, ele ouviu o caixilho sendo baixado lentamente. Depois ela deu alguns passos e se sentou. Inteiramente adaptado à vida doméstica, o sr. Verloc estava familiarizado com cada ressonância da sua casa. Quando, em seguida, ouviu os passos da esposa vindos de cima ele percebeu, tão bem como se a tivesse visto fazê-lo, que ela tinha calçado os sapatos de sair. O sr. Verloc mexeu ligeiramente os ombros diante desse sinal agourento e, afastando-se da mesa, ficou de costas para a lareira, a cabeça inclinada para um dos lados e mordendo perplexo a ponta dos dedos. Acompanhou os movimentos dela pelo som. Ela andou

---

12 Alusão a *Hamlet*, cena II, ato I: "Os manjares preparados para a refeição fúnebre foram servidos frios nas mesas do casamento". [N. T.]

O AGENTE SECRETO

241

impetuosamente de um lado para o outro, parando abruptamente, ora diante da arca com gavetas, depois na frente do guarda-roupa. Um imenso cansaço, fruto de um dia de dissabores e surpresas, esgotou as energias do sr. Verloc.

Ele só ergueu os olhos quando ouviu a esposa descendo a escada. Aconteceu o que ele supunha: ela estava vestida para sair.

A sra. Verloc era uma mulher livre. Ela tinha aberto a janela do quarto com a intenção de gritar "Assassino!", "Socorro!" ou de se jogar. Isso porque ela não sabia exatamente o que fazer com a sua liberdade. Sua personalidade parecia ter sido partida ao meio, e os processos mentais das duas partes não se adaptavam muito bem entre si. Silenciosa e deserta de um extremo a outro, a rua a repeliu, ficando do lado daquele homem que estava tão certo da sua impunidade. Ela ficou com medo de gritar e não aparecer ninguém. É claro que não apareceria ninguém. Seu instinto de sobrevivência recuou das profundezas da morte para uma espécie de trincheira enlameada e profunda. A sra. Verloc fechou a janela e se vestiu para sair à rua de outra maneira. Ela era uma mulher livre. Tinha se arrumado dos pés à cabeça, chegando até a cobrir o rosto com um véu negro. Quando apareceu diante dele à luz da sala de estar, o sr. Verloc notou que ela trazia até a bolsinha pendurada no punho esquerdo... Ia correr para junto da mãe, é claro.

A ideia de que, afinal de contas, as mulheres eram criaturas enfadonhas apresentou-se ao seu cérebro cansado. Mas ele era generoso demais para acolhê-la por mais de um segundo. Brutalmente ferido em sua vaidade, o homem manteve uma postura magnânima, não se permitindo a gratificação de um sorriso amargo ou de um gesto de desprezo. Com grandeza de alma, ele se limitou a olhar para o relógio de madeira na parede e dizer com toda a calma, mas enérgico:

"Oito e vinte e cinco, Winnie. Não faz sentido visitar alguém tão tarde. Você não vai conseguir voltar esta noite."

A sra. Verloc tinha parado abruptamente diante da mão estendida do marido. Ele acrescentou, com um tom de voz sério: "Sua mãe já terá se recolhido antes de você chegar. Esse tipo de notícia pode esperar".

Nada estava mais distante dos pensamentos da sra. Verloc do que visitar a mãe. A simples ideia fê-la recuar, e, sentindo uma cadeira atrás de si, ela obedeceu à sugestão do toque e se sentou. Sua intenção era simplesmente atravessar a porta de uma vez por todas. E embora esse sentimento fosse apropriado, seus contornos mentais assumiram a forma rudimentar que correspondia à sua origem e posição social. "Preferia caminhar pelas ruas todos os dias da minha vida", pensou. Mas essa criatura, cuja constituição moral fora submetida a um impacto em relação ao qual, no mundo físico, o mais violento terremoto da história seria apenas um acontecimento insignificante e discreto, estava à mercê de coisas sem importância e de toques acidentais. Ela se sentou. O chapéu e o véu lhe davam um ar de visita, de alguém que tivesse passado rapidamente para ver o sr. Verloc. Sua docilidade instantânea o encorajou, enquanto sua postura de submissão apenas temporária e silenciosa o irritou um pouco.

"Quero lhe dizer, Winnie", disse ele com autoridade, "que o seu lugar é aqui esta noite. Com os diabos! Você trouxe a maldita polícia para escarafunchar cada canto da casa. Eu não a culpo – mas, ainda assim, a responsabilidade é sua. É melhor você tirar esse chapéu abominável. Não posso deixá-la sair, minha cara", acrescentou, com um tom de voz mais suave.

A sra. Verloc aferrou-se àquela declaração com uma tenacidade mórbida. O homem que tinha levado Stevie bem debaixo dos seus olhos para assassiná-lo numa localidade cujo nome lhe escapava no momento não a deixaria sair. É claro que não.

Agora que ele tinha assassinado Stevie, não a deixaria mais sair. Ele ia querer retê-la por qualquer ninharia. E foi a partir desse raciocínio peculiar, que tinha toda a força da lógica insana, que a sabedoria confusa da sra. Verloc passou a atuar pragmaticamente. Ela poderia passar por ele, abrir a porta e sair correndo. Mas ele correria atrás dela, a agarraria pela cintura e a arrastaria de volta para a loja. Ela poderia arranhar, chutar e morder – e dar uma facada também; mas, nesse caso, ela precisaria de uma faca. A sra. Verloc ficou sentada debaixo do véu negro, como uma visita mascarada e misteriosa com intenções insondáveis.

O AGENTE SECRETO 243

A magnanimidade do sr. Verloc não era infinita, não era mais que humana. Finalmente ela conseguira irritá-lo.

"Você não vai dizer nada? Você tem seus próprios artifícios para atormentar um homem. Oh, sim! Conheço seu truque de fingir de surda-muda. Já vi você utilizá-lo hoje. Mas agora não vai funcionar. E, para começo de conversa, tire essa coisa maldita. A gente não sabe se está falando com um manequim ou com uma mulher de verdade."

Ele avançou e, esticando a mão, arrancou o véu, descobrindo um rosto impassível e enigmático, no qual a sua irritação nervosa se estilhaçou como um globo de vidro que se chocasse contra um rochedo. "Assim é melhor", disse ele, para disfarçar seu mal-estar momentâneo, e retomou seu antigo lugar junto à cornija da lareira. Jamais lhe passara pela cabeça que a esposa pudesse abandoná-lo. Sentiu-se um pouco envergonhado de si mesmo, pois era uma pessoa afetuosa e generosa. O que ele podia fazer? Tudo já tinha sido dito. Ele protestou veementemente.

"Pelo amor de Deus! Você sabe que eu procurei em tudo que foi lugar. Corri o risco de me denunciar para encontrar alguém que fizesse aquela maldita tarefa. E, repito, não consegui encontrar ninguém suficientemente louco ou faminto. Quem você acha que eu sou – um assassino, é isso? O garoto se foi. Você acha que eu queria que ele se explodisse? Ele se foi. Os problemas dele chegaram ao fim. Os nossos estão apenas começando, lhe asseguro, justamente porque ele se explodiu. Não a culpo. Mas tente compreender que foi um simples acidente; como seria se ele tivesse sido atropelado por um ônibus ao atravessar a rua."

Sua generosidade não era infinita, porque ele era um ser humano – não um monstro, como a sra. Verloc acreditava que ele fosse. Ele fez uma pausa, e um rosnado que ergueu o bigode e revelou de relance os dentes brancos lhe deu a aparência de um animal pensativo, não muito perigoso – um animal indolente com a cabeça lustrosa, mais abatido que uma foca, e com uma voz rouca.

"E, no caso em questão, você é tão responsável como eu. Pois é. Você pode ficar me encarando o quanto quiser. Sei do que você é capaz. Que Deus me castigue se eu um dia pensei no garoto com tal propósito. Foi você que ficou pondo Stevie no meu caminho quando eu estava meio distraído, preocupado em manter nosso grupo longe dos problemas. Que diabos você fez? Alguém diria que estava agindo assim de propósito. E eu não tenho certeza de que não estivesse. Ninguém sabe ao certo até que ponto você usou o que está acontecendo de forma sorrateira, com seu jeito diabólico de olhar para lugar nenhum, como se estivesse se lixando, e sem dizer absolutamente nada...”

Sua voz mansa e rouca silenciou por um instante. A sra. Verloc não retrucou. Diante do silêncio dela, ele sentiu vergonha do que havia dito. Porém, como costuma acontecer aos homens pacatos em briguinhas domésticas, o fato de se sentir envergonhado fê-lo dar uma nova estocada.

“Às vezes você tem um jeito diabólico de ficar calada”, retomou ele, sem erguer a voz. “O suficiente para levar alguns homens à loucura. Sorte sua que eu não me irrito com tanta facilidade – como alguns deles o fariam – com seu mau humor de surda--muda. Gosto de você. Mas não passe dos limites. Agora não é o momento. Temos de pensar no que devemos fazer. E não vou deixar que você saia correndo agora à noite para a casa da sua mãe com alguma história maluca a meu respeito. Isso eu não vou tolerar. Se você sustenta que eu matei o garoto, então você o matou tanto quanto eu.”

Cheias de sinceridade e franqueza, aquelas palavras ultrapassaram em muito tudo que já fora dito naquela casa, mantida pelo salário de uma atividade secreta complementada pela venda de mercadorias mais ou menos clandestinas: um expediente medíocre concebido por um homem medíocre para proteger uma sociedade imperfeita dos perigos da corrupção moral e física, ambas também clandestinas em seu gênero. Elas foram ditas porque o sr. Verloc tinha se sentido realmente ofendido; mas o decoro discreto daquela vida doméstica, aninhada numa rua sombria atrás de uma loja onde o sol nunca brilhava, continuou aparentemente inalterado. A sra. Verloc ouviu-o com toda a compostura, depois se levantou da cadeira com seu chapéu e colete, como uma visita ao final de um encontro. Ela avançou na direção do marido com o braço estendido como se fosse se despedir em silêncio. Seu véu de rede, balançando numa extremidade, no lado esquerdo do rosto, dava um ar de formalidade desordenada aos seus movimentos contidos. Mas quando ela chegou na altura do tapete, o sr. Verloc não se encontrava mais ali. Ele tinha se deslocado na direção do sofá, sem erguer os olhos para observar o efeito da sua tirada. Estava cansado e resignado, no sentido realmente matrimonial do termo. Mas se sentia atingido no ponto sensível da sua fragilidade secreta. Se ela continuasse mal-humorada, com aquele desagradável exagerado – ora, então ela que continuasse. Ela era uma mestra naquela arte doméstica. O sr. Verloc se jogou pesadamente no sofá, ignorando, como de costume, o destino do seu chapéu, que, como se estivesse habituado a cuidar de si mesmo, buscou um abrigo seguro debaixo da mesa.

Ele estava esgotado. A última partícula da sua força nervosa fora consumida nas surpresas e angústias de um dia cheio de fracassos inesperados que coroavam um mês atormentado de intrigas e insônia. Ele estava esgotado. O homem não é feito de pedra. Chega! O sr. Verloc dormiu como sempre, vestido com a roupa de sair. Um dos lados do sobretudo aberto apoiava-se parcialmente no chão. O sr. Verloc ajeitou bem as costas. Mas ele ansiava por um descanso mais completo – pelo sono –, por algumas horas de delicioso esquecimento. Isso viria mais tarde. Provisoriamente, ele descansou. E pensou: "Gostaria que ela parasse com essa bobagem. É irritante".

Deve ter havido algo imperfeito na sensação de liberdade reconquistada da sra. Verloc. Em vez de pegar o rumo da porta, ela se inclinou para trás e encostou os ombros na placa da cornija da lareira, como um andarilho descansa numa cerca. O véu negro pendurado como um trapo em seu rosto e seu olhar sombrio e fixo, onde a luz da sala era absorvida e desaparecia sem deixar o rastro de um único brilho, davam à sua aparência um toque selvagem. Aquela mulher, capaz de fazer um acordo cuja mera suspeita teria sido infinitamente ofensiva à ideia de amor do sr. Verloc, continuava indecisa, como se estivesse extremamente consciente de que faltava algo da sua parte para a conclusão formal da transação.

O sr. Verloc ajeitou os ombros no sofá até ficar numa posição bem confortável e, do fundo do coração, exprimiu um desejo que certamente era tão piedoso como tudo que se originasse daquele lugar.

"Oxalá eu jamais tivesse conhecido Greenwich Park nem nada relacionado a ele", resmungou com a voz rouca.

O som abafado encheu a pequena sala com seu volume moderado, bem condizente com o caráter despretensioso do desejo. As ondas de ar de comprimento adequado, propagadas segundo fórmulas matemáticas precisas, circularam ao redor de todos os objetos inanimados da sala e se chocaram contra a cabeça da sra. Verloc como se ela fosse feita de pedra. E, por incrível que pareça, os olhos da sra. Verloc pareceram ficar ainda maiores. O desejo audível que transbordava do coração do sr. Verloc ocupou um espaço vazio na memória da sua esposa. Greenwich Park. Um parque! Foi ali que o garoto tinha sido morto. Um parque – galhos quebrados, folhas arrancadas, cascalho, pedacinhos da carne e dos ossos do irmão, tudo arremessado pelos ares como fogos de artifício. Ela se lembrou, então, do que tinha ouvido, e a lembrança veio em forma de imagem. Tiveram de usar uma pá para recolhê-lo. Tremendo dos pés à cabeça de maneira incontrolável, ela viu diante de si a própria ferramenta com a sua carga sinistra recolhida do chão. A sra. Verloc fechou os olhos desesperada, cobrindo aquela imagem com o negrume das suas pálpebras, onde, depois de uma chuva virtual de membros dilacerados, a cabeça decapitada de Stevie ficou pendurada sozinha, e depois foi desaparecendo lentamente como a última estrela de um espetáculo pirotécnico.

Seu rosto não estava mais petrificado. Qualquer um teria percebido a mudança sutil em suas feições, no olhar fixo que lhe conferia uma expressão nova e surpreendente; uma expressão apenas raramente observada por pessoas capacitadas nas condições de tranquilidade e segurança necessárias para um diagnóstico perfeito, mas cujo significado era visível só de olhar. As dúvidas da sra. Verloc quanto ao fim do contrato não existiam mais, e ela controlava plenamente suas faculdades mentais, agora submetidas à

O AGENTE SECRETO

247

sua vontade. Mas o sr. Verloc não percebeu nada. Ele repousava naquela condição patética de otimismo provocada pelo cansaço excessivo. Ele não queria mais saber de encrenca – muito menos com a mulher. Sua defesa ficara sem resposta. Ele era amado pelo que era, e interpretou de maneira favorável a atual fase do seu silêncio. Era chegada a hora de fazer as pazes. O silêncio tinha durado demais. Ele o quebrou chamando-a com a voz suave.

"Winnie."

"Sim", respondeu submissa a sra. Verloc, a mulher livre. Agora ela controlava suas faculdades mentais e seus órgãos vocais; sentia-se com um controle absoluto, quase sobrenatural, de cada fibra do corpo. Tudo agora lhe pertencia, porque o contrato tinha chegado ao fim. Ela enxergava com clareza, tinha se tornado uma mulher astuta. Decidira lhe responder tão prontamente por um motivo: não queria que ele mudasse de posição no sofá, a qual era muito adequada às circunstâncias. Foi bem-sucedida, ele não se moveu. Porém, depois de lhe responder, ela continuou encostada tranquilamente na cornija da lareira, com a postura de um andarilho em repouso. Não tinha pressa. Seu rosto estava sereno. A beirada alta do sofá encobria a cabeça e os ombros do sr. Verloc. Ela olhava fixamente para os pés dele.

Desse modo, ela se manteve misteriosamente imóvel e inesperadamente controlada até que se ouviu o sr. Verloc dizer, com um tom de autoridade matrimonial e enquanto se mexia um pouco para abrir espaço e permitir que ela se sentasse na beirada do sofá.

"Venha cá", disse ele num tom estranho, que poderia ter sido o tom da grosseria, mas que a sra. Verloc sabia, no íntimo, ser o sinal do galanteio.

Ela avançou imediatamente, como se ainda fosse uma mulher leal comprometida com aquele homem por um contrato em vigor. Sua mão direita deslizou suavemente pela extremidade da mesa e, quando ela prosseguiu na direção do sofá, a faca de trinchar, que estava ao lado do prato, tinha desaparecido sem fazer o menor ruído. Ao ouvir o assoalho ranger, o sr. Verloc se alegrou. Ele esperou. A sra. Verloc estava se aproximando. Como se a alma desamparada de Stevie tivesse voado em busca de proteção diretamente para o peito da irmã, guardiã e protetora, a semelhança do rosto dela com o do irmão foi aumentando a cada passo, incorporando até mesmo o lábio inferior caído, até mesmo o ligeiro estrabismo. Mas o sr. Verloc não percebeu nada disso, pois estava deitado de costas e olhando para cima. Ele viu, em parte no teto e em parte na parede, a sombra móvel de um braço com uma mão agarrando uma faca de trinchar. Ela oscilava para cima e para baixo. Os movimentos eram vagarosos. Eles eram suficientemente vagarosos para que o sr. Verloc reconhecesse o membro e a arma.

Eles foram suficientemente vagarosos para que ele percebesse plenamente o significado do presságio e sentisse o gosto da morte crescendo na garganta. Sua esposa tinha enlouquecido – tinha virado uma louca assassina. Eles foram suficientemente vagarosos para que o primeiro efeito paralisante daquela descoberta desaparecesse antes que uma decisão firme emergisse vitoriosa do embate medonho com aquela lunática armada. Eles foram suficientemente vagarosos para que o sr. Verloc pudesse elaborar um plano de defesa que incluía um movimento para trás da mesa e derrubar a mulher com uma pesada cadeira de madeira. Mas não foram suficientemente vagarosos para que o sr. Verloc tivesse tempo de mover a mão ou o pé. A faca já estava cravada em seu peito, sem ter encontrado resistência. O acaso tem dessas precisões. Naquele golpe penetrante, desferido por cima da lateral do sofá, a sra. Verloc tinha aplicado tudo que ela herdara da sua linhagem imemorial e desconhecida, a violência pura da era das cavernas e a ferocidade nervosa e desequilibrada da era dos bares. O agente secreto sr. Verloc, virando levemente de lado com a força do golpe, expirou sem mover um membro, murmurando a palavra "Não" à guisa de protesto.

A sra. Verloc soltou a faca: a semelhança extraordinária com o falecido irmão desaparecera e se tornara bastante comum. Respirou fundo, a primeira vez que respirava tranquilamente desde que o inspetor-chefe Heat lhe mostrara o pedaço marcado do sobretudo de Stevie. Ela se inclinou sobre os braços dobrados em cima da lateral do sofá. Não adotou essa postura confortável para observar o corpo do sr. Verloc ou tripudiar sobre ele, mas

O AGENTE SECRETO

em razão dos movimentos ondulatórios e oscilantes da sala de estar, que, durante algum tempo, se comportou como se estivesse no mar durante uma tempestade. Ela estava tonta, mas tranquila. Ela se tornara uma mulher livre, com uma liberdade tão perfeita que não lhe deixava nada a desejar e absolutamente nada a fazer, já que o clamor urgente de Stevie por sua atenção não mais existia. A sra. Verloc, que pensava por meio de imagens, não ficou mais atormentada por visões, porque simplesmente deixou de pensar. Também não se moveu. Estava desfrutando de uma irresponsabilidade total e de um ócio infinito, quase como se fosse um cadáver. Não se moveu nem pensou, no que foi acompanhada pelo invólucro fatal do finado sr. Verloc, que repousava no sofá. Exceto pelo fato de que a sra. Verloc respirava, os dois teriam estado inteiramente de acordo: o acordo de um comedimento sensato sem palavras desnecessárias e com economia de gestos que tinham sido a base da sua respeitável vida doméstica. Pois ela tinha sido respeitável, ocultando por meio de uma discrição conveniente os problemas que podem surgir no desempenho de uma profissão clandestina e no comércio de artigos suspeitos. Seu decoro não fora perturbado por gritos indecentes e outros comportamentos sinceros inapropriados. E, depois de desferido o golpe, essa respeitabilidade prosseguiu na imobilidade e no silêncio.

Nada se moveu na sala de estar até a sra. Verloc erguer lentamente a cabeça e olhar para o relógio com uma desconfiança curiosa. Percebera um som de tique-taque na sala. O som foi aumentando, embora ela se lembrasse claramente que o relógio da parede era silencioso, seu tique-taque não era audível. O que significava aquilo, começar a fazer tique-taque tão alto de repente? O mostrador indicava dez minutos para as nove. A sra. Verloc não estava interessada na hora, e o tique-taque prosseguiu. Concluindo que não poderia ser o relógio, ela percorreu as paredes com o olhar arredio, hesitou e ficou preocupada, enquanto apurava o ouvido para localizar o som. Tique-taque, tique-taque, tique-taque.

Depois de ouvir mais um pouco, a sra. Verloc baixou deliberadamente o olhar até o corpo do marido. Sua posição de repouso era tão conhecida e familiar que ela podia agir assim sem se sentir desconcertada por qualquer novidade marcante nos acontecimentos da sua vida familiar. O sr. Verloc estava dando a sua relaxada habitual. Ele parecia à vontade.

Devido à posição do corpo, o rosto do sr. Verloc não podia ser visto pela sra. Verloc, sua viúva. Seus olhos belos e cansados, movendo-se para baixo em busca do som, adquiriram um ar pensativo ao se depararem com um objeto liso de osso que se projetava um pouco para fora da borda do sofá. Era o cabo da faca de trinchar doméstica. Não havia nada de estranho nela exceto a sua posição, num ângulo reto em relação ao sobretudo do sr. Verloc, e o fato de que algo pingava dela. Gotas escuras caíam no linóleo uma depois da outra, com um som de tique-taque que aumentava rápida e furiosamente como as batidas de um relógio maluco. Ao atingir a velocidade máxima, o tique-taque se transformou num som contínuo de gotejamento. A sra. Verloc assistiu àquela transformação com traços de ansiedade indo e voltando em seu rosto. Eram gotas escuras, ligeiras, ralas... Sangue!

Diante do acontecimento imprevisto, a sra. Verloc abandonou sua pose indolente e irresponsável.

Agarrando subitamente a saia e soltando um grito abafado, ela correu para a porta, como se o gotejamento fosse o primeiro sinal de uma enchente avassaladora. Encontrando a mesa pelo caminho, a sra. Verloc empurrou-a com ambas as mãos como se ela estivesse viva, com tamanha violência que a mesa percorreu uma certa distância sobre as quatro pernas, fazendo um barulho alto e rascante, enquanto a travessa com a carne se espatifava no chão.

Então o silêncio tomou conta de tudo. A sra. Verloc tinha parado ao chegar à porta. No meio do assoalho, um chapéu redondo que o deslocamento da mesa revelara balançou ligeiramente sobre a sua copa com a aragem produzida pela passagem da mulher.

CAPÍTULO XII

WINNIE VERLOC, A VIÚVA DO SR. VERLOC, a irmã do fiel e finado Stevie (feito em pedaços num estado de inocência e convencido de estar envolvido num empreendimento humanitário), não atravessou correndo a porta da sala de estar. É verdade que tinha fugido de um simples gotejamento de sangue, mas aquele fora um movimento instintivo de repulsa. E ela se detivera ali, com os olhos fixos e a cabeça baixa. Como se tivesse corrido durante longos anos em sua trajetória através da salinha de estar, junto à porta a sra. Verloc era uma pessoa bem diferente da mulher que se inclinara sobre o sofá, com a cabeça um pouco tonta, mas, fora isso, livre para desfrutar da calma profunda proporcionada pelo ócio e pela irresponsabilidade. A sra. Verloc não estava mais com tontura, sua cabeça estava equilibrada. Por outro lado, ela já não estava calma. Ela estava com medo.

Se evitava olhar na direção do marido em repouso não era porque tinha medo dele. O sr. Verloc não era desagradável ao olhar. Ele parecia à vontade. Além disso, estava morto. A sra. Verloc não nutria vãs ilusões no que se refere aos mortos. Nada os traz de volta, nem o amor nem o ódio. Eles não podem lhe fazer nada. Eles são insignificantes. Seu estado mental fora afetado por uma espécie de desprezo solene por aquele homem, que se deixara matar com tanta facilidade. Ele tinha sido o chefe de uma casa, o marido de uma mulher e o assassino do seu Stevie. E agora não tinha nenhuma importância, de todos os pontos de vista. Na prática, tinha menos importância que a roupa em seu corpo, que o seu sobretudo, que as suas botas – que o chapéu caído no chão. Ele não era nada. Não merecia que se olhasse para ele. Nem era mais o assassino do pobre Stevie. O único assassino que seria encontrado na sala quando as pessoas viessem procurar pelo sr. Verloc seria... ela mesma!

Suas mãos tremiam tanto que ela falhou duas vezes na tarefa de fechar novamente o véu. A sra. Verloc não era mais uma pessoa ociosa e responsável. Ela estava com medo. O esfaqueamento do senhor Verloc foi apenas um golpe. Aliviou a agonia reprimida de gritos estrangulados em sua garganta, de lágrimas secando em seus olhos ardentes, da raiva enlouquecedora e indignada pelo papel atroz desempenhado por aquele homem, que agora era menos que nada, em roubar-lhe o menino.

Fora um golpe estranhamente preciso. O sangue que pingava no chão pelo cabo da faca o transformara num exemplo extremamente óbvio de assassinato. A sra. Verloc, que sempre evitara examinar profundamente as coisas, foi obrigada a examinar detidamente aquilo. Ela não viu ali nenhum fantasma, nenhuma sombra acusatória, nenhuma perpectiva de remorso, nenhuma espécie de plano perfeito. O que ela viu ali foi um objeto: a forca. A sra. Verloc estava com medo da forca.

Seu pavor era fruto da imaginação. Como nunca pusera os olhos no derradeiro argumento da justiça dos homens exceto em xilogravuras de um certo tipo de lenda, ela a viu pela primeira vez erguida contra um fundo negro e tempestuoso, enfeitada com correntes e ossos humanos, rodeada de pássaros que bicavam os olhos dos homens mortos. Isso era muito horripilante, mas, embora a sra. Verloc não fosse uma mulher bem informada, ela conhecia suficientemente as instituições do país para saber que as forcas não são mais erguidas romanticamente às margens de rios lúgubres ou em promontórios varridos pelo vento, mas nos pátios das prisões. Ali, entre quatro paredes altas que lembravam um poço, ao amanhecer, o assassino era trazido para ser

O AGENTE SECRETO

executado, num silêncio medonho e, como as reportagens dos jornais sempre traziam, "na presença das autoridades". Com os olhos fixos no chão e as narinas tremendo de angústia e de vergonha, ela se imaginou totalmente só entre um bando de cavalheiros desconhecidos usando chapéus de seda que, calmamente, tomavam as medidas necessárias para que ela fosse pendurada pelo pescoço. Isso nunca! Nunca! E como aquilo era feito? A impossibilidade de imaginar os detalhes daquela execução silenciosa acrescentou um detalhe enlouquecedor ao seu terror abstrato. Os jornais nunca traziam detalhes, com a exceção de um, mas esse um aparecia sempre no final de uma notícia sucinta de forma um pouco afetada. A sra. Verloc se lembrou da natureza do detalhe. Ele penetrou em sua mente com uma dor lancinante, como se as palavras "A queda foi de quatro metros" tivessem sido marcadas em seu cérebro com uma agulha incandescente. "A queda foi de quatro metros."[13]

Essas palavras a abalaram também fisicamente. Sua garganta se contorceu para resistir ao estrangulamento, e o medo do tranco foi tão vívido que segurou a cabeça entre as mãos como se quisesse impedir que ela lhe fosse arrancada dos ombros. "A queda foi de quatro metros." Não! Isso nunca poderia acontecer. Ela não podia suportar *aquilo*. O simples fato de pensar naquilo era insuportável. Imaginar aquilo era intolerável. Portanto, a sra. Verloc tomou a decisão de sair imediatamente e se jogar de uma das pontes do rio.

Dessa vez ela conseguiu prender novamente o véu. Como se estivesse com o rosto disfarçado, e vestida de negro dos pés à cabeça, com exceção de algumas flores no chapéu, consultou mecanicamente o relógio. Pensou que ele estivesse parado, pois parecia impossível que só tivessem se passado dois minutos desde

---

13 No momento da execução por enforcamento, a vítima cai vários metros através de um alçapão, quebrando o pescoço. Parte da "arte" do carrasco consiste em calcular a extensão da queda necessária, tendo em vista o peso e as dimensões de cada vítima. Os quatro metros imaginados por Winnie excedem, evidentemente, qualquer estimativa "normal". [N. T.]

a última vez que o consultara. É claro que não. Ele estava o tempo todo parado. Na verdade, só tinham transcorrido três minutos desde o momento em que ela respirara fundo pela primeira vez, aliviada, depois do golpe, até o momento em que tomou a decisão de se afogar no Tâmisa. Mas a sra. Verloc não conseguia acreditar naquilo. Aparentemente, tinha ouvido ou lido que os relógios de parede e de pulso sempre paravam no momento do assassinato para prejudicar o assassino. Ela não se importou. "Ponte... lá vou eu." ... Mas seus movimentos foram lentos.

Ela atravessou a loja se arrastando com dificuldade, e precisou agarrar-se na maçaneta da porta até encontrar a coragem necessária para abri-la. A rua a intimidou, já que conduzia à forca ou ao rio. Ela cambaleou por cima da soleira da porta, com a cabeça para a frente e os braços abertos, como alguém que se joga por cima do parapeito de uma ponte. O contato com o ar livre foi um prenúncio de afogamento; a umidade viscosa a envolveu, penetrou pelas narinas e se agarrou ao cabelo. Não estava realmente chovendo, mas cada lampião de gás trazia ao redor de si um pequeno halo desmaiado de neblina. A carroça e os cavalos tinham ido embora, e na rua escura a janela acortinada do restaurante criava um encardido quadrado de luz vermelho-vivo que brilhava timidamente bem perto do nível da calçada. Enquanto se arrastava lentamente na direção da luz, a sra. Verloc pensou que era uma mulher muito solitária. Era verdade. Tão verdade que, num desejo repentino de ver um rosto amigo, só conseguira pensar na sra. Neale, a faxineira. Ela não conhecia ninguém. Ninguém sentiria falta dela socialmente. Não se deve pensar que a viúva Verloc tinha se esquecido da mãe. Isso não. Winnie tinha sido uma boa filha porque tinha sido uma irmã dedicada. A mãe sempre recorria a ela em busca de apoio. Ela não devia esperar nenhum conforto ou conselho vindo dali. Com a morte de Stevie, parecia que o vínculo tinha se rompido. Ela não iria encarar a anciã com aquela história horrível. Além disso, era longe demais. No momento, seu destino era o rio. A sra. Verloc tentou esquecer a mãe.

Cada passo lhe exigiu um esforço que parecia ser o último possível. Arrastando-se, a sra. Verloc deixou para trás o brilho

O AGENTE SECRETO   255

vermelho da janela do restaurante. "Ponte... lá vou eu", repetiu
para si mesma com ardente obstinação. Estendeu a mão bem a
tempo de se apoiar num poste de luz. "Nunca chegarei lá antes do
amanhecer", pensou. O medo da morte lhe paralisou os esforços
para escapar da forca. Ela tinha a impressão de que estava cambaleando naquela rua havia horas. "Nunca vou chegar lá", pensou.
"Eles vão me encontrar vagando pelas ruas. É longe demais." Ela
se recompôs, ofegando debaixo do véu negro.

"A queda foi de quatro metros."

Ela se afastou violentamente do poste de luz e se pôs a caminhar. Mas outra onda de fraqueza tomou conta dela como um
grande oceano, arrancando-lhe o coração do peito. "Nunca vou
chegar lá", murmurou, parando subitamente e balançando ligeiramente no lugar. "Nunca."

Assim, percebendo que era absolutamente impossível caminhar até a ponte mais próxima, a sra. Verloc pensou em fugir
para o exterior.

A ideia lhe ocorreu de repente. Assassinos escapavam. E escapavam para o exterior. Espanha ou Califórnia. Meros nomes. O
vasto mundo criado para a glória do homem nada mais era que
um imenso espaço em branco para a sra. Verloc. Ela não sabia
para onde ir. Assassinos tinham amigos, parentes, ajudantes –
tinham experiência. Ela não tinha nada. Ela era a mais solitária
das assassinas que jamais desferiram um golpe fatal. Estava sozinha em Londres: e a cidade toda feita de maravilhas e lama, com
seu labirinto de ruas e sua coleção de luzes, estava submersa numa
escuridão desesperada, repousando no fundo de um abismo
ameaçador do qual nenhuma mulher desamparada poderia ter a
esperança de escapar.

Ela se inclinou para a frente e recomeçou a caminhar às cegas,
morrendo de medo de cair. Inesperadamente, porém, depois de
dar alguns passos ela se sentiu fortalecida e segura. Erguendo a
cabeça, percebeu o rosto de um homem que examinava atentamente seu véu. O camarada Ossipon não tinha medo de mulheres esquisitas, e nenhuma falsa delicadeza poderia impedi-lo
de travar conhecimento com uma mulher que aparentava estar

muitíssimo embriagada. O camarada Ossipon estava interessado em mulheres. Ele sustentou aquela mulher entre as suas mãos, examinando-a de um jeito metódico, até ouvi-la dizer timidamente "Sr. Ossipon!", e então quase a deixou cair no chão.

"Sra. Verloc!", exclamou. "A senhora por aqui!"

Pareceu-lhe impossível que ela tivesse bebido. Mas nunca se sabe. Ele não entrou nesse mérito, porém, atento para não intimidar o amável destino que lhe entregava a viúva do camarada Verloc, ele tentou puxá-la para junto do peito. Para sua surpresa, ela não ofereceu resistência, e até se apoiou em seu braço por alguns instantes, antes de procurar se desvencilhar dele. O camarada Ossipon não seria indelicado com o amável destino. Ele recolheu o braço com naturalidade.

"O senhor me reconheceu", ela balbuciou, parada diante dele, recuperando-se razoavelmente.

"Claro que reconheci", disse o sr. Ossipon prontamente. "Fiquei com medo que a senhora caísse. Tenho pensado muito na senhora ultimamente para não reconhecê-la em qualquer lugar e a qualquer hora. Sempre pensei na senhora – desde a primeira vez em que a vi."

A sra. Verloc parecia não estar ouvindo. "O senhor estava se dirigindo à loja?", ela perguntou nervosa.

"Sim, agora mesmo", respondeu Ossipon. "Assim que li o jornal."

Na verdade, fazia umas duas horas que o camarada Ossipon estava zanzando pelas vizinhanças de Brett Street, incapaz de se decidir a fazer um gesto ousado. O robusto anarquista não era exatamente um conquistador arrojado. Ele se lembrava que a sra. Verloc jamais reagira aos seus olhares com o mínimo sinal de encorajamento. Além disso, acreditava que a loja podia estar sendo vigiada pela polícia, e o camarada Ossipon não queria que a polícia tivesse uma ideia exagerada das suas afinidades revolucionárias. Mesmo agora, ele não sabia exatamente o que fazer. Comparada a suas especulações amadoras de costume, aquela era uma tarefa importante e séria. Ele ignorava o quanto havia de verdade naquilo e até onde teria de ir para pôr as mãos no que havia disponível – supondo que ele teria a mínima chance de fazê-lo.

O AGENTE SECRETO

257

Ao refrearem a sua alegria, essas dificuldades conferiram ao seu tom de voz uma sobriedade bem de acordo com as circunstâncias.

"Posso lhe perguntar para onde você estava indo?", indagou ele em voz baixa.

"Não me pergunte!", exclamou a sra. Verloc com uma veemência trêmula e contida. Toda a sua vitalidade marcante recuou diante da ideia da morte. "Não importa para onde eu estava indo..."

Ossipon concluiu que ela estava extremamente agitada, mas completamente sóbria. Ela ficou calada ao lado dele por alguns instantes, depois, subitamente fez algo que ele não esperava: enfiou a mão debaixo do braço dele. Ossipon ficou surpreso pelo gesto em si, e igualmente surpreso pelo caráter decidido do movimento. Porém, como se tratava de um caso delicado, o camarada Ossipon agiu com delicadeza. Limitou-se a pressionar ligeiramente a mão em suas costelas rijas. Ao mesmo tempo, sentiu-se estimulado a prosseguir, e cedeu ao impulso. No final da Brett Street, ele percebeu que estava sendo conduzido para a esquerda, e se deixou levar.

O vendedor de frutas da esquina tinha exposto o brilho fulgurante das laranjas e dos limões, e a Brett Place estava mergulhada na escuridão, que era intercalada pelos halos nebulosos dos poucos lampiões que definiam sua forma triangular, acompanhados de três lampiões agrupados sobre um suporte no centro. Os contornos escuros do homem e da mulher deslizaram lentamente de braços dados ao longo dos muros com uma postura amorosa e desamparada na noite sombria.

"O que você diria se eu lhe contasse que estava à sua procura?", perguntou a sra. Verloc, apertando o braço dele com força.

"Diria que não poderia encontrar ninguém mais disposto a ajudá-la com seu problema", respondeu Ossipon, percebendo que tinha feito um enorme progresso. Na verdade, o progresso daquele caso delicado quase o estava deixando num estado de graça.

"Com meu problema!", ela repetiu lentamente.

"Sim."

"E você sabe qual é o meu problema?", sussurrou a mulher com estranha intensidade.

"Dez minutos depois de examinar o jornal vespertino", explicou o sr. Ossipon com veemência, "encontrei um sujeito que a senhora talvez tenha visto uma ou duas vezes na loja, e tive uma conversa com ele que não me deixou nenhuma dúvida. Então comecei por aqui, me perguntando se você... gosto de você desde que a vi pela primeira vez, e não há palavras que possam exprimir esse sentimento", gritou, como se não pudesse controlar seus sentimentos.

O camarada Ossipon supôs corretamente que nenhuma mulher era capaz de duvidar inteiramente de tal declaração. Mas ele não sabia que a sra. Verloc a recebeu com toda a impetuosidade que o instinto de sobrevivência põe nas mãos de uma pessoa que está se afogando. Para a viúva do sr. Verloc, o robusto anarquista parecia um radiante mensageiro da vida.

Eles caminharam lentamente, no mesmo passo. "Foi o que pensei", murmurou baixinho a sra. Verloc.

"Você leu nos meus olhos", sugeriu Ossipon com convicção.

"Sim", sussurrou ela em seu ouvido inclinado.

"Seria impossível esconder um amor como o meu de uma mulher como você", prosseguiu ele, tentando afastar da mente considerações materiais como o valor comercial da loja e a quantidade de dinheiro que o sr. Verloc deveria ter deixado no banco. Ele se concentrou no aspecto sentimental do caso. Lá no fundo, estava um pouco surpreendido com o seu sucesso. Verloc tinha sido um bom companheiro, e certamente um marido extremamente bondoso, até onde se sabia. No entanto, o camarada Ossipon não iria reclamar da sorte por causa de um homem morto. Decidido, ele reprimiu sua compaixão pela alma do camarada Verloc e seguiu em frente.

"Não consegui esconder. Você ocupava todo o meu ser. Certamente não podia deixar de perceber isso em meus olhos. Mas eu não podia adivinhar. Você sempre foi tão indiferente..."

"O que mais você esperaria?", interrompeu-o bruscamente a sra. Verloc. "Eu era uma mulher respeitável..."

Ela fez uma pausa, depois acrescentou, como se falasse sozinha, com um ressentimento sinistro. "Até que ele me transformou nisto."

O AGENTE SECRETO

Ossipon ignorou o comentário e retomou sua apresentação. "Ele nunca me pareceu realmente merecê-la", começou, mandando a lealdade às favas. "Você merecia um destino melhor."

A sra. Verloc o interrompeu rispidamente:

"Destino melhor! Ele me roubou sete anos de vida."

"Você parecia viver tão feliz ao lado dele." Ossipon tentou justificar a tibieza do seu comportamento anterior. "Foi isso que me deixou acanhado. Você parecia amá-lo. Eu fiquei espantado... e com ciúmes", acrescentou.

"Amá-lo!", a sra. Verloc soltou um grito abafado, cheio de desprezo e raiva. "Amá-lo! Eu fui uma boa esposa para ele. Sou uma mulher respeitável. E você pensou que eu o amava! Pensou! Olhe aqui, Tom..."

Ao ouvir o seu nome, o camarada Ossipon ficou emocionado de orgulho. Pois ele se chamava Alexander, e era chamado de Tom em razão de um acordo com seus amigos íntimos mais próximos. Era um nome afetivo – usado em momentos de descontração. Ele não sabia que ela já o tinha ouvido da boca de alguém. Era evidente que ela não apenas o escutara, mas também o tinha guardado na memória – quiçá no coração.

"Olhe aqui, Tom! Eu era jovem. Estava arruinada. Estava cansada. Eu tinha duas pessoas que dependiam do que eu poderia fazer, e parecia mesmo que eu não podia fazer mais nada. Duas pessoas – minha mãe e o garoto. Ele era muito mais meu do que dela. Eu ficava sentada noites a fio com ele no colo, sozinha no andar de cima, quando não tinha mais de oito anos de idade. E então... ele era meu. Escute aqui... Você não é capaz de entender isso. Nenhum homem consegue. O que eu podia fazer? Tinha um jovem..."

A lembrança do antigo romance com o jovem açougueiro tinha sobrevivido de forma indelével, como a imagem de um ideal fugaz, naquele coração trêmulo diante do medo da forca e cheio de revolta contra a morte.

"Foi esse o homem que eu amei então", prosseguiu a viúva do sr. Verloc. "Creio que ele também conseguia ver isso em meus olhos. Vinte e cinco xelins por semana, e seu pai ameaçou expulsá-lo do negócio se ele cometesse a loucura de se casar com uma jovem cuja mãe era aleijada e o irmão um idiota imprestável. Mas ele ficava me rodeando, até que uma noite eu encontrei coragem e lhe dei com a porta na cara. Tive de fazer isso. Eu o amava muito. Vinte e cinco xelins por semana! E teve aquele outro homem – um inquilino bondoso. O que uma jovem pode fazer? Podia ter caído na vida? Ele parecia uma pessoa digna. Seja como for, ele me desejava. O que eu podia fazer, com a minha mãe e aquele pobre garoto? Hein? Disse sim. Ele parecia ter boa índole, era generoso, tinha dinheiro e nunca abria a boca. Sete anos – durante sete anos eu fui uma boa esposa para ele, a dócil, a virtuosa, a generosa, a... E ele me amava. Oh, sim. Ele me amou antes que eu mesma por vezes desejasse... Sete anos. Esposa dele durante sete anos. E você sabe o que ele era, esse querido amigo seu? Você sabe o que ele era? Era um demônio!”

A veemência sobre-humana daquela declaração sussurrada deixou o camarada Ossipon totalmente surpreso. Virando-se, Winnie Verloc segurou-o pelos braços e contemplou-o sob a neblina que caía na escuridão e na solidão da Brett Place, na qual todos os sons da vida pareciam perdidos como se estivessem num poço triangular de asfalto e tijolo, de casas cegas e pedras insensíveis.

“Não, eu não sabia”, ele assegurou, com uma espécie de estupidez frouxa cujo aspecto cômico não foi compreendido por uma mulher atormentada pelo medo da forca, “mas agora sei. Eu... eu compreendo”, ele prosseguiu com dificuldade, especulando mentalmente que tipo de atrocidades Verloc poderia ter cometido sob a proteção da aparência sonolenta e plácida da sua situação de homem casado. Era absolutamente pavoroso. “Eu compreendo”, repetiu, e então, subitamente inspirado, proferiu um “Mulher infeliz!” de altiva comiseração, em vez do “Pobre querida” que ele costumava utilizar. O caso não tinha nada de trivial. Sentiu que estava acontecendo algo anormal, embora sem jamais perder de vista a importância do que estava em jogo. “Mulher infeliz e corajosa!”

Ele ficou contente por ter descoberto aquela variação; mas não conseguiu descobrir mais nada.

O AGENTE SECRETO

"Ah, mas agora ele está morto", foi o melhor que ele conseguiu dizer. E acrescentou uma grande hostilidade na exclamação contida. A sra. Verloc pegou-o pelo braço numa espécie de delírio.

"Então você adivinhou que ele estava morto", sussurrou ela, como se estivesse fora de si. "Você! Você adivinhou o que eu tinha de fazer. Tinha de fazer!"

Havia sinais de triunfo, alívio e gratidão no tom indefinível dessas palavras. Eles absorviam inteiramente a atenção de Ossipon em detrimento do mero sentido literal. Ele se perguntou o que estava acontecendo com ela, por que entrara naquele estado de agitação descontrolada. Começou até a se perguntar se as causas ocultas daquele caso do Greenwich Park no fundo não tinham origem nas condições deploráveis da vida de casado dos Verloc. Chegou a ponto de suspeitar que o sr. Verloc teria escolhido aquela maneira extraordinária de cometer suicídio. Caramba! Isso explicaria a falta de sentido e o absurdo da coisa. As circunstâncias não exigiram nenhuma manifestação anarquista. Muito pelo contrário. E Verloc sabia tão bem disso como qualquer outro revolucionário de sua posição. Que enorme piada se Verloc simplesmente tivesse feito de bobo toda a Europa, a classe revolucionária, a polícia, a imprensa e também o Professor arrogante. Na verdade, pensou Ossipon atônito, parecia quase certo que ele o fizera! Pobre sujeito! Ocorreu-lhe que havia uma grande probabilidade de que dos dois moradores daquela casa o demônio não era exatamente o homem.

Alexander Ossipon, apelidado de Doutor, tinha a tendência natural de ser tolerante com os amigos homens. Ele observou a sra. Verloc inclinada em seu braço. A respeito das amigas, ele pensava de uma forma especialmente prática. O porquê de a sra. Verloc ter gritado quando ele demonstrou estar a par da morte do sr. Verloc, que não era nenhuma suposição, não o preocupou além da conta. Eles conversavam muitas vezes como lunáticos. Mas estava curioso em saber como ela tinha sido informada. Os jornais não poderiam lhe dizer nada além do simples fato: o homem feito em pedaços no Greenwich Park não tinha sido identificado. Era inconcebível, com base em qualquer teoria, que o sr. Verloc tivesse lhe dado uma pista quanto à sua intenção – qualquer que fosse ela. Esse problema interessava enormemente ao camarada Ossipon. Ele parou repentinamente. Tinham passado pelos três lados da Brett Place, e estavam novamente no final da Brett Street.

"Como você tomou conhecimento disso?", perguntou, num tom que procurou tornar adequado à natureza das revelações que lhe tinham sido feitas pela mulher ao seu lado.

Ela tremeu violentamente durante algum tempo antes de responder com uma voz indiferente.

"Pela polícia. Veio um inspetor-chefe, que se apresentou como o inspetor-chefe Heat. Ele me mostrou..."

A sra. Verloc se conteve. "Oh, Tom, eles precisaram juntá-lo com uma pá."

Seu peito arfou com soluços secos. Ossipon não tardou a encontrar as palavras.

"Pela polícia! Você quer dizer que a polícia já veio? Que o inspetor-chefe Heat veio lhe contar."

"Sim", confirmou ela, no mesmo tom de voz indiferente. "Ele apareceu de repente. Apareceu. Eu não sabia. Ele me mostrou um pedaço de sobretudo e... de repente. Você conhece isto? Perguntou."

"Heat! Heat! E o que ele fez?"

A cabeça da sra. Verloc tombou. "Nada. Ele não fez nada. Ele foi embora. Os policiais estavam do lado desse homem", ela murmurou tragicamente. "Também veio outro homem."

"Outro... outro inspetor, você quer dizer?", perguntou Ossipon, extremamente agitado e num tom de voz muito parecido ao de uma criança amedrontada.

"Não sei. Ele veio. Parecia um estrangeiro. Talvez fizesse parte do pessoal da Embaixada."

O camarada Ossipon quase desmaiou com o novo golpe.

"Embaixada! Você tem noção do que está dizendo? Que Embaixada? Que história é essa de Embaixada?"

"Aquele lugar na Chesham Square. O pessoal que ele tanto xingava. Não sei. Que importância tem isso?"

"E esse sujeito, ele fez ou disse alguma coisa?"

"Não me lembro... Nada... Não me importo. Não me pergunte", ela implorou com a voz exausta.

"Muito bem. Não vou perguntar", assentiu Ossipon com delicadeza. E também com sinceridade, não porque estivesse comovido com a ternura da voz suplicante, mas porque sentia que estava perdendo o pé nas profundezas daquele caso tenebroso. Polícia! Embaixada! Ufa! Temendo arriscar sua inteligência por caminhos em que suas luzes naturais poderiam malograr em guiá-la com segurança, ele afastou resoluto da mente todas as suposições, conjecturas e teorias. A mulher estava ali, se entregando inteiramente a ele, e isso era o que importava. Porém, depois do que ele tinha ouvido, nada mais poderia surpreendê-lo. Por isso, quando a sra. Verloc, como se despertasse subitamente de um sonho seguro, começou a instá-lo furiosamente para que fugissem imediatamente para o continente, ele não reagiu com surpresa. Disse simplesmente, com um pesar impassível, que o próximo trem partiria apenas na manhã seguinte, e ficou olhando pensativo para o seu rosto, oculto pela rede negra, à luz de um lampião de gás oculto pela neblina.

Perto dele, seu vulto negro se fundia com a noite, como uma figura parcialmente esculpida num bloco de pedra negra. Era impossível dizer o quanto ela sabia, o quão profundamente estava envolvida com policiais e embaixadas. Porém, se ela queria fugir, não seria ele que iria se opor. Ele próprio estava ansioso em sumir. Pressentiu que o negócio, a loja tão estranhamente familiar a inspetores-chefes e membros de embaixadas estrangeiras, não era o lugar para ele. Era preciso abrir mão dela. Mas havia o resto. As economias. O dinheiro!

"Você tem de me esconder em algum lugar até o amanhecer", disse ela com a voz abatida.

"Na verdade, minha querida, não posso levá-la para onde eu moro. Divido o quarto com um amigo."

Ele próprio estava um pouco abatido. Pela manhã, os malditos tiras certamente vão estar em todas as estações. E, quando a apanhassem, por um motivo ou outro ela certamente estaria perdida para ele.

"Mas você tem de me esconder. Você não se importa nem um pouco comigo – nem um pouco? O que você está pensando?"

Embora tivesse se manifestado de forma veemente, ela baixou os punhos cerrados em sinal de desânimo. Fez-se silêncio, enquanto a neblina caía e a escuridão reinava tranquila em Brett Place. Nenhuma alma, nem mesmo a alma errante, sem lei e amorosa de um gato se aproximou do homem e da mulher que se encaravam.

"Talvez seja possível encontrar um alojamento seguro em algum lugar", falou finalmente Ossipon. "Mas, na verdade, minha querida, eu não tenho dinheiro suficiente, só algumas moedas. Nós, revolucionários, não somos ricos."

Ele tinha quinze xelins no bolso. Acrescentou:

"E também temos uma viagem pela frente – de manhã cedinho, além disso."

Ela não se moveu nem emitiu som algum, e o camarada Ossipon sentiu uma ponta de angústia. Aparentemente, ela não tinha nenhuma sugestão a oferecer. Subitamente, ela apertou o peito como se tivesse sentido uma dor aguda ali.

"Mas eu tenho", disse ela ofegante. "Eu tenho o dinheiro. Tenho dinheiro suficiente. Tom! Vamos embora daqui."

"Quanto você tem?", perguntou ele, sem pressioná-la, pois era um homem cauteloso.

"Estou lhe dizendo que tenho o dinheiro. Todo ele."

"O que você quer dizer com isso? O dinheiro todo estava no banco, ou o quê?", perguntou ele incrédulo, mas preparado para não se deixar surpreender com nada que atrapalhasse a sorte.

"Sim, sim!", disse ela nervosa. "Tudo que havia. Eu tenho tudo."

"Como é que você já conseguiu pegar tudo?", ele perguntou desconfiado.

"Ele me deu", murmurou ela, trêmula e baixando subitamente a voz. O camarada Ossipon eliminou com firmeza sua perplexidade crescente.

"Ora, então... estamos salvos", disse ele lentamente.

Ela inclinou-se para a frente e se afundou em seu peito. Ele a acolheu. Ela estava de posse de todo o dinheiro. Seu chapéu impedia demonstrações de afeto muito acentuadas; o véu também. Ele

O AGENTE SECRETO

265

foi adequado em suas manifestações, mas nada além disso. Ela as recebeu sem resistência e sem abandono, passivamente, como se estivesse semiconsciente, e se libertou dos seus abraços frouxos sem dificuldade.

"Você vai me salvar, Tom", ela desabafou, recuando, mas ainda segurando-o pelas duas lapelas do casaco úmido. "Salve-me. Esconda-me. Não deixe que eles me peguem. Você tem de me matar antes. Eu não conseguiria fazê-lo sozinha – não conseguiria, não conseguiria –, nem mesmo em razão daquilo que eu temo."

Ela estava muito estranha, pensou. Estava começando a lhe provocar um mal-estar indefinido. Por estar ocupado com reflexões importantes, ele disse asperamente:

"De que diabos você *tem* medo?"

"Você não adivinhou o que fui obrigada a fazer!", exclamou a mulher. Entretida com a intensidade dos seus medos terríveis, a cabeça ressoando com palavras vigorosas que mantinham sua situação pavorosa diante da mente, ela imaginara que a sua incoerência fosse autoexplicativa. Não tinha consciência do pouco que dissera de maneira audível nas frases desarticuladas completadas apenas em seu pensamento. Ela sentira o alívio de uma confissão completa, e atribuíra um significado especial a cada frase dita pelo camarada Ossipon, cujas informações não tinham a menor semelhança com as dela. "Você não adivinhou o que eu fui obrigada a fazer!" Ela baixou a voz. "Você não precisa demorar tanto para adivinhar do que eu tenho medo", ela prosseguiu, num sussurro pungente e sombrio. "Não vou deixar. Não vou. Não vou. Não vou. Você tem de me prometer que me mata antes!" Ela sacudiu as lapelas do casaco dele. "Isso nunca poderá acontecer!"

Ele falou rispidamente que não precisava lhe prometer nada, mas tomou cuidado para não a contradizer em termos claros, pois tivera vários relacionamentos com mulheres agitadas, e geralmente tinha a tendência de deixar que a sua experiência lhe guiasse a conduta, em vez de empregar sua inteligência em cada caso específico. Nesse caso, sua inteligência estava ocupada em outras direções. As palavras das mulheres se esvaíam como fumaça ao vento, mas as limitações dos horários dos trens permaneciam. O caráter insular da Grã-Bretanha se impôs diante dele de uma forma desagradável. "Podia muito bem ficar trancada debaixo de sete chaves toda a noite", pensou irritado, tão confuso como se tivesse de escalar um muro com a mulher nas costas. Subitamente, deu um tapa na testa. De tanto espremer o cérebro, tinha acabado de se lembrar da linha Southampton-St. Malo. O barco partia por volta da meia-noite. Havia um trem às dez e meia. Ele se sentiu animado e pronto para agir.

"De Waterloo. Temos tempo de sobra. Afinal de contas, está tudo certo... O que há agora? O caminho não é este", protestou.

Tendo enroscado seu braço no dele, a sra. Verloc tentava arrastá-lo novamente para Brett Street.

"Esqueci de fechar a porta da loja ao sair", sussurrou, extremamente agitada.

A loja e tudo que havia nela tinham deixado de interessar ao camarada Ossipon. Ele sabia como limitar seus desejos. Esteve a ponto de dizer "E daí? Deixe pra lá", mas se conteve. Ele não gostava de discutir a troco de nada. Até apressou bastante o passo ao lembrar que ela poderia ter deixado o dinheiro na gaveta. Mas sua disposição não conseguiu acompanhar a febril impaciência dela.

À primeira vista, a loja parecia bastante escura. A porta estava entreaberta. Apoiando-se na fachada, a sra. Verloc falou com a voz entrecortada:

"Ninguém esteve aqui. Olhe! A luz... a luz na sala de estar."

Esticando a cabeça para a frente, Ossipon enxergou um brilho fraco na escuridão da loja.

"Lá está", disse ele.

"Esqueci dela." A voz da sra. Verloc surgiu fraca por detrás do véu. E enquanto ele esperava que ela entrasse primeiro, ela disse num tom de voz mais alto: "Vá apagá-la, senão eu enlouqueço".

Ele não se opôs de pronto à estranha sugestão. "Onde está aquele dinheiro todo?", perguntou.

"Deixe comigo! Vá, Tom. Rápido! Apague a luz... Entre!", ela gritou, agarrando-o por trás dos ombros.

Como não estava preparado para uma demonstração de força física, o empurrão dela fez o camarada Ossipon cambalear e parar

O AGENTE SECRETO

dentro da loja. Ele ficou espantado com a força da mulher e escandalizado com o seu comportamento. Mas não refez os passos para censurá-la severamente na rua. Estava começando a ficar desagradavelmente impressionado com o comportamento irracional dela. Além disso, o momento de agradar à mulher era agora ou nunca. O camarada Ossipon se desviou facilmente da extremidade do balcão e se aproximou calmamente da porta envidraçada da sala de estar. Como as cortinas estavam um pouco afastadas, ele, com um impulso bastante natural, olhou para dentro, bem no momento em que se dispunha a girar a maçaneta. Olhou para dentro sem pensar, sem intenção, sem nenhum tipo de curiosidade. Olhou para dentro porque não pôde deixar de fazê-lo. Olhou para dentro e avistou o sr. Verloc repousando tranquilamente no sofá.

Um grito vindo das profundezas mais íntimas do seu peito se extinguiu sem ser ouvido e se transformou numa espécie de gosto gorduroso e repugnante em seus lábios. Ao mesmo tempo, a mente do camarada Ossipon deu um salto desesperado para trás. Mas seu corpo, como fora abandonado sem orientação intelectual, agarrou-se à maçaneta da porta com a força irracional de um instinto. O robusto anarquista nem sequer titubeou. E ficou olhando fixamente, com o rosto colado ao vidro, os olhos projetados para fora das órbitas. Teria dado qualquer coisa para escapar, mas, tendo retomado a razão, esta lhe comunicou que não iria largar a maçaneta da porta. O que era aquilo – loucura, um pesadelo ou uma armadilha para a qual ele fora atraído com uma astúcia diabólica? Por quê – para quê? Ele não sabia. Sem nenhum sentimento de culpa no peito, totalmente em paz com a sua consciência no que dizia respeito àquelas pessoas, a ideia de que ele seria assassinado por motivos misteriosos pelo casal Verloc passou não tanto por sua mente como pela boca do estômago, e se extinguiu, deixando atrás de si um rastro de fraqueza doentia – uma indisposição. Por um momento – um longo momento –, o camarada Ossipon não se sentiu muito bem, de um jeito muito específico. E continuou a olhar fixamente. Enquanto isso, o sr. Verloc estava deitado muito tranquilo, fingindo estar dormindo, por motivos pessoais, enquanto sua mulher colérica guardava a porta – invisível e silenciosa na rua escura e deserta. Aquilo tudo seria uma espécie de plano horripilante inventado pela polícia por causa dele? Sua modéstia recusou aquela explicação.

Mas o verdadeiro significado da cena que ele estava observando lhe chegou através do chapéu. Ele parecia uma coisa extraordinária, um objeto agourento, um sinal. Preto, e com a aba virada para cima, ele se encontrava no chão, na frente do sofá, como se estivesse pronto para receber as moedas doadas pelas pessoas que viriam observar o sr. Verloc na plenitude da sua tranquilidade doméstica, repousando num sofá. Do chapéu, os olhos do robusto anarquista vagaram até a mesa fora do lugar, fitaram o prato quebrado durante algum tempo e receberam uma espécie de impacto visual ao notar um brilho branco debaixo das pálpebras entreabertas do homem no sofá. Agora não parecia muito que o sr. Verloc estava dormindo, e sim deitado com a cabeça inclinada e olhando com insistência para o lado esquerdo do peito. E quando o camarada Ossipon percebeu o cabo da faca, ele se afastou da porta envidraçada com uma vontade incontrolável de vomitar.

O barulho da porta da rua batendo fez seu coração dar um salto de desespero. Aquela casa com seu inofensivo ocupante ainda poderia se transformar numa armadilha – uma armadilha terrível. O camarada Ossipon não sabia bem o que estava acontecendo com ele. Batendo a coxa na extremidade do balcão, ele girou, cambaleou soltando um grito de dor, reconheceu o barulho confuso da campainha, os braços presos de lado por um violento abraço, enquanto os lábios frios de uma mulher se moveram bem junto à sua orelha e formaram as palavras:

"Um policial! Ele me viu!"

Ele parou de se debater, mas ela não o soltou. Com os dedos entrelaçados de forma inseparável, suas mãos tinham se grudado em suas costas robustas. Enquanto os passos se aproximavam, eles respiravam rapidamente, um peito junto do outro, com dificuldade e aflição, como se estivessem assumindo a postura de um combate mortal, quando, na verdade, era a postura de um medo mortal. E o tempo escoou lentamente.

O policial de ronda tinha, de fato, visto a sra. Verloc de relance. Só que, vindo da rua iluminada que ficava na outra extremidade da Brett Street, ela lhe surgira apenas como um bater de asas na escuridão. E ele nem estava muito seguro de que houvera um bater de asas. Não tinha por que se apressar. Ao chegar diante da loja, percebeu que ela tinha fechado cedo. Não havia nada de muito estranho naquilo. Os homens que estavam de serviço tinham instruções especiais a respeito daquela loja: não deviam se meter no que acontecia ali, a menos que ocorresse um grande tumulto, mas todas as observações feitas deveriam ser comunicadas. Não havia nenhuma observação a ser feita; porém, por um senso de dever e para ter paz de consciência, e também em razão daquele suspeito bater de asas na escuridão, o policial atravessou a rua e testou a porta. O trinco de mola, cuja chave repousava em férias eternas no bolso do colete do finado sr. Verloc, se manteve fechado como de costume. Enquanto o policial escrupuloso sacudia a maçaneta, Ossipon sentiu os lábios frios da mulher se agitando novamente de forma assustadora bem junto à sua orelha:

"Se ele entrar, me mate, me mate, Tom."

O policial se afastou, lançando de passagem a luz da sua lanterna furta-fogo, por uma simples formalidade, na vitrine da loja. Durante um momento mais longo, o homem e a mulher que estavam do lado de dentro permaneceram imóveis, peito contra peito; então, os dedos dela se soltaram e seus braços caíram lentamente ao lado do corpo. Ossipon se apoiou no balcão. O robusto anarquista estava precisando muito de ajuda. A situação era horrível. Ele estava tão nauseado que quase não conseguia falar. No entanto, conseguiu articular um pensamento melancólico, demonstrando, ao menos, que compreendia a sua situação.

"Alguns minutos mais e você me teria feito tropeçar naquele sujeito, que estava olhando para cá com a sua maldita lanterna."

Imóvel no meio da sala, a viúva do sr. Verloc insistiu:

"Entre e apague essa luz, Tom. Ela vai acabar me enlouquecendo."

Ela percebeu vagamente seu gesto de recusa. Nada neste mundo teria convencido Ossipon a entrar na sala de estar. Ele não era supersticioso, mas havia sangue demais no chão, uma poça medonha de sangue em volta do chapéu. Ele concluiu que já tinha chegado perto demais daquele cadáver para manter a tranquilidade de espírito – para manter seu pescoço seguro, talvez!

"O medidor de gás, então! Ali. Olhe. Naquele canto."

O vulto encorpado do camarada Ossipon, movendo-se bruscamente como um fantasma através da loja, agachou-se obediente num canto. Mas sua obediência era desprovida de graça. Ele tateou nervoso – e, subitamente, ao som de uma imprecação proferida a meia-voz, a luz atrás da porta envidraçada se esvaiu com um suspiro ofegante e histérico de mulher. A noite, recompensa inevitável do trabalho constante dos homens neste mundo, a noite descera sobre o sr. Verloc, o revolucionário experimentado – "um da velha turma" –, o guardião humilde da sociedade; o inestimável Agente Secreto Δ dos despachos do barão Stott-Wartenheim; um servidor da lei e da ordem, leal, confiável, correto, admirável, tendo apenas, talvez, uma única fraqueza encantadora: a crença idealista de ser amado pelo que ele era.

Ossipon retornou tateando através do ar abafado, que agora estava negro como tinta, até o balcão. A voz da sra. Verloc, que estava parada no meio da loja, vibrou atrás dele na escuridão com um protesto desesperado.

"Não serei enforcada, Tom. Não serei..."

Ela parou. Do balcão, Ossipon fez uma advertência: "Não grite desse jeito". Em seguida, pareceu cair em profunda reflexão. "Você fez isso sozinha?", perguntou ele em voz baixa, mas aparentando uma calma superior que encheu o coração da sra. Verloc de confiança em sua força protetora.

"Sim", sussurrou ela, sem se mostrar.

"Eu nunca teria acreditado nessa possibilidade", murmurou ele. "Ninguém acreditaria." Ela ouviu seus movimentos e o estalido da fechadura da porta da sala de estar: o camarada Ossipon tinha virado a chave sobre o repouso do sr. Verloc. E ele o fez não em respeito à natureza eterna daquele repouso ou a qualquer outro motivo vagamente sentimental, mas pelo motivo preciso de não ter certeza absoluta de que não havia mais alguém escondido em algum lugar da casa. Ele não acreditava na mulher, ou melhor, era incapaz, por ora, de julgar o que poderia ser verdade, possível ou mesmo provável naquele universo assustador. Ficou apavorado e sem a mínima condição de acreditar ou duvidar de qualquer coisa relacionada àquele caso extraordinário, que começara com inspetores de polícia e embaixadas e que, certamente, terminaria onde se sabe – na forca, para alguém. Ele ficou apavorado quando lembrou que não podia comprovar o que tinha feito desde as sete horas, pois estivera se escondendo nas imediações da Brett Street. Ficou apavorado com aquela mulher encolerizada que o trouxera ali, e que provavelmente o acusaria de cumplicidade, pelo menos se ele não tomasse cuidado. Ficou apavorado com a rapidez com que tinha sido envolvido naqueles perigos – atraído para eles. Fazia uns vinte minutos que ele a encontrara – não mais que isso.

A voz suave da sra. Verloc aumentou de volume, implorando de forma comovente: "Não deixe que eles me enforquem, Tom! Leve-me para fora do país. Eu trabalharei para você. Trabalharei como uma escrava. Eu te amarei. Não tenho ninguém no mundo... Quem cuidaria de mim, senão você?". Ela se calou por um instante; em seguida, nas profundezas da solidão que a rodeava por meio de um insignificante filete de sangue que escorria do cabo de uma faca, encontrou uma inspiração terrível para ela – que fora a jovem respeitável da mansão de Belgravia, a esposa leal e respeitável do sr. Verloc: "Não vou lhe pedir que se case comigo", ela murmurou com uma entonação envergonhada.

Ela deu um passo no escuro. Ele ficou apavorado diante dela. Não teria ficado surpreso se ela, subitamente, tivesse outra faca, destinada ao seu peito. Ele certamente não teria oferecido qualquer resistência. Naquele momento, não tinha realmente coragem suficiente dentro de si para lhe ordenar que se contivesse. Porém, perguntou num tom cavernoso e estranho: "Ele estava dormindo?".

"Não!", ela gritou, e continuou rapidamente: "Não estava. Ele não. Ele me dizia que nada podia atingi-lo. Depois de levar o garoto debaixo dos meus próprios olhos para matá-lo – um menino adorável, inocente e inofensivo. Ele era meu, sabe? Ele estava deitado no sofá bem tranquilo – depois de matar o garoto – meu garoto. Eu teria saído para a rua para ficar longe dele. E ele me fala assim: 'Venha cá', depois de me dizer que eu tinha ajudado a matar o garoto. Você está ouvindo, Tom? Ele fala assim: 'Venha cá', depois de ter arrancado meu próprio coração junto com o garoto para jogar na lama."

Ela se calou. Depois, com um ar sonhador, repetiu duas vezes: "Sangue e lama. Sangue e lama". O camarada Ossipon teve uma grande epifania: era o jovem debiloide que tinha morrido no parque. E a burla de que todos tinham sido vítimas lhe pareceu mais completa do que nunca – colossal. Ele exclamou de forma científica, no auge da perplexidade: "Aquele degenerado... céus!".

"Venha cá." A voz da sra. Verloc se elevou novamente. "Do que ele achava que eu era feita? Me diga, Tom. Venha cá! Eu! Sem mais! Eu tinha estado olhando para a faca, e pensei que, se ele me queria tanto, eu viria. Oh, sim! Eu vim – pela última vez... Com a faca."

Ele estava morrendo de medo dela – a irmã do degenerado –, ela própria uma degenerada do tipo homicida... ou então do tipo mentiroso. Pode-se dizer que o camarada Ossipon estava amedrontado cientificamente, além de todos os outros tipos de medo. Era um pavor imensurável e complexo, que, em razão de seu próprio exagero, lhe conferia, no escuro, a falsa aparência de ponderação calma e pensativa. Pois ele se moveu e falou com dificuldade, como se a vontade e a mente estivessem meio paralisadas – e ninguém podia ver seu rosto lívido. Ele se sentiu quase morto.

Pôs-se de pé num salto. Inesperadamente, a sra. Verloc tinha profanado o discreto e imaculado decoro do seu lar com um grito agudo e medonho.

"Ajude-me, Tom! Salve-me. Não quero ser enforcada!"

Ele se precipitou para a frente, procurou sua boca no escuro, silenciou-a com a mão e o grito cessou. Ao fazê-lo, porém, ele a derrubou. Ao senti-la agarrada a suas pernas como uma serpente, seu pavor chegou ao auge, se tornou uma espécie de embriaguez, alimentou ilusões e assumiu as características de *delirium tremens*. Ele passou então, sem sombra de dúvida, a enxergar cobras.

O AGENTE SECRETO

Ele viu a mulher enrolada nele como uma cobra que não deveria ser tirada. Ela não era mortal. Ela era a própria morte – a companheira da vida.

Como se o desabafo a tivesse aliviado, a sra. Verloc apresentava agora um comportamento que nem de longe era barulhento. Ela dava pena.

"Tom, você não pode se livrar de mim agora", ela murmurou do chão. "Só se esmagar a minha cabeça debaixo dos seus pés. Não vou deixá-lo."

"Levante-se", disse Ossipon.

Seu rosto estava tão pálido que chegava a ser visível na escuridão profunda da loja; enquanto a sra. Verloc, debaixo do véu, não tinha rosto, quase nenhuma forma perceptível. O tremor de algo branco e pequeno, uma flor em seu chapéu, indicava a sua localização e os seus movimentos.

A flor se ergueu na escuridão. A sra. Verloc tinha se levantado, e Ossipon se arrependeu de não ter saído correndo imediatamente para a rua. Mas ele percebeu facilmente que seria inútil. Seria inútil. Ela teria corrido atrás dele. Ela o seguiria gritando até pôr em seu encalço todos os policiais que a ouvissem. E então, sabe Deus o que diria a respeito dele. Ele estava tão aterrorizado que, por um momento, a ideia insensata de estrangulá-la no escuro lhe passou pela cabeça. E ficou mais aterrorizado do que nunca! Estava em suas mãos! Ele se viu vivendo, morto de medo, num vilarejo desconhecido da Espanha ou da Itália, até que, numa bela manhã, ele também seria encontrado morto, com uma faca no peito – como o sr. Verloc. Suspirou profundamente. Não tinha coragem de se mexer. E a sra. Verloc esperou em silêncio pela boa vontade do seu salvador, consolando-se com seu silêncio pensativo.

Subitamente, ele falou com uma voz quase natural. Suas reflexões tinham chegado ao fim.

"Vamos embora, senão perdemos o trem."

"Para onde vamos, Tom?", ela perguntou timidamente. A sra. Verloc não era mais uma mulher livre.

"Primeiro vamos para Paris, do melhor jeito possível... Saia primeiro e veja se o caminho está livre."

Ela obedeceu. Sua voz chegou baixa através da porta cuidadosamente aberta.

"Tudo certo."

Ossipon saiu. Não obstante seus esforços para ser delicado, a campainha estridente ressoou na loja vazia depois que a porta se fechou, como se tentasse em vão avisar o inerte sr. Verloc da partida definitiva de sua esposa – acompanhada por seu amigo.

No fiacre em que logo embarcaram, o robusto anarquista entrou em detalhes. Ele ainda estava terrivelmente pálido, e seus olhos pareciam ter afundado meia polegada no rosto tenso. Mas parecia ter pensado em tudo de maneira extraordinariamente metódica.

"Quando chegarmos", ele discorreu num tom de voz estranho e monótono, "você deve entrar na estação antes de mim, como se não nos conhecêssemos. Eu vou pegar as passagens e lhe entrego a sua quando passar por você, sem ninguém ver. Em seguida, você entra na sala de espera feminina da primeira classe e fica sentada ali até dez minutos antes da partida do trem. Então você sai. Eu estarei do lado de fora. Você entra primeiro na plataforma, como se não me conhecesse. Deve haver gente à espreita que está a par da situação. Sozinha, você é apenas uma mulher que vai tomar o trem. Eu sou conhecido. Ao meu lado, podem supor que você é a sra. Verloc que está fugindo. Você compreende, minha querida?", acrescentou, fazendo um esforço.

"Sim", disse a sra. Verloc, sentada inteiramente rígida junto dele no fiacre, com o pavor da forca e o medo da morte. "Sim, Tom." E ela acrescentou para si mesma, como um horroroso refrão: "A queda foi de quatro metros".

Sem olhar para ela, e com o rosto parecido a um molde de gesso fresco de si mesmo depois de uma doença debilitante, Ossipon disse: "A propósito, preciso do dinheiro para as passagens agora".

Desatando alguns ganchos do corpete, enquanto continuava olhando fixamente para a frente, além do para-lama, a sra. Verloc lhe entregou a carteira de pele de porco nova. Ele a recebeu sem dizer nada, e pareceu mergulhá-la profundamente em

O AGENTE SECRETO

algum lugar do seu próprio peito. Depois, bateu na parte externa do paletó.

Tudo isso aconteceu sem que trocassem um único olhar; pareciam duas pessoas alertas ao primeiro sinal de um objetivo desejado. Só quando o fiacre virou uma esquina e se dirigiu à ponte é que Ossipon abriu novamente a boca.

"Você sabe quanto dinheiro tem ali dentro?", perguntou, como se estivesse falando lentamente com um duende sentado entre as orelhas do cavalo.

"Não", respondeu a sra. Verloc. "Ele me deu a carteira. Eu não contei. Naquele momento, não achei estranho. Depois..."

Ela moveu um pouco a mão direita. Foi tão expressivo o pequeno movimento daquela mão direita que desferira o golpe fatal no coração de um homem havia menos de uma hora que Ossipon não pôde conter um arrepio. Ele o exagerou, então, de propósito, e murmurou:

"Estou com frio. Estou todo arrepiado."

A sra. Verloc olhava em frente, para a perspectiva da sua fuga. De vez em quando, como uma flâmula escura soprada através de uma estrada, as palavras "A queda foi de quatro metros" se interpunham ao seu olhar tenso. Através do véu negro, o branco de seus olhos grandes brilhava intensamente como os olhos de uma mulher mascarada.

A rigidez de Ossipon tinha algo de metódico, uma estranha atitude oficial. Subitamente, ele se fez ouvir de novo, como se tivesse soltado uma lingueta para falar.

"Olhe aqui! Você sabe se o seu... se ele mantinha a conta no banco em seu próprio nome ou em outro nome?"

A sra. Verloc dirigiu a ele o rosto mascarado e o brilho de seus grandes olhos brancos.

"Outro nome?", ela disse pensativa.

"Seja precisa no que disser", admoestou o sr. Ossipon, enquanto o fiacre se deslocava rapidamente. "É extremamente importante. Vou lhe explicar. O banco tem os números dessas cédulas. Se elas foram pagas a ele em seu próprio nome, então, quando a sua... a sua morte se tornar conhecida, as cédulas podem servir para nos rastrear, já que não temos outro dinheiro. Você tem outro dinheiro com você?"

Ela balançou a cabeça negativamente.

"Nada?", insistiu.

"Alguns níqueis."

"Nesse caso, seria perigoso. Seria preciso lidar com o dinheiro de maneira especial. Muito especial. Talvez tivéssemos de perder mais da metade do montante para conseguir trocar essas cédulas num lugar seguro que eu conheço em Paris. No outro caso, quero dizer, se ele tivesse a conta e fosse pago em outro nome – digamos Smith, por exemplo –, o dinheiro pode ser usado com toda a segurança. Compreende? O banco não tem como saber que o sr. Verloc e, digamos, Smith são a mesmíssima pessoa. Percebe como é importante que você não cometa nenhum engano ao me responder? Pode tirar essa dúvida? Talvez não. E então?"

Ela disse calmamente:

"Agora eu me lembro! Ele não depositou em seu próprio nome. Ele me disse, certa vez, que os depósitos eram feitos em nome de Prozor."

"Está segura?"

"Estou."

"Você acha que o banco tinha algum conhecimento do seu verdadeiro nome? Ou alguém no banco ou..."

Ela encolheu os ombros.

"Como eu vou saber? Isso é provável, Tom?"

"Não. Acho que não é provável. Eu me sentiria mais aliviado se soubesse... Chegamos. Desça primeiro e entre logo. Caminhe com elegância."

Ele ficou para trás e pagou o cocheiro com os próprios trocados. O plano traçado minuciosamente de antemão foi executado. Quando a sra. Verloc entrou na sala de espera feminina com a passagem para St. Malo na mão, o camarada Ossipon foi para o bar e, em sete minutos, engoliu três doses de conhaque quente com água.

"Tentando mandar embora um resfriado", explicou para a garçonete, com um meneio amistoso de cabeça e um sorriso que

O AGENTE SECRETO

parecia uma careta. Depois saiu, trazendo do festivo interlúdio o rosto de um homem que tinha bebido na própria Fonte das Aflições. Ergueu os olhos para o relógio. Estava na hora. Ele esperou.

Pontual, a sra. Verloc apareceu com o véu arriado e toda de negro – de negro como a morte ordinária, coroada com algumas flores baratas e desbotadas. Ela passou perto de um grupinho de homens que riam, mas cuja risada poderia ter sido eliminada com uma única palavra. Ela andava de maneira indolente, mas com as costas retas, e o camarada Ossipon olhou aterrorizado a sua passagem antes de se pôr em movimento.

O trem já estava na plataforma, mas não havia quase ninguém perto da fileira de portas abertas. Devido à época do ano e ao tempo horrível quase não havia passageiros. A sra. Verloc caminhou lentamente ao longo da fila de compartimentos vazios até que Ossipon tocou-lhe o cotovelo por trás.

"Entre aqui."

Ela entrou, e ele permaneceu na plataforma olhando ao redor. Ela se inclinou para a frente e disse num sussurro:

"O que foi, Tom? Tem algum perigo? Espere um pouco. Aí está o guarda."

Ela o viu abordar o homem de uniforme. Eles conversaram um pouco. Ela ouviu o guarda dizer: "Muito bem, senhor", e viu quando ele levou a mão ao quepe. Então Ossipon voltou, dizendo: "Eu o orientei para que não deixasse ninguém entrar em seu compartimento".

Ela estava sentada e inclinada para a frente. "Você pensa em tudo... Você vai me tirar daqui, Tom?", ela perguntou, com uma ponta de angústia, erguendo o véu bruscamente para contemplar seu salvador.

Seu rosto trazia uma expressão determinada. E, saltando para fora dele, os olhos grandes, secos, dilatados, sem luz, apagados como dois buracos negros nos globos brancos e brilhantes.

"Não há nenhum perigo", disse ele, olhando dentro deles com um zelo quase extasiado, que, para a sra. Verloc, que estava escapando da forca, parecia cheio de força e de ternura. Essa dedicação comoveu-a profundamente – e o rosto impenetrável perdeu a rigidez inflexível do seu pavor. O camarada Ossipon olhou para ele como nenhum namorado jamais olhou para o rosto da sua amada. Alexander Ossipon, anarquista, apelidado de Doutor, autor de um panfleto médico (e impróprio), que recentemente fazia conferências sobre os aspectos sociais da higiene para associações de operários, estava livre dos obstáculos da moral convencional – mas se submetia às leis da ciência. Ele era um homem de ciência, e contemplou cientificamente aquela mulher, a irmã de um degenerado, ela mesma uma degenerada – do tipo criminoso. Contemplou-a e invocou Lombroso, como um camponês italiano se recomenda ao seu santo favorito. Contemplou cientificamente. Contemplou as maçãs do rosto, o nariz, os olhos, as orelhas... Má!... Sinistra! Como os lábios pálidos da sra. Verloc se separaram, levemente relaxados debaixo de seu olhar apaixonadamente atento, ele também contemplou seus dentes... Não havia a menor dúvida... um tipo assassino... Se o camarada Ossipon não recomendou sua alma aterrorizada a Lombroso, foi apenas porque ele não podia acreditar, com bases científicas, que trazia junto de si algo como uma alma. Mas ele tinha dentro de si o espírito científico, que o levou a testemunhar na plataforma de uma estação de trem por meio de frases bobas e exaltadas.

"Esse seu irmão era um rapaz extraordinário. Muitíssimo interessante de examinar. De certo modo, um tipo perfeito. Perfeito!"

Ele falou cientificamente em razão de seu medo secreto. E a sra. Verloc, ouvindo aquelas palavras de elogio conferidas a seu amado morto, moveu-se para a frente com uma centelha de luz nos olhos sombrios, como um raio de sol anunciando um temporal.

"Ele era isso mesmo", ela sussurrou gentilmente, com os lábios trêmulos. "Você prestava muita atenção nele, Tom. Foi isso que me fez amá-lo."

"É quase inacreditável a semelhança que havia entre vocês dois", prosseguiu Ossipon, expressando seu temor renitente e procurando esconder sua impaciência nervosa e doentia em relação à partida do trem. "Sim, ele era parecido com você."

Essas palavras não foram especialmente comoventes ou simpáticas. Mas o fato de ele ter insistido naquela semelhança bastou

O AGENTE SECRETO

para influenciar profundamente suas emoções. Chorando baixinho e estendendo os braços, a sra. Verloc finalmente irrompeu em lágrimas.

Ossipon entrou no vagão, fechou a porta apressado e olhou para fora para ver as horas no relógio da estação. Faltavam oito minutos. Durante os três primeiros, a sra. Verloc chorou copiosamente e de forma incontrolável, sem pausa nem interrupção. Depois se recuperou um pouco e soluçou baixinho, vertendo um oceano de lágrimas. Ela tentou conversar com o seu salvador, com o homem que era o mensageiro da vida.

"Oh, Tom! Como pude ter medo de morrer depois que ele foi tirado de mim de forma tão cruel? Como pude? Como pude ser tão covarde?"

Ela lamentou em voz alta seu amor pela vida, uma vida desprovida de graça e de encanto e quase sem decoro, mas de uma sublime fidelidade de propósito, até no assassinato. E, como muitas vezes acontece no lamento da humanidade medíocre, rico de sofrimentos, mas pobre de palavras, a verdade – a própria proclamação da verdade – foi decifrada numa forma gasta e artificial encontrada em algum lugar entre as frases sentimentais fingidas.

"Como pude ter tanto medo da morte? Eu tentei, Tom. Mas eu tenho medo. Tentei dar cabo da minha vida. E não consegui. Será que eu sou insensível? Creio que a taça de horrores não estava suficientemente cheia para alguém como eu. Então, quando você chegou..."

Ela fez uma pausa. Depois, num arroubo de confiança e de gratidão, disse em meio aos soluços: "Hei de viver todos os dias da minha vida para você, Tom!".

"Vá para o outro canto do vagão, longe da plataforma", disse Ossipon, solícito. Ela deixou que o seu salvador a instalasse confortavelmente, e ele observou a chegada de uma nova crise de choro, mais violenta ainda que a primeira. Ele observou os sintomas com uma espécie de postura médica, como se contasse os segundos. Finalmente, ouviu o apito do guarda. Quando sentiu que o trem começou a se mover, uma contração involuntária do lábio superior expôs seus dentes em toda a sua feroz determinação. A sra. Verloc ouviu e não sentiu nada, e Ossipon, seu salvador, permaneceu imóvel. Ele sentiu o trem aumentar a velocidade, reverberando intensamente o som dos soluços altos da mulher. Então, atravessando o vagão com duas largas passadas, ele abriu a porta deliberadamente e pulou para fora.

Ele tinha saltado bem no final da plataforma; e tamanha foi a determinação de se ater ao seu plano desesperado que conseguiu, por uma espécie de milagre, executado meio no ar, bater a porta do vagão. Só então se pôs a rolar de ponta-cabeça como uma lebre ferida. Quando se levantou, estava machucado, tremendo, branco como um cadáver e sem fôlego. Mas estava calmo e em perfeitas condições de encontrar o grupo agitado de ferroviários que se formara ao seu redor instantaneamente. Ele explicou, num tom amável e convincente, que a sua esposa tinha partido inesperadamente para a Bretanha para ficar ao lado da mãe moribunda; que, naturalmente, ela estava extremamente perturbada e ele consideravelmente preocupado com seu estado. Que estava tentando animá-la, e não percebera inicialmente que o trem estava se movendo. Diante do protesto geral: "Então por que o senhor não prosseguiu até Southampton?", ele contrapôs a inexperiência de uma jovem cunhada que ficara sozinha em casa com três filhos pequenos, e a sua preocupação com a ausência dele, uma vez que os postos de telégrafo estavam fechados. Ele tinha agido por impulso. "Mas acho que nunca mais vou fazer isso", concluiu. Sorriu para todos, distribuiu uns trocados e marchou para fora da estação sem titubear.

Do lado de fora, o camarada Ossipon, bem provido de cédulas confiáveis como nunca antes na vida, recusou a oferta de um cabriolé.

"Posso andar", disse ele, com uma risadinha amistosa para o condutor atencioso.

Ele podia andar. E andou. Atravessou a ponte. Depois, as torres da Abadia viram, em sua compacta imobilidade, seu tufo de cabelo loiro passando debaixo dos lampiões. As luzes da Victoria Street também o viram, assim como Sloane Square e as grades do parque. E, uma vez mais, o camarada Ossipon se encontrou numa

O AGENTE SECRETO

ponte. O rio e um prodígio sinistro de sombras imóveis e lampejos flutuantes se misturando embaixo num silêncio ameaçador prenderam a sua atenção. Ele ficou olhando por cima do parapeito durante um longo tempo. A torre do relógio emitiu um toque agudo por cima da sua cabeça inclinada. Ele olhou para o mostrador... Meia-noite e meia de uma noite tempestuosa no Canal.

O camarada Ossipon retomou a caminhada. Seu vulto corpulento foi visto naquela noite em regiões remotas da enorme cidade, que dormia como um monstro num tapete de lama e debaixo de um véu de neblina úmida. Foi visto atravessando as ruas sem vida nem som, ou, em tamanho reduzido, nas intermináveis perspectivas retas de casas escuras que margeavam ruas vazias guarnecidas de fileiras de lampiões. Ele andou através de praças, largos, espaços ovalados, da Câmara dos Comuns, através de ruas monótonas com nomes desconhecidos onde a escória da humanidade se instala inerte e desesperada, fora do fluxo da vida. Ele andou. Subitamente, transpôs uma faixa de um jardim frontal com um canteiro de grama nojento, e entrou numa casinha suja usando uma chave de ferrolho que trazia no bolso.

Ele se jogou na cama todo vestido, e ficou ali durante um quarto de hora. Então se sentou inesperadamente, erguendo os joelhos e abraçando as pernas. Os primeiros raios de sol o encontraram com os olhos abertos, na mesma postura. Esse homem, que era capaz de andar tanto, tão longe, tão a esmo, sem demonstrar sinal de cansaço, também podia ficar sentado imóvel durante horas, sem mover um membro ou uma pálpebra. Porém, quando o sol da tarde mandou seus raios para dentro do quarto, ele soltou as mãos e caiu de costas no travesseiro. Seus olhos olharam fixamente para o teto. E, subitamente, se fecharam. O camarada Ossipon dormiu com o dia claro.

CAPÍTULO XIII

O ENORME CADEADO DE FERRO NAS PORTAS do armário suspenso era o único objeto do quarto em que os olhos podiam se fixar sem ficarem angustiados com a feiura deprimente das formas e a pobreza do material. Difícil de ser vendido em razão de suas dimensões generosas, ele fora cedido ao Professor por alguns *pence* por um vendedor de produtos náuticos da zona leste de Londres. O quarto era grande, limpo, respeitável e despojado, com um despojamento que evoca a carência de todas as necessidades humanas com exceção apenas do pão. Não havia nada nas paredes senão o papel, de um verde arsênico que tomava conta de tudo, com borrões permanentes de sujeira aqui e ali, e com manchas que pareciam mapas desbotados de continentes inabitados.

O camarada Ossipon estava sentado a uma mesa de pinho próxima da janela segurando a cabeça entre os punhos. O Professor, vestido com seu único terno de *tweed* ordinário, mas socando as tábuas nuas em seu vaivém com um par de chinelos extremamente velhos, estava com as mãos enfiadas bem no fundo dos bolsos deformados do paletó. Ele relatava ao hóspede corpulento uma visita que fizera recentemente ao apóstolo Michaelis. O Perfeito Anarquista se mostrara até um pouco irredutível.

"O sujeito não tinha ouvido falar da morte de Verloc. Claro! Ele nunca lê os jornais. Diz que o deixam muito triste. Mas isso não importa. Entrei em seu chalé. Não havia vivalma. Tive de gritar meia dúzia de vezes para que me respondesse. Achei que ele ainda estivesse dormindo, na cama. De jeito nenhum. Já fazia quatro horas que estava escrevendo seu livro. Ele estava sentado dentro daquela jaula minúscula no meio de um monte de originais. Havia uma cenoura crua meio comida na mesa próxima a ele. Era o seu café da manhã. Ele agora vive à base de uma dieta de cenouras cruas e um pouco de leite."

"Como ele está encarando isso?", perguntou o camarada Ossipon, indiferente.

"Inocentemen... Recolhi um punhado de páginas do chão. A pobreza de raciocínio é surpreendente. Ele não tem nenhuma coerência. É incapaz de pensar numa sequência lógica. Mas isso não é nada. Dividiu sua biografia em três partes, intituladas 'Fé, Esperança e Amor'.[14] Agora ele está aperfeiçoando a ideia de um mundo planejado como um imenso e agradável hospital com jardins e flores, no qual os fortes devem se dedicar a cuidar dos fracos."

O Professor fez uma pausa.

"Você consegue imaginar tamanha loucura, Ossipon? Os fracos! A origem de todo mal deste mundo!", prosseguiu com sua convicção inabalável. "Eu lhe disse que o mundo dos meus sonhos era um matadouro, para o qual os fracos seriam levados para serem exterminados."

"Você entende, Ossipon? A origem de todo mal! Eles são nossos funestos senhores – os fracos, os frouxos, os imbecis, os covardes, os medrosos e os escravos da mente. Eles têm poder. Eles são a horda. Deles é o reino da terra.[15] Exterminá-los, exterminá-los! Esse é o único jeito de avançar. Sim! Acompanhe o meu raciocínio, Ossipon. Primeiro deve morrer a grande legião dos fracos, depois os que são apenas relativamente fortes. Percebeu? Primeiro os cegos, seguidos dos surdos e dos mudos, depois os coxos e os

---

14 Alusão a I Coríntios, 13:13: "Agora, pois, permanecem a fé, a esperança e o amor, estes três. Porém o maior destes é o amor". [N. T.]

15 Alusão a Mateus, 5:5: "Bem-aventurados os mansos, porque herdarão a terra". [N. T.]

O AGENTE SECRETO

aleijados – e assim por diante. Toda mácula, todo defeito e toda convenção devem ser destruídos."

"E o que resta?", perguntou Ossipon com a voz abafada.

"Resto eu – se for suficientemente forte", declarou o professorzinho pálido, cujas orelhas grandes, finas como membranas e localizadas longe das laterais do frágil crânio, adquiriram subitamente uma coloração vermelho-vivo.

"Será que eu já não sofri bastante com a opressão dos fracos?", prosseguiu com veemência. Então, dando uma batidinha no bolso interno do paletó: "No entanto, *eu sou* a força", continuou. "Mas o tempo! O tempo! Me deem tempo! Ah! aquela horda, estúpida demais para ser objeto de piedade ou de medo. Às vezes penso que tudo está do lado deles. Tudo – até mesmo a morte, minha própria arma."

"Venha tomar uma cerveja comigo no Silenus", disse o robusto Ossipon, depois de um intervalo silencioso atravessado pelo flap, flap ligeiro dos chinelos nos pés do Perfeito Anarquista. Ele aceitou o convite. Estava bem-disposto naquele dia, do seu jeito peculiar. Deu um tapinha no ombro de Ossipon.

"Cerveja! Vamos lá! Comamos e bebamos, pois somos fortes e amanhã morreremos."[16]

Ele se apressou em calçar as botas, enquanto falava num tom de voz áspero e decidido.

"O que há com você, Ossipon? Parece abatido, e até busca a minha companhia. Ouvi dizer que você tem sido visto com frequência em lugares onde homens dizem coisas imprudentes enquanto bebem. Por quê? Abandonou sua galeria de mulheres? Elas são os fracos que alimentam os fortes, não?"

Ele bateu um pé com força no chão e pegou a outra bota de cadarço, pesada, de sola grossa, não engraxada e que tinha sido remendada várias vezes. Sorriu para si mesmo desanimado.

"Diga-me, Ossipon, homem terrível, alguma de suas vítimas já se matou em seu lugar – ou seus triunfos são, até o momento,

---

16 Alusão a Isaías, 22:13: "Comamos e bebamos, porque amanhã morreremos". [N. T.]

incompletos –, pois só o sangue legitima o poder? Sangue. Morte. Basta olhar para a história."

"Maldito seja", disse Ossipon, sem virar a cabeça.

"Por quê? Deixe que essa seja a esperança dos fracos, cuja teologia inventou o inferno para os fortes. O que eu sinto por você, Ossipon, é um simpático desprezo. Você seria incapaz de matar uma mosca."

Porém, enquanto subia bamboleando para desfrutar da parte superior do ônibus, o Professor perdeu o bom humor. A visão das multidões invadindo as calçadas destruiu suas certezas debaixo de um monte de dúvidas e inquietações, das quais ele só conseguiria se livrar depois de um período de reclusão no quarto, na companhia do grande armário trancado.

"Quer dizer então", disse por cima de seu ombro o camarada Ossipon, que se sentara no banco de trás. "Quer dizer então que o sonho de Michaelis é um mundo que seja igual a um belo e alegre hospital."

"Isso mesmo. Uma enorme instituição de caridade para curar os fracos", assentiu o Professor com sarcasmo.

"Isso é uma tolice", admitiu Ossipon. "Não se pode curar a fraqueza. Porém, no final das contas, Michaelis pode não estar tão errado assim. Dentro de duzentos anos, os médicos governarão o mundo. A ciência já o faz. Ela reina nas sombras, talvez, mas reina. E toda ciência deve culminar, finalmente, na ciência da cura – não dos fracos, mas dos fortes. A humanidade quer viver – viver."

"A humanidade", insistiu o Professor, com um brilho autoconfiante dos óculos de aro de ferro, "não sabe o que quer."

"Mas você sabe", grunhiu Ossipon. "Agora mesmo você estava implorando por tempo – tempo. Bem. Os médicos vão lhe oferecer o seu tempo – se você for bom. Você alega ser um dos fortes – porque leva no bolso material suficiente para mandá-lo para a eternidade junto com, digamos, umas vinte pessoas. Mas a eternidade é uma bela falácia. É de tempo que você precisa. Você – se você encontrasse um homem que pudesse lhe assegurar dez anos de tempo, você o chamaria de mestre."

O AGENTE SECRETO

"Minha divisa é: Sem Deuses! Sem Mestres!",[17] disse o Professor de forma pedante, enquanto se levantava para descer do ônibus.

Ossipon o seguiu. "Espere até estar deitado de costas no fim dos seus dias", ele retrucou, pulando do estribo depois do Professor. "Sua miserável, ordinária e nojenta particulazinha de tempo", continuou ele enquanto atravessava a rua e alcançava o meio-fio.

"Ossipon, acho que você é um impostor", disse o Professor, abrindo com habilidade as portas do renomado Silenus. Depois de se acomodarem numa mesinha, ele explicou melhor sua amável opinião. "Você nem mesmo é médico. Mas é engraçado. A sua ideia de uma humanidade que, por toda parte, pusesse a língua para fora e tomasse a pílula de um polo ao outro sob o comando de alguns brincalhões solenes é digna do profeta. Profecia! De que vale pensar no que será?" E erguendo a taça: "Pela destruição do que existe", disse ele calmamente.

Depois de beber, retomou seu estilo silencioso particularmente fechado. A ideia de uma humanidade tão numerosa como os grãos de areia da praia, tão indestrutível e tão difícil de controlar o afligia. O som da explosão das bombas se perdia naquela infinidade de grãos passivos sem ressoar. Por exemplo, esse caso Verloc. Quem ainda se lembrava dele?

Como se tivesse sido impelido por uma força misteriosa, Ossipon tirou um jornal bem dobrado do bolso. Ao ouvir o farfalhar, o Professor ergueu a cabeça.

"Que jornal é esse? Tem algo nele?", perguntou.

Ossipon começou como um sonâmbulo assustado.

"Nada. Absolutamente nada. O exemplar é de dez dias atrás. Acho que tinha esquecido no bolso."

Mas ele não jogou fora o exemplar velho. Antes de pô-lo de volta no bolso, lançou um olhar furtivo nas últimas linhas de um parágrafo. Elas diziam o seguinte: "*Um mistério impenetrável parece destinado a pairar para sempre sobre esse gesto de loucura ou de desespero*".

---

17 Um lugar-comum do anarquismo da época. [N. T.]

Eram essas as palavras finais de uma matéria intitulada: "Suicídio da passageira de um barco que cruzava o Canal". O camarada Ossipon estava habituado aos encantos daquele estilo jornalístico. *"Um mistério impenetrável parece destinado a pairar para sempre..."* Ele conhecia de cor cada palavra. *"Um mistério impenetrável..."*

E, com a cabeça inclinada sobre o peito, o robusto anarquista mergulhou num longo devaneio.

Ele foi ameaçado por aquele assunto justamente nas fontes da sua existência. Não conseguia encarar suas inúmeras conquistas, aquelas que ele cortejara nos bancos de Kensington Gardens e aquelas que ele conhecera perto dos pátios rebaixados na entrada das casas, sem o temor de que começaria a conversar com elas sobre um mistério impenetrável destinado... Ele estava ficando cientificamente com medo de que a loucura estivesse à sua espreita no meio dessas linhas: *"Pairar para sempre sobre"*. Era uma obsessão, uma tortura. Ele faltara ultimamente a vários encontros desse tipo, que se caracterizavam por uma confiança irrestrita na linguagem dos sentimentos e na ternura masculinas. O temperamento crédulo das diversas categorias de mulheres satisfazia as necessidades do seu amor-próprio e punha alguns recursos materiais em suas mãos. Ele precisava daquilo para viver. Aquilo estava ali. Mas se ele não pudesse mais utilizá-lo, corria o risco de matar de fome seus ideais e seu corpo... *"Esse gesto de loucura ou de desespero."*

"Um mistério impenetrável" certamente iria "pairar para sempre" no que diz respeito a toda a humanidade. Mas e daí se ele era o único, logo quem, que jamais conseguiria se livrar daquela informação maldita? E a informação do camarada Ossipon era tão precisa quanto aquilo que o jornalista seria capaz de produzir – até o próprio começo do *"mistério destinado a pairar para sempre..."*.

O camarada Ossipon estava bem informado. Ele sabia o que o homem do passadiço do vapor tinha visto: "Uma dama de vestido preto e véu preto, perambulando pelo cais à meia-noite. 'A senhora vai embarcar no navio, madame?', ele lhe perguntara de forma animada. 'Por aqui.' Ela parecia não saber o que fazer. Ele ajudou-a a embarcar. Ela parecia indecisa".

E ele também sabia o que a camareira tinha visto: Uma dama vestida de negro com o rosto pálido, parada no meio da cabine de senhoras vazia. A camareira convenceu-a a se deitar ali. A dama não parecia muito disposta a conversar, como se estivesse enfrentando um problema terrível. Quando a camareira percebeu, ela tinha saído da cabine de senhoras. A camareira foi então para o convés para procurá-la, e o camarada Ossipon foi informado que a boa mulher encontrou a infeliz dama sentada numa das cadeiras cobertas. Seus olhos estavam abertos, mas ela não respondia a nada que lhe perguntavam. Parecia muito doente. A camareira foi buscar o camareiro-chefe, e os dois ficaram ao lado da cadeira coberta trocando ideias a respeito da extraordinária e trágica passageira. Eles conversaram por meio de cochichos não muito baixos (pois ela parecia não ouvir mais) sobre St. Malo e o cônsul do local, e sobre a necessidade de entrar em contato com os familiares dela na Inglaterra. Então saíram para providenciar sua remoção para o convés inferior, pois, de fato, pelo que podiam ver em seu rosto, ela parecia estar morrendo. Mas o camarada Ossipon sabia que por trás daquela máscara lívida de desespero havia, lutando contra o terror e o desespero, uma força vital vigorosa, um amor pela vida capaz de resistir à angústia violenta que conduz ao assassinato, e o medo, o medo cego e louco da forca. Ele sabia. Mas a camareira e o camareiro-chefe não sabiam de nada, salvo que, quando voltaram para junto dela, em menos de cinco minutos, a dama de negro não se encontrava mais na cadeira coberta. Ela não estava em lugar nenhum. Tinha desaparecido. Eram então cinco horas da manhã, e tampouco ocorrera qualquer acidente. Uma hora depois, um dos auxiliares do vapor encontrou uma aliança de casamento na cadeira. Ela tinha ficado presa num pedaço úmido da madeira, e seu brilho chamou a atenção do homem. Havia uma data gravada na parte interna: 24 de junho de 1879. *"Um mistério impenetrável está destinado a pairar para sempre..."*

E o camarada Ossipon ergueu a cabeça curvada, amada por inúmeras mulheres humildes daquelas ilhas, na luz solar apolínea da sua mecha de cabelo.

Nesse meio-tempo, o Professor tinha ficado impaciente. Ele pôs-se de pé.

"Fique", apressou-se a dizer Ossipon. "Diga-me, o que você sabe a respeito de loucura e de desespero?"

O Professor passou a ponta da língua nos lábios secos e finos e respondeu num tom arrogante:

"Essas coisas não existem. Todas as paixões se perderam. O mundo é medíocre, flácido, sem força. E a loucura e o desespero são uma força. E a força é um crime aos olhos dos loucos, dos fracos e dos imbecis que cantam de galo. Você é medíocre. Verloc, cujo caso a polícia conseguiu abafar tão bem, era medíocre. E a polícia o assassinou. Ele era medíocre. Todo mundo é medíocre. Loucura e desespero! Deem-me isso como alavanca, e eu moverei o mundo. Ossipon, você tem meu cordial desprezo. Você não consegue nem imaginar o que o cidadão bem nutrido chamaria de crime. Você não tem força." Fez uma pausa e deu um sorriso sarcástico por baixo do brilho ameaçador das lentes grossas.

"E me permita dizer que essa pequena herança da qual eles dizem que você tomou posse não melhorou a sua inteligência. Você se senta na frente da cerveja como um boneco. Adeus."

"Você ficará com ela?", perguntou Ossipon, com um sorriso largo e idiota.

"Ficar com o quê?"

"Com a herança. Todinha."

O incorruptível Professor apenas sorriu. Suas roupas estavam quase se desfazendo, suas botas, deformadas pelos consertos, pesadas como chumbo, deixavam a água entrar a cada passada. Ele disse:

"Vou lhe mandar em breve uma pequena conta referente a algumas substâncias químicas que vou encomendar amanhã. Preciso muito delas. Entendido?"

Ossipon baixou lentamente a cabeça. Ele estava só. "*Um mistério impenetrável...*" Teve a impressão de ver, suspenso diante dele, seu próprio cérebro pulsando ao ritmo de um mistério impenetrável. O cérebro estava claramente enfermo... "*Esse gesto de loucura ou desespero.*"

A pianola perto da porta tocou, atrevida, uma valsa inteira, e depois emudeceu subitamente, como se estivesse emburrada.

O AGENTE SECRETO

O camarada Ossipon, apelidado de Doutor, saiu da cervejaria Silenus. Hesitou diante da porta, demonstrando surpresa com a modéstia da luz solar – e o jornal com a reportagem do suicídio de uma dama estava em seu bolso. Seu coração batia de encontro a ele. O suicídio de uma dama – *esse gesto de loucura ou desespero*.

Ele caminhou ao longo da rua sem olhar onde pisava. E caminhou numa direção que não o levaria ao local de encontro com outra dama (uma governanta de creche idosa que confiava numa cabeça ambrosíaca e apolínea). Estava se afastando do lugar. Não podia encarar nenhuma mulher. Era a ruína. Não conseguia pensar, trabalhar, dormir nem comer. Mas estava começando a beber com prazer, antegozando a bebida, com esperança. Era a ruína. Sua carreira revolucionária, sustentada pelo sentimento e pela confiança de tantas mulheres, estava ameaçada por um mistério impenetrável – o mistério de um cérebro humano pulsando sem razão ao ritmo de frases jornalísticas: "*... Vai pairar para sempre sobre esse gesto...*". Ele se inclinou na direção da sarjeta... "*de loucura ou de desespero.*"

"Estou gravemente enfermo", murmurou para si mesmo com discernimento científico. Seu vulto musculoso, com o dinheiro do serviço secreto da Embaixada (herdado do sr. Verloc) nos bolsos, já marchava na sarjeta como se treinasse para a tarefa de um futuro inevitável. Ele já curvava os ombros largos e a cabeça com cachos ambrosíacos como se estivesse pronto para receber a canga do cartaz-sanduíche. Como naquela noite, mais de uma semana atrás, o camarada Ossipon caminhou sem olhar onde pisava, sem sentir cansaço, sem sentir nada, sem ver nada, sem ouvir som algum. "*Um mistério impenetrável...*" Ele caminhava a esmo. "*Esse gesto de loucura ou de desespero.*"

E o incorruptível Professor também caminhou, desviando os olhos da repulsiva multidão de seres humanos. Ele não tinha futuro. Ele desprezava o futuro. Ele era a força. Seus pensamentos acalentavam as imagens de ruína e destruição. Ele caminhou frágil, insignificante, maltrapilho, miserável – e terrível por sua clareza de pensamento, que chamava loucura e desespero de regeneração do mundo. Ninguém olhou para ele. Ele prosseguiu ignorado e mortal, como uma praga na rua cheia de gente.

SOBRE O LIVRO

FORMATO
13,5 x 20 cm

MANCHA
23,8 x 39,8 paicas

TIPOLOGIA
Arnhem 10/13,5

PAPEL
Off-white 80 g/m² (miolo)
Cartão Supremo 250 g/m² (capa)

1ª EDIÇÃO EDITORA UNESP: 2021

EQUIPE DE REALIZAÇÃO

EDIÇÃO DE TEXTO
Tulio Kawata (Copidesque)
Carmen T. S. Costa (Revisão)

PROJETO GRÁFICO E CAPA
Marcos Keith Takahashi (Quadratim)

IMAGEM DE CAPA
Ilustração do Royal Observatory in Greenwich,
de autor desconhecido, publicada na
Trousset encyclopedia (1886-1891).

EDITORAÇÃO ELETRÔNICA
Arte Final

ASSISTÊNCIA EDITORIAL
Alberto Bononi
Gabriel Joppert

Coleção Clássicos da Literatura Unesp

Quincas Borba | Machado de Assis

Histórias extraordinárias | Edgar Allan Poe

A reliquia | Eça de Queirós

Contos | Guy de Maupassant

Triste fim de Policarpo Quaresma | Lima Barreto

Eugénie Grandet | Honoré de Balzac

Urupês | Monteiro Lobato

O falecido Mattia Pascal | Luigi Pirandello

Macunaíma | Mário de Andrade

Oliver Twist | Charles Dickens

Memórias de um sargento de milícias | Manuel Antônio de Almeida

Amor de perdição | Camilo Castelo Branco

Iracema | José de Alencar

O Ateneu | Raul Pompeia

O cortiço | Aluísio Azevedo

A velha Nova York | Edith Wharton

*O Tartufo * Dom Juan * O doente imaginário* | Molière

Contos da era do jazz | F. Scott Fitzgerald

O agente secreto | Joseph Conrad

Os deuses têm sede | Anatole France